Caçada MACABRA

Robert Ferrigno

Caçada MACABRA

Tradução
Roberto Muggiati

JOSÉ OLYMPIO
EDITORA

Título do original em inglês
SCAVENGER HUNT

© *Robert Ferrigno, 2003*

Reservam-se os direitos desta edição à
EDITORA JOSÉ OLYMPIO LTDA.
Rua Argentina, 171 – 1º andar – São Cristóvão
20921-380 – Rio de Janeiro, RJ – República Federativa do Brasil
Tel.: (21) 2585-2060 Fax: (21) 2585-2086
Printed in Brazil / Impresso no Brasil

Atendemos pelo Reembolso Postal

ISBN 85-03-00872-6

Capa: Isabella Perrotta / Hybris Design

CIP-Brasil. Catalogação-na-fonte
Sindicato Nacional dos Editores de Livros, RJ.

F45c
Ferrigno, Robert
  Caçada macabra / Robert Ferrigno; tradução Roberto Muggiati. – Rio de Janeiro: José Olympio, 2005.

  Tradução de: Scavenger hunt
  ISBN 85-03-00872-6

  1. Ficção policial. 2. Romance americano. I. Muggiati, Roberto, 1937- . II. Título.

05-1263
CDD – 813
CDU – 821.111(73)-3

Para Dutch

Agradecimentos

Minha estima ao meu editor, Sonny Mehta, por sua clareza e percepção; a Mary Evans, minha agente, por sua viva inteligência e por seu incentivo; a Kim Bailey, do King County Crime Scene Investigations Unit, por sua paciência e bom humor em resposta às minhas excessivas perguntas; e a James Crumley, um excelente companheiro de Halloween. Também sou agradecido ao livro *A Fly for the Prosecution*, de M. Lee Goff, por sua riqueza de informações sobre entomologia aplicada à medicina legal.

Prólogo

— Como foi que *você* entrou aqui?

Sugar estava parado na porta entre a ante-sala e o escritório dela, as mãos nos bolsos do paletó de seu terno azul.

— Pô, April, não está sendo nada amistosa.

— Esperava que me telefonasse contando como foi, escolheu uma hora esquisita para vir pessoalmente.

April McCoy apanhou o cigarro que ardia no cinzeiro de concha sobre sua mesa branca, deu uma tragada curta e vacilante e apagou o toco, amassando-o. A concha estava cheia de guimbas quebradas, os filtros com anéis vermelhos.

— Tudo correu bem?

Sugar examinou o escritório.

— Sempre quis saber como era este lugar. É legal.

April observou-o do outro lado da mesa, olhos estreitados, apoiando sua corpulência nos antebraços — centro e trinta e cinco quilos, nem um grama a mais ou a menos, mas bem tratada, maquiada e manicurada, cada fio de cabelo grisalho no lugar certo, o vestido preto e ondulante. Era legal ver uma garotona com sua vaidade intacta, particularmente em Los Angeles, onde as mulheres achavam que tinham de ter um corpo de salsicha.

— Heather fez o que devia?

— Um verdadeiro soldado — Sugar lhe assegurou. — Exatamente como você mandou.

April relaxou ligeiramente.

— Heather é jovem, mas tem uma boa cabeça e isto é o que importa. Uma porção dessas jovens... — e bateu de leve no batom com um dedo mindinho gorducho. — Não preciso chatear você com os meus problemas.

— Dar conta de problemas é o meu trabalho *e* o meu prazer.

Sugar sentiu-se orgulhoso. Era pesado também, não como April, mas um rapaz elegante, grande e alto, orgulhoso do seu tamanho, satisfeito com tudo em sua pessoa, não de uma maneira escandalosa — detestava isso — mas sabia quem era. A maioria das pessoas tinha de fazer força para gostar de si mesma, gastando uma nota, correndo atrás da grana, se medicando como doida. Mas Sugar já tinha visto tudo aquilo e sabia muito bem qual era a sua.

Era quase meia-noite, o sinistro edifício de escritórios estava deserto, a não ser pelo escritório dela no oitavo andar. Sugar subira pelas escadas sentindo o coração bater forte ao saltar dois ou três degraus de cada vez, levantando poeira. A maioria das luzes no corredor do oitavo andar estava apagada. Sugar deslocara-se silenciosamente através das poças de escuridão pisando nos calcanhares, passando pelo importador de comida asiática, pela companhia fornecedora de membros protéticos e pelo advogado de imigração que fazia um extra lucrativo com casos de tombos em espaços públicos. O oitavo andar cheirava a sacos de almoço deixados muito tempo sem refrigeração.

April acendeu outro cigarro, seus dedos brilhando de anéis. Soprou fumaça sobre ele.

— Como *foi* que entrou aqui, afinal?

Sugar encolheu os ombros.

Cinzas caíram na superfície branca da mesa e April passou as costas da mão nelas, deixando uma mancha suja.

Sugar parou diante da estante. Não havia um livro nela, mas uma quantidade de fotos: April com aquele garoto negro que era o parceiro do cara branco num show de TV cancelado no ano anterior, April com aquela cantora que devia ser a nova Britney Spears mas não era. Uma porção de fotos de April com garotos e garotas espertos que ele provavelmente deveria reconhecer mas que não reconhecia. Um daqueles vistosos rádios AM-FM estava na prateleira do alto, sintonizado numa estação de música *new age*, o que era um desperdício de tecnologia na opinião dele.

— Pôde levá-la para casa depois? — perguntou April. — Sei que estou sendo uma mãe velha e chata.

— Você não é velha. De jeito nenhum.

April tocou distraidamente os cabelos.

— Então deu a ela uma carona para casa?

— Não exatamente.

— Não *exatamente*? Que quer dizer? — a voz de April cacarejava quando ficava nervosa, o que não era realmente uma boa qualidade numa caçadora de talentos ou gerente de negócios ou o que quer que ela achava que fazia para ganhar a vida. Parecia a Sugar que quando você negociava pelo seu jantar, era importante ocultar alguma coisa.

— Não exatamente significa que houve complicações, mas eu as resolvi.

A voz de Sugar era quente e amanteigada, tão calmante como xarope para tosse. Nas boas ou nas más ocasiões, sua voz mantinha o timbre ressonante. Poucos anos atrás havia quebrado a perna direita num acidente de carro na 405, lacerou o escalpo também, uma placa de couro cabeludo pendendo sobre a orelha. Não se lembrava muito do acidente, mas ainda podia ver o olhar na cara do bombeiro enquanto usava a serra elétrica no Ford amarrotado, o jovem tremendo ao se esforçar para tirá-lo das ferragens, desconcertado pela maneira relaxada de Sugar, suas piadas negras e suas desculpas fingidas por toda aquela sangueira.

— Heather é uma excelente atriz.

April tragou de novo seu cigarro e amassou-o. A julgar pelo cinzeiro, ela nunca os fumava além da metade, provavelmente achava que era a segunda metade que a mataria.

— Heather sabe o que quer e sabe como conseguir. Sabe ficar de boca fechada, também — os olhos de April eram duros por trás da fumaça. — Uma garota especial.

— Saída do forno, como eu pedi.

April acendeu outro cigarro.

— E foi exatamente o que lhe dei. Lembre-se disto. Uma mão lava a outra, Sugar.

— Ta-ra-ra-ra — Sugar sorriu e então caminhou até um dos janelões que davam para a rua e colocou as mãos debaixo dos dois puxadores.

— Não se dê ao trabalho de tentar. Essa coisa está grudada aí desde que Noé saiu para passear de barco.

Sugar fez força, colocando suas costa no empuxo. A janela rangeu, subiu até em cima, ele sentiu a brisa fresca na testa suada ouviu o zunido do tráfego à distância.

— Bem, isto é uma façanha — disse April.

Sugar observou a noite. Os edifícios ao redor estavam escuros, a rua deserta.

— Estava ficando difícil respirar aqui dentro.

— Não comece a encarnar em mim — April apagou o cigarro depois de duas tragadas e inclinou-se para a frente, tossindo no punho. — Está lembrado do que eu disse sobre uma mão lavar a outra — advertiu. — Heather tem muito talento, mas nós dois sabemos o que isso vale sem as ligações certas. Uma palavra favorável sussurrada no ouvido certo...

— Estou ouvindo. Se não se importa que eu pergunte, qual é a sua fatia? Quinze por cento?

April tinha covinhas adoráveis.

— Trinta e cinco.

Sugar assobiou.

April apontou com a cabeça para o armário de pastas.

— Blindado, também. Você se surpreenderia em saber quantos tentam me deixar sem a minha comissão. É o bastante para abalar a minha fé na humanidade.

— Precisa confiar nas pessoas. Senão de que vale viver? — Sugar diminuiu as luzes e sintonizou o rádio numa estação de antigos sucessos, pegou Aretha Franklin no meio de *Chain of fools*. Caminhou até a mesa e estendeu as mãos à frente. — Pode me conceder esta dança?

April olhou para ele.

Sugar chamou-a com um gesto.

— Vamos, beleza, não me deixe aqui sozinho.

— Está falando sério? — riu April, embaraçada. — Está.

— Não há nada de errado numa pequena comemoração. Você e eu, somos apenas pessoas sem importância, mas veja o que fizemos esta noite — Sugar sorriu para ela e viu suas dúvidas se derreterem. *Era* um bom sorriso, cheio de dentes fortes e brancos e de humor. — Nós fizemos algo acontecer, garota. Nós balançamos as estruturas para valer. De um jeito ou do outro, Heather vai ser famosa.

April hesitou.

Sugar juntou as mãos em prece.

April levantou-se lentamente, saiu detrás da mesa. Olhou para a porta, como se receosa de que fossem ser apanhados, então o viu olhando e corou.

— Faz... faz um tempão que não me convidavam para dançar.

— Tem gente que não sabe o que está perdendo, não é? — Sugar colocou uma mão sobre os quadris dela, os dois balançando ao som da música, um pouco desajeitados no início, pelo menos até que ela relaxou e o deixou guiar, Sugar deslizando seu braço sobre a metade da cintura dela, dançando mais próximo agora.

April deu risinhos enquanto ele a fazia girar através do tapete, assombrada com a sua força e postura, com seus movimentos ágeis.

— Você me faz sentir leve como uma pena.

Sugar a apertou bem, sem esforço, levantando-a enquanto deslizavam pela sala. Era uma garota grandona, mas se sentia pequena nos seus braços, e a sensação era como a de uma corrente elétrica passando entre eles, quente e íntima como um beijo roubado.

— *Chain, chain, chain* — ele cantarolou —, *chain of fools*.

April pousou sua cabeça sobre o ombro dele, inalando seu pós-barba.

— Acqua Velva — murmurou. — Há quanto tempo não sentia este cheiro.

— Eu não passo de um cara antiquado — Sugar aninhou sua face nos cabelos dela enquanto a levava rodando pela sala e ela se entregou também, deixando-se rodopiar cada vez mais rápido até que ele perdeu o equilíbrio e os dois tropeçaram em direção da janela aberta. Ele a puxou para trás no momento exato, o joelho dela já sobre o peitoril baixo, apanhou-a quando começava a gritar. — Esta foi por pouco — disse, apertando-a com mais força, seu pulso martelando em seus ouvidos.

April desvencilhou-se, sem fôlego, trêmula. Ela tentou fechar a janela, apoiando-se nos puxadores, fazendo força sem conseguir movê-la.

— D-desculpe, Sugar — disse arquejante, seu rosto corado. — Sou tão desajeitada...

— Não foi sua culpa. Sou eu quem tem dois pés esquerdos.

Sugar colocou os braços em volta dela de novo. Ela tentou empurrá-lo para trás, mas ele estava com a febre da dança agora.

— Vamos terminar a canção. Vamos, beleza, só esta canção e eu a deixo ir.

April olhou nos seus olhos, buscando algo, sem saber bem o quê. Finalmente concordou com a cabeça, cedendo, mas seu corpo estava mais rígido agora e o momento de encanto entre eles se perdera.

Sugar dançou ao som da música, tentando acompanhar o lamento comovente de Aretha falando do amor sem chance. A canção estava quase no fim.

— *Chain, chain, chain...* — ele começou.

— Lembrou-se de dizer a Heather para não entrar em contato comigo? — disse April, tentando trazer de volta os negócios.

Sugar não respondeu.

— Falou a ela? — April continuava olhando ao redor enquanto a conduzia através da sala em arcos cada vez mais amplos, os cabelos dela esvoaçantes como serpentinas de festa enquanto ele a fazia rodopiar com os pés nos ares de novo. — Sugar — ela conteve a respiração, os olhos perturbados. — Sugar, estou ficando tonta.

— Shhhhhhhhhh — ele disse, rodando mais rápido agora, uma pirueta frenética.

— Sugar, *por favor*!

Sugar girou em torno do seu quadril e sem esforço jogou April de cabeça através da janela aberta. Um salto sem rede. Uma queda de um oitavo andar quase não oferecia tempo para um bom grito, mas April deu o melhor de si. Ele parou junto à janela, olhando para seu rosto sobre a calçada, um braço estendido, na direção da sarjeta, seus anéis brilhando à luz da rua. Foram-se os anéis e foram-se os dedos.

— Vá dizer pra Heather você mesma.

O vento soprou no vestido preto ondulante de April e o levantou, expondo as coxas pálidas. Se Sugar fosse um cavalheiro, teria descido até lá e puxado a barra do vestido para baixo, preservando o decoro de April, mas ficou onde estava, sem se mexer até que viu faróis de carro dobrarem a esquina no final do quarteirão. Deu um passo para trás na sala, colocou um par de luvas cirúrgicas e percorreu as pastas do armário. O contrato de Heather Grimm estava bem na frente das pastas da letra S. Esperanças tão altas, era algo comovente.

Sugar deu uma última olhada geral. April provavelmente freqüentara este escritório durante anos, chegando toda manhã, usando o telefone o dia inteiro atrás daquela mesa branca barata, sonhando em fechar o contrato da sua vida, sentada ali ano após ano. Você era até capaz de pensar que depois de todo aquele tempo uma parte dela ficaria por ali, uma espécie de aura no ar. Mas Sugar não conseguia sentir sua presença, de modo algum. April deixara o edifício. Ele estava quase na porta quando voltou e colocou o rádio de novo na estação *new age*, limpando bem o botão. Podia ainda ouvir sua música tocando ao seguir pelo corredor, como um eco que April deixara para trás. Era algo para pensar na viagem de volta a casa.

Capítulo 1

Sete anos depois

— Deus, odeio louras — disse Tamra Monelli. — Qual é o grande tesão de mamilos rosados, afinal?

— O que é uma loura? — disse Jimmy, de pé com os braços ao redor das gêmeas Monelli, Tonya e Tamra, enquanto Rollo conferia o visor da câmara, certificando-se de que o letreiro HOLLYWOOD estava perfeitamente enquadrado atrás deles.

Tonya deu um risinho e beliscou a bunda nua de Jimmy.

— Na semana passada perdemos um papel num filme de degolador — queixou-se Tamra. — Três convites na secretária eletrônica e então, no último minuto, o diretor decide que a cena do chuveiro é área exclusiva de louras, porque, e vou citar, "O sangue contrasta melhor com a pele branca e, além do mais, louras têm um ar mais inocente. É por isso que todo mundo quer trepar com elas." Inocentes? — Segurou os seios com as mãos em taça, seus mamilos negros como antracito. — *Estes* aqui parecem culpados segundo você, Jimmy?

— Sorria.

Jimmy Gage mostrou os dentes para a câmara, abaixando as mãos para reprimir discretamente sua ereção enquanto as gêmeas se roçavam nele, quentes, nuas e perfeitas. Jane ia ter um ataque quando soubesse disso.

Rollo apertou o disparador automático e voltou correndo, certificando-se de que estavam todos bem enquadrados. O periclitante letreiro HOLLYWOOD estava atrás deles, a tinta descascando, coberto de grafitos, as letras perigosamente inclinadas pelo último terremoto. A Stonehenge da Califórnia. O disparador clicou, o flash espocou, e uma foto polaróide deslizou da máquina. Item número seis na lista de sete da caça ao monturo: *foto de nus em grupo num marco identificável de Los Angeles.*

— Continuo não gostando deste lugar, Jimmy — e Rollo olhou ao seu redor os detritos que cobriam o chão, estremeceu diante de um ar-condicionado meio enterrado pelo impacto. — Todo tipo de merda rola por aqui.

— Merda rola por toda parte — e Jimmy examinou o pano de fundo de penhascos de arenito acima deles; o letreiro HOLLYWOOD fora erguido perto da crista de um morro, montanhas mais altas avolumando-se mais além. Lançar bolas de boliche das passarelas sobre as autopistas já era, entre os jovens candidatos a bandido. Hoje, o bacana do futuro se orgulhava de carregar objetos pesados até o topo dos penhascos e jogá-los sobre os excursionistas lá embaixo. Há dois meses um turista fora achatado por um tanque vazio de propano de 190 litros.

Rollo correu até onde estava a câmara empoleirada numa geladeira de isopor quebrada, um cineasta de vinte e um anos nervoso com óculos redondos grossos e um cavanhaque à Trotsky, vestindo apenas um par de sapatos de boliche de duas cores.

As gêmeas Monelli se espreguiçaram e se ajeitaram no ar quente da noite, macias e lisas como filhotes de weimaraner.

Rollo observou as gêmeas, usando a Polaroid como um leque para acelerar a revelação.

— Você me acha legal, Jimmy? Fisicamente, quero dizer?

— Você é um crédito ao genoma humano.

Jimmy colocou calças pretas e botas de soldador com biqueiras de aço, uma camisa de smoking franzida azul pálida completando o conjunto. Era alto e esguio, no meio da casa dos trinta, com cabelos escuros emaranhados e um sorriso aberto. Os menos avisados achariam que era apenas mais um cara relax, por dentro das coisas — até notarem os seus olhos e verem como eram penetrantes. Repórter da revista *Slap*, Jimmy era um criador de casos por ofício e inclinação, com mãos rápidas e curiosidade demais para o seu próprio bem. Brigar ou correr, não fazia mais diferença.

— Mas sou realmente legal? — Rollo examinou a Polaroid e depois entrou num par de shorts desbotados, quase caindo ao saltitar numa perna magra. Apanhou sua camisa havaiana de seda, uma *aloha* original dos anos 1920, com qualidade de museu, que valia mais do que a van VW que dirigia. — Quero dizer, se você fosse uma mulher, me acharia sexualmente atraente?

— Sexualmente? Então já passamos do "fisicamente"?

— Sim, foi como uma espécie de degrau. Então, *acharia*? Se fosse uma mulher?

— Não tenho tido muito contato com o meu lado feminino.

Rollo olhou para as gêmeas saltitando por entre TVs quebradas e microondas despedaçados.

— Acho que eu devia começar a malhar ou coisa parecida. Talvez tomar algumas injeções de B_{12}. Ou hormônio de crescimento humano. Dizem que você pode pegar câncer com esse troço, mas demora um tempo. Cinco ou dez anos pelo menos.

— Pelo menos.

Rollo olhou para os penhascos acima.

— Devíamos sair daqui.

Os quatro haviam passado as últimas horas dirigindo pelos arredores de Los Angeles, tentando encontrar a lista da caça ao monturo que Napitano distribuíra na sua festa. Antonin "Nino" Napitano era o editor autocrático da revista *Slap*, uma publicação mensal bem-sucedida e desbocada, com uma linha editorial que não admitia correções nem pedidos de desculpas. *Vanity Fair* e *Talk* haviam aperfeiçoado a arte do beijo etéreo de Hollywood, aduladoras mas dignificadas, mas os beijos de *Slap* tiravam sangue, seus perfis e críticas eviscerantes mandavam os ricos e famosos correndo à procura de seus assessores e de seus advogados especialistas em processos por difamação.

Convites para as fabulosas festas de Napitano eram disputados por atores e roteiristas com caixa postal em vez de escritório, estrelas de rock potenciais e modelos-do-momento. Vencedores da caça ao monturo tinham seus rostos estampados na seção "Choque do Novo" no número seguinte de *Slap*, uma garantia de que seus números de telefone estariam em evidência por toda a cidade. Por um mês, pelo menos. Jimmy não precisava disso, era o favorito de Napitano, o único escritor respeitado por ele, mas para Rollo e as gêmeas Monelli qualquer promoção valia a pena.

Rollo cofiou o cavanhaque ao olhar para Tamra posando dentro da gigantesca letra O, as costas arqueadas, sua barriga cor de bronze à luz da lua.

— Pena que Jane não esteja aqui, Jimmy. Gostaria de clicar as coisas dela também.

Viu a expressão de Jimmy e deu um passo atrás.

— A namorada de Jimmy devia ter vindo à festa — explicou às gêmeas —, mas deu uma dura no Jimmy quando soube que eu estava na lista. É uma detetive respeitada no Departamento de Polícia de Laguna; muito bonita, também, mas não gosta de mim.

— Jane recebeu um telefonema do assistente da promotoria. Um de seus casos está indo para o sul. Foi *por isso* que ela teve de desistir da festa.

— Estou *contente* que não tenha vindo — flertou Tamra. — Longe dos olhos, longe da cabeça, é o meu lema.

— Por que Jane não gosta de mim? — perguntou Rollo.

— Ela diz que toda vez que você aparece, sente que precisa conferir a prataria depois — Jimmy sorriu. — Eu a convenci a dar-lhe uma colher de chá, mas levar aquela palmeira ao jantar dela, aquilo foi o fim.

— Sabe quanto valia aquela árvore? — replicou Rollo com veemência. — Palmeiras sagueiro anãs são *protegidas*, cara. Eu podia tê-la vendido a um colecionador por mil paus.

— Ele a arrancou de um jardim botânico — disse Jimmy às gêmeas. — Apareceu na porta da casa de Jane com essa palmeira num carrinho de supermercado. Todos aqueles advogados e tiras bebendo martínis e surge Rollo empurrando o carrinho pela sala de estar, as rodas guinchando, terra caindo por todo o tapete.

Sacudiu a cabeça.

— Eu lhe disse para levar *flores*.

— A estufa estava trancada — explicou Rollo.

— Você nos disse que era um diretor — Tonya olhou para sua irmã.

— E sou — disse Rollo.

— Ele é — disse Jimmy.

Jimmy e Rollo eram as duas únicas pessoas em Los Angeles convencidas disso. Seus documentários excêntricos, sem nenhum potencial comercial, Rollo financiava com esquemas e mutretas sortidas: falsificando ingressos da Disneylândia, vendendo equipamento eletrônico roubado, invadindo bancos de dados na internet para melhorar seu currículo. Era um garoto desajeitado que largou os estudos no colegial com um QI superior a 140, mas quase nenhum bom senso para se manter fora da cadeia e, embora dormisse com a luz acesa, arriscara a vida por Jimmy e nunca mencionara isso depois. Eram amigos.

Rollo debruçou-se e jogou a Tonya suas calcinhas, a seda preta ondulando através do ar como um polvo voador.

— Devíamos ir andando. O último item da nossa lista é o mais difícil.

— Onde vamos encontrar um Oscar? — disse Tamra.

— Um Oscar *verdadeiro* — disse Tonya, rodando a calcinha num dedo.

— Nada daquela porcaria de melhor figurino ou melhor canção.

— Ouro da categoria principal — encerrou Tamra. — É o que as regras diziam.

Jimmy enfiou a mão no bolso e atendeu o telefone.

— Como está indo a caça, meu garoto? — arrulhou Napitano. — Conseguiu o decalque?

Jimmy podia ouvir música do outro lado da linha e o tilintar de copos.

— Sim, conseguimos.

— Esplêndido. Alguns dos outros concorrentes tiveram dificuldades — e Napitano estalou a língua em reprovação. — A maioria das equipes leu "Um decalque do túmulo de uma estrela do cinema mudo" e partiu diretamente para o cemitério de Forest Lawn, embora já estivesse fechado. Foram feitas prisões, Jimmy, uma coisa trágica.

Cantarolou baixinho.

— Eu me pergunto, porém, como a polícia sabia que haveria uma invasão em massa com gente escalando os portões?

— Não tenho idéia.

— Bravo. "Nunca confesse", se isto não está no brasão da sua família, deveria estar.

Napitano mastigava alguma coisa.

— Que túmulo de estrela você visitou?

— Rex, o cachorro-prodígio. O cemitério de animais de estimação de Encino não tem guardas.

A risada de Napitano foi como um chiado asmático enquanto Jimmy desligava o telefone.

— Vistam-se. Estamos sendo observados.

Rollo esticou o pescoço para os penhascos.

— Não olhem — disse Jimmy. — Simplesmente se mexam.

As gêmeas Monelli saracotearam entrando em seus vestidos pretos combinados.

Rollo apertou os olhos.

— Não estou vendo. — Uma TV portátil caiu no chão a cerca de três metros e explodiu com estilhaços de vidro. Ele gritou e segurou o tornozelo.

Brados de guerra se fizeram ouvir acima deles.

— Vão para a van — Jimmy disse calmamente. Um bloco de concreto desabou com um baque no matagal bem ao seu lado. — *Não* corram.

Viu Rollo correr em direção da van, os braços cruzados sobre a cabeça, as gêmeas Monelli logo atrás dele, manquejando em seus saltos altos. Jimmy sorriu e caminhou a furta-passo pela trilha, aguardando um piano de cauda cair sobre sua cabeça.

Rollo nem mesmo esperou Jimmy fechar a porta da van VW para disparar lançando uma nuvem de cascalho. Ninguém falou por muito tempo. Estavam quase na *freeway* número cinco quando Tamra finalmente quebrou o silêncio.

— Então, de quem vamos tomar emprestado o Oscar?

Rollo embicou para a faixa de automóveis.

— É uma surpresa.

— Como uma hemorragia cerebral — disse Jimmy, desconfiado agora. — Quem é que vamos procurar?

Rollo limpou a garganta.

— Garrett Walsh.

— Filho da *mãe* — disse Jimmy.

— Sabia que você não ia gostar disto — disse Rollo, acelerando.

— Quem é Garrett Walsh? — disse Tonya.

— Fez aquele filme pervertido muito tempo atrás. *Incendiário* — disse Tamra.

— *Incendiário* ganhou dois prêmios da Academia — disse Rollo, acomodando-se entre o tráfego da madrugada. — Foi seu *primeiro* filme, um *thriller* barato cheio de surpresas e reviravoltas, com uma distribuição péssima e sem estrelas, mas o sr. Walsh saiu com dois Oscars, melhor diretor e melhor roteiro. Nem mesmo o Tarantino conseguiu essa dobradinha na sua primeira vez.

Uma Lexus prateada lhe deu uma fechada e Rollo se apoiou na buzina.

— E isto *não foi* há muito tempo. Nove anos, um caso e tanto.

— Ele matou uma adolescente — disse Jimmy. — Walsh só saiu da prisão há poucos meses.

— Heather Grimm — disse Tamra.

— Quem? — falou Rollo.

— A garota que ele matou — disse Tamra. — O nome dela era Heather Grimm.

— Sete anos por assassinato, devia ter pegado setenta — disse Jimmy.

— Me lembro agora. Estávamos no terceiro ginasial quando aconteceu — Tonya pipilou para sua gêmea. — Saiu um retrato dela em *Entertainment Weekly*. Parecia uma líder de torcida.

— Loura, é claro — as gêmeas disseram em uníssono, enganchando os mindinhos.

— Onde mais vamos conseguir uma estatueta da Academia, Jimmy? — disse Rollo. — Não parece que exista um mercado negro para elas — e pensou. — Pelo menos para as principais.

— Tem certeza do caminho? — Jimmy perguntou meia hora depois.

Rollo apertou os olhos através do pára-brisa trincado e empoeirado. Os faróis da VW mal iluminavam a estrada sinuosa de faixa dupla enquanto a van se arrastava para Orange Hill, rateando na segunda marcha. Havia um restaurante no pico e casas ao longo dos cumes dos contrafortes de Anaheim, caixas de bolacha de um milhão de dólares com vista para o oceano a quinze quilômetros de distância. Num dia claro, pelo menos.

Jimmy enfiou a cabeça pela janela para enxergar melhor. A poluição atmosférica apagava as estrelas e era a miríade de luzes lá embaixo que parecia a Via Láctea, o elegante halo de néon acima do letreiro do ANGELS STADIUM brilhando mais do que a estrela polar. Era como se o mundo estivesse virado de ponta-cabeça e nada se mexesse acima, mas *abaixo*, na escuridão.

— Encontrei o sr. Walsh na sessão da meia-noite do Strand poucas semanas atrás — disse Rollo para as gêmeas. — Ele estava...

— Que merda é esta de sr. Walsh? — disse Jimmy.

— Fui o único a reconhecê-lo — continuou Rollo. — Não queria companhia, mas o segui até o seu carro depois do filme, de qualquer maneira. O carro não pegava, o que achei um bom sinal, porque eram três da manhã e ele não tinha dinheiro para um reboque.

— Walsh devia ter chamado O. J. e pedido uma carona — disse Jimmy. — Assassinos ajudando a assassinos, parece até um adesivo de traseira de automóvel.

— Como podia não ter dinheiro? — disse Tamra. — *Incendiário* faturou mais de setenta milhões só no mercado doméstico. É uma relação de custo-benefício de quase cinqüenta para um. Deve estar sentado sobre uma montanha de dinheiro.

Jimmy virou-se e olhou para ela.

— O que foi? — disse Tamra. — Eu me formei em negócios na universidade comunitária.

— O sr. Walsh estava bastante nervoso naquela noite — disse Rollo. — Muito bêbado também. Insistia para que eu furasse os sinais vermelhos e escapasse por vielas. Acho que receava que estivessem nos seguindo. Fãs podem ser muito agressivos.

A van vacilou e ele liberou mais gasolina, então subitamente deixou a estrada principal e pegou uma trilha de cascalho quase invisível, os pneus cuspindo pedras.

— O sr. Walsh me disse para ficar na estrada pavimentada e depois me pediu para deixá-lo diante do seu casarão. Disse que era sua casa, mas eu o observei pelo retrovisor ao me afastar e o vi fingindo que abria o portão — Rollo sorriu. — É um cara cheio de truques. Acho que você tem de ser assim quando é famoso.

A van caiu num buraco e o queixo de Rollo bateu no volante, mas estava tão contente consigo mesmo que não pareceu notar.

— Então eu segui de volta descendo o morro, mas apaguei os faróis, parei no acostamento e esperei. E não deu outra, dez minutos depois vejo o sr. Walsh vindo por este caminho. Fui atrás dele a pé. Teve de parar algumas vezes para vomitar e acho que uma vez me ouviu, mas agora eu sei onde ele mora. Esperto, não?

Jimmy olhou pela janela lateral. Não tinham passado por nenhuma casa desde o desvio, nenhuma luz, nem caixa de correio, nem grade de proteção.

Rollo prendeu a respiração lutando para recuperar o controle da van quando ela derrapou para o acostamento. A estrada se estreitou ainda mais, sem cascalho agora, apenas grama seca e terra batida.

Tamra acariciou o pescoço de Rollo.

— Walsh está trabalhando num novo projeto?

— Como está minha maquiagem? — Tonya perguntou à irmã. — Heather Grimm. Sua foto em *Entertainment Weekly*, seus cabelos estavam penteados em tranças francesas. Walsh deve gostar disto.

— Sim, ficou tão tarado por seus cabelos que a estuprou e depois arrombou sua cabeça com um dos seus Oscars — disse Jimmy. — Isto é um cumprimento sincero.

— Não entendo o seu ponto de vista — disse Tonya.

— O sr. Walsh pagou a sua dívida, Jimmy — disse Rollo.

— Não, não pagou.

— Sim, bem... — disse. — De qualquer maneira, agora está tentando recompor sua vida.

O VW chegou à crista do morro. Jimmy podia ver uma casa grande acima do cume e um trailer nas proximidades, fracamente iluminado, uma Honda surrada ao lado. A estrada terminou abruptamente e, quando Rollo pisou nos freios, a van parou patinando. O motor morreu ruidosamente, os faróis iluminaram a encosta ajardinada e mostraram um arranjo de pedras além de um grande tanque d'água com ninféias brancas flutuando na superfície. No centro do pequeno lago, precariamente equilibrado em algumas pedras, um homem de costas para eles, jeans caídos frouxamente sobre seus quadris, descalço e de peito nu, foi apanhado pelos faróis enquanto urinava alegremente no tanque.

Tamra deu um risinho.

O homem virou a cabeça para eles, pestanejando enquanto fechava a braguilha casualmente, um cigarro projetando-se da boca, óculos escuros puxados para cima sobre a testa. A água negra parecia ferver, peixes se agitavam em volta dos seus dedos do pé, escamas douradas refletidas pela luz.

— Oh, sim — disse Jimmy —, ele está recompondo sua vida. Já tem quase o quebra-cabeça completo.

Capítulo 2

Walsh tirou o cigarro da boca e o jogou no tanque de carpas *koi* enquanto Jimmy e Rollo se aproximavam. O chiado da brasa na água se fez ouvir na quietude. Partiu em direção deles, escorregou nas pedras e caiu no tanque até os joelhos, aproximando-se cambaleante, trazendo consigo o fedor de bebida e água suja.

Jimmy não se mexeu, mas Rollo deu um passo para trás. As gêmeas ainda estavam na van, preparando os cabelos e a maquiagem para a sua entrada triunfal.

Sete anos de prisão e Walsh ainda tinha a mesma boca insolente e os olhos sonolentos, os mesmos Wayfarers empoleirados no alto da cabeça, e três dias de barba por fazer. As olheiras estavam maiores, o rosto mais inchado e gasto, mas ainda era o *close* de garoto mau que a *Newsweek* dera na capa duas vezes, uma quando ganhou os Oscars e outra quando foi condenado por assassinato. A tatuagem no ombro direito era o diabo com forcado, típica de penitenciária, uma tatuagem tão desleixada como o torso queimado de sol, um pneuzinho de banha caindo sobre a cintura do seu jeans. Sua aparência era bem melhor que a de Heather Grimm.

— Sr. Walsh, sou eu, Rollo. Está lembrado?

— Sim, eu me lembro de você — rosnou Walsh, a postura descuidada, os polegares enganchados nos bolsos traseiros dos jeans. Seus olhos correram de um para o outro como se estivesse tentando decidir algo. Fixou-se em Jimmy. — O durão aqui me parece familiar também.

— Espero que não se importe de termos passado por aqui — disse Rollo. — Estamos concorrendo num jogo.

— Você já jogou comigo, garoto — Walsh disse para Rollo, ainda de olho em Jimmy. — Me enganou com todo aquele blablablá sobre filmes, dizendo ser um colega cineasta. Bem, só posso culpar a mim mesmo.

— Não sei se entendo, sr. Walsh.

— Cale-se, Rollo — disse Jimmy, que *entendia*.

— Sim, cale-se, Rollo — disse Walsh tranqüilamente. — Fez a sua parte, não precisa fingir mais — e sorriu para Jimmy, seus dentes irregulares e manchados de nicotina. — Sei o que veio fazer aqui, durão, mas não se preocupe, vou fazer você suar por seu contracheque. Só quero alguns minutos para fazer as pazes.

Jimmy viu Walsh fazendo algo com a mão direita atrás das costas.

Walsh curvou a cabeça.

— Agora eu me deito para dormir — disse, aproximando-se aos poucos —, eu rezo ao Senhor para que minha alma...

Sacou a faca de linóleo detrás das costas, a lâmina curva brilhando ao luar quando arremeteu com ela em busca da barriga de Jimmy. "Fazer espaguete", era como chamavam o golpe de estripar na prisão, os intestinos se esparramando para fora num molho vermelho de sangue.

Jimmy estava à espera do golpe Chef-Boyardee desde que vira Walsh enfiar as mãos nos bolsos de trás. Girou sobre o corpo para a esquerda, evitando por pouco a lâmina, deu então um soco no rosto de Walsh e o acertou bem abaixo do nariz, jogando-o para trás. A faca foi lançada para longe na noite. Uma faca de linóleo era uma escolha esperta para um ex-condenado. Qualquer coisa com uma lâmina superior a doze centímetros era considerada arma mortal, mas uma faca de linóleo, igualmente mortal nas mãos certas, era apenas uma ferramenta.

— *Obrigado*, Jimmy — disse Rollo, correndo para onde Walsh jazia estendido no chão, gemendo. — Foi realmente um gesto maduro.

Jimmy sorriu enquanto esfregava as juntas latejantes da mão direita. O luar cintilava num pequeno aro de ouro atravessado no mamilo direito de Walsh.

— O sr. Walsh certamente vai nos ajudar agora — resmungou Rollo.

— Que importa a você se ganhamos ou não a caça ao monturo?

Ajudou Walsh a se sentar e então apanhou os Wayfarers do chão e ternamente os colocou de volta no seu lugar sobre a testa.

— Está sempre acertando contas que nada têm a ver com você, Jimmy.

O sr. Walsh cumpriu sua pena. Por que seria a *sua* função decidir o que ele merecia?

Jimmy viu o sangue escorrer do nariz de Walsh.

— Não é minha função — confiou a Walsh. — É mais um *hobby*.

— Você bateu, você bateu como uma garota — Walsh disse a Jimmy.

— Fique de pé. Vou tentar fazer melhor desta vez — Jimmy disse suavemente.

Walsh ficou parado onde estava, pensando:

— Rollo o chamou de Jimmy.

— É o meu nome.

— *Você é* Jimmy Gage? — Walsh apertou os olhos para vê-lo. — Rollo me falou de você. O escritor da revista... — e cuspiu sangue. — Não veio aqui para me matar.

— Eu *tentei* lhe dizer — Rollo olhou ao redor. — *Existe* alguém tentando matá-lo?

Walsh olhou para Jimmy.

— Você me nocauteou só para se *divertir*? — Tocou no nariz com a ponta dos dedos, estremeceu, e então enxugou o sangue em seus jeans. Ficou de pé, vacilante. — Já recebi críticas terríveis antes, mas é a primeira vez que levo um soco de um crítico — e sorriu para Jimmy, mas não havia nenhum humor naquilo. — Está me devendo uma, durão.

— Entre na fila, babaca — disse Jimmy.

Rollo afastou-se lateralmente de Walsh.

— Corremos algum perigo aqui com o senhor?

— É bom para você, garoto, não há sentido em ser herói — Walsh esfregou a barba por fazer. — Não achava que alguém soubesse onde eu morava, por isso qualquer um que aparecesse por aqui...

Avistou as gêmeas Monelli vindo sorrateiramente da van na sua direção.

— Mas, de repente — disse, puxando os cabelos compridos para trás — eu podia ser persuadido a estender o tapete de boas-vindas.

— Sou Tamra.

— Tonya.

As irmãs deram risadinhas quando Walsh lhes beijou as mãos, deixando demorar os lábios.

— Aprendi a beijar a mão de uma mulher bonita quando estive em

Cannes — disse, os olhos reluzindo. — Havia muitas mãos para beijar nos velhos dias. Ganhei a Palma de Ouro, mas acho que vocês sabem disso.

Tamra olhou para as unhas sujas e os jeans imundos de Walsh, mas Tonya não pareceu notar.

Jimmy apurou os ouvidos para o som do motor de algum carro ou o rangido de solas sobre o cascalho, imaginando à espera de quem estaria Walsh, mas só ouviu o zumbido distante do tráfego. De qualquer lugar no condado de Orange, a qualquer hora do dia ou da noite, o som das rodas no asfalto era constante.

— Estamos numa caça ao monturo — disse Rollo.

Walsh coçou a barriga, examinando as gêmeas.

— E vocês, garotas, estão colecionando gênios?

— Precisamos de um Oscar — disse Jimmy.

— *Todo mundo* precisa de um Oscar, durão. Eu tenho dois deles — e Walsh sorriu para as gêmeas. — As melhores coisas vêm em par.

— Nós só queríamos um deles emprestado — disse Rollo. — Trazemos de volta logo depois da festa.

Walsh colocou os dedos no nariz, fechou uma narina e soprou um borrifo de sangue no chão.

— Por que eu faria isso? — e limpou a outra narina do mesmo jeito.

— Por que não vamos conversar lá dentro? — Tonya pegou o braço de Walsh e conduziu-o à mansão em estilo espanhol que se elevava sobre eles através das árvores. — Rollo disse que você está trabalhando num novo projeto. Já se comprometeu com algum estúdio, ou está ainda por sua própria conta?

— Não falei nada sobre um novo projeto — protestou Rollo.

— Ele não precisa necessariamente da participação de nenhum estúdio — disse Tamra, virando-se para Walsh. — Você podia autofinanciar o capital inicial. Mesmo que sua casa fosse um barraco, só o terreno deve valer pelo menos oito ou nove milhões...

— Provavelmente *doze* com a vista desobstruída — disse Tonya. — Os preços subiram astronomicamente desde que você... se afastou, Garrett, por isso, ainda que esteja sob alguma hipoteca, tem a possibilidade de obter uma garantia de caução.

Ela rolou os olhos para cima enquanto Walsh a observava.

— Três milhões, fácil. Transforma isso em incentivos culturais e então levanta os incentivos para um longa-metragem com orçamento de dez milhões de dólares, em co-produção com um consórcio europeu...

— O mercado asiático tem mais liqüidez neste momento — disse Tamra, batendo com o indicador nos dentes da frente. — Então você fecha um esquema de co-produção com um dos grupos de Hong Kong e de repente se vê subindo para vinte, talvez vinte e cinco milhões e depois...

Tonya apertou o braço de Walsh.

— E *então* você começa a pensar no elenco.

— A casa não é minha — disse Walsh.

— Os asiáticos estão saturados de louras — aconselhou Tamra — por isso devia pensar em papéis principais femininos com pigmentação.

— Atrizes dispostas a abrir mão do salário em troca de participação nos lucros — disse Tonya.

— A porra da casa não é minha! — e Walsh apontou para o trailer enferrujado pousado em blocos de concreto. — *É ali* que estou acampado. Os miseráveis donos da propriedade estão velejando ao redor do mundo até o ano que vem. Me deixaram ficar aqui porque são excelentes patronos das artes. Meus dois maiores fãs, foi o que disseram. Mas não tão grandes fãs para me deixarem ficar na casa, oh, não, eles a deixaram bem trancada e segura com seu próprio portão eletrônico que dá para a estrada principal, mas simplesmente *adoram*...

— E todo aquele dinheiro de *Incendiário*? — Tamra perguntou com indignação. — Não podia ter gasto tudo. Não teve tempo.

— Tive tempo o bastante — disse Walsh. — Foram apenas três meses, mas eu só fiquei com dois por cento dos lucros líquidos do *Incendiário*. Tive de vender o resto para conseguir o dinheiro para terminar o filme. Eu não me importava. Quando você quer algo, faz tudo o que for preciso.

As gêmeas olharam para Walsh, para o trailer, e então abriram seus telefones celulares um após o outro.

Walsh as viu caminhar de volta para a van, tagarelando em seus telefones.

— O que o diabo dá, o diabo leva, a história da minha vida — disse ele a Jimmy. — Não tenho do que me queixar. Casa e comida, ar livre e vista para o mar — lançou uma escarrada até o tanque — e tudo o que tenho a fazer é cuidar dos malditos peixes.

— Parecia estar cuidando deles quando chegamos — disse Jimmy.

Walsh sorriu para Jimmy. Puxou um maço amarrotado de cigarros do bolso, sacou um e acendeu-o com um floreio bem treinado do Zippo, fechando a tampa do isqueiro com um estalido peculiar.

— Gostaria realmente de tomar emprestado um dos seus Oscars, sr. Walsh — pressionou Rollo.

Walsh observou as gêmeas voltando à van, fumaça saindo-lhe das narinas.

— As mulheres me achavam atraente. Acho que estou um pouco sem prática.

— Tonya e Tamra exigem manutenção de primeiro nível — disse Rollo.

— *Todas* elas exigem manutenção de primeiro nível, garoto — falou Walsh.

— Vamos andando, Rollo — disse Jimmy. — O rei filósofo aqui virou um desastre de trem.

— É legal ser um vencedor, não é, durão? — disse Walsh. — É legal ter todas as respostas e se lixar para quem as conheça ou não. Você nunca tropeça, nunca derrapa, nunca tem de pedir desculpas. Bem, goze enquanto dura.

Deu uma olhada para Jimmy e não havia mais raiva nele, apenas um vasto cansaço.

— No momento em que você desceu da van, ombros para trás, sorriso atrevido, não sabia o seu nome, mas conhecia sua cara. Assustou-me, também. Não há muita diferença entre um vencedor e um assassino, não tanta quanto pode imaginar.

— Só preciso de um dos seus Oscars emprestado por poucas horas — disse Rollo.

— Não posso esperar para ver como você vai ficar quando tudo virar merda — Walsh disse para Jimmy. — E, confie em mim, mais cedo ou mais tarde tudo vira merda.

— Vai nos emprestar o Oscar ou não? — disse Jimmy. — É tarde e estou entediado.

— Tente viver com debilóides durante sete anos, vai descobrir o que é tédio — disse Walsh, o cigarro balançando a cada palavra. — Sete anos e nem uma só vez cheguei a cruzar com um daqueles gênios do crime que você vê nos filmes.

Escancarou a porta do trailer.

— Entre. Até que me faria bem uma conversa inteligente.

— Não, obrigado.

Walsh soprou uma onda de fumaça sobre o rosto de Jimmy.

— Acha que é melhor do que eu?

— Acho que um verme é melhor do que você.

Walsh sorriu.

— Este é o tipo de humor efervescente de que sinto falta há muitíssimos anos.

— Vamos entrar — Rollo disse para Jimmy. — Vamos, não vai doer.

O trailer era apertado e bagunçado, a pia cheia de latas de carne ensopada e de tangerinas, o divã afundado, as janelas abertas manchadas de fuligem. Fedia a cigarros e cerveja rançosa.

— *Mi casa es su casa* — disse Walsh num floreio.

À luz da lâmpada de teto, parecia ainda mais gasto, os olhos injetados de sangue e marejados. Dirigiu-se para trás de uma cortina estampada na traseira do trailer e voltou poucos momentos depois agitando a estatueta da Academia sobre a cabeça.

Oito ou nove anos atrás, Jimmy vira Walsh fazer exatamente o mesmo gesto, debaixo dos refletores do Dorothy Chandler Pavillion, já bêbado, parecendo perdido e impossivelmente jovem ao acenar com o seu segundo prêmio para a multidão. Jimmy lembrou-se de ter aumentado o volume da televisão enquanto Walsh se lançava num discurso de agradecimento desconexo, sem agradecer a ninguém, sem elogiar ninguém a não ser a si mesmo. Walsh não era mais o garoto de ouro, mas seus olhos ainda brilhavam com a mesma arrogância daquela noite da entrega dos prêmios da Academia há tanto tempo. O mesmo medo, também, a clareza terrível de saber que o chão sob seus pés já estava se mexendo. Jimmy sentira pena de Walsh então, e, mesmo depois de tudo o que Walsh fizera, sentia pena dele agora.

Walsh hesitou e então entregou o Oscar a Rollo.

— Melhor diretor.

— Uau — disse Rollo, embalando o troféu em suas mãos. — A porra do Santo Graal.

Jimmy olhou para o Oscar e pensou em Heather Grimm, perguntando-se se seria esta a estatueta de três quilos que Walsh usara para arrebentar o crânio dela. Não sentia mais pena de Walsh.

— Rollo pode levar emprestado o Oscar para a sua caça ao monturo — disse Walsh a Jimmy. — Queria só que você ficasse e me fizesse companhia até que ele o traga de volta. Estou lhe oferecendo um brinde, um furo de primeiro página: o novo roteiro cinematográfico em que estou trabalhando, a melhor coisa que fiz até agora. A história de um homem no topo do mundo, um homem que comete um erro e cai até o fundo da terra. É a história mais velha que existe, mas tem alguns novos ângulos. Algumas surpresas.

— Devia estar falando isto para um estúdio, não para mim — disse Jimmy.

Walsh sacudiu a cabeça.

— Estou mais frio que a piroca de um esquimó. É por isso que preciso de você. Quero que escreva um artigo sobre mim, sobre o que estou fazendo agora. Tenho até um título para você: "O Roteiro Mais Perigoso de Hollywood".

— Me dê uma cópia e eu levo para ler em casa — disse Jimmy.

— Não é possível — disse Walsh. — Só existe uma cópia e ainda não foi terminada. Não exatamente — esfregou o maxilar e o som foi de lixa. Seus olhos estavam concentrados em Jimmy. — É um bom roteiro. Tão bom que talvez possa até provocar a minha morte.

Esperou por uma resposta e finalmente apagou o cigarro na mesa branca de fórmica, a superfície cheia de marcas de queimado.

— Fico surpreso por não agarrar esta oportunidade. Qual é o problema, durão? Tem medo de ficar sozinho comigo?

— Não sou uma garota de quinze anos. Do que tenho de ter medo?

Walsh tremeu como se tivesse sido esbofeteado, sua dor genuína.

— Tem certeza de que fui o culpado?

— Você *admitiu* a sua culpa.

Walsh olhou para Jimmy com aqueles olhos tristes e sonolentos.

— Talvez eu estivesse errado.

Capítulo 3

— Coquetel? — Walsh ergueu dois frascos de remédio e lhes deu uma sacudida.

— Passo.

— Azar o seu.

Walsh tirou dois Percocets, acrescentou um Nicodin e enfiou-os na boca, ajudando-os a descer com um gole de um *brandy* barato. Encarou Jimmy do outro lado da mesa de jogo e lançou em desafio um arroto longo e ácido. Sobre a mesa estava uma máquina de escrever manual amassada, uma velha Underwood, pesada o bastante para derrubar um rinoceronte em investida. Empilhado ao lado da máquina havia um manuscrito, notas de Post-It amarelas saindo por entre as páginas. Um fichário do tipo sanfona estava aberto no chão, ao lado de uma cesta cheia de papéis amassados e garrafas de meio litro vazias.

Tinham ido para a traseira do trailer depois que Rollo partira com as gêmeas, Walsh puxando de lado a cortina estampada como se estivesse conduzindo Jimmy ao Valhala. Enquanto a sala principal era miserável e cheia de roupas e detritos, esta área dos fundos era organizada e limpa, mobiliada apenas com a mesa de jogo, duas cadeiras e a máquina de escrever. Uma parede estava forrada de livros. O outro Oscar de Walsh tinha um ar solitário, isolado na estante superior. Um pedaço estreito de espuma de borracha servia de cama, o lençol de algodão branco esticado, o travesseiro marcado e amassado. O quarto era provavelmente do tamanho e configuração exatos da cela onde Walsh passara os últimos sete anos.

— Já esteve apaixonado? — Walsh erguia a garrafa de *brandy* como um cetro. — A coisa verdadeira, não apenas a esfregação das carnes.

Jimmy escanchou a outra cadeira, cotovelos encostados no espaldar de madeira.

— Disse que queria me falar sobre o seu novo roteiro. Vamos em frente.

— Se nunca esteve apaixonado, nunca irá entender o roteiro. Eu estaria desperdiçando meu tempo — Walsh recostou-se para trás na cadeira até que as duas pernas da frente saíram do chão, precariamente equilibrado, mas despreocupado. Seu jeans era de um azul mais escuro dos joelhos para baixo, de onde ele escorregara no tanque, mas não parecia ligar para aquilo também. — E então, *apaixonou-se* ou não?

— Sim — disse Jimmy, sentindo que havia cedido em algo. — Já estive apaixonado.

— Sorte a nossa, hein? — Walsh trouxe a cadeira de volta à sua posição, apanhou o maço de papéis e agitou-o diante do rosto de Jimmy. Cada página tinha correções. — Chama-se *Otário* — e jogou a papelada de novo sobre a mesa. — Foi tudo o que eu disse aos estúdios quando tentei vender o roteiro poucas semanas atrás. O título e meu currículo deviam ser suficientes. Vender o escândalo, era tudo o que bastava para receber uma oferta. Em vez disso, tudo o que recebi foi obrigado, mas não, obrigado, foda-se, muito obrigado.

Jimmy podia ver o anel de ouro do mamilo de Walsh balançar a cada fôlego rouco que ele tomava.

Walsh forçou o polegar na garrafa. A tampa saltou e ele a rebateu com a outra mão; era um destes truques exibicionistas de prisão aperfeiçoados por homens que nada possuíam a não ser tempo livre. Jimmy vira ex-condenados enrolarem um cigarro com dois dedos, vira rolarem uma moeda de um quarto de dólar entre as juntas dos dedos, fazendo-a dançar para a frente e para trás ao longo dos ossos. Aquilo não o impressionou. Walsh tomou um gole do *brandy* sem nome.

— Certa vez paguei mil dólares por uma garrafa de conhaque.

— Você matou a garota?

Walsh coçou o diabo vermelho no seu ombro — era uma tatuagem feia, o forcado torto, os chifres na cabeça irregulares.

— Gostaria muito de saber.

Jimmy viu Walsh abrir um frasco de pílulas. Queria acreditar que Walsh estivesse mentindo para ele, enrolando-o, mas a confusão e a frustração do homem eram reais.

Walsh jogou mais dois Percocets garganta abaixo e os regou com outro gole de *brandy*.

— A melhor notícia desde que saí foi encontrar toda a nova droga legal por aí. É só dizer ao médico que machucou as costas cortando capim-rasteiro e ele lhe dá uma receita de analgésico.

— Deixe-me ler o roteiro e então poderá apagar em paz.

— Cara durão... sim, posso sentir o cheiro de um deles a um quilômetro de distância. — Walsh acenou com o manuscrito. — Bem, *eu sou* uma porra de gênio com certificado. *Estou* nos livros de história. E quanto a você?

Jimmy olhou para o seu relógio.

— É uma boa meia hora de viagem daqui até a casa de Napitano, portanto relaxe.

Walsh tomou outro gole da garrafa.

— Aquele miserável tem uma propriedade e tanto: três ou quatro acres, me pareceu, piscinas, fontes, quadras de tênis, estátuas por toda parte.

Arrotou de novo.

— Tentei penetrar na festa de Napitano no mês passado. Passei dez minutos discutindo com um dos seguranças. O fedelho nunca tinha ouvido falar de *Incendiário*. Duas porras de Oscars, eu podia bem ser Shelley Winters por todo o bem que estão me fazendo.

Jimmy riu e Walsh riu também, sacudindo a cabeça, e Jimmy quase gostou dele.

— Quantas vezes você viu *Incendiário*? — perguntou Walsh. — Vamos, confesse.

— Quatro vezes.

Walsh sorriu e não era o esgar falso que tentara jogar para cima das gêmeas. Este sorriso era honesto, quase tímido.

— *Foi* um bom filme, não foi? — e bateu com a garrafa na mesa. — Todos aqueles pirralhos de escolas de cinema chegando aos rebanhos em Sundance, eu ficava intimidado. Enquanto eles se enturmavam com Coppola e Redford, eu estava limpando privadas e lavando assoalhos. Trabalhava como zelador num cemitério quando escrevi *Incendiário*, sabia disso?

Jimmy fez que sim com a cabeça.

— Foi assim que conheci Harold Fong, o maluco do *software* que empatou o dinheiro em *Incendiário*. Ele passava noitadas no DataSurge e eu aparecia por lá nas minhas folgas e discutíamos cinema sem parar. Não fazia diferença que fosse o dono da empresa e eu recolhesse o lixo, nós *dois* adorávamos os irmãos Coen. Costumávamos interpretar cenas de *O grande Lebowski* e de *Fargo* que duravam dez minutos. Harold me fodeu na participação nos lucros de *Incendiário*, mas me apoiou quando ninguém mais o faria. Agora não consigo passar sequer da secretária da secretária dele.

Seus olhos estavam com as bordas avermelhadas.

— Já se apaixonou?

— Já me perguntou isso.

— Certo — Walsh pestanejou, agarrou o roteiro. — Você não pode ler *Otário*, ainda não, por enquanto. Cito nomes, os nomes *verdadeiros*, não mudei nada para proteger os inocentes ou os culpados.

Ergueu os olhos.

— Mas vou lhe *contar* a história. Vamos fazer como se fosse uma reunião de estúdio e você poderá fingir que entende e sorrir, exatamente como um verdadeiro executivo da indústria cinematográfica.

Puxou os cabelos para trás e havia algo naquele rosto comprido e soturno, algo que espreitava por trás do abuso e do talento desperdiçado, que comovia Jimmy. Walsh ficou de pé, a cadeira caindo atrás dele.

— A tomada de abertura é do nosso herói na prisão, olhando para uma carta — diz Walsh, andando, esboçando a cena com as mãos. — Ele não a abriu. Está quase com medo de abri-la. Fica simplesmente deitado na cama inferior do beliche, traçando a caligrafia feminina do endereço com a ponta do dedo. É noite, a cela iluminada apenas pela fraca luz de segurança no teto. Podemos ouvir seu companheiro de cela roncando e os ruídos usuais ao fundo, homens gritando no seu sono, alguém grunhindo enquanto faz flexões, mas o nosso cara está num mundo todo seu. Esperou o dia todo por este momento. Dá uma pequena cheirada no envelope e fecha os olhos, saboreando a lembrança. Então, muito lenta, muito cautelosamente, enfia o dedo mindinho debaixo da aba do envelope e ouvimos o som de papel se rasgando na trilha sonora. *Fade out*.

Walsh olhou para Jimmy tentando avaliar sua reação.

Jimmy devolveu o olhar. Walsh tinha a sua atenção completa.

— *Flashback* do nosso herói antes de ir para a prisão — um jovem cineasta do caralho, tão quente que as calçadas queimam sob seus pés. Executivos dos estúdios estão correndo atrás dele, telefonando *pessoalmente*, e as mulheres... as pererecas saltam do mato quando você é famoso. Você podia ser Quasímodo e elas ainda iam querer trepar com você, e isto *decididamente* sobe à cabeça do nosso herói, mas ele continua trabalhando mais duro do que nunca, queimando suas energias, usando até um maçarico para isso, receando acordar uma manhã e se ver de novo arrancando absorventes íntimos de privadas entupidas. Seu segundo filme é muito mais ambicioso — em vez de um orçamento de um milhão de dólares, está previsto para setenta milhões, desta vez ele tem atores de verdade ao seu dispor, e uma equipe de verdade, até escravos para lhe trazer café expresso.

"Então, um dia, inesperadamente, encontra *ela*. A mocinha. Toda boa história precisa ter uma mocinha e lá está ela, esperta e engraçada, e tão bonita, o tipo de garota para a qual ele tocou punheta a vida toda. Apenas um problema: ela é casada. Assinou um contrato até-que-a-morte-nos-separe com um homem poderoso, um homem perigoso. Mas nosso herói não se importa, está acostumado a conseguir o que quer e o que ele quer é *ela*. E como esta é uma história de Hollywood, a mocinha sente o mesmo por ele. Amor, Jimmy, de verdade, profundo como o oceano e alto como a montanha, do tipo pelo qual você arrisca sua boa vida, do tipo que você tem de agarrar quando vê, porque talvez não apareça nunca mais. Aquele tipo de amor."

Walsh sentou-se, seus joelhos quase se tocando.

— Se esta fosse uma reunião de estúdio autêntica, Jimmy, você me perguntaria em que página eles trepam, e eu diria, sem sequer consultar minhas anotações, eu diria na página quatorze, e você apreciaria isso porque o público não gosta de esperar mais do que quatorze minutos para ver o herói e a mocinha treparem. Você tem de alimentar a besta, Jimmy, e eles trepam, nosso herói e a boa esposa — é assim que a chama, uma piada secreta dos dois. Eles incendeiam os lençóis, nosso herói e a boa esposa, se dilaceram e se recompõem e o que compartilham é tão suave, vale cada mentira, cada desculpa, cada promessa rompida.

Aperta a perna de Jimmy.

— Vale o *risco*. E é um risco. Para ela. Para ele.

Jimmy estava fisgado.

— Nosso herói fez inimigos na sua subida ao topo. Meninos-prodígio são alvos fáceis e nosso herói se deixou ficar vulnerável. Tem um certo medo do marido, para dizer a verdade, mas isto só torna o amor mais doce e, além do mais, nosso herói é esperto: seus roteiros são *thrillers* intrincados, tortuosos, cheios de surpresas e viradas. É um homem que sabe como escapar de *tudo*. Nosso herói controla o perigo, mas a esposa, a boa esposa, é mais... prática. Ela recua um pouco. Não muito. Não terminou, ela lhe assegura, apenas precisa de um pouco de ar, um pouco de espaço, porque está tendo um momento difícil fingindo em casa e se preocupa que o marido venha a saber — e talvez, apenas talvez, precise de umas férias do menino-prodígio.

Estavam tão próximos que Jimmy podia contar os vasos sangüíneos estourados no branco dos olhos de Walsh.

— A pequena separação vira uma semana e depois outra — disse Walsh, seu rosto reluzente de suor — e nosso herói está morrendo por dentro. Deixa recados na secretária eletrônica, seu código secreto ligue-para-mim, dois toques curtos e um longo, mas ela não responde, e ele está ficando zangado, com raiva dela por deixá-lo em suspense, com raiva de si mesmo por sentir sua falta. Uma tarde está sentado na varanda dos fundos da sua casa de praia, trabalhando no roteiro das filmagens. Seu segundo filme, *Chave de braço*, está com o cronograma atrasado várias semanas, os chefões estão tendo chiliques e, embora nunca admitiria isto, ele também. Todas aquelas tardes roubadas com a esposa tiveram o seu preço e correm rumores nas publicações especializadas, anônimos, é claro, de que o nosso herói é um fenômeno de um filme só.

"Portanto, neste dia particular, ele está sentado do lado de fora, debaixo do sol quente, quando aparece ninguém menos que uma bela garota num biquíni cor-de-rosa. Seu nome é Heather, uma loura deslumbrante que pisou num caco de vidro e cortou o pé. Sangue na areia. É capaz de ver? Nosso herói é uma criatura de imagens e a visão da adorável Heather com sangue gotejando da sola do pé — você devia estar lá, durão. *Você deveria estar lá em vez de mim.*

"O diretor a convida a entrar para limpar o ferimento enquanto vai buscar bandagens. Não é um corte feio, mas dói, e a dor no rosto dela o excita mais do que deveria. A loura não tem nenhuma idéia de quem é ele. É jovem, dezenove anos, diz, garota de universidade não se formando em nenhuma cadeira principal. Ela vê seus dois Oscars na estante e pergunta onde foi que os comprou, e está falando sério. Deita-se no chão, seu pé no colo dele enquanto ele limpa o ferimento, soprando nos seus dedos ao aplicar o anti-séptico, e os olhos dela o atravessam. Ela volta à praia para apanhar sua esteira, a toalha e o bronzeador de óleo de coco e, quando volta, nosso herói tem duas carreiras de coca à sua espera e uma coisa leva a outra e ele pensa na boa esposa, sabe que a está traindo, mas ela o está traindo com o marido, e então a universitária tira o biquíni e é tudo, Jimmy, é *tudo*."

Jimmy viu Walsh combater os tremores, mas não fez nenhum gesto para ajudá-lo.

— Nosso herói e Heather passam a tarde trepando e cheirando coca e trepando um pouco mais. Ele está recuperando o tempo perdido agora e passou a fumar heroína, para se embotar, meu caro, para afugentar a imagem da boa esposa.

Walsh fechou os punhos com tanta força que suas juntas ficaram brancas.

— Nenhuma heroína para a jovem, porém. Ela estava curiosa, mas ele não quis lhe dar nada, nem mesmo para provar. Era um viciado em heroína, mas não queria que ela se iniciasse. Não desejava aquilo na sua consciência.

Olhou para Jimmy.

— Isso conta a seu favor, não?

Jimmy acenou com a cabeça.

— Sim.

— Pois bem, eles trepam a tarde inteira e ao anoitecer, e a última coisa que nosso herói lembra é de ter adormecido com o rosto contra sua pele macia. Quando acorda — quando acorda —, está de pé, como um sonâmbulo, e tem um policial grandalhão o segurando, dizendo *O que foi que você fez, companheiro?* Nosso herói mal pode escutar o policial, sua atenção centrada na loura caída aos seus pés com a cabeça afundada, aquela pele macia arruinada e um de seus Oscars está ao lado dela, luzidio de sangue. O policial continua repetindo *O que foi que você fez, companheiro?* e nosso herói... ele não sabe o que dizer.

"O julgamento não demora muito. Não é aquele tipo de filme. A equipe de advogados do herói a-quinhentos-dólares-por-hora sugere que ele pinte Heather Grimm como uma piranha cocainômana, uma Lolita desesperada para abrir trepando o seu caminho para o cinema, que o atacou quando ele a rejeitou. Em vez disso, nosso herói aceita a barganha da promotoria. É um canalha arrogante, mas se lembra de como era o rosto de Heather, se lembra da sua risada."

— Sabe que qualquer júri de mente sã vai lhe dar uma sentença perpétua sem liberdade condicional — disse Jimmy. — Sabe que com a barganha da admissão de culpa e bom comportamento pode sair em sete anos. E quanto à boa esposa? O que faz ela?

Walsh desviou o olhar.

— Nosso herói nunca mais soube dela. Ela não telefona para ele, ele não telefona para ela. O que é que vai dizer? "Desculpe, senti tanta falta sua que trepei com uma estranha e depois arrebentei seu crânio porque não era você." Não, nosso herói fica quieto. Falar não vai ajudar em nada, só vai arrastá-la para esta confusão e nosso herói faria qualquer coisa para evitar magoá-la.

Limpou a garganta.

— Eu mencionei que ele a ama?

Jimmy observou-o.

— As seqüências da prisão passam rápido, porque o público já viu todo tipo de filme de prisão que queria ver. Agora nós repassamos aquela cena de abertura, onde cerca de um mês antes de sair para a rua, nosso herói recebe uma carta — uma carta *dela*.

Walsh fechou os olhos por um momento, saboreando a lembrança.

— Aquele tempo todo sem nenhum contato... — sua voz se perdeu e levou algum tempo para reencontrá-la. — Fica deitado no seu beliche durante uma hora, olhando para o envelope, deliciando-se com as curvas e os vales da sua caligrafia. As coisas que passam por sua cabeça. Na verdade ele acha que ela vai dizer que se divorciou do marido, que vai estar à espera diante do portão, os cabelos cheirando como flores recém-colhidas.

"Mas não é o que diz a carta. Aposto que você sacou isto. A esposa escreveu para lhe dizer que acabara de saber que o marido sabia a respeito deles. Soubera quase desde o começo. Soubera mas nunca deixara escapar, nunca dissera uma palavra a ela. Ficou quieto durante os sete anos em que nosso herói esteve na prisão. Quando o nome de nosso herói surgia numa conversa numa festa, o marido nunca reagia. Guardou o segredo."

— Assim como o nosso herói.

Walsh olhou fixo para Jimmy.

— Nosso herói ficou quieto para *protegê-la*. Talvez o marido ficasse quieto para proteger *a si mesmo*.

Jimmy refletiu sobre isto por algum tempo.

— Acha que ele plantou aquilo para você?

— Não sei. Não me lembro de matar Heather, mas havia um monte de provas. Tudo o que estou dizendo é que se o marido sabia do caso, talvez fizesse alguma coisa a respeito. Só sei que eu faria.

Jimmy tinha ouvido histórias mais malucas. Uma ou duas vezes, pelo menos.

— Como foi que a esposa descobriu?

Walsh olhou para ele, os óculos escuros na sua testa como um segundo par de olhos mortos.

— Ela... nos ouviu.

— Que quer dizer isto?

— Ela nos *ouviu*. Está surdo? — e Walsh ficou furioso de novo, trocando suas marchas emocionais com maior freqüência do que um piloto de Grand Prix. — Ela às vezes toma pílulas para dormir, mas alguns meses atrás acordou e o marido não estava ao seu lado, o que não é grande novidade, porque geralmente trabalha a noite toda. Então ela se levanta para tomar um pouco d'água e ouve... vozes lá embaixo, e fica curiosa. Desce e ouve à porta de onde ele trabalha e as vozes estão mais fracas agora, tão fracas que, se não fosse a voz *dela* vindo de dentro da sala, não a teria reconhecido. Tem a minha voz também e ela encosta o ouvido na porta para escutar. Nós dois estamos dentro daquela sala, o som de nós dois fazendo amor, tão claro que ela na verdade se lembra da tarde em que dissemos aquelas coisas. Sou um falador, Jimmy, tenho coisas a dizer enquanto estou transando, e ela também. Seu marido tem uma fita daquela tarde — provavelmente tem uma fita de todas as *outras* tardes, todas as outras noites e madrugadas. Me diga se não é uma coisa doente? Esta foi a primeira vez em que ela o flagrou ouvindo as fitas. Talvez fosse uma ocasião especial, ou talvez o fato de que vou sair em breve o fez querer ouvir mais uma vez, para se lembrar do que fiz a ele. Estes são os dois primeiros atos, Jimmy. O que acha, até agora?

— Bom clima, mas há uma diferença muito grande entre saber que sua mulher está pulando a cerca e orquestrar um homicídio. É por isso que existem muito mais advogados de divórcio do que pistoleiros.

— Aquele cara sabia há meses que sua mulher o estava enganando e nunca falou nada — disse Walsh. — O homem que era capaz dessa encenação, beijando-a quando saía para uma aula de ginástica, sabendo que na verdade ia se encontrar comigo, mas deixando-a ir, dormindo ao lado dela noite após noite e nunca dizendo nada — um homem capaz disso era capaz de fazer *qualquer coisa*.

— E o que é que a mulher acha? Ainda vive com ele? Se vive, isto deve lhe dizer algo.

— Me diz que ela não sabe o que pensar. Ainda me ama, é tudo o que ela sabe ao certo. Aqueles sete anos que passei pensando nela, ela estava pensando em mim também.

— Como se chama?

— Ainda não — e Walsh deu uma palmadinha no manuscrito. — Tenho tudo anotado aqui: nomes, lugares, datas. Ainda não tenho o terceiro ato terminado, a parte em que o herói crava o marido e conquista a mocinha de volta.

Deu um soco na mesa, então tentou se levantar, mas suas pernas estavam vacilantes.

— Vou precisar de provas — bufou. — E *então* você vai ver. Vou lhe dar uma exclusiva.

— Não pode nem encontrar seu equilíbrio. Como é que vai descobrir o que realmente aconteceu na casa de praia tanto tempo atrás?

Walsh tocou o fichário-sanfona abarrotado ao lado da mesa com o dedão do pé.

— Minha equipe legal contratou um detetive particular para investigar Heather Grimm. A barganha no julgamento causou um curto-circuito nas coisas, mas tenho suas anotações originais aqui. Algumas possibilidades interessantes, também.

Olhou pela janela, tremendo agora, ouvindo vozes no vento, gritos nas árvores.

— O marido ainda não encerrou o meu caso.

— Está exagerando, Walsh.

O sorriso de Walsh voltou-se para dentro, sua confiança tão falsa como o resto dele.

— Dei uns telefonemas. Os estúdios não sabem do que trata o roteiro, mas eu lhes disse que era baseado numa história verídica. O marido — deve ter ouvido a respeito do meu trabalho. Preciso contar-lhe minha história, Jimmy. Ele não teria colhões para fazer nada contra mim então.

Jimmy sacudiu a cabeça.

— Esta caça ao monturo de vocês... já joguei este jogo quando era garoto. Batendo nas portas, pedindo tesouro e lixo, é tudo igual. Bem, abra seus olhos, durão, você esbarrou em algo grande aqui — e Walsh botou uma garra sobre o braço de Jimmy. — Me coloque na capa de *Slap*, faça uma jogada grande.

Jimmy o rejeitou.

— Já fui cantado pelos melhores, Walsh, e esta sua encenação de velho marujo está ultrapassada. Contrate um agente de publicidade se quer publicidade.

Viu Walsh estremecer e aproximou-se dele.

— Ouça, acabe o roteiro e eu vou ler.

— Não tenho tempo. Todos aqueles anos na prisão. Não posso saber quando vai chover merda. Precisa escrever sobre mim *agora*.

O telefone de Jimmy tocou. Ouviu Rollo gritando que tinham vencido, que iam ser famosos, *todos* eles. Ouviu as gêmeas se acotovelando junto ao telefone, rindo, e o som de taças tilintando.

— Você está me matando.

Walsh olhou pela janela, seu rosto frouxo.

— Está me matando e nem chega a saber disso.

Capítulo 4

Sugar agarrou o telefone no segundo toque da campainha e abaixou o receptor, ainda observando as gaivotas que flutuavam no ar em busca do almoço.
— Sou eu.
— Há quanto tempo — murmurou Sugar, olhando ao redor. Nada nem ninguém que não fizesse parte dali. Ajeitou seu boné dos Dodgers, puxou-o baixo sobre os olhos. — Não está me ligando de casa, está? Nem de casa, nem do escritório, está lembrado?
— Estou lembrado.
Sugar voltou a observar as gaivotas, apertando os olhos na luz do sol enquanto a maior delas mergulhava e voava baixo, o bico cruel contra o céu. A maioria das pessoas gostava de pássaros, achava que fossem bonitos, e Sugar devia admitir que pareciam graciosos voando. Mas eram predadores, todos eles, construídos para rasgar e dilacerar, para engolir a vida e não pensar duas vezes sobre isso. Pessoas que alimentavam gaivotas... era um insulto à Mãe Natureza.
— Sugar?
— Estou aqui — e Sugar sorriu quando a grande gaivota cinzenta subiu com um peixe, batendo as asas sobre a água, as escamas refletindo o arco-íris à luz do sol enquanto o peixe se contorcia no bico da gaivota.
— Eu, eu estava esperando mais surpresa da sua parte.
— Ele saiu. Mais cedo ou mais tarde você ligaria. Por que deveria ficar surpreso quando você finalmente ligasse?
— Que vai fazer em relação a ele?
Sugar desviou a vista das gaivotas, olhando agora para as três garotas deitadas de rosto para baixo nas fofas toalhas brancas de praia, beliscando

saquinhos de batatas fritas. Tinham tirado a parte de cima dos biquínis. Ele desconhecia a importância das marcas de bronzeado; eram *sexy*, diria se perguntassem a ele, e de certa forma inocentes. As tangas que as meninas usavam — Sugar ainda não tinha opinião sobre elas.

— Sugar?

Sugar estava sentado numa espreguiçadeira de alumínio, com calções de banho azuis largões, seu torso volumoso coberto de óleo. A garota do biquíni de bolinhas rolou de lado. Sugar a observou tentando cobrir os seios com um braço ao estender a mão para apanhar o sutiã. Não conseguiu completamente e ele vislumbrou uma cintilação de pele branca, pele branca delicada que nunca sentira o sol. Ainda assim, apreciou seus esforços para manter uma aparência de decoro, tantas garotas jovens eram putas. Que perdoassem sua linguagem, mas não havia outra palavra para aquilo.

— Temos de fazer *alguma coisa*.

— Não tenho de fazer nada — Sugar passou o telefone para o outro ouvido. — Vejo um cachorro dormindo, eu o deixo deitado lá.

— Não acho que isto seja prudente.

— Não acha, hein?

Uma das gaivotas pairou sobre as três garotas e suas batatas fritas, grasnando — se não tomassem cuidado iam ter um visitante indesejado. Garotas deviam saber das coisas, particularmente as bonitas. Estavam justamente à procura de encrenca. Sugar estendeu a mão para a geladeira ao lado da sua espreguiçadeira, tirou uma garrafa de suco de maçã orgânico e tomou um grande gole. Estalou os lábios em seguida.

— Bem, você conhece o seu negócio, eu conheço o meu.

— Quero que você adote uma atitude mais proativa.

Uma das garotas se mexeu sobre sua toalha de praia e Sugar observou seu quadril se empinando, retesado, a doçura da sua sombra. Se tivesse binóculos, podia ter contado as gotículas de suor na parte interna de suas coxas. Beliscou a própria barriga, ganhou uma boa gordura, e depois alisou a pele quente coberta de óleo. Nada mau.

— Proativa — eis uma palavra que você não ouve em conversas com muita freqüência, e toda vez que ouve é um panaca que a está usando.

Capítulo 5

— Porra, Rollo, devia ter me falado — disse Jimmy.
— B.K. é legal — disse Rollo. — Relaxe, cara. Tome um laxativo.
Jimmy olhou feio para ele e voltou a observar a estrada castigada pelo sol, vapor subindo da pavimentação de asfalto. Ele dirigia desta vez, não confiando na velha van VW de Rollo para subir o íngreme caminho até o trailer de Walsh, a SAAB preta castigando nas curvas e jogando cascalho enquanto Jimmy pestanejava para afastar o suor. Walsh ia pirar quando alguém desconhecido surgisse por lá. Jimmy só esperava que chegassem antes do novo chapa de Rollo.

A tarde estava quente, seca e carregada de nuvens, o décimo segundo dia consecutivo de inversão térmica. Um manto de poluição pairava sobre a bacia de Los Angeles, tornando-se progressivamente mais espesso e cancerígeno. A garganta de Jimmy estava esfolada, sentia uma dor de cabeça que nem toda a aspirina no mundo conseguiria curar. Não era o único. O índice de crimes violentos subira dezessete por cento desde que fora dado o alerta de nevoeiro e fumaça, e a crise de energia prolongada tornara problemático o uso dos aparelhos de ar-condicionado. Ontem duas mulheres dirigindo minivans praticamente idênticas começaram uma discussão sobre espaço de estacionamento diante de um armazém, discussão que terminara com uma das mulheres batendo no pára-brisa da outra com um bastão de beisebol. O bastão estava à mão, já que ela levava o time de T-ball da filha para treinar. Conforme o âncora do noticiário do canal Cinco proferira pretensiosamente na noite passada: "Os californianos do sul agora têm de escolher entre a vida, a liberdade e a busca da felicidade." Jimmy teve vontade de dar uns tiros no aparelho de TV.

Passara-se um mês desde a caça ao monturo. A chegada triunfal de Rollo e das gêmeas na festa trazendo o Oscar de melhor diretor de Walsh fora o ponto alto da noite. Rollo telefonara para Jimmy, estonteado, dizendo que Napitano estava servindo caviar de esturjão de sua boca aberta para as gêmeas como uma mamãe pássaro alimentando os seus filhotes. Jimmy agradecera pela imagem encantadora. Walsh agarrou o braço de Jimmy quando a van de Rollo chegou uma hora depois, ainda implorando a Jimmy para contar a sua história, e finalmente desistindo, prometendo terminar o roteiro dentro de um mês.

— *Então* talvez acredite em mim.

Jimmy não discutiu; deixou Walsh trabalhando naquele trailer decrépito, ouvindo-o batucar na máquina de escrever de segunda mão, simplesmente martelando nela. Jimmy não sentiu pena dele, não exatamente; mas desejou que não o tivesse esmurrado.

Walsh enfiara a cabeça pela janela enquanto Jimmy e Rollo entravam na van.

— Voltem daqui a um mês e vou preparar uns bifes na churrasqueira para vocês. Vocês trazem os bifes — corte de Nova York, duas polegadas de espessura no mínimo — um saco de carvão de algaroba e algumas caixas de Heineken gelada. Umas duas tortas de maçã das holandesas Marie Callender também cairiam bem e uns quatro litros de sorvete de baunilha. Não se esqueçam do acendedor de carvão. *Eu* entro com os fósforos — disse Walsh, desmanchando-se em gargalhadas ébrias, batendo a cabeça na janela.

— Não sei por que está se queixando da vinda de B.K. ao churrasco — disse Rollo, acenando com um DVD sem rótulo na cara de Jimmy. — O sr. Walsh não vê isso há sete anos. Acha que ele vai ficar *perturbado* quando eu puser isto em suas mãos?

Jimmy ajustou as grades de ventilação, o ar quente soprando sobre ele. Nada dissera a Rollo do que Walsh lhe contara no trailer; prometera a Walsh calar sobre a boa esposa e a carta que lhe mandara para a prisão.

— O silêncio é de ouro, durão, e *seguro*. Posso confiar em você, não posso? Jimmy desobedecera pelo menos nove dos dez mandamentos, mas manteve sua palavra. Acelerou, fazendo as caixas de papelão fechadas de Rollo deslizarem através do banco traseiro: um monitor JVC de vinte e sete polegadas e um aparelho de DVD Sony. Sem recibo, é claro.

— Devia orgulhar-se de mim — disse Rollo, sem desistir. — B.K. é arquivista de filmes na Trans-World Entertainment, um tremendo *gnomo* de filmes, cara. Não se interessa por equipamentos ou ternos italianos ou os costumeiros espelhos e contas que eu comercializo. Arrancar o copião de *Queda de braço* dos cofres foi um risco para ele, o cara podia ir para a cadeia por me fazer esta cópia. Só concordou em fazer isso se eu lhe apresentasse o homem em pessoa.

Puxou para trás seus cabelos desmazelados.

— Além do mais, mandei B.K. trazer a torta e o sorvete.

Jimmy acelerou.

Rollo apertou o cinto de segurança quando a SAAB derrapou, partindo para a beira do abismo. Acendeu um baseado, deu uns tapinhas, e fez menção de passar adiante. Então o carro caiu num buraco e ele achou melhor desistir.

— Eu e o sr. Walsh, acho que ficamos ligados um ao outro no pouco tempo que passamos juntos. Sou um cineasta também. Viu o olhar que me deu quando voltei da festa com a minha câmera? Ele sacou. Fiz cerca de cinco excelentes minutos de filme dele e do trailer, antes que você me arrastasse embora. Eu podia adivinhar que ele apreciou meu trabalho de câmera também. Nada de tripé, nada de câmera fixa, a coisa autêntica, táticas de guerrilha, exatamente o que ele usou em *Incendiário*. Tenho esperança de que ele e eu talvez possamos colaborar num projeto — e cutucou a sacola de compras entre os joelhos. — Foi por isso que lhe trouxe algo mais do que alcatra para o churrasco.

— Trouxe alguns de seus filmes também?

— Só seis deles — disse Rollo. — Ei, não me olhe com essa cara. Temos cerveja bastante para um festival de virar a noite dos maiores sucessos de Rollo.

Jimmy sorriu. Até onde sabia, Rollo estaria no palco um dia, recebendo um Oscar, cerrando os olhos contra os refletores enquanto agradecia à gente humilde. Em Los Angeles tudo era possível. Até a inocência de Walsh.

Depois da caça ao monturo Jimmy fizera uma pesquisa na Nexus sobre a prisão e o julgamento de Walsh, esperando encontrar algo que ou estimulasse ou anulasse a idéia de uma armação. Só os documentos legais chegavam a mais de quatrocentas laudas em espaço simples; Jimmy estava muito ocupado para ler mais do que os melhores momentos. Havia sólidas provas periciais contra Walsh: sua pele sob as unhas de Heather Grimm, seu sêmen na vagina dela, e o sangue dela salpicado nas calças do seu pijama de seda púrpura. Não admira que Walsh se tivesse declarado culpado embora não guardasse lembrança nenhuma de ter cometido o crime. Só o pijama de seda já bastaria para garantir uma condenação nas mãos do promotor certo. O que faltava nos relatórios era um retrato em profundidade de Heather Grimm, algo acima e além de "uma garota inocente, com talento para trigonometria e venda de bolos no clube hispânico", nas palavras memoráveis do *Times*. Nada na sua biografia sugeria que tivesse o calculismo glacial necessário para participar de uma armação contra Walsh.

E tudo se resumia a isso. Se Walsh fora vítima de uma armadilha, Heather Grimm tinha de estar na jogada, o que significava que o marido teria planejado originalmente que Walsh pegasse uma acusação legal de estupro. Aquilo seria o suficiente para interromper a produção de *Queda de braço* e acabar com a carreira de Walsh. Não ajudaria muito também a grande história de amor. Então, o que havia acontecido? Ou Walsh tinha realmente matado a jovem, ou o plano do marido se ampliara. Jimmy pretendia perguntar a Walsh exatamente o que acontecera a partir do momento em que convidara Heather Grimm a entrar na sua casa de praia, o que ela dissera, como se comportara, seu tom de voz, sua familiaridade com as drogas e a avidez com que participou de tudo aquilo.

— Trouxe para o sr. Walsh um exemplar de *Slap* também — disse Rollo orgulhoso. — Aquela matéria sobre a caça ao monturo já está dando dividendos. Na semana que vem vou ser entrevistado por um canal aberto, e no Seven-Eleven, onde tomo o café da manhã, colocaram nossa página ao lado da caixa registradora.

— Oh, que beleza.

— Fiquei um pouco surpreso por terem usado a Polaroid com o letreiro HOLLYWOOD — disse Rollo. — Nudez frontal é legal para mim, mas não achava que a *Slap* usasse isto. Aposto que *agora* Jane gostaria de ter participado.

Viu a expressão de Jimmy.

— Talvez não.

A SAAB chegou à crista do morro e Jimmy viu um Ford Escort vermelho estacionado ao lado do trailer.

— Aquele é o carro de B.K. — disse Rollo. — é hora de festa!

Jimmy encostou ao lado do Escort, desligou o motor e desceu do carro, em meio ao cricri de grilos na noite, um canto de acasalamento mais desesperado do que melódico. Arrastou as três caixas de cerveja até o trailer, Rollo logo atrás, carregando os bifes e o carvão. Jimmy parou tão subitamente que Rollo trombou com ele.

— Ei, cuidado — disse Rollo.

Jimmy notou as tortas de maçã jogadas pelo chão e uns dois litros de sorvete de baunilha derretendo ao lado delas. Podia ouvir alguém soluçando ali perto.

— T-talvez a gente devesse voltar mais tarde — disse Rollo.

Jimmy seguiu o som do choro e encontrou um homem de meia-idade, meio calvo, encostado num limoeiro, segurando a cabeça entre as mãos. Estava vestido com exagero, calças de veludo *côtelé* marrom-chocolate e uma camisa com colarinhos abotoados, os cabelos ralos caídos e úmidos ao redor da coroa da cabeça. Jimmy pensou inicialmente que o pobre sujeito tivesse sofrido uma insolação.

— B.K., camarada, qual é o problema? — disse Rollo.

B.K. cobriu o rosto com as mãos.

Jimmy não estava mais interessado em B.K. — sua atenção foi atraída para o tanque das carpas *koi*. Uma gigantesca bola de praia flutuava na água, uma bola inchada de duas cores, vermelha de um lado, azul do outro. Quando Jimmy se aproximou, uma nuvem de mosquitos borrachudos voou da bola, flutuando como um balão de pensamento de história em quadrinhos com sombrias intenções, e então a brisa mudou, soprando o fedor em sua direção, e Jimmy cobriu a boca e o nariz, seus olhos queimando. Era Walsh — ou o que sobrara dele.

— Merda — disse Rollo, logo atrás de Jimmy agora.

Walsh flutuava de rosto para baixo na água suja, irreconhecível, mãos e pés comidos. Usava jeans e estava sem camisa como na noite em que o haviam conhecido, o torso inchado e avermelhado como lagosta pelo sol, cheio de bolhas, a carne das costas aberta numa fenda. A tatuagem do diabo no ombro estava tão esticada e ampliada que parecia um mapa do mundo perdido. Carpas gordas com trinta centímetros de comprimento nadavam preguiçosamente ao redor do corpo enquanto os borrachudos voltavam a pousar.

Jimmy olhou para o corpo, sentindo-se tonto, sua pele pegajosa no calor, o barulho dos grilos à distância, o ritmo rompido pelos soluços de B.K.

— Contou a mais alguém onde Walsh estava? — perguntou a Rollo.
— Que quer dizer?
— Contou?
— Não, cara — só expliquei o caminho a B.K. esta manhã.

Rollo respirava com dificuldade, mas o cheiro não parecia incomodá-lo.

— O sr. Walsh, eu o estava guardando para mim mesmo. Para ser franco, fiquei até meio arrependido de ter contado a *você*.

Jimmy aproximou-se do corpo, afugentando os insetos, até que chegou à orla de pedras do tanque de carpas. Estivera em apartamentos que cheiravam pior — viciados em *crack* que compravam meio quilo de hambúrguer cru e o deixavam esquecido na copa enquanto queimavam uma pedra de cocaína, e um mês depois o hambúrguer ainda estava lá. Os peixes há muito tempo tinham acabado com as partes tenras — o rosto de Walsh estava comido até as orelhas e as carpas pastavam agora nos seus dedos da mão e do pé, as pontas dos ossos brancas na água lamacenta. Não havia nenhum ferimento óbvio em sua cabeça ou no seu torso, nenhum tiro pelo menos, mas a decomposição podia ter escondido qualquer coisa. Podia ver o contorno da faca de linóleo no bolso traseiro de Walsh, portanto o que lhe acontecera chegara de surpresa.

Rollo jogou uma pedra numa garrafa de *brandy* quebrada na beira do tanque, fazendo ondas na água. Cacos de vidro brilhavam à luz do sol.

— Eu sempre lhe disse, Jimmy, o álcool *mata*.

Acendeu o resto do baseado que começara no carro, tragou e depois estendeu o cigarrinho.

— Dê um tapa, Jimmy. Para matar o fedor.

Jimmy virou-se, andando rapidamente agora.

— Aonde vai? — gritou Rollo.

O trailer estava destrancado. Jimmy entrou, tomando cuidado para não tocar em nada. As luzes estavam todas acesas, portanto Walsh provavelmente morrera de noite. A pia estava cheia de latas vazias e pratos sujos cobertos de mofo... depois do tanque de carpas o cheiro de cerveja choca era como o de flores recém-cortadas. A sala principal parecia muito como da última vez que Jimmy estivera aqui, mas era no estúdio de Walsh que estava interessado. Puxou de lado a cortina e ficou ali, examinando o pequeno quarto. A cama fora feita, os lençóis bem esticados, o travesseiro afofado. Os dois prêmios da Academia estavam de volta à estante e a máquina de escrever ainda estava sobre a mesa. Mas o roteiro tinha desaparecido, e também a pasta sanfonada com as anotações do investigador. Não havia nenhum papel amassado na cesta.

Jimmy deslocou-se pelo quarto à procura de algo fora do lugar: um livro mal colocado, um pedaço saliente da parede de madeira falsa, uma ripa do teto que não parecesse na posição certa — qualquer indicação de onde Walsh pudesse ter colocado seu precioso roteiro, seu fichário, suas anotações. Pousou uma mão na cadeira de Walsh, vendo ainda o medo nos olhos do homem enquanto implorava por ajuda naquela noite, ouvindo sua voz vacilar enquanto olhava pela janela. Jimmy derrubou a cadeira e a pôs de pé de novo, desajeitado agora. Debruçou-se e procurou debaixo do colchão, apalpou o colchão, depois foi até o minúsculo banheiro, olhando atrás da toalete e dentro do vaso. Não esperava realmente encontrar o roteiro. Era uma coisa sórdida desejar que um homem tivesse se embriagado e se afogado num glorioso tanque de nenúfares, mas era no que Jimmy depositava suas esperanças: num acidente.

B.K. estava limpando a língua quando Jimmy saiu do trailer. Tinha vomitado em suas calças de veludo *côtelé*. Rollo ficou diante do tanque de carpas, olhando para Walsh, onde Jimmy o havia deixado. Ergueu o olhar quando Jimmy se aproximou.

— Me dê o número de telefone das gêmeas Monelli — disse Jimmy.

— Elas não contaram a ninguém sobre o sr. Walsh. Ele disse para falarem a Napitano que haviam conseguido o Oscar com um colecionador anônimo e foi o que fizemos.

— Devia me dar o número do telefone, de qualquer maneira.

Rollo virou-se para o corpo.

— Sr. Walsh... acho que teria se divertido em nos ver encontrá-lo assim. Você sabe, como em *O crepúsculo dos deuses*.

Pneus rangeram na estrada de cascalho e Jimmy se virou, seu coração batendo ferozmente. Era um carro da polícia, do Departamento de Polícia de Anaheim, e outro, uma unidade não identificada. O serviço completo.

Rollo engoliu o resto do baseado.

B.K. acenou fracamente para os tiras. Ele devia ter telefonado para o 911 pouco tempo depois de avistar o corpo e antes de vomitar. Caras como B.K. sempre telefonavam para os tiras quando as coisas ficavam pretas. Era o que se devia fazer.

Jimmy tinha outras idéias. Não tinha respeito nenhum por regras ou autoridade, nenhum respeito por distintivos de identificação holográficos, convites formais, ou assinaturas em balcões de recepção. Trapaceava com seus impostos, ultrapassava sempre que tinha vontade e desrespeitava o limite de velocidade toda vez que se punha atrás do volante. Mas nunca bolinava uma garçonete e nunca dizia a uma mulher que a amava se não fosse verdade — sua bússola interior sempre apontava para o verdadeiro norte. Se você tinha de ponderar sobre uma escolha moral, para saber o que deveria fazer, então era melhor rolar de lado e se fingir de morto, deixar a coisa para os tiras ou simplesmente deixar que os caras maus herdassem a Terra.

A brisa aumentou e empurrou o corpo de Walsh suavemente contra uma das grandes pedras redondas no tanque, uma mão acenando molemente, drapejada na pele como uma luva de renda. Walsh tinha razão: ele não matara Heather Grimm. Talvez, se tivesse ficado na dele, como um bom ex-condenado, agradecido de estar na rua, mantendo uma postura discreta, talvez se tivesse calado a respeito de estar trabalhando no Roteiro Mais Perigoso do Mundo, talvez se Jimmy tivesse acreditado nele, estaria vivo hoje.

Um corvo negro lustroso pousou na parte de trás da cabeça de Walsh, suas garras atacando o escalpo, e então voou rapidamente para longe, com cabelos no bico. A cabeça de Walsh acenou em concordância.

Jimmy ouviu passos que se aproximavam.

Capítulo 6

Jimmy observava o corvo voar para longe, levando uma mecha de cabelo de Walsh na sua garra, quando se deu conta de que Rollo se afastara e soube que as coisas iam ficar pretas. Virou-se lentamente. *Oh, merda*. Forçou um sorriso.

— Boa tarde, detetive.

A detetive Helen Katz olhou para ele com um ar ameaçador, uma tira grande e ossuda com cabelos louros sujos, curtos, e um rosto como o de um cavalo de arado. Ela afastou Jimmy com um cotovelo e ficou ali com um pé na beira de pedra do tanque das carpas, franzindo seu nariz achatado para o corpo inchado de Walsh.

— Jesus, este desgraçado já passou *muito* da sua data de vencimento.

Katz era uma daquelas mulheres tiras que habitualmente usavam sapatões com sola de borracha, calças de terno indefinidas e camisa branca e gravata, achando que tinha de se vestir como o sargento João Ninguém para ser respeitada. Foi o que dissera a Jane Holt, criticando as roupas de *designer* de Holt, suas pérolas e seus tênis de corrida iridescentes como "coisa de garota" — ótimo para o politicamente correto Departamento de Polícia de Laguna, mas o de Anaheim era um departamento do interior, cujos oficiais tinham de se defrontar com gangues rivais de estupradores e não correr atrás de surfistas desordeiros na praia. Na verdade, ninguém no DP de Anaheim teria ousado tratar Katz em outro nível senão o profissional, não importando como ela se vestisse. Ex-membro da polícia militar que regularmente recebia as principais medalhas nas competições anuais dos Agentes Policiais do Sul da Califórnia, era uma durona que considerava um sinal de fraqueza as habilidades interpessoais. Metia um medo danado em todo mundo. Jimmy sempre fora exageradamente polido com ela, elogiando seu guarda-roupa, solícito em relação à sua saúde. Aquilo a deixava maluca.

— Está usando um novo perfume? — disse Jimmy.

— Estou no meu período menstrual.

— Parabéns. Deve sentir-se muito orgulhosa.

Katz passou um braço carnudo sobre seus ombros e arrastou-o mais para perto, seu corpo quente e pesado.

— Este presunto flutuante é seu amigo?

Jimmy podia ouvir uma câmera rodando atrás de si, os tiras tirando Polaroids até que o camburão do legista chegasse.

— Seu nome é...

— Sei quem ele é.

Katz agarrou Jimmy pelo colarinho fazendo-o perder o equilíbrio, suas canelas baterem dolorosamente contra as pedras. Um empurrão e ele mergulharia de cabeça na água suja.

— Estou interessada é em saber o que você está fazendo aqui, arruinando a minha cena do crime.

Jimmy relaxou, recusando-se a brigar, não querendo dar um pretexto a ela. Fingiu que eram velhos amigos passeando em Veneza e que os borrachudos eram pombos na praça de São Marcos. Podia ver Rollo discutindo com um dos policiais, olhando para ele.

— Estou escrevendo uma reportagem sobre Walsh...

— Detetive? Algum problema?

Katz girou nos calcanhares e fitou o oficial uniformizado, um robusto novato hispânico usando seu cinturão de polícia muito alto.

— *Problema*? — ela perguntou, sua mão ainda agarrando a nuca de Jimmy. — Acha que eu poderia ter um problema que *você* pudesse me ajudar a resolver, Commoro?

— Sim... quero dizer — sim, senhor. Sim, detetive — Commoro corrigiu-se, sua acne adolescente destacando-se na pele marrom escura.

— Sabe nadar, Commoro? — perguntou Katz.

— Ainda sou o recordista dos cem metros de borboleta na Católica de Santa Anna...

— Muito bem — e Katz jogou-lhe um molho de chaves. — Vá pegar minhas botas no porta-malas do meu carro.

Commoro olhou para o corpo pútrido de Walsh e então para Katz e de novo para o corpo. Passava os dedos pelas chaves do carro como se fossem contas de um rosário.

— Vamos andando!

Katz esperou que o tira partisse rapidamente, algemas balançando no seu cinturão, antes de soltar Jimmy, dando na sua nuca um último aperto. Enxugou sua testa suada com a gravata.

— Agora, onde estávamos?

— Estava preparando mentalmente minha queixa de abuso policial.

— É ver para crer — zombou Katz. — Bela foto a sua com a rapaziada nua na *Slap*. Aposto que Jane adorou. Mas por que colocou as mãos sobre o seu equipamento? Tem algo do que se envergonhar?

— Tenho *certeza* de que o seu é maior que o meu, detetive.

— Venha comigo — ordenou Katz. Os dois iniciaram um lento circuito pelo tanque de carpas. Katz parou depois de alguns metros, mordendo a unha do polegar enquanto estudava o corpo de um novo ângulo. — Disse que veio aqui para escrever uma reportagem sobre Walsh? Esta foi a sua primeira visita?

— Estive aqui outra vez, há cerca de três semanas.

— Walsh consumia drogas quando entrou na prisão — disse Katz. Algo na água chamou sua atenção. — Ele... ele consumia drogas quando saiu da prisão?

— Não sei o que isto quer dizer.

Katz olhou para ele, seus olhos azuis intensos como os de uma boneca antiga, pintados e duríssimos.

— Na sua posição de jornalista profissional e cidadão consciente, quando você o viu pela última vez, Walsh ainda estava ligado em drogas?

— Gostava de misturar analgésicos com bebida. Um monte de gente faz isso.

Katz observou uma carpa koi abocanhar o que restava da orelha direita de Walsh. A cartilagem foi a última a ir embora.

— Vi uma garrafa quebrada na água lá atrás. Um homem desleixado e uma morte desleixada.

— Talvez.

Katz olhou para ele, mas ele não lhe devolveu o olhar. O colarinho da sua camisa branca estava empapado de suor, mas Katz não afrouxaria sua gravata nem mesmo se você a espetasse com um ferrão de gado.

— Talvez?

Jimmy não ofereceu um esclarecimento. O truque com alguém como Katz era forçá-la a arrancar de você a informação que você *queria* lhe dar — a única verdade em que acreditava era naquela extraída sob pressão. Se Jimmy estivesse disposto a resistir, podia oferecer uma verdade parcial e omitir as partes mais importantes.

Commoro arrastou-se através do chão seco calçando botas de borracha altas e justas e luvas de borracha e xingando baixinho, acompanhado por um homem de ombros caídos com uma mochila.

— Preciso colher minhas amostras antes que você transtorne o corpo, detetive — falou o homem encurvado, sua voz esganiçada e ansiosa. Dava a impressão de estar numa festa de aniversário, pronto para soprar as velas no bolo. Era poucos anos mais velho do que Commoro, uma vassoura usando botas de caminhada, short cáqui, uma camisa de brim com bolsos duplos, e os cabelos um ninho de cachos despenteados.

— Só não vá levar o dia inteiro, professor — disse Katz. — Garanta logo as fotografias.

O professor puxou uma câmera de 35 milímetros da mochila e começou a tirar fotos de todos os ângulos, aproximando-se, saltando de pedra em pedra, até chegar bem diante do corpo de Walsh. Empoleirou-se ali e terminou o rolo, ignorando as moscas que enxameavam ao redor. A câmera voltou para a mochila e ele colocou um par de luvas cirúrgicas, debruçou-se sobre o corpo, joelhos nodosos bem separados, o rosto a poucos centímetros da carne em putrefação. O sol brilhou nas pinças de aço inoxidável na sua mão enquanto ele arrancava algo do corpo e segurava para examinar. A coisa se contorcia.

Jimmy olhou para Katz.

— O professor Zarinski é um entomólogo que quer ser consultor — Katz explicou. — É um chute no saco às vezes, mas não cobra nada do departamento e, além do mais, compra o café — ela indicou com a cabeça para onde B.K. falava com um tira mais velho. — O bacana ali diz que você deu uma olhada no presunto e partiu direto para o trailer — ela lhe deu um soco de leve nos rins, mais como uma pancadinha de amor. — O que estava procurando?

— Um telefone. Queria dar parte às autoridades adequadas.

Katz sorriu.

— As autoridades adequadas... quais seriam, algum jornal da imprensa marrom?

Ela voltou a olhar para o tanque das carpas, esticando a cabeça para ter uma melhor visão.

— Desista da idéia, Jimmy. OK, Commoro, está na hora de dar um mergulho.

Commoro transferiu o peso do corpo de um pé para o outro.

— Entre aí — ordenou Katz. — Tem alguma coisa logo abaixo da superfície, bem perto da cabeça. Posso ver o reflexo do sol nela. Está vendo aquela pedra cinzenta? *Aquela* ali? Vamos, os peixinhos não vão morder você já se fartaram no *smorgasboard* — ela riu. Era uma bela gargalhada, também, uma gargalhada doce, uma piada de tiras num dia de verão.

Commoro entrou cuidadosamente no tanque, círculos azuis escuros espalhando-se abaixo das axilas do seu uniforme. A profundidade do tanque variava, a água lamacenta subindo até os seus joelhos enquanto se dirigia para onde Katz indicara. Tentou não fazer onda, mas provocava pequenas ondulações na superfície da água a cada passo, fazendo o corpo de Walsh bater contra a pedra sobre a qual se ajoelhava o professor. Commoro enfiou a mão na água, a cabeça afastada para trás.

— O que procurava no trailer, Jimmy? — perguntou Katz, ainda observando a água.

— As coisas que um repórter fica sabendo de uma fonte. Trata-se de informação confidencial, mas ao mesmo tempo — Jimmy apressou-se, soando nervoso — eu sinto a obrigação de ajudar na sua investigação. Estamos do mesmo lado.

Katz riu.

Commoro procurou com as mãos ao redor da pedra cinzenta, a água enchendo suas luvas de borracha. Tremeu, tentando não respirar, quando o corpo bateu nele.

— Uma palavra de conselho — o professor murmurou para Commoro enquanto trabalhava no escalpo de Walsh com sua pinça, a voz mal se fazendo ouvir acima do zumbido das moscas ao redor deles. — Respire *fundo*. Torna a coisa mais fácil. É chamado de sobrecarga sensorial.

Assim que os receptores nasais estiverem plenamente acionados, bem, é realmente bastante tolerável.

— Tire a luva, Commoro — ordenou Katz. — OK, Jimmy, desembuche.

— Tudo bem — Jimmy ia contar-lhe a verdade, tanto quanto precisava, de qualquer maneira. — Em troca, eu gostaria de ter acesso ao relatório do legista antes que fosse divulgado. Vai haver um montão de repórteres atrás desta história.

— Claro, Jimmy, toma lá, dá cá, você e eu, vamos fazer uma bela rodinha de punheta. Ei, Commoro! — a voz de Katz ecoou pelos morros circundantes. — Vomite no meu presunto e vai acabar guarda de trânsito na Disneylândia até seus colhões caírem!

Commoro tremia quando tirou uma das luvas de borracha. Tomou fôlego, prendeu a respiração e mergulhou a mão nua na água tenebrosa, fazendo rolar o corpo de Walsh enquanto estendia o braço. Subitamente segurava os óculos escuros de Walsh. Uma das lentes estava quebrada.

— Enfie no saco — disse Katz.

O ar de triunfo de Commoro transformou-se em choque quando o que sobrara do rosto se revelou brevemente aos seus olhos.

— Eles procuram os olhos primeiro, as partes moles — disse Katz em tom de conversação, afugentando as moscas com a mão. — Nadam para dentro da boca à procura da língua.

— Que tipo de peixes são estes, detetive? — disse Commoro, a mão na pistola. — Piranhas?

— *Koi*, oficial — tranqüilizou o professor. — Bastante inofensivos, posso lhe assegurar.

— Não existe peixe no mundo que não coma carne morta — disse Katz a Jimmy. — Esses babacas que criam peixes tropicais, peixinhos dourados não passam de *dobermans* com barbatanas, se quer saber.

— Detetive? — o sargento Rollings chegou pesadamente até eles, um veterano corpulento suando ao sol, contando as horas de cafezinho até a aposentadoria. — Terminei as preliminares com dois paisanos e contatei o camburão do açougueiro, devem estar chegando aqui em cinco ou dez minutos.

Repuxou as calças, seu uniforme azul tão amarrotado que parecia coisa deliberada.

— Ei, Jimmy, gostei da sua foto com as gêmeas. Como é que posso conseguir o seu emprego?

— Como vai você, Ted?

— Minhas hemorróidas estão se manifestando de novo e o calor não ajuda.

Rollings observou o novato dentro do tanque de carpas.

— Ei, Commoro, precisa de uma licença para pescar!

— Comece uma caminhada de reconhecimento ao longo do cume, sargento — disse Katz. — Fique de olho em qualquer coisa que possa indicar que alguém esteve por aqui vigiando o trailer.

Rollings olhou para a encosta íngreme.

— Que tal se eu desse uma olhada dentro do trailer, em vez disso? Meus joanetes estão me matando.

— Embalagens de goma de mascar, pontas de cigarro, qualquer coisa que puder encontrar — disse Katz como se não o tivesse ouvido.

Rollings repuxou suas calças de novo, suspirou e saiu se arrastando.

— Posso sair agora, detetive? — Commoro soava como uma criança de doze anos.

— Um drogado tenta caminhar na água, escorrega, quebra a cabeça numa pedra e se afoga. Esta é a minha primeira impressão — disse Katz.

— Temos vidros quebrados e óculos quebrados. Mas você não acha que foi acidente. O que é que sabe você que eu não sei? — ela mudou a sua postura, mais próxima agora. — Não vai querer me fazer esperar, Jimmy. Realmente não vai.

— Walsh trabalhava num novo roteiro — disse Jimmy. — Íamos ter uma festinha hoje e então eu ia entrevistá-lo e...

— Era o que estava fazendo no trailer? — disse Katz. — Pegando o roteiro?

— Não estava lá.

— Talvez não tivesse procurado com a devida atenção.

— Ia mostrar-nos o roteiro hoje. Era por isso que íamos fazer a festa.

— Do que tratava o roteiro? Algum tipo de história de crime? — Katz afagou seu maxilar compacto. — Walsh escrevia sobre alguém que conheceu na prisão? Isto podia ser perigoso. Ninguém gosta de um delator — ela sorriu de novo para ele. — Então era a respeito de quê?

— Não sei. Walsh disse que não dava pré-estréias.

Katz olhou para ele com aqueles seus olhos azuis duros e Jimmy se perguntou se alguém conseguira um dia penetrar neles e ernxergar o que havia dentro dela.

— Commoro! Vá jogar aquele saco de carvão na churrasqueira e acenda — e seus olhos em nenhum momento largaram Jimmy.

— Detetive...? — Commoro estava mais confuso do que nunca.

— Vamos, Ernesto — disse Katz para o policial uniformizado, suavemente agora. Esperou até que Commoro partisse respingando água e então riu para Jimmy. — Não gostaria de ver aqueles bifes desperdiçados.

— Só queria que soubesse sobre o roteiro desaparecido — disse Jimmy. — A médica legista costuma trabalhar bem, mas às vezes os casos se acumulam e ela fica atrasada, ou passa um caso fácil para Boone, e nós dois sabemos como *ele* é. Gostaria de ter certeza de que Walsh vai ter um tratamento quatro estrelas, é tudo.

— Poupe a sua torcida para a detetive Holt — disse Katz, mãos nos quadris. — Não vejo nada aqui com a cara de assassinato, mas trato *qualquer* morte suspeita como homicídio potencial. Agora você vem com esta história do roteiro desaparecido, o roteiro misterioso do qual nada sabe a respeito — chegou mais perto dele, tão perto que Jimmy podia sentir o cheiro acre de café no seu hálito. — Espero *seguramente* que não esteja tentando agitar as coisas para fabricar uma boa reportagem. Se eu decidir que o que você está fazendo...

— Walsh disse que era uma idéia de um milhão de dólares. É tudo o que sei.

— OK — Katz continuou olhando para ele. — Vou eu mesma até o trailer de Walsh. Esse roteiro... parecia um livro, uma revista ou o quê?

— Parecia uma pilha de papel. Talvez umas cem páginas. Poderia colocá-las num fichário ou num envelope pardo, não sei.

— Só uma pilha de papel? — Katz sacudiu a cabeça, enojada. — Acho que um milhão de dólares não compra muita coisa em Hollywood.

Capítulo 7

— Não vou rastrear números de telefone para você — disse Jane Holt, mantendo um passo regular apesar da pontada no tendão do jarrete esquerdo, aquele que estava sempre retesado.

Jimmy não respondeu.

— Não vou fazer isso — Holt repetiu. Gaivotas gritavam acima deles enquanto ela corria ao longo da linha da água. Seus cabelos escuros estavam puxados para trás, elegante de certo modo, mesmo em short de náilon e numa camiseta da maratona de Catalina, mas suas pernas eram musculosas demais para a debutante que fora certa vez. A camiseta estava solta, ocultando a automática .380 presa à cintura ao longo das costas, e essa arma também não combinava com baile de debutantes. — Sabe que eu não posso.

— Não pediria se eu não estivesse tendo problemas...

— Foi *por isso* que veio aqui esta manhã — Holt parou agora, confrontando-o.

— Estou com dificuldades terríveis para rastrear as chamadas do celular de Walsh — disse Jimmy, sem responder a pergunta. — Ele não tinha crédito, por isso usava cartões e eles são difíceis de rastrear. Rollo diz que você tem de entrar no sistema central das contas e...

— Cidadãos particulares não *deveriam* rastrear chamadas. Até a polícia precisa ter um mandado judicial.

— Não acredito que Walsh vá se queixar de que violamos seus direitos civis.

— Não é esta a questão.

Holt ajustou sua arma — um pequeno calo se formara onde a arma se roçava contra suas costas. Jimmy notara a pequena mancha de pele endurecida na primeira noite em que fizeram amor e a beijara com ternura, adivinhando exatamente a causa. O primeiro amante dela que descobrira aquilo. Talvez se ela saísse com tiras de vez em quando... Mas não gostava de misturar trabalho com prazer. Até conhecer Jimmy. Não era policial, mas tinha os mesmos instintos de sobrevivência exacerbados e a malandragem de rua de um bom tira. Ou de um bom bandido. Às vezes pensava que o seu jornalismo era apenas um pretexto para trilhar o caminho intermediário entre o certo e o errado, uma oportunidade de ter a companhia dos perdedores e desesperados e dos famosos e poderosos também. Envolver-se com ele foi uma escolha negativa para a sua carreira, particularmente para alguém tão ambicioso como ela. Mas não se importava. Não tinha de explicar coisas a ele, não tinha de pedir desculpas por seus silêncios, não tinha de ocultar sua raiva e frustração com o trabalho. Além do mais, ele era depravado na cama — e, melhor ainda, permitia que ela fosse depravada também. Holt começou a correr de novo, querendo mudar de assunto.

— O sargento Leighton me perguntou hoje se você autografaria o exemplar deste mês da *Slap* para ele.

— Eu *disse* a você, não tinha nenhuma idéia de que a Polaroid ia ser publicada...

— Um dos detetives colou sua foto no quadro de editais. Desenharam uma coroa sobre sua cabeça. Quer saber o que desenharam nas gêmeas?

Holt fez parecer que o pessoal se divertiu muito na sala da brigada, mas sabia que os outros detetives tratavam Jimmy como celebridade só para a humilhar.

— Que tara é *esta* dos homens por gêmeas? Será o desafio?

— É mais uma ânsia de morrer — Jimmy tentou manter a carga. — Preciso da sua ajuda, Jane.

— Tem que deixar Helen Katz cuidar do caso. Nem mesmo sabe se é homicídio ou não.

— Walsh foi assassinado.

— Aconteceu há apenas quatro dias. Espere até sair o relatório do legista e *então* vai saber.

Holt começou a correr de novo, aumentando o passo, obrigando-o a se esforçar para acompanhá-la. Estava bronzeada e em forma, no meio da casa dos trinta, pés de galinha começando a aparecer nos cantos dos olhos e algumas linhas verticais sérias na testa de tanto pensar sobre coisas que não conseguiria resolver pensando. Estavam juntos há quase um ano. Jimmy gostava de suas rugas, mas há duas semanas ela olhara no espelho e começara a pensar seriamente em tomar injeções de Botox. *Jane, você morou muito tempo no sul da Califórnia.* Podia ouvir Jimmy alguns passos atrás, ofegante. Ela corria mais rápido.

Branca anglo-saxônica protestante de Rhode Island, com berço e um diploma de direito, Holt tencionava tornar-se promotora, tendo entrado na academia de polícia apenas pelo treinamento, um acessório à sua carreira mais do que um fim em si mesmo, mas depois de se formar em segundo lugar na sua classe, desistiu de toda idéia de tribunal. Ser promotor significava fazer barganhas e encarar longos almoços com pessoas chatas, dissera a Jimmy. Se quisesse aquilo, teria ido trabalhar no fundo de investimentos do seu pai. Holt era detetive agora, uma tira fiel ao regulamento com um guarda-roupa de *designer* e o melhor índice de detenção-condenação no departamento.

— Se foi um acidente, o que aconteceu ao roteiro? — disse Jimmy.

— Não sei, nem você sabe.

— Sei que Walsh foi assassinado por causa do roteiro, *é isto* o que eu sei.

— Walsh podia ter escondido o roteiro onde fosse encontrado. Podia ter dado a alguém para ler, alguém que achasse que poderia ajudá-lo mais do que você.

As explicações de Holt faziam sentido perfeito, mas ela sabia que Jimmy não ia desistir. Nunca desistia — era uma das suas características que a atraíam.

A coisa no seu trabalho que nunca deixava de surpreendê-la era o olhar de alívio na cara de muitos suspeitos quando ela os detinha. Alguns chegavam a suspirar quando lia para eles os seus direitos. Não havia nenhum prazer em prendê-los. Outros suspeitos, porém, suspeitos espertos com muitas opções de carreira, ricos, pensavam que a lei os favoreceria, algo para manter a gentinha em ordem e garantir que ninguém roubasse o seu Porsche. Os espertos ficavam sempre chocados quando ela os detinha; insistiam que ela cometera um erro, polidamente no início, depois ameaçando-a com processos e telefonemas ao prefeito, e então, quando finalmente percebiam o que estava realmente acontecendo, acontecendo *com eles*, o medo tomava conta. Ela gostava daquilo.

O irmão de Jimmy, Jonathan — *ele* fora um caso especial. Mais esperto do que qualquer outro que Holt já prendera, cirurgião plástico bem-sucedido, bonito, cosmopolita, e um assassino serial que se chamava de Eggman. Escrevera a Jimmy uma carta anônima para a *Slap*, assumindo a autoria dos assassinatos que cometera, provocando-o. Uma força-tarefa policial concluíra que Eggman era um embuste, mas Jimmy não se deixou dissuadir. Aqueles seus instintos de novo, seus adoráveis instintos. Jonathan ficara espantado quando ela o prendeu, mas não durou muito. Ao colocar-lhe as algemas, olhou para ela com desprezo, como se soubesse algo que ela não sabia. Talvez soubesse. Deveria ter pegado sentença perpétua sem liberdade condicional, no mínimo, mas depois que o júri não chegou a um veredicto, ele se declarou culpado por um só homicídio, ainda assim *em segundo grau*, e foi sentenciado a um período indeterminado numa instalação para criminosos insanos. Uma "instalação" — foi assim que o juiz se referiu a ela.

Correndo a toda, Jimmy tropeçou, caindo na praia.

Holt olhou para trás e ele já estava de pé, areia colada num lado do rosto. Ela adotou um passo de caminhada e permitiu que ele a alcançasse.

— O marido matou Walsh, sozinho ou usando um assassino de aluguel — Jimmy arquejou, respirando pela boca. — Matou-o e levou o roteiro em que ele trabalhava, o roteiro e todas as suas notas. Talvez o marido estivesse apenas acertando pequenos detalhes, mas se descobrisse que a esposa suspeitava dele, ela poderia correr perigo.

Aquilo chamou a atenção de Holt.

Jimmy curvou-se para a frente, tentando tomar fôlego.

— Poucos dias antes de ser assassinado, Walsh, sentado diante de mim do outro lado da mesa, me disse que era inocente. Disse que o homem que armara a sua prisão ia matá-lo. Walsh era um homem arrogante, mas estava assustado naquela noite, assustado demais para poder ocultá-lo. Implorou para que eu o salvasse, mas não acreditei nele então. Agora... agora acredito.

— Então deixe as autoridades cuidarem disso.

— As autoridades? Me dê uma porra de chance.

Jimmy aprumou-se, ainda apoiando-se nas costas.

— Eu cuido da coisa sozinho.

Holt pegou sua mão.

— Tudo o que estou dizendo é que até que haja uma declaração oficial sobre a causa da morte, você está somente tecendo conjecturas. Se estiver certo e Walsh foi assassinado, então tenho certeza de que a detetive Katz está à altura da tarefa. Vai encontrar a esposa antes que algo lhe aconteça. Helen Katz é uma boa tira — e sorriu. — Grossa, mas competente.

— Katz não sabe sobre a esposa.

Holt parou no meio da corrida.

— Como assim?

— Não lhe contei sobre a esposa ou a carta que ela mandou. Só contei que Walsh trabalhava num roteiro.

— Você omitiu prova num possível homicídio?

— Sim, eu fiz isso, detetive.

— Não tem graça. Isto é um *crime*.

— Eu lhe contei tudo o que precisava saber.

— Você decidiu o que ela precisava saber? — Holt sacudiu a cabeça. — Tenho o dever de informar a detetive Katz sobre isto. Caso contrário, sou tão culpada quanto você.

— Deixe sua consciência ser o seu guia.

— Não é assim que a lei funciona.

— A lei é escrita pelos juízes, e juízes são apenas advogados que puxaram os sacos certos. Não preciso de leis para me dizer o que deveria fazer.

— Talvez... talvez você estivesse apenas especulando sobre a existência de uma carta. Da esposa e do marido quando me contou sobre eles.

— Sim, talvez.

Holt ajustou sua automática olhando para um lado e para o outro da praia. Passava pouco do amanhecer. Havia só poucos outros corredores mais à distância na praia. Aqueles que levavam a sério. Como ela. Tinha apenas alguns princípios rígidos. Um deles era nunca tomar um drinque antes das cinco da tarde. Outro era, não importa o que acontecesse na noite anterior, fazer sua corrida na manhã seguinte. Tinha outro princípio férreo, seguindo não apenas a letra da lei, mas o seu espírito também. Olhou para Jimmy, mas ele não se retraiu.

— Deixei Walsh na mão — disse Jimmy. — Ficou enterrado sete anos naquela prisão, achando que tinha assassinado uma colegial. Assassinado o seu futuro, também. Tento imaginar como se sentiu ao ler aquela carta da esposa do outro depois de todo aquele tempo lá dentro, depois de tudo o que vira. Simplesmente a possibilidade de que não matara na verdade Heather Grimm — de que podia exigir de volta tudo o que lhe fora tirado, *tudo*, Jane.

Holt queria aliviar a dor no rosto de Jimmy, mas não fez nenhum gesto, ainda zangada com ele por implicá-la na supressão de prova.

— Walsh estava péssimo na noite em que o conheci, tão dopado que mal podia ficar de pé, mas me entendeu de saída. Eu estava numa caça ao monturo, correndo atrás de símbolos de Hollywood, seguindo pistas, mas Walsh também estava numa caça ao monturo. Estava à procura de alguém que mudasse sua sorte, para virar o feitiço contra o feiticeiro, o homem que o colocara na prisão. Walsh tinha os instintos do ex-condenado: agarre a vantagem, é assim que se sobrevive atrás das grades, não desperdice nenhuma oportunidade, aproveite o seu melhor tiro porque poderia não contar com outro. Foi por isso que me contou sobre a carta. Achou que eu iria ajudá-lo.

Jimmy parecia com vontade de bater em alguém.

— Acho que ele não era um bom avaliador de caráter.

— Você não fez nada de errado.

— Eu não fiz *nada*.

— Se o relatório da legista determinar que a morte de Walsh foi um homicídio, terá de contar a Katz.

— Katz podia fazer com que a esposa fosse morta. Tiras não precisam agir rápido, só precisam conseguir resultados. Katz vai entrar a cotoveladas na vida das pessoas, arrastando-as para interrogatório, insistindo nas respostas. Eu não, eu vou pegar leve e sereno.

— Conte a ela o que sabe, Jimmy. Se não contar, eu conto.

Jimmy fitou-a nos olhos e sacudiu lentamente a cabeça.

Capítulo 8

— Filé-mignon, sangrando, batata assada com os babados todos, aspargos — pediu a detetive Helen Katz, o garçom rabiscando para acompanhá-la. Empurrou o copo de coquetel vazio sobre a toalha de linho branca. — Outro bourbon duplo, também. Um cubo.

— Vou ficar com o atum — disse Jimmy. — Malpassado, por favor.

— Deve ser ótimo ter uma verba de despesas: ir aonde quiser, pedir o que quiser e assinar a conta para outra pessoa pagar — disse Katz. — Eu sempre quis comer aqui — observou o garçom partir a mil —, mas não dão desconto a policiais e o bife sai mais caro do que um tanque de gasolina.

— O que o relatório da legista vai dizer sobre a causa da morte?

— Segura os *caballos*, Pancho. Não vai querer apressar uma dama.

Jimmy começou a rir mas desistiu. Katz vestia um terno azul e uma camisa social branca, a sua gravata o auge do tira chique, com desenhos de pistolas e algemas, seus cabelos louros sujos puxados para trás num rabo de pato. Parecia considerar este um encontro de trabalho.

— Não vai terminar sua entrada? — Katz agarrou o resto da sua sopa de cebola antes que ele pudesse responder. — Traz a Holt aqui de vez em quando? — fios de mussarela pendiam da sua colher. — Em ocasiões especiais?

— Não.

— Qual é o problema? A madame não come carne?

Jimmy desejava que Katz simplesmente lhe tivesse dado os resultados da autópsia pelo telefone, mas ela insistira em lhe dar as novas aqui. Ele detestava o Grove. A comida era ridiculamente superfaturada, o menu preparado para induzir a uma trombose das coronárias e a decoração estilo

Hollywood dos tempos em que Buddy Hackett era considerado engraçado. Pelo menos os antigos garçons de *smoking* não se apresentavam a si mesmos. Ultimamente o Grove tivera um retorno retro-chique, freqüentado agora por garotos espertos na casa dos vinte e executivos aposentados e amargos mastigando charutos apagados, falando de como eram boas as coisas antigamente e como tudo era uma droga hoje.

— Estou falando da Holt só para provocar — disse Katz, limpando os dedos com uma unha. — É uma boa tira. Não o meu tipo de tira, mas uma boa tira, de qualquer maneira.

— Vou dizer a ela que conta com o seu selo de aprovação.

— Seria algo negativo?

— Sim, é justamente isto.

Katz sorriu de novo.

— Está vendo, logo quando estou para achar você um nojento com um bom emprego, você vem e me dá uma resposta honesta. Quase me faz gostar de você. — Olhou à sua volta no restaurante escuro forrado de madeira, da sua cabina de couro vermelho, a cabeça acenando em aprovação.

— Então... O que foi que a legista decidiu?

— Ora, veja só, quase esqueci por que viemos aqui — Katz sugou o resto da sopa. — A legista disse que algo longo e aguçado foi enfiado por uma pessoa ou pessoas desconhecidas no canal do ouvido de Walsh.

A colher bateu no fundo do prato enquanto Katz caçava a última gota.

— A doutora quase não percebeu.

Passou um dedo grosso ao redor da borda do prato e colocou-o na boca.

— Não parece surpreso.

Jimmy não respondeu, mas isso não pareceu incomodá-la.

— Eu fiquei surpresa, devo admitir, mas sou apenas uma tira grandalhona e burra. — Mal disfarçou um arroto. — Então, quem acha que fez isso?

— Não sei.

— Acho que você tem uma idéia — Katz rodou suavemente seu *bourbon* duplo, o cubo de gelo solitário tilintando contra o cristal pesado enquanto esperava uma resposta.

— Walsh tinha medo de alguém, é só o que sei. Quando me encontrei com ele no trailer, estava assustadíssimo, mas achei que estivesse apenas tentando me atrair para escrever sobre ele.

— Acho que nós dois estávamos enganados — Katz procurou o garçom com o olhar.

Jimmy arrumou os seus talheres, sem saber ao certo quanto deveria revelar. Talvez Jane estivesse certa. Katz tratava o caso como homicídio agora, por isso não havia motivo para omitir informação. Nenhum motivo a não ser que ele gostava de ter uma margem, gostava de ter espaço para manobrar.

— Walsh disse que recebeu uma carta na prisão. Quem a escreveu sugeria que Walsh não havia assassinado Heather Grimm. Que teria havido uma armação.

Katz riu.

— Manson tem correspondentes também, todos convencidos de que ele é inocente.

— Walsh levava essa carta a sério. Talvez quisesse acreditar. Confessou que matara Heather Grimm, mas não se lembrava de tê-lo feito, por isso depois que recebeu a carta ficou decidido a provar sua inocência. Não sabia realmente como fazer isso, mas estava emitindo todos os ruídos certos. O roteiro em que trabalhava ia revelar tudo. Era o que dizia, pelo menos.

Katz mexeu seu drinque ociosamente com um indicador.

— Os advogados de Walsh contrataram um investigador particular para levantar os antecedentes de Heather Grimm, mas sua barganha com admissão de culpa interrompeu tudo. Walsh tinha uma cópia das notas em rascunho, esperava usá-las para descobrir a verdade. Eles não vão sequer admitir que o arquivo sobre Heather existe, mas se você conseguir uma intimação...

— Não encontrei nenhuma nota — disse Katz, ainda mexendo seu drinque.

— Nem eu.

— Uma carta, anotações em rascunho — Katz deu um piparote com o dedo e salpicou-o de *bourbon*. — Por que não me contou tudo isso na cena do crime?

Jimmy enxugou o rosto.

— Sempre foi muito difícil para mim partilhar os meus brinquedos. É um defeito de caráter, mas estou lutando para superá-lo.

— Tenho alguns defeitos de caráter também, mas não estou mexendo neles, por que mexer com o sucesso?

Katz esperou em vão que ele discordasse dela.

— Quem escreveu esta carta para Walsh?

— Não sei.

Não havia razão alguma para Jimmy ocultar de Katz a existência da boa esposa, nenhuma razão além do fato de que ele queria encontrá-la primeiro. Jane disse que ele gostava de salvar a donzela em perigo, gostava de fazer o papel de herói, mas Jimmy discordava.

— Perguntei a Walsh, mas não quis dizer.

— Bastante conveniente — Katz emborcou o drinque e bateu com o copo na toalha de linho branca. — Bem, eu revistei o trailer e não achei nada. Nenhuma carta. Nenhuma anotação. Nenhum roteiro. Puff, sumiram. Encontrei nove frascos de remédios, uma variedade de analgésicos. Achei dez gramas de metanfetaminas coladas debaixo da pia, mas isso provavelmente não interessa a você.

Jimmy inclinou-se para a frente sobre a mesa.

— Walsh não foi assassinado por qualquer transação de drogas. Se quer descobrir quem o matou, descubra quem o implicou pelo assassinato de Heather Grimm.

O garçom de cabelos brancos apareceu à mesa e Jimmy recostou-se enquanto ele colocava outro *bourbon* duplo e o bife diante de Katz. O homem movia-se com tanta precisão que não deslocava as moléculas do ar. Colocou o prato de Jimmy a seguir, sacudindo o guardanapo antes de passá-lo a Jimmy.

— Ei, vovô — disse Katz —, onde está o molho Mil Ilhas?

O garçom agiu como se o seu marca-passo tivesse começado a entrar em curto dentro de seu peito.

— Os aspargos do Grove são servidos apenas com ovos quentes e fatias de limão, madame — grasnou. — É um de nossos pratos tradicionais.

— Já ouviu a frase "O freguês tem sempre razão?" — As pessoas nas mesas vizinhas olharam, mas Katz não deu atenção alguma. — É só me trazer o Mil Ilhas.

Sacudiu a cabeça quando o garçom se retirou e então cortou o seu bife, a faca tinindo no espesso prato de porcelana.

— Colocamos pó no trailer à procura de impressões digitais, cada centímetro dele — e trouxe uma garfada de carne à boca, sangue escorrendo entre os dentes do garfo. — Conseguimos algumas pistas, também.

— Sim? — Jimmy forçou-se a ficar cauteloso. Algo não estava certo.

— Sim. *As suas.*

Katz mastigava com a boca aberta.

— Beleza — declarou, ajudando o bocado a descer com uma talagada de *bourbon*. Enfiou a faca no bife de novo. — As de Rollo também. E de Walsh, naturalmente.

O garfo estava parado diante da sua boca.

— E por fim, mas não menos importante, as de Harlen Shafer, até recentemente, o residente de uma de nossas melhores instituições penais, a *alma mater* do sr. Walsh, para ser exata. Não se orgulha de mim, Jimmy?

Katz estava se divertindo demais para o gosto de Jimmy.

O garçom voltou e colocou um prato de molho Mil Ilhas diante dela e afastou-se enquanto Katz derramava o molho nos aspargos.

— Emitiu um boletim para todas as unidades sobre ele? — disse Jimmy.

— Um *boletim para todas as unidades*? — Katz pegou três aspargos e acenou com eles para Jimmy, um ar coquete. — Simplesmente adoro quando civis usam linguajar da polícia. Aposto que isso deixa Jane tesuda também.

Jimmy não respondeu. Tudo o que dissesse podia ser usado contra ele.

— Não se precipite. Shafer é só um pequeno traficante — Katz mordeu as pontas dos seus aspargos. — Mas tenho uma confissão a fazer.

Inclinou a cabeça por um instante, fez o sinal da cruz, e ergueu os olhos para ele, exibindo aqueles dentes grandes de cavalo.

— Não fui inteiramente honesta com você, mas, também, você não foi inteiramente honesto comigo. O que sobe sempre tem de cair.

Bebeu metade do seu novo drinque e estalou os lábios.

— *Ninguém* enfiou nada no ouvido de Walsh, seu babaca. Ele não foi assassinado. Morreu de afogamento, com intoxicação de álcool e drogas e fatores contribuintes.

Piscou com os cílios para ele, um pouco turvos agora.

— Espero sinceramente não ter destruído sua fé nas forças da lei.

— Walsh não se afogou.

— Receio que sim — disse Katz radiante.

— O corpo de Walsh estava deteriorado demais para a médica legista ter certeza...

— Deteriorado é uma palavra gentil. Walsh parecia um queijo ricota passado de um mês.

Katz enxugou a boca com as costas da mão.

— Boiando no sol aquele tempo todo, com os peixes comendo seus dedos, e também os *corvos*, como naquele filme de Hitchcock. Sorte termos a ficha dentária de Walsh da prisão, ou nem teríamos feito uma identificação positiva.

— Walsh podia ter sido estrangulado e ninguém saberia. Quaisquer marcas de cordas teriam sido comidas pelos peixes.

— Cordas — Katz deu um risinho de satisfação e então estendeu o braço e tocou Jimmy na laringe, subitamente solene enquanto ele recuava, tossindo. — Este é o seu osso hióide. Se alguém o estrangula até morrer, seu osso hióide vai mostrar isso ainda que a carne esteja estragada. A hióide de Walsh estava perfeita.

Jimmy esfregou sua garganta.

— Tem também os níveis de cloreto no sangue — Katz atacou o bife de novo, mastigando contente sua carne. — Os níveis de cloreto no sangue nos ventrículos direito e esquerdo do coração de Walsh estavam iguais.

Emborcou o *bourbon* e elevou o copo acima de sua cabeça.

— *Garçon!*

Sorriu para Jimmy.

— Sempre quis dizer isto.

— E o que tem o cloreto do sangue a ver com isto?

Katz deixou-o ansioso, observando o garçom correr até o bar.

— Quase não consegui passar em química, mas a doutora diz que se os níveis de cloreto estão iguais, significa que Walsh ainda respirava quando caiu na água.

Parou de falar quando o garçom chegou com outro drinque e desta vez o tomou em pequenos goles, fazendo-o rolar em sua boca. Jimmy observara Jane fazer o mesmo com o seu primeiro drinque da noite até que ela notou que ele prestava atenção. Agora escondia o seu prazer.

— Então Walsh se afogou. Talvez fosse ajudado.

Katz colocou a ponta do guardanapo no copo d'água e o esfregou no respingo de molho Mil Ilhas que caíra na gravata.

— Você força uma pessoa a engolir água, ela vai resistir, mesmo alguém tão embriagado como Walsh estava — falou de cátedra. — Aquelas pedras no tanque são ásperas, mas nas mãos e nos joelhos de Walsh — o que sobrou deles, pelo menos — não havia lacerações. As pontas dos seus dedos se foram, mas os peixes não tocaram em suas unhas — nenhuma delas estava quebrada. Desculpe derrubar sua fantasia, mas Walsh simplesmente caiu bêbado no tanque e se afogou. A médica legista vai divulgar seu relatório amanhã de tarde, portanto considere que teve a sua prévia — eu sempre cumpro minha palavra.

— Alguém levou o roteiro. Não desapareceu de repente.

— O roteiro pode estar desaparecido, mas não significa que alguém o pegou.

Katz inspecionou sua gravata, amaciou-a.

— Fiz o meu trabalho. Mandei até a unidade da cena do crime colher impressões digitais do terreno ao redor do trailer; não tivemos chuva no que... três meses? A perícia colheu amostras de pneus da Honda de Walsh, da sua SAAB, do Ford Escort dirigido pelo sr. Rabo-de-Cavalo, da van VW de Rollo e mais uma, de origem desconhecida. Admito que fiquei um pouco interessada a esta altura, mas determinamos que radiais Goodyear 275 R15 eram um equipamento básico em Camaros 1996, como aquele registrado atualmente no nome do mencionado Harlen Shafer, o fornecedor de drogas que entrega a domicílio. É isso aí, Jimmy — foram todos os vestígios de pneus que encontramos lá. Portanto, dê uma folga.

— Falou com Shafer?

— Sobre o quê? O caso está *encerrado*. Se não sabe o que isto quer dizer, pergunte a Holt.

O garçom reapareceu, apontou com a cabeça para o prato intocado de Jimmy.

— Está tudo em ordem, senhor?

— Sim, tudo bem — e Jimmy olhou para Katz. — Está errada.

— Coloque o atum do meu amigo numa quentinha, vovô — disse Katz ao garçom. — E coloque alguns daqueles pãezinhos também.

Ela empurrou seu prato e inclinou-se para Jimmy.

— Obrigada pelo rango e pelas risadas. Vou guardar seu número na minha carteira. Se precisar de alguém para caçar o coelhinho da Páscoa, sei que você é o cara que pode fazer isso para mim.

Capítulo 9

— Só um minuto — o homem com as maçãs do rosto salientes disse a Jimmy, mal o notando, ocupado demais com a garota na cadeira, uma adolescente loura de camisola curta azul clara, o tecido transparente salpicado de sangue de mentira. O homem que pairava sobre ela era baixo e franzino, vestia uma camisa preta de mangas compridas e calças de montar combinando, seus cabelos escuros esculpidos para o alto, suas costeletas afuniladas em pontas perfeitas.

— Você é Martin? — Jimmy aproximou-se.

— Eu lhe disse, só um minuto — sibilou o homem, prendendo delicadamente um saco de gel do lado do pescoço da moça com fita adesiva. A um sinal de um controle remoto o saco explodiria, esguichando sangue de mentira sobre a câmera, uma das muitas tomadas premiadas de *Slumber Party Maniacs II*. Suas botas pretas de caubói batucavam enquanto caminhava ao redor da cadeira de maquiagem, checando seu trabalho. Os saltos da bota deviam ter uns doze centímetros de altura pelo menos, mas ele se locomovia suavemente, girando como uma bailarina.

— Sim... Acho que agora está OK.

Hoje a locação da filmagem era uma casa grande em Santa Mônica. Uma sala de maquiagem provisória fora instalada nas dependências dos empregados diante da quadra de *squash*, num quartinho cheio de enlatados, os poucos itens de mobiliário encostados num canto.

— Não vai doer, certo? — disse a garota estendendo a mão para tocar no pescoço. Parecia uma garota num comercial de xampu, escovando seus longos cabelos louros enquanto falava ao telefone com o capitão do time de futebol — cem escovadas por noite, e nenhuma para ele. — Quando explodir, quero dizer. Não vai doer, vai?

O homem afastou sua mão do pescoço.

— Tenho cara de um sujeito que machucaria alguém deslumbrante como você?

— Isto é uma gozação? — ela olhou para Jimmy. Seus olhos eram azuis como uma piscina com excesso de cloro. — Ele está gozando de mim?

Jimmy não estava realmente prestando atenção. Continuava repassando o seu almoço de ontem com a detetive Katz, chateado consigo mesmo por deixar que ela o enganasse. O relatório da autópsia da médica legista fora meticuloso, conclusivo e bem documentado, mas não havia jeito de Jimmy acreditar nele. Jane disse que era difícil discutir com a ciência, mas Jimmy sabia que uma pessoa capaz de incriminar Walsh por assassinato, de dar um jeito nele tão docemente que até o próprio Walsh comprara a história — a ciência não era páreo para uma pessoa assim.

O homem com as maçãs de rosto salientes passou sobre as beiradas do saco de gel maquiagem que combinava com o tom de pele da loura, tornando-as quase invisíveis. Tinha um bigode que parecia feito a lápis e casava com as costeletas em forma de cimitarra, e sobrancelhas finas e arqueadas, um ídolo do cinema mudo rodando pelo *set* com uma paleta de maquiagem.

— Posso praticar meu grito com você? — a garota perguntou ao homem de preto.

— Nenhuma chance, querida — disse o homem, mãos nos quadris, enquanto examinava a maquiagem, ajeitando habilmente seus cabelos sedosos para caírem naturalmente sobre o saco de gel.

— E o senhor? — a garota perguntou a Jimmy. — Posso tentar o meu grito no senhor?

— Voto com o Valentino aqui — disse Jimmy.

— Quem? — disse a garota.

— Você está pronta, querida — disse o homem. — Siga em frente e seja assassinada. Agora xô!

Virou-se para Jimmy enquanto a garota disparava pela porta da sala de maquiagem.

— Gostei da sacada do Valentino. Às vezes me chamam de Zorro e realmente não aprecio isso.

Indicou a cadeira para Jimmy sentar-se.

— Sou Martin. O que é que tenho a tratar com você? É um dos maníacos? — e bateu nos dentes com um dedo indicador. — Você é meio pequeno, a maioria dos maníacos é de ratos de academia, imensa. O ambiente praticamente *fede* de testosterona quando eles entram.

— Não estou no filme. Sou Jimmy Gage.

Apertaram as mãos. Martin tinha um aperto firme e seco.

— Sou repórter da revista *Slap*.

— Oh, adoro a *Slap*. O produtor acabou de contratar duas garotas do número que está nas bancas. Talvez você...

— Queria lhe fazer algumas perguntas sobre Garrett Walsh. Sei que foi da equipe técnica do seu segundo filme.

— Se está procurando alguém para escrachar Walsh, veio ao homem errado — fungou Martin. — Era um monstro e um chato, mas *Queda de braço* foi a minha grande oportunidade e foi Walsh quem insistiu em me dar o trabalho — afagou suas costeletas com um indicador. — Eu era muito jovem e não tinha horas suficientes que me qualificassem para minha carteira sindical, mas ele tinha visto meu trabalho. Disse que eu fazia as melhores equimoses da cidade.

— Acredito nisso. O trabalho que acabou de fazer na loura... impressionante.

— Obrigado pela gentileza, mas equimoses são um desafio maior, são mais sutis — e Martin bateu com o dedo no lado do nariz. — Vou dar uma dica: Potpourri de Estée Lauder, Blush All Day e pigmento vermelho número nove. São os elementos básicos de um bom machucado. Existem outros ingredientes, que não serão revelados.

Apertou os lábios.

— Não pode esperar que eu divida todos os meus segredos, não é? Nem mesmo para a *Slap*.

— Disse que *Queda de braço* foi sua grande oportunidade. Pena que nunca tenha sido acabada.

— Sim, muita pena — e Martin olhou fixo para Jimmy. — Se tivesse sido, bem, vamos simplesmente dizer que eu não estaria pela tabela do sindicato num filme de degola, e ainda por cima uma seqüência. Houve muito azar rondando as filmagens, mas se quer alguém para mijar na sepultura de Walsh, pode ir andando.

— Só queria lhe fazer algumas perguntas sobre *Queda de braço*. Maquiadores sempre têm o melhor prato. Vocês passam mais tempo com o artista do que o diretor e as pessoas costumam se abrir na cadeira, elas falam, e mesmo quando não falam...

— *Queda de braço* é história antiga. Por que falar disso agora?

A porta da sala de maquiagem se abriu e Tamra Monelli enfiou a cabeça para dentro.

— É ele — gritou, e então ela e Tonya entraram correndo na sala, as gêmeas aos gritinhos enquanto abraçavam Jimmy. Usavam camisolas brancas combinadas, o tecido tão transparente que dava para ler a etiqueta através dele.

— Não é um barato isso? — Tonya disse, um lado do seu rosto cortado até o osso, o trabalho de maquiagem tão realista que Jimmy mal podia olhar para ela. — No mesmo dia que saiu a *Slap*, recebemos um telefonema do diretor. Logo no mesmo dia.

— Acabou a exclusividade das louras — riu Tamra, seus ombros salpicados de perfurações.

— Era *você* na foto? — Martin apertou os olhos para Jimmy. — Não o reconheci de roupa.

— Veio aqui fazer uma reportagem sobre nós, Jimmy? — perguntou Tonya.

— Claro que veio — disse Tamra. — Por que mais...

— Vim falar com Martin. Nem sabia que estavam trabalhando no filme.

— O que há de tão importante com ele? — Tonya fez um beicinho. — Sem querer ofender, Milton.

— É Morris — Tamra a corrigiu —, como o gato.

— É Martin — respondeu asperamente o maquiador, pegando cada uma pela mão e arrastando-as até a porta, os saltos da bota fazendo *toc-toc*. Era mais forte do que parecia. — Vão ajustar os seus implantes ou qualquer outra coisa. *Fora*.

— Só um segundo — Jimmy caminhou até as gêmeas. — Aquela noite na festa de Napitano. Vocês disseram a alguém a verdade sobre onde conseguiram o Oscar?

— Sim, claro — zombou Tonya. — Acha que íamos nos gabar de ter ligação com um pervertido decadente que morava num trailer?

— Para um cara esperto, você realmente não sabe jogar — cacarejou Tamra. — Não admira que Rollo esteja sempre livrando você de encrenca.

— Se quiser nos entrevistar depois, pode conseguir nosso telefone particular com o diretor de elenco — disse Tonya. — *Ciao!*

— Esta foi ótima — disse Martin quando a porta se fechou. — Aposto que às vezes se sente embaraçado por ser heterossexual.

— Não alimente esperanças.

Martin devolveu-lhe o sorriso.

— Não lisonjeie a si mesmo.

— Vai me ajudar? — perguntou Jimmy. — Walsh está morto. Quero saber sobre *Queda de braço*. Aquele foi o ponto de sua vida em que tinha tudo — o ponto em que perdeu tudo também. Esta é a história que quero escrever.

Martin rangeu o rosto, os ossos da face parecendo ainda mais salientes. Verificou o relógio.

— Sente-se. Estou oficialmente na hora do almoço.

Puxou um liqüidificador de uma sacola, enfiou o plugue na tomada, abriu uma pequena geladeira no chão e tirou uma embalagem com dois litros de leite de soja.

— Proteína de baunilha, querido?

— Ah — claro.

Martin acrescentou pó de proteína e leite de soja no liqüidificador, misturou poucas colheres de algo verde, depois algo azul e então jogou um punhado de morangos congelados. A saleta se encheu de sons de trituração enquanto Martin acionava o liqüidificador ao máximo e os morangos e os pós verde e azul se mesclavam com o leite de soja para formar uma mistura viscosa acinzentada. Martin colocou metade num copo alto, passou-o para Jimmy e então brindou com o que restava no liqüidificador.

Jimmy experimentou. Era delicioso.

Martin deve ter lido sua expressão.

— A vida é curta. Se não tiver sabor, de que vale?

Sentaram-se lado a lado no chão, suas costas contra a parede. Jimmy tomou outro longo gole antes de perguntar:

— Você falou que as filmagens de *Queda de braço* estavam azaradas. O que quis dizer exatamente?

Martin correu a ponta do mindinho pelo bigode fino, tirou a espuma e limpou o dedo.

— Foi uma correria desde o começo. Walsh não tinha sequer um roteiro completo naquele primeiro dia. Ou naquele primeiro mês. Acho que depois que arrancou aqueles dois Oscars o estúdio achava que ele nem precisava de um roteiro, mas isso tornava as coisas difíceis para todo mundo. Os atores ficavam frustrados, nunca sabiam no dia anterior as cenas que fariam no seguinte, ou quais seriam as suas falas, e Walsh mudava de idéia o tempo todo, reescrevendo e refilmando. Tivemos dois produtores de linha nos dois primeiros meses e o cinegrafista original se mandou depois de esperar três dias para receber seus planos de filmagem.

— Fico surpreso que o estúdio não tenha interferido.

— Tentou, mas Walsh simplesmente expulsava os executivos do *set*, os mandava ir cantar em outro terreiro. Foi preciso que Danziger, o próprio chefão, conseguisse a atenção de Walsh, mas àquela altura...

Martin encolheu os ombros.

— Quando foi a última vez que soube de um chefão visitando uma filmagem? Danziger quase não disse uma palavra, mas podia-se sentir o calafrio. Até o pessoal da equipe técnica assumiu um ar ocupado, caras do sindicato com vinte anos ou mais de trabalho.

— Danziger fora o principal apoiador de Walsh. Foi quem deu o OK ao projeto e deu a Walsh carta branca. Não admira que estivesse puto da vida.

— Devia ter se envolvido mais cedo. Walsh era um gênio, mas parecia muito perturbado.

— Um *set* de filmagem caótico e tempo demais sem ter o que fazer — devia rolar muita fofoca. O que você ouvia sobre Walsh?

— Sexo ou drogas?

— Sexo.

Martin revirou os olhos.

— O homem era uma máquina, uma máquina de trepar movida a pistões. Não sei como conseguia fazer as coisas andarem. Atrizes, secretárias, modelos... havia até uma garota na equipe de iluminação que dava um pulo no trailer nos intervalos.

— Havia alguém especial?

Martin poliu uma de suas botas pretas de caubói com a palma da mão.

— Havia algumas regulares, mas Walsh era um macaco tarado à solta no mato. Pelo menos por um tempo — encolheu os ombros. — Se você está escrevendo uma matéria geral sobre sexo no *set* de filmagem, posso lhe dar alguns nomes. Uma atriz de *sitcom* em particular faz Walsh parecer um monge...

Houve uma batida na porta.

— Vá embora!

Olhou para Jimmy.

— Não vou excluir ninguém, se é...

— Que quis dizer com "por um tempo"?

Martin virou sua bota para a luz do teto, buscando o seu reflexo.

— Você disse que Walsh estava à solta por um tempo. Quando foi que ele parou?

— Não sei — três ou quatro meses depois de começadas as filmagens. Subitamente as atrizes foram desencorajadas e o trailer do grande homem foi declarado zona reservada.

Martin sorriu.

— A equipe técnica, certos membros dela, pelo menos, ficou bastante feliz em consolar as rejeitadas.

— Havia uma mulher que ainda tinha acesso ao trailer? Alguém que parecesse ter uma relação continuada com ele?

— Está perguntando se Walsh encontrou a mulher da sua vida? — Martin riu e depois sacudiu a cabeça. — Eu simplesmente presumi que ele decidira se concentrar no filme. Além do mais, estava muito ocupado com o meu trabalho. Posso ter perdido algo.

— Walsh tinha inimigos no set?

— Quase *todo mundo*.

— Quero dizer, ele discutiu com alguém? Recebeu ameaças ou...

— Todo mundo. Vi uma mulher do serviço de alimentação acenar com uma faca para Walsh certa vez, ameaçando cortar-lhe os colhões se falasse de novo com ela daquela maneira, e quem poderia culpá-la? Os produtores nem queiram entrar nessa. Ele os deixava completamente malucos. Mick Packard abriu com um chute a porta do trailer de Walsh uma tarde, um dos seus típicos chutes de *saloon*, mas não foi nenhuma encenação. O agente de publicidade fechou o *set* e nos mandou almoçar, mas podíamos ouvi-los gritando a quinze metros de distância.

— Certo, Packard era o astro de *Queda de braço*.

— O sr. Herói da Ação. Era o quentíssimo das noites de sábado naqueles tempos e queria que todo mundo soubesse. Céus, fiquei agradecido quando sua carreira rolou esgoto abaixo. Falando de carma.

— Por que ele e Walsh estavam discutindo?

— Não dá para dizer. Foi uma daquelas típicas competições alfamacho de mijo à distância de Hollywood, desde o primeiro dia no *set*.

Martin tomou outro gole do seu energético.

— Na sua reportagem espero que não fale apenas das coisas más que Walsh fez, como matar aquela moça. Era um homem muito talentoso. A filmagem de *Queda de braço* foi uma confusão, desorganizada e festeira, mas ele filmou algumas cenas incríveis. Os copiões de Walsh eram melhores do que muito da porcaria distribuída hoje em dia. Só espero que conte às pessoas a verdade sobre ele.

— Vou tentar. Vai ao enterro amanhã?

Martin pareceu angustiado.

— Pensei a respeito, mas não posso me dar ao luxo de faltar ao trabalho e além do mais, é um tanto triste, não? Afogar-se num tanque de peixes, comido por carpas *koi*, pelo amor de Deus, que são tão... *demodées*.

Começou a dar risinhos reprimidos.

— Sei que não devia rir — e riu ainda mais. — Desculpe-me, mas é este filme estúpido... você passa o dia inteiro fazendo garotas bonitas parecerem hambúrgueres, isto muda o seu senso de humor.

Jimmy sorriu. Ele não tinha sequer a desculpa de Martin.

Martin bebeu todo o conteúdo do liqüidificador e esticou-se.

— Termine o seu *shake*, querido. Tem extrato de *yohimbé*, sua próstata vai me agradecer.

Capítulo 10

— Você sempre pode detectar um verdadeiro decadente, eles têm uma péssima noção de tempo — disse ATM, sacudindo a cabeça no escasso acompanhamento do enterro de Walsh. Tirou duas imagens de telefoto de um policial coçando os colhões ao lado de um arranjo floral murcho na entrada da capela. — Walsh é enterrado no mesmo dia em que uma rainha de *talk-show* poderá ser indiciada por assassinato, e você sabe para onde todas as câmeras se voltarão. Não que eu os culpe. Debra! liqüida seu namorado antigo, isto é o showbiz.

— Então, o que está fazendo aqui, ATM? — Jimmy olhou através da extensão gramada de Maple Valley Memorial Gardens, a algumas ossadas de distância de Seal Beach, com vista para o oceano nas sepulturas mais caras e uma vista da *freeway* 405 nas terras baixas onde Walsh estava sendo enterrado. — Por que não está acampado no Tribunal de Justiça à espera de que a promotoria anuncie sua decisão?

— Erro de cálculo *grosseiro* — ATM suspirou, as três câmeras penduradas no seu pescoço balançando suavemente. Era um *paparazzo* rotundo e desleixado que se especializava em acidentes de carro e mazelas de Hollywood, totalmente impiedoso na busca de um dólar de tablóide. — Nenhuma estrela de primeira à vista, não das que estão em evidência, estritamente pessoalzinho ligado a cinema de arte.

Avaliou os presentes.

— Não admira que os outros retratistas aqui sejam amadores que não saberiam nem regular uma objetiva — bufou. — Cobertura de mídia de segunda classe, também. Dois obscuros programas de entrevistas de rádio e uma equipe do noticiário de TV local. Resumindo: este funeral é um desperdício de filme.

— Não para você — disse Jimmy, olhando para ATM. O fotógrafo era renomado por flagrar os ricos e famosos em suéteres de malha manchados de comida e shorts folgados, mas hoje ATM vestia jeans relativamente limpos e uma camisa de *smoking* preta, os cabelos emaranhados recém-lavados. — Acho que você sabia o que estava fazendo quando veio aqui hoje.

— Sim — ATM admitiu, coçando a barriga. — Walsh era um porra de um gênio. Um instantâneo de Debra! saindo furtivamente pela porta lateral do tribunal é bom para o contracheque, mas às vezes você tem de mostrar respeito. Ainda que lhe custe algo.

— Isto quer dizer que você não tentou subornar o diretor da funerária para abrir o caixão e você tirar uma foto?

— Vamos, me dê algum crédito.

— Estou dando.

ATM mirou através de sua câmara.

— Retrato de caixão aberto de um presunto aguado que já foi famoso? Eu podia vender este show de horror até para alguns tablóides europeus, mas não traria o retorno para cobrir o meu investimento.

Virou a objetiva da telefoto para a capela.

— Só para sua informação, nunca procure o diretor da funerária, vá atrás do seu assistente. É mais fácil desmentir depois e os assistentes têm melhor visão do mercado.

Uma dúzia ou mais de manifestantes das Vozes das Vítimas, um grupo militante radical, marchava ao redor da sepultura, acenando com seus cartazes para um grupo de adolescentes góticos desatentos, agachados nas lápides vizinhas, que lhes faziam sinais obscenos com o dedo. Jimmy acenou para Lois Hernandez, a presidente da seção do condado de Orange, e ela retribuiu o aceno. Os góticos suavam em suas roupas pretas, suas capas arrastando na grama, pescoços com camadas de cruzes e *ankhs* de prata, mas mesmo no calor permaneciam joviais; morte de qualquer espécie era motivo de celebração, mas a morte de um assassino era particularmente festiva. A cada dois minutos um policial de folga entediado ordenava aos góticos e aos manifestantes das VV que se dispersassem. A ordem era ignorada por todo mundo. O tira não se importava; estava descolando quarenta dólares por hora para ficar ali vigiando os desordeiros. Os funcionários da Maple Valley também não se importavam — qualquer tipo de publicidade era bom para os negócios e eles estavam tão deprimidos com a prisão da diva do programa de entrevistas quanto todo mundo mais.

— Vou dar uma olhada naquilo — disse ATM dirigindo-se para os manifestantes. — Com um pouco de sorte, pode se transformar num tumulto.

Jimmy observou-o descer apressadamente a encosta gramada e depois se virou para ver Rollo deixando a capela e caminhar rapidamente até ele. As flores e despesas do enterro foram pagas pela Associação dos Diretores, uma obrigação legal que não exigia o comparecimento de nenhum membro atual ao serviço. Jimmy ficou desapontado quando soube quem pagou a conta — tinha a esperança de que fosse a boa esposa. Ou até um benfeitor anônimo que ele poderia rastrear.

— Assinei o livro de presença — disse Rollo, estranhamente elegante num terno azul Armani, parecia uma das últimas remessas de mercadoria a cair de um caminhão no instante preciso em que Rollo estava lá para apanhá-lo. — Você não acreditaria em algumas das coisas que as pessoas escreveram no livro, Jimmy. Merda da grossa, como "Quero ver você assar no Inferno" e "Vou mijar na sua sepultura esta noite". O que é que há de errado com as pessoas?

— Acham que os mortos podem ouvi-las. Você também.

Rollo tirou um envelope comercial do bolso interno do paletó.

— Trouxe uma surpresa para você. Não abra aqui.

Jimmy rasgou o envelope e puxou cinco páginas de números de telefone com as datas e as horas do dia assinaladas. Olhou para o registro da conta.

— Como conseguiu isso? Jane não tinha certeza de que poderia conseguir registros de telefonemas de cartão nem mesmo com um mandado judicial.

Rollo corou. Parecia um garoto de treze anos de idade.

— Estes são só os registros do telefone celular que ele tinha quando... — quando o encontramos. Não há nenhum meio de descobrir telefonemas que pudesse ter feito de outra linha.

Jimmy percorreu a lista.

— Você é espantoso.

Rollo empurrou os óculos para trás.

— Quanto lhe devo?

Rollo sacudiu a cabeça.

— Não sei o que está aprontando, mas sei que está tentando ajudar o senhor Walsh.

Enfiou um dedo sob os óculos e enxugou um olho.

— Um dia as pessoas vão se dar conta do grande homem que era.

Jimmy enfiou os papéis no bolso.

— Vou para casa ver uns filmes. Hoje foi um dia de cão para mim, cara.

Jimmy esperou que Rollo desaparecesse no estacionamento antes de caminhar até onde Mick Packard estava sendo entrevistado. Jimmy ia falar com o ator quando topou com ATM, e ficou de olho em Packard a partir de então. Estava interessado em Packard, mas estava ainda mais interessado na mulher que pairava logo atrás dele, mantendo uma distância discreta.

Packard estava pelo menos dez quilos mais gordo do que Jimmy lembrava, sua papada escondida por uma gola rulê.

O entrevistador era um cara jovem, compenetrado, um ruivo sardento que ficava enfiando o microfone no rosto de Packard. Packard tinha de recuar antes de falar. O câmera também era jovem, um rapagão atlético de short, camiseta que realçava os músculos, e boné com a pala para trás. A câmera sobre seu ombro tinha a inscrição FULLERTON STATE UNIVERSITY em letras de estêncil na lateral.

Jimmy puxou sua caderneta de repórter ao se aproximar. A mulher com Packard estava no começo da casa dos trinta, uma morena bonita, de pernas longas e bronzeadas, com um vestido cinza-grafite justo e óculos escuros imensos. Packard era mais baixo pessoalmente do que na tela e seus cabelos lisos que rareavam estavam penteados para trás.

Packard colocou a mão sobre o microfone.

— Daqui a pouco eu o atendo — disse para Jimmy. Agiu como se Jimmy devesse ficar agradecido.

— Ei, esta entrevista é minha — disse o ruivo para Jimmy.

— Não precisa se apressar — disse Jimmy.

— Não quero que ouça minhas perguntas — disse o ruivo.

O câmera voltou os olhos para Jimmy.

— Não briguem, rapazes — disse Packard, benévolo. — Estou totalmente à disposição de vocês. É só fazer suas perguntas — disse ao ruivo. — Estou seguro de que este cavalheiro vai respeitar o seu profissionalismo — e olhou para Jimmy. — Você é de onde?

— Da revista *Slap*.

Packard iluminou-se e então se virou para o ruivo.

— Vamos fechar isso — sorriu para a câmera. — Eu tencionava, ou melhor, *esperava* que Garrett Walsh e eu tivéssemos oportunidade de trabalhar juntos de novo. Ele era um homem com defeitos, um homem marcado, mas eu o considerava um irmão de armas espiritual, outro marginal de Hollywood, assim como eu.

Acenou com a cabeça para a câmera, caminhou até Jimmy e jogou um falso golpe de caratê para cima dele. Pareceu chateado quando Jimmy não piscou sequer os olhos, mas se recuperou rapidamente.

— Prazer em conhecê-lo. Não peguei seu nome.

— Sou Jimmy Gage.

— Genial. Fabuloso. Vamos começar? É Jimmy, certo?

Jimmy sorriu para a mulher de vestido cinza e óculos escuros.

— Não fomos apresentados. Sou Jimmy.

— Olá — a mulher falou, sua voz suave, um pouco trêmula. — Sou Samantha Packard.

Seus olhos eram invisíveis atrás dos óculos escuros.

— Ei — disse Packard — está entrevistando a mim ou a minha patroa? Se isto era uma piada, nenhum deles acreditou nela.

— Quer começar com meu novo filme ou quer que eu conte tudo sobre *Queda de braço*?

— Vamos começar com *Queda de braço* — disse Jimmy, observando Samantha enquanto escrevia na sua caderneta. — Deve ter sido uma filmagem interessante. Grande orçamento e Walsh tinha acabado de ganhar dois prêmios da Academia...

— Aqueles prêmios são apenas concursos de popularidade. Fui o astro número um de bilheteria nos Estados Unidos no ano anterior... é tudo o que conta — vociferou Packard. — Walsh sabia disso. Ele era uma estrela em ascensão, mas acho que eu o intimidava. Isso acontece muito comigo.

Jimmy anotou devidamente a informação na sua caderneta sob o olhar vigilante de Packard.

— Vai ser a matéria principal de *Slap*? — perguntou Packard. — Meu agente disse que eu sempre deveria insistir numa capa — e apalpou seus cabelos escuros laqueados. — Que diabo, estou fazendo isto por Garrett.

— Você e Walsh eram amigos antes de *Queda de braço* ou só ficaram mais chegados durante as filmagens?

Jimmy viu Samantha Packard puxar um maço de cigarros de sua minúscula bolsa e acender um, tragando como se fosse o último alento de sua vida.

— Sabíamos um *do* outro, naturalmente — disse Packard, mantendo o queixo empinado enquanto olhava ao redor, verificando quantos na multidão o estavam notando. — Mas foi só quando cheguei ao *set* que as coisas começaram a acontecer. Você precisa lembrar que Walsh ainda era novo para a primeira divisão. Gosto de pensar que o ajudei a conhecer os macetes, ajudei-o a confrontar o estúdio. Não acho que ele se ressentiria do que estou dizendo, não agora, mas costumava pedir minha opinião sobre montagem e diálogo. Eu ficava feliz em ajudar, claro.

— Claro.

Atrás das costas de Packard, Jimmy pôde ver Samantha Packard afastar-se, sua mão tremendo ao colocar o cigarro na boca de novo.

— Onde está o seu fotógrafo? — perguntou Packard. — Jimmy, não é? Quer fazer algo aqui, ou devíamos marcar uma sessão de fotos depois?

— Depois é melhor. Não quero embolar as coisas hoje.

Jimmy olhou para o cemitério devagar. Os manifestantes dos direitos das vítimas circulavam mais lentamente agora, vencidos pelo calor e pela ausência de equipes de noticiário da TV. Os góticos tinham tirado suas capas e se abanavam. O vôo rasante de um aeroplano de propaganda fez todo mundo olhar para cima — talvez, pensavam, fossem alguns pilotos apoiando sua causa, mas era apenas um Piper puxando uma faixa AGAVE GOLD TEQUILA ao longo da praia. Jimmy virou-se para Packard.

— Soube que houve muitos problemas nas filmagens.

— Os estúdios nunca chegaram a entender o talento — disse Packard. — Eles entendem o dinheiro, só isso, e prazos e contratos...

— Ouvi dizer que você e Walsh não chegaram a se entender.

— Walsh era legal. Ele e eu... gigantes sempre batem de frente. Mas não quer dizer que não nos respeitássemos.

Packard apertou os olhos para Jimmy. Era o mesmo olhar que geralmente vinha antes de Packard quebrar o pescoço de alguém ou de jogá-lo escada abaixo. No filme, pelo menos.

— Talvez a gente devesse falar sobre meu novo filme? Chama-se *O assassino sagrado*, e acho que vai mudar a maneira como muitas pessoas nesta cidade pensam a meu respeito. Até agora não temos um distribuidor americano, mas é assim que as coisas funcionam. Você resiste ao sistema, mantém sua integridade como artista e como homem e é apunhalado pelas costas. Foi por isso que escolhi trabalhar no estrangeiro. Os estrangeiros... eles apreciam a integridade.

Jimmy escreveu *integridade* e sublinhou três vezes para agradar a Packard.

— Pelo que soube, você e Walsh tiveram discussões bastante intensas — e deu um olhar furtivo a Samantha Packard, mas ela estava de costas para eles. — Por que foi que brigaram? Integridade?

— Divergências artísticas, só isso. Nada de muito importante.

— Soube que na verdade arrombou a porta do trailer de Walsh.

— Quem lhe contou isso?

— Levantei durante minha pesquisa.

Packard deu um pequeno empurrão em Jimmy.

— Foi Danziger? Aquele filho da puta me detestou desde o primeiro dia. Me culpava por tudo de errado que acontecia em *Queda de braço*. Disse que eu estava numa química negativa, o que era uma besteira, porque só tomei esteróides durante alguns meses, *por ordens médicas*, para uma inflamação... ou coisa parecida.

Olhou fixo para Jimmy.

— É o Danziger que está contando histórias sobre mim e minha química?

— Tem uma reputação de gênio esquentado. Walsh também — disse Jimmy, lançando a isca. — Não haveria algum segredo obscuro que os levou a discutir no *set*? Fiquei simplesmente curioso para saber por que estavam brigando.

— Se escrever que é difícil trabalhar comigo, vou arrebentar a porra da sua cara — disse Packard calmamente, mal mexendo sua boca. — É isto o que está realmente fazendo aqui? Vai escrever uma matéria premiada sobre mim?

— Estou escrevendo uma matéria sobre Garrett Walsh.

— Vou acabar com você se prejudicar minha carreira — disse Packard. — Sou o último da minha espécie, o último homem de Hollywood que faz o que promete, e estou lhe prometendo, você fode comigo, eu fodo com você.

Jimmy acenou com a cabeça enquanto anotava na caderneta.

— Como é que se escreve *fode*?

Packard afastou-se.

Samantha Packard virou-se, encobrindo um sorriso, os olhos ainda ocultos. Jogou o cigarro na grama e seguiu lentamente o marido para a câmera seguinte.

Capítulo 11

Seu telefone estava tocando de novo, mas Jimmy ainda o ignorava, concentrado nas fotos de publicidade 18x24 de Samantha Packard sobre sua mesa. Apanhara uma de um *thriller* chamado *Sangria*. Mal lembrava do filme e não lembrava que ela estivesse nele. Oito ano atrás... se ela era a boa esposa, foi por esta época que conheceu Walsh. Examinou a mulher na foto. Seus cabelos eram mais curtos então e embora fosse bonita parecia desajeitada, não realmente à vontade diante da câmera. As verdadeiras estrelas floresciam para as lentes. Talvez Samantha Packard florescesse em particular. Colocou a foto de novo sobre a mesa.

Depois do enterro de Walsh, Jimmy fizera uma rápida pesquisa sobre Mick e Samantha Packard. Packard era um praticante de artes marciais e, segundo boatos, ex-agente da CIA. Fora bom de bilheteria na fase final da era dos filmes de ação, mas cinco fracassos consecutivos o expulsaram dos radares de Hollywood. Agora com quarenta e cinco anos de idade, nenhuma ponta sequer na TV no final de noite, sua participação nas telas se limitava a produções diretamente para vídeo e comerciais japoneses, onde ainda possuía um público que o cultuava. Samantha Packard tinha trinta e um anos, uma atriz marginalmente talentosa cujos créditos cinematográficos se limitavam a filmes estrelados pelo marido.

Jimmy arrumou as fotos de publicidade e alinhou-as. Mick e Samantha estavam casados há dez anos e não tinham filhos. Duas vezes nos últimos cinco anos os tablóides tinham publicado reportagens sobre seu divórcio iminente, mas nenhuma ação chegou a ser iniciada. Ia ter de se mover cautelosamente. Mick Packard ficara em alerta total ontem; se Jimmy fosse apanhado, alguém poderia se machucar. A começar pela boa esposa.

Samantha Packard olhava para ele de uma das fotos, seu rosto suavemente iluminado, os olhos em expectativa. Jimmy teve de se afastar e olhar pela janela, mas não havia nada naquele céu azul-claro que lhe trouxesse qualquer alívio.

As pessoas trabalhavam à sua volta na principal sala de redação da *Slap*, tagarelando, telefonando, digitando em seus teclados — ele mal as notava. Não havia ainda começado a trabalhar na lista de telefonemas que Rollo lhe dera ontem no enterro. A lista tinha cinco páginas de chamadas sem assinantes — apenas a data, a hora e a duração. Jimmy ia ter de correr a lista número por número, ligar e descobrir com quem Walsh falara, jogar seu charme e suas mentiras. Sorriu para si mesmo. Eram terríveis as coisas que fazia bem.

Olhou para as fotos de Samantha Packard. Se Jimmy acreditasse em prece, teria rezado e então discado um dos números de telefone da lista de Walsh e Samantha Packard responderia. Mas Walsh não podia ter sido direto assim, mesmo que soubesse o número dela depois de todas aquelas mudanças de endereço. Jimmy ajeitou as fotos numa pilha com um golpe de mão, enfiou-a na sua caderneta, virou-se para o computador. Seu telefone tocou de novo, mas ele continuou teclando, entrando na internet. Vinte minutos depois Jimmy ainda estava ligado na tela do computador, consultando o banco de dados do Departamento Correcional da Califórnia. Trezentos e oitenta e nove Shafers haviam sido processados através do sistema nos últimos vinte anos, mas só seis tinham Harlen como primeiro nome ou nome do meio. Acessou três arquivos, mas nenhum deles se encaixava no perfil do homem que a detetive Katz dissera ter sido o último visitante de Walsh. O número quatro, Maxwell Harlen Shafer, também não parecia promissor.

— Jimmy? — Mai estava parada ao lado da sua mesa, esguia e reta como uma agulha, imigrante vietnamita da primeira geração, sempre de olhos, ouvidos e pensamento abertos. Não dava para dizer há quanto tempo estava ali. — Não está respondendo ao seu telefone.

— Certo.

— O senhor Napitano quer falar com você.

— Diga ao imperador que estou ocupado, Mai.

— O senhor Napitano disse que era importante.

Jimmy tentou se concentrar na tela do monitor, mas podia sentir o olhar de Mai no centro de sua testa, a intensa quietude dela era uma força irresistível. Levantou-se e seguiu-a através do labirinto de mesas até o elevador privado para o escritório de cobertura de Napitano.

Mai digitou o código numérico adequado no quadro de botões do elevador, ocultando os números. (Três-dois-nove-nove-cinco, mas quem estava contando?) Ela esperou que as portas se fechassem antes de falar.

— Ele estava de bom humor até que você se recusou a atender o telefone.

Foi uma afirmação factual, despida de recriminação ou insinuação.

— Sou fluente em italiano, naturalmente, mas alguns dos palavrões dele são intraduzíveis.

— Você simplesmente não tem uma cabeça suja. Isto é um risco quando se lida com Nino.

Mai simplesmente olhou para ele. Jimmy tentou imaginar como ela ficaria sorrindo, mas não conseguia visualizar. Mai não ria, não franzia a testa e não mostrava surpresa ou desapontamento. Suas reações emocionais eram ocultas, poupadas para alguém mais digno delas, talvez. Jimmy esperava que houvesse alguém. As portas do elevador se abriram e Mai saiu rapidamente, seus passos silenciados pelo espesso tapete vermelho. Bateu uma vez na porta do escritório de Napitano e partiu com passadas largas. Jimmy acompanhou-a com os olhos — para uma mulher pequena ela caminhava com imponência.

Jimmy abriu a porta e caminhou para dentro do escritório. O tapete e as cortinas eram brancos como geada, a mesa de Napitano fora cortada de uma única peça gigantesca de ébano polido e os sofás eram cobertos por couro preto amaciado. O único detalhe vibrante de cor na sala era uma pele de tigre drapejada através das costas da cadeira de Napitano, aninhando-o em listas.

Napitano cumprimentou-o com um aceno, os pés descalços sobre a mesa enquanto falava num aparelho viva-voz, trovejando. Era um homem pequeno, suave, mal chegando a um metro e sessenta de altura, vestido num pijama de caxemira cor-de-rosa, um autocrata com uma cabeça avolumada e olhos langorosos. A boca era guarnecida de dentes pequenos e afiados.

Jimmy sentou-se no sofá mais próximo da mesa e jogou uma perna por cima do braço do móvel.

— Simplesmente faça o que eu digo — falou Napitano ao telefone, cortando a ligação com o dedão do pé. — Jimmy — disse ele, arrastando a palavra com uma demora obscena — fico tão contente que tenha podido honrar-me com a sua presença.

Levantou uma pedra escura acinzentada, de forma irregular e do tamanho aproximado de uma bola de golfe.

— Sabe o que é isto?

Jimmy encolheu os ombros.

— Lava?

— É uma rocha da Lua. Do Mar da Tranqüilidade, para ser exato.

— Claro que é.

— Não, é verdade — e Napitano embalou a pedra na palma da sua mão. — Isto foi arrancado da superfície áspera da Lua e trazido através de milhões de quilômetros para a Terra. Agora é minha.

— Ganhou isso de Rollo?

Napitano assentiu com a cabeça.

— Um presente.

Rollo e Napitano haviam ficado íntimos há um ano, depois que Jimmy os apresentara. Rollo andava escondido, precisando de algum lugar para ficar por alguns dias e Napitano estava ansioso para exibir sua nova limusine blindada. Combinavam bem os dois. Ambos eram espertos e engraçados, sem nenhum respeito pelo protocolo ou pelo homem comum, e Rollo, como Jimmy, não se deixava intimidar pela riqueza e pelo poder de Napitano. Rollo era um franco-atirador, uma qualidade que Napitano respeitava acima de todas as demais.

Napitano acariciou o pedaço de pedra com os dedos, seu rosto radiante, provavelmente se imaginando o senhor da Lua.

— Tente imaginar de onde veio isto, as histórias que podia contar: o frio terrível da superfície lunar, os bombardeios de meteorito, a constante chuva de raios cósmicos...

— Onde Rollo conseguiria uma pedra da Lua, Nino? Todas elas foram catalogadas. Estão ou no Smithsonian ou em exposição nos museus. Talvez na Casa Branca.

— Tanta ingenuidade — Napitano recolocou cuidadosamente a pedra sobre a mesa, recostou-se na cadeira, sua cabeça enorme oscilando contra a pele de tigre. — Quanto mais preciosa a carga, maior a probabilidade de que uma parte se perca durante o percurso. Um vazamento, uma taxa de desejo. É sobre isso que eu queria falar com você.

Cruzou os pés descalços, o pijama cor-de-rosa de caxemira farfalhando suavemente.

— Quero contar-lhe uma história sobre objetos sagrados, objetos de proveniência discutível, coisas que não pertencem a mãos particulares.

— Objetos de arte saqueados? Esquisitices biológicas? Colares de dentes de ouro e arranjos de cabeça de águia? Que tal um frasco de antraz? — Jimmy sacudiu a cabeça. — Estou trabalhando num lance, Nino.

Napitano acariciou o lado inferior de sua garganta macia e depois o lado inferior da papada.

— Deixe de lado.

— Não.

— Não? — Napitano agitou os dedos do pé, dedos macios de bebê que nunca tocavam algo mais áspero do que couro de luva. — Este seu projeto, esta coisa secreta deve ser muito importante.

— É.

— Perigosa também, talvez?

Jimmy não gostou da expressão de Napitano.

— Perguntei porque a recepcionista da editora tem recebido algumas mensagens telefônicas muito feias para você.

— E o que mais?

— Esse homem liga sem parar. Suas ameaças foram bastante explícitas... e bastante vulgares.

Napitano passou a mão por seus cachos oleosos, reajeitando-os sobre a testa.

— Não quer dar o nome, mas esse cavalheiro sempre liga de um telefone público, uma cabine diferente a cada vez, o que indica uma certa seriedade da sua parte.

— Indica apenas que deve ter um bolso cheio de moedas.

— Ah, o célebre *sangfroid* de caubói de Jimmy.

— Vou fazer o que sempre fiz, Nino. Caminhar de mansinho, vigiar minhas costas e esperar pelo melhor.

— Que otimismo delicioso o seu, meu caro rapaz.

Capítulo 12

— A casa geralmente não é assim — Rita Shafer apanhou as roupas sujas, jogou-as atrás do sofá e sentou-se. Deu umas palmadinhas na almofada ao seu lado, gesticulando. — Malditas crianças. Viveriam como porcos, se eu permitisse.

— Obrigado por me receber, sra. Shafer — disse Jimmy, confeitos iridescentes estalando sob seus pés enquanto atravessava o tapete e sentava-se ao lado dela no sofá reclinado.

— Rita — ela o corrigiu, puxando uma perna para cima e tocando nele com o seu joelho nu. — E é *srta*. Sou livre e disponível... e mais feminina do que feminista.

Uma TV bradava do quarto de dormir nos fundos, os canais mudando a cada momento, ao som dos uivos indignados das crianças. O apartamento de estuque de um quarto de Rita Shafer era parte de um quadruplex ao norte do centro de Long Beach. Correspondência por abrir estava espalhada pelo chão, contas domésticas com carimbos de "vencida" em letras vermelhas do lado de fora. Cortar a luz e o gás do cidadão não era o suficiente — primeiro a municipalidade queria embaraçá-lo. Através das grades de segurança da janela lateral da sala de estar, Jimmy podia ver o *Queen Mary* ancorado no porto, bruxuleando sob o sol da tarde, o antigo transatlântico de luxo agora um shopping flutuante para turistas.

— Está aqui à procura de Harlen? — perguntou Rita

Uma bola de futebol caiu no colo de Jimmy, assustando-o. Ele sorriu e apanhou-a do chão, de pé agora.

— Prepare-se para um passe — disse para o garoto soturno de oito anos à porta, encostando a bola contra o ouvido. — Se bobear, eu acerto em você.

— Me dê a porra da bola, coroa — disse o garoto, coçando os fundilhos da sua cueca Scooby Doo.

— Axyl Rose Shafer, peça desculpas agora para o cavalheiro — disse Rita.

Axyl Rose gesticulou com o dedo médio erguido para a mãe e foi embora. Jimmy jogou a bola de espuma de borracha na nuca do garoto antes que ele desse um passo.

— Ei! — uivou Axyl Rose, zangado, mas não machucado.

— Não fale com sua mãe assim — disse Jimmy.

Axyl quis partir para cima de Jimmy, depois desistiu, correndo para o quarto dos fundos. Rita puxou Jimmy de volta para o sofá.

— Obrigada. Preciso de um homem aqui para manter Axyl na linha. — Ela tomou fôlego. — Claro, não é só para isso que um homem presta.

Rita Shafer tinha sido bonita, altiva e esguia, com maçãs do rosto salientes de uma camponesa e olhos grandes, mas estava exausta agora, alquebrada, a pele descorada, os olhos apáticos. Nenhuma maquiagem ou rímel esconderiam o estrago. Havia três crianças correndo pela sala de estar entulhada quando ele chegou: Axyl e duas mais jovens, de quatro ou cinco anos talvez, garotinhas louras magricelas com uma pele que parecia creme e tristes olhos azuis. As garotas interromperam o que faziam quando viram Jimmy, adotando subitamente o seu melhor comportamento. Três filhos e Rita ainda tinha quadris finos e seios empinados, sexy de short e camiseta regata da Harley Davidson. Só o rosto mostrava a sua milhagem.

— Tem filhos? — Rita perguntou.

— Nunca tive coragem.

— Não que você não saiba — um dos dentes da frente de Rita estava lascado, mas era um bom sorriso.

— Acho que eu saberia. Espero que sim, pelo menos.

— É muito gentil falar assim — Rita rolou a frase, como um belo seixo. Ergueu sua lata de cerveja. — Quer uma geladinha?

— Não, estou bem, obrigado.

— Você está melhor do que bem — arrulhou Rita. — Eu até que estou a fim de outra.

Foi até a geladeira, virando-se parcialmente para ver se ele olhava para a sua bunda.

Rita Shafer era irmã de Harlen Wilson Shafer, e seu apartamento era o último endereço conhecido dele. Segundo o Departamento Correcional, Shafer era um pé-de-chinelo com duas condenações por venda de uma substância proibida, um cara que abandonara os estudos no secundário e acabara de cumprir cinco anos na penitenciária de Vacaville, a *universidade da vida* de Walsh. Jimmy lera a ficha de Shafer no computador na *Slap* e *soube* que era ele — o último encontro de Walsh. Não havia histórico de violência em Shafer; era mais provavelmente o fornecedor de Walsh do que o seu matador, mas Jimmy ainda assim queria falar com ele.

Rita voltou da cozinha e abriu uma lata de cerveja, delicadamente colocando a mão em concha sobre a tampa para se proteger do borrifo. Foi um curioso gesto de dama que deu vontade a Jimmy de protegê-la.

— Você tinha razão. *Estou* à procura de seu irmão.

— Calculei que foi por isso que veio aqui — Rita acenou com a cabeça, caindo pesadamente do seu lado. Bebeu metade da cerveja num gole prolongado e enxugou o lábio superior com o dedo mindinho. Outro daqueles incongruentes gestos de dama. — Ele lhe deve dinheiro?

— Não, não é nada disso.

Rita tomou outro gole de cerveja.

— Harlen ficou comigo cerca de uma semana quando saiu da prisão e esvaziou minha bolsa ao partir.

Colocou uma mão nas costas do sofá, aproximando-se mais dele.

— Deixou-me um pouco de maconha e algumas pílulas, num gesto de cupincha, achando que era uma troca justa. Ainda tenho quase toda a maconha. É da boa.

Puxou os cabelos dos braços dele.

— Não fumo tanto quanto antigamente. Me deixa com muito tesão — e virou-se para a porta do quarto. — Desliguem essa maldita TV!

— Sabe onde ele está morando?

— Harlen não é mau. É apenas azarado — disse Rita. — Foi assim a vida inteira... é só dizer coroa que dá cara.

— Ele tem um emprego? Preciso realmente entrar em contato...

— Um *emprego*? — Rita jogou a cabeça para trás e mostrou a Jimmy suas obturações.

— Rita? — As duas garotinhas louras estavam na porta de mãos dadas. — Rita, Axyl Rose não quer deixar a gente ver *Vila Sésamo*. Diz que é coisa para bebês.

— Digam a Axyl Rose que se eu tiver de ir até aí eu vou bater na bunda dele — falou Rita. — Ele devia estar na escola, de qualquer jeito. Sua maldita dor de ouvido melhorou assim que o ônibus foi embora.

Jimmy viu as garotas voltarem para o quarto aos risinhos.

— Harlen disse que gostava de mim, mas simplesmente não agüentou ficar aqui — Rita disse para Jimmy. — Disse que era mais barulhento que a prisão, a comida não era tão boa, e eu o azucrinava porque não queria drogas ao redor de meus filhos. Tem um cigarro?

— Desculpe.

— Tudo bem, deixei de fumar, de qualquer maneira — Rita sorriu, seus seios balançando por trás da camiseta regata. — Você não fuma, não aceita uma cerveja... tem algum vício, bonitão?

— Ainda tenho alguns. Mas minha namorada está cuidando deles.

Rita brincou com seus cabelos louros claros.

— Sou uma pessoa de mentalidade aberta. — Virou-se de novo para a porta do quarto. — Já disse a vocês, desliguem esta maldita coisa!

Olhou para Jimmy e sorriu, puxando as longas pernas para cima.

— Bem, onde é que estávamos?

— Seu irmão alguma vez mencionou alguém que conheceu na prisão chamado Garrett Walsh?

— Harlen não falava muito da prisão — Rita encolheu os ombros. — Se o fizesse, eu não ouvia.

— Garrett Walsh era um cineasta — disse Jimmy tentando ajudar.

— Pornô? — Rita aprumou-se. — Não curto isto, meu amigo.

— Não, filmes sérios.

— Não sei o que ouviu falarem, mas eu não faço mais isso.

— Estou só tentando entrar em contato com o seu irmão. Se ele telefonar, se ele aparecer, ficaria grato se me dissesse onde está morando — e deu a ela seu cartão de visita. — Meu telefone celular está aqui. Me ligue a qualquer hora.

— Revista *Slap*? — Rita examinou longamente o cartão. — Ouvi falar dela. O que foi que Harlen fez desta vez?

— Provavelmente nada. Foi uma das últimas pessoas a ver Garnett Walsh vivo. Gostaria de lhe fazer algumas perguntas, é só isso.

Rita sacudiu a cabeça.

— Não acho que Harlen gostaria de falar com você — e olhou para o cartão de visita. — Harlen vai para a cadeia de novo?

— Duvido.

— Harlen me chamou de puta burra quando foi embora. É meu irmão e eu o adoro, mas não devia me xingar na frente de meus filhos. Acha que isto é direito?

Jimmy fitou-a nos olhos.

— Não.

— Por que nunca conheço caras como você?

Jimmy sorriu.

— Sorte sua, eu acho.

Rita sacudiu a cabeça, não devolvendo o sorriso.

— Não, não é sorte. Sou como Harlen, azarada também.

Ela respirou fundo.

— Se ele vier atrás de mais dinheiro, eu ligo para você. Você tem um irmão, Jimmy?

— Sim.

— Aposto que vocês se dão muito bem. Aposto que são uma família de verdade.

— Perderia esta aposta. Meu irmão e eu não somos muito chegados.

— Deve ser por culpa dele.

Jimmy passou a ela a foto da ficha de Harlen Shafer que ele baixara do banco de dados do Departamento Correcional.

— Está correto?

— Que quer dizer?

— Esta foto foi tirada quando Harlen entrou na prisão. Ele ainda tem a mesma cara?

— É bem parecida — Rita tocou a foto com um dedo. — Seus cabelos estão mais compridos. Não gosto muito disto, mas ele está se lixando para o que eu penso. Seu rosto está diferente, também, mais duro. Acho que a prisão faz isso nas pessoas.

— Tem uma foto mais recente do seu irmão? Uma foto que eu pudesse copiar?

Rita sacudiu a cabeça.

— Tenho algo que quero que veja.

Apanhou sua bolsa debaixo do sofá e pescou sua carteira. O couro vermelho estava desgastado, os lados protuberantes, a costura desfeita. Ela procurou na seção das fotos, puxou uma em preto e branco debaixo do plástico transparente amarelado e estendeu para ele.

Jimmy olhou para duas crianças subnutridas, de pé, de mãos dadas. O jeans do menino tinha um buraco no joelho; o vestido da menina estava puído mas bem-passado. Os dois tinham um ar assustado, mas o menino se esforçava para ocultar isso.

— Eu e Harlen. Eu tinha nove anos, ele onze. Nossa mãe tinha acabado de morrer e nós estávamos sendo despachados para parentes, separados. Sei que está à procura de Harlen. Só queria que soubesse como ele era antes, antes que as coisas tivessem mudado. Já foi o meu irmão mais velho. Quero que se lembre disso.

— Não estou a fim de machucá-lo.

— A vida muda as pessoas. Elas começam de um jeito e então acontecem coisas e não são mais as mesmas depois.

— Eu sei — disse Jimmy, o sentimento compartilhado fazendo-o sentir-se mais próximo dela, aflitivamente próximo. — Eu só preciso falar com ele.

— Acredito em você — Rita pegou a foto de volta e enfiou-a cuidadosamente na carteira. — Não sei por quê, mas acho que posso confiar em você.

Jimmy levantou-se e apertou a mão dela.

— Gostei de conhecê-la, Rita.

— Também gostei de conhecer você — Rita sacudiu a mão dele, não querendo largar. Esperou até que ele chegasse quase à porta da frente. — Acho que ele está hospedado num destes... motéis, você sabe, um motel sem nome. Não sei onde, mas sei do que Harlen gosta.

— Obrigado.

— Isto não ajuda muito, não é? — Rita pareceu embaraçada. — Deve existir um milhão destes motéis por aí. Só queria ajudar.

— Agradeço a sua ajuda.

— Se encontrar Harlen, diga que não guardo rancor por ter levado minha grana. Diga para aparecer um dia destes. Tem sempre uma cerveja à sua espera.

Rita virou-se para não ter de ver a porta fechar-se atrás dele.

Capítulo 13

Rollo deu uma olhada no crepúsculo antes de entrar às pressas no apartamento de terceiro andar de Jimmy, um *laptop* apertado contra o peito, a chuva caindo quente e limpa atrás dele, um daqueles temporais de verão que não refrescavam ninguém.

Jimmy estava na porta.

— Entre, Rollo! — berrou mais alto que a chuva, gritando para a fileira de apartamentos do outro lado do pátio, suas mãos em concha como um megafone. Um pombo fatigado pousado num fio de telefone empinou a cabeça. — Trouxe as drogas e a pornografia?

— Muito engraçado.

Rollo abriu o zíper do blusão ao entrar, tirando punhados de telefones celulares dos bolsos internos, colocando-os com fragor na mesa da cozinha de Jimmy. Seguiu para a geladeira.

— Tem algum Mountain Dew aí?

Jimmy sentou-se à mesa e espalhou as páginas que Rollo lhe entregara no enterro, listando mais de dois meses de telefonemas que Walsh dera usando cartão pré-pago. Como uma porção de ex-condenados liberados das rígidas restrições telefônicas do sistema penitenciário, Walsh era um falastrão inveterado. O registro continha centenas de chamadas curtas, mais para manter o contato do que para conversar. Jimmy mal começara a verificá-las. Escolheu um dos telefones celulares de Rollo.

— Clones?

— Exatamente o que você pediu — Rollo abriu uma lata de Mountain Dew, sentou-se ao lado dele e abriu seu *laptop*. Agora que todo mundo tinha identificador de chamada, o único jeito de ligar para os números da lista de Walsh sem ser detectado era usar telefones clonados, sua identificação e número iguais aos de uma unidade autêntica em uso em algum outro lugar. Rollo estalou as juntas, relaxando os dedos.

— Cem paus a dúzia, mas nenhuma garantia de quanto tempo vão durar. A companhia telefônica está ficando cada vez mais esperta.

— Buu-huu.

— É, cara, as pessoas gastam um montão de tempo e esforço fraudando o sistema e então surge um supercomputador e arruina tudo — Rollo puxou algumas folhas de papel amarrotado do bolso. — Você levou sorte de Walsh não ter tido um telefone clonado, ou estaria tremendamente ferrado. Estas são as últimas chamadas que ele fez... meu informante dentro da companhia só pôde pegá-las esta manhã. Foi o que ele disse, de qualquer maneira. Acho que estava querendo uma TV de tela grande.

Deu uma olhada ao redor do apartamento.

— Por falar nisso, já não era tempo de você ingressar no mundo moderno? Aquele Trinitron é uma piada. Meu Game Boy tem uma melhor imagem.

— A TV é melhor pequena. Se eu quiser tela grande, vou ao cinema.

Rollo olhou para o seu reflexo na tela do computador, afagou a pêra debaixo do lábio inferior.

— Acha que eu devia deixar o cavanhaque crescer de novo?

— Todo mundo precisa de um *hobby*.

— A garota que conheci ontem disse que tenho um queixo caído. Um cavanhaque podia ajudar a encobri-lo. Ou eu podia deixar crescer costeletas maiores — Rollo acenou com a cabeça, inclinando-a. — Sim, desviaria a atenção do meu queixo.

Jimmy remexeu no celular.

— Podíamos deixar a barbearia para depois?

— Estou em busca de uma opinião. Confio no seu julgamento, cara.

— Acho que devia deixar de comer hambúrgueres e batatas fritas toda noite. Acho que devia sair mais. Cuidar do seu bronzeado. Brincar no oceano. Acho que devia sair com mulheres que não lhe falem do seu queixo caído ou de suas pernas finas ou do seu peito afundado. Pelo menos não no primeiro encontro. Acho...

Rollo tocou cuidadosamente no seu tórax.

— Que quer dizer com peito afundado?

Arrancou o telefone de Jimmy, digitou alguns números e devolveu-o.

— O código de acesso em todos os clones é seis-seis-seis. Legal, não é?

Jimmy empurrou algumas páginas de números para Rollo enquanto procurava escutar o sinal de discar, reservando as ligações mais recentes para si.

— Vamos ter que dividir o catálogo numérico.

— Livros são tecnologia antiquada. Não perco tempo com eles — disse Rollo, plugando um dos telefones clonados no seu *laptop* e estabelecendo sua conexão telefônica com a internet. Digitou números num outro telefone enquanto esperava que seu computador entrasse no ar.

— Alô — falou no receptor —, sou Richard Burns, da Travel Associates, e tenho o prazer de informar que você foi o feliz vencedor de uma viagem com todas as despesas pagas a Reno, Nevada. Por motivos legais, como se soletra seu nome e sobrenome... Alô? Alô?

Jimmy olhou para sua própria lista de números, fazendo anotações. Antes de começar a discar a esmo, podia tentar examinar a lista em busca de números recorrentes. Não era admissível que Walsh ficasse naquele trailer durante meses sem telefonar para a boa esposa.

Correu um dedo pela lista. As duas últimas chamadas eram idênticas, embora feitas com um dia de diferença. Folheou o catálogo numérico e verificou que o telefone era da mesa principal da penitenciária estadual da Califórnia, em Vacaville, a última residência de Walsh antes do trailer em Anaheim. Jimmy foi ao início da lista, checou o número seguinte no catálogo e então pegou um dos telefones de Rollo. Uma mulher respondeu ao primeiro toque, com voz de mormaço:

— Wild Side Spa, posso ajudá-lo?

Jimmy estava inclinado sobre sua caderneta.

— Aqui é Garrett Walsh, W-A-L-S-H. Estou preocupado porque alguém andou usando meu cartão de crédito no spa. Podia me dizer qual foi a última vez que...

— Não cuidamos da contabilidade — disse a mulher do outro lado da linha, aborrecida. — Leve o problema à companhia do seu cartão de crédito — e desligou.

— O que foi isso aí? — perguntou Rollo.

— Uma das últimas chamadas de Walsh foi para um spa em Santa Mônica. Um salão de massagem, talvez, ou um endereço de sexo pelo telefone.

— Talvez ele soubesse que seria queimado — disse Rollo, digitando no seu *laptop*. — Uma última punheta antes da longa caminhada. É o que eu faria. Não teria de gastar setenta e cinco dólares, também.

— Interessante você saber o preço — disse Jimmy, voltando à lista. — Veja em seus bancos de dados se consegue o telefone de casa de Mick e Samantha Packard. Não tive sorte procurando sozinho.

Examinou a lista. Havia mais ligações para Vacaville, muitas delas nos últimos dois meses.

— Walsh provavelmente estava deixando mensagens para velhos companheiros de cela. Condenados que são soltos sempre têm uma lista de pedidos dos camaradas ainda atrás das grades: famílias para contatar, namoradas a serem visitadas, advogados para investirem com uma nova apelação. A maioria dos pedidos era esquecida assim que o ex-condenado saía às ruas, mas Walsh havia evidentemente cumprido suas promessas. Contra sua própria vontade, Jimmy se viu gostando do sujeito.

Os dedos de Rollo voaram sobre o teclado, o som de um bando de pica-paus em atividade insana.

— Desculpe, nada na lista ou fora da lista para Mick Packard — e ergueu o olhar para Jimmy. — Sabe o nome de solteira da esposa? Usam isso às vezes.

— Vou perguntar amanhã. Vamos continuar.

— Mas *aonde* vamos? — disse Rollo debruçado sobre o teclado de novo. — Quero dizer, se acha que o sr. Walsh foi assassinado, tudo bem para mim. Mas o que é que a gente ganha com isto?

— Nada.

— É justamente o que eu quis dizer. *Nada*.

Os olhos de Rollo não deixavam a tela do computador enquanto digitava.

— Esta dama pela qual se preocupa, a boa esposa, por que nos importarmos com o que possa lhe acontecer? Não sabemos nada sobre ela. Pode ser alguém que faz bolinhos de chocolate ou que coloca fogo em filhotes de cachorro quando está entediada.

— Você não precisa ajudar.

— Como pode se preocupar com alguém que nem sequer conhece? É só o que estou perguntando. Você lê a notícia de um ônibus que caiu num precipício numa estrada do Paquistão, está cagando para isso?

— Eu me interesso em descobrir quem matou Walsh. Me interesso em descobrir a boa esposa. Se não está interessado, eu entendo. Depois eu lhe conto como as coisas se desenrolaram.

— Não tenho nenhum lugar para ir — Rollo empurrou os óculos para trás. — Tudo o que estou dizendo é que me sentiria bem melhor se houvesse alguma recompensa.

— Além de talvez salvar a vida de uma pessoa?

— Isto não é nenhuma recompensa.

Jimmy sorriu. Rollo era um escroque, mas era honesto.

— E quanto à satisfação de encontrar o homem que matou Walsh? O mesmo homem que matou Heather Grimm?

Rollo empurrou os óculos para trás de novo, seus olhos castanhos marejados, tão sinceros quanto os de um noivo.

— O sr. Walsh e Heather Grimm, eles não ligam para o que estamos fazendo.

Jimmy concordou com ele.

— Pense nisto apenas como um favor que está me prestando.

— Posso conviver com isso — Rollo voltou à tela do computador. — O sr. Walsh fez um monte de ligações para pizzarias e restaurantes chineses. Não o culpo. A idéia de um gênio como ele suando em cima de um fogão... onde está a justiça?

— Tente na letra J — e Jimmy digitou outro número no seu celular.

— Universal Pictures, escritório do sr. Duffy — disse uma mulher.

— Desculpe, número errado — Jimmy desligou e continuou percorrendo sua lista, fazendo anotações ao lado das outras três vezes em que Walsh telefonara para o estúdio. Como Walsh dissera, ele tentara todo o circuito principal de Hollywood. Cada estúdio fora contatado pelo menos cinco ou seis vezes, cada produtora importante e agência de talentos. Walsh fora transferido de escritório para escritório, começando no topo e terminando nos escalões inferiores. Provavelmente ficara encalhado no assistente de algum vice-presidente sem nenhum poder, um pequeno executivo metido a besta que vestia Hugo Boss e estava sempre "em reunião" quando Walsh entrava na linha.

Jimmy imaginou Walsh sentado naquele pequeno trailer abafado no calor da tarde, bebendo cerveja e esperando uma ligação de retorno que nunca vinha, pedindo pizza e com o ouvido atento para o som de pneus no cascalho. A paranóia não o ajudara. A médica legista não encontrara pele debaixo do que restou das unhas de Walsh, nenhuma equimose, nenhum sinal de luta. Walsh fora apanhado de surpresa, apanhado por um profissional, alguém que sabia fazer com que um assassinato parecesse um acidente. Com a sorte de Walsh, a chamada para a sua grande reunião, o almoço que tornaria tudo melhor, devia ter chegado enquanto os peixinhos se banqueteavam do seu cadáver fresco, o telefone celular tocando até gastar a bateria.

— Eu lhe contei sobre uma ligação que recebi de um novo *reality show* da TV? — disse Rollo, o nariz praticamente tocando a tela do computador. — Nem era outro clone do *Survivor*. Falei ao produtor assistente: "Rollo não transpira, Rollo não come ratos..."

— Se Rollo continuar falando de si mesmo na terceira pessoa, Jimmy vai jogar sua bunda por esta porta afora.

— Estou dizendo que vencer a caça ao monturo me tornou famoso. Estou tentando agradecer a você.

— As gêmeas Monelli também conseguiram um emprego graças à vitória. Eu as encontrei no *set* de *Slumber Party Maniacs II*.

— Não admira que aquelas duas me esnobassem — disse Rollo. — Convidei-as para sair na semana passada, disse que não me importava com qual das duas, elas podiam decidir. Parecia que eu tinha um estigma na testa: "Atenção! Verrugas Anais."

— As mulheres... você as lisonjeia e elas o rejeitam. Não é justo.

— Exatamente — Rollo levantou-se e agarrou outra Mountain Dew. — Você devia comprar uma daquelas geladeiras que fabricam gelo automaticamente.

— Se encontrar algum telefonema para algum motel me avise — disse Jimmy, ainda trabalhando na sua lista. — Não sei o nome, mas provavelmente não é o Peninsula.

— Nino tem um produtor de gelo na sua limusine — disse Rollo, a cabeça dentro da geladeira.

— O que me lembra, por que está fazendo um pedaço de lava passar por pedra lunar? Nino não é o tipo de cara que se engana assim.

Rollo afastou-se da geladeira com uma lata de Mountain Dew numa mão.

— Eu não o enganei.

— Deu a Nino uma pedra lunar de verdade?

— Sim.

— Onde *conseguiu* uma pedra lunar de verdade?

Rollo abriu a lata de Mountain Dew.

— Conheci um engenheiro da NASA, uma espécie de controlador de missões — e gesticulou com a lata. — Acho que as coisas eram diferentes naqueles tempos pioneiros... o espaço, Jimmy, a fronteira final. Por que este cara não traria para casa um pedacinho de história tirado do escritório?

Bebeu um gole longo.

— Este engenheiro morreu no ano passado, mas tinha um filho, um filho esperto, consertava tudo em eletrônica, mas você sabe como é, notas ruins. O secundário, cara, devia ser considerada ilegal a merda que os professores fazem e saem impunes.

Tomou outro gole e a Mountain Dew espumou e escorreu para sua mão, caindo no tapete de Jimmy. Rollo negligentemente esfregou com a ponta do sapato.

— Esse garoto. Eu dei um jeito de entrar no sistema de computadores do colégio e endireitei suas notas. Consegui uma bolsa para ele na Caltech.

— Sentou-se diante do computador. — E então ele me deu a pedra da Lua.

— E você a deu a Nino?

— Eu a guardei por um tempo. Era divertido. Você sabe, segurar a pedra, pensando nela como queijo verde. Mas Nino é ligado em possuir coisas e achei que realmente gostaria dela. Quero dizer, não era como entregá-la para a Smithsonian. Fodam-se os turistas. — Digitou no teclado. — Hmmmm.

— O quê?

— Encontrei uma, duas, três, quatro, cinco ligações para um motel perto de Sunset, o Starlight Arms. Segundo o site da associação, o Starlight não é um de nossos estabelecimentos de primeira linha. Não tem telefone nos quartos, não tem piscina, nem banheiras, só chuveiros. Uma bela seleção de vídeos quentíssimos na TV a cabo, no entanto.

— Qual é o número? — Jimmy ergueu o olhar enquanto Rollo lhe passava o número. — Está na minha lista também. Três dias antes de Walsh morrer.

Pegou um telefone. Alguém demorou a atender.

— Sim? — a voz do homem dava a impressão de que doía responder.

— É o Starlight Arms? — perguntou Jimmy.

— Sim. E daí?

— Harlen Shafer é um de seus hóspedes?

O gerente ou seja lá quem fosse riu tanto que tossiu uns pedaços de tecido dos pulmões.

— Não temos *hóspedes* aqui.

— Shafer ainda está hospedado aí? — perguntou Jimmy. Silêncio do outro lado e então o sinal de linha.

— Quem é Harlen Shafer? — Rollo perguntou a Jimmy quando ele desligou.

— Qual é o endereço do Starlight Arms? — Jimmy esperou enquanto Rollo anotava. — Shafer esteve na prisão com Walsh. Costumava visitá-lo no trailer, provavelmente fornecia droga para ele. Katz disse que suas digitais estavam por toda parte.

— Vamos até lá agora — disse Rollo. — Estou cansado de brincar de telefone e este motel... conheço aquela área. Tem um grande restaurante *thai* não longe dali...

Tremeu ao ouvir a batida na porta, pronto para partir em disparada.

Jimmy pediu-lhe que se aquietasse, foi até a porta e espiou pelo olho mágico. Sorriu e então abriu a porta.

Capítulo 14

Uma cesta enterrada por Kobe Bryant no toque da campainha, e os Lakers e Houston foram para uma dupla prorrogação. Sim! O Açougueiro estava sentado no seu carro, cerrando os punhos enquanto via a dama subir as escadas do complexo de apartamentos, os gritos da multidão reduzidos a um sussurro encrespado através dos alto-falantes estourados do carro. A chuva vinha em rajadas e ele acompanhou o avanço da dama através do aguaceiro que batia com força no pára-brisa, tentando imaginar o que uma mulher bem-vestida estaria fazendo neste paraíso de surfistas e secretárias. O apartamento de Jimmy ficava logo depois do campo de petróleo de Huntington Beach, próximo o bastante do lençol petrolífero para se ouvirem os estalidos das torres de perfuração em forma de gafanhoto, perto o bastante da praia para que sentisse o ar salgado quando caía uma tempestade.

A senhora elegante estacionara pouco mais adiante na rua, caminhando para o edifício com uma ginga controlada, sua bolsa colada ao quadril. Todas aquelas rainhas da tanga e colegiais gostosas mostrando tudo de graça na praia, mas esta dama com seu *tailleur* de executiva e seu autocontrole botava fogo nele. Foi tentado a acionar os limpadores de pára-brisa para vê-la melhor enquanto atravessava a rua, mas não queria revelar a sua posição.

Shaq recebeu uma falta quando tentava uma cesta de três pontos, a bola correndo pelo aro antes de rolar para fora. O ar sumiu do ginásio — o Açougueiro podia sentir com tanta exatidão como se estivesse lá. Bateu no volante, o plástico pesado vibrando com os golpes. Shaq era um armador fenomenal, mas um péssimo cobrador de faltas.

A dama continuava subindo, apanhada repentinamente na luz da escadaria. O Açougueiro examinou sua bunda durinha por um momento até que ela desapareceu na sombra mais acima.

A primeira cobrança de Shaq ficou no ar. A multidão no ginásio caiu em silêncio. O Açougueiro teve de resistir ao impulso de arrancar o volante e bater com ele em alguém até matar.

A dama chegou ao patamar do terceiro andar, olhou à sua volta e então virou à direita. Inacreditável. Estava batendo na porta da frente de Jimmy Gage. Até aquele momento o Açougueiro imaginava que seriam só ele e a dama, mas aquilo arruinara a situação toda. Era mais uma coisa pela qual Jimmy teria de responder.

A chuva caiu forte subitamente sobre o capô do carro e o Açougueiro teve um sobressaltou. Quando olhou de novo pelo pára-brisa, a dama tinha sumido. Para dentro. O Açougueiro ajustou seu assento, tentando ficar confortável, as molas quebradas gemendo debaixo dele. Ridículo uma pessoa do seu tamanho se ver obrigada a rodar num Geo Metro escangalhado. Vinte e nove anos de idade, e o Açougueiro dirigia um carrinho de brinquedo. A melhor economia de gasolina no mercado, cada centavo contava, mas ainda continuava sendo um carro de merda, uma vida de merda. Era só fazer as contas.

O Açougueiro — não era esse realmente o seu nome, era um apelido que Jimmy Gage colara nele. Por mais que o Açougueiro tentasse ignorar o nome, ameaçando aqueles que o usavam, o rótulo havia pegado. Em breve ele iria recuperar seu verdadeiro nome. Recuperar sua vida, também.

Shaq bateu a bola na quadra antes do seu segundo arremesso de falta. Bate, bate, bate. O locutor estava tão tenso que parecia prestes a gritar. Bate, bate, bate. Faz logo a porra do arremesso, Shaq!

Shaq arremessou. O Açougueiro fechou os olhos. "Bola na rede, senhoras e senhores!" O Açougueiro observou a porta da frente de Jimmy Gage, ouvindo a multidão vibrar pelo rádio, sentindo o sangue pulsar em suas têmporas. Lakers um ponto à frente. Aquilo era gostoso, mas pelo dinheiro que pagavam a Shaq ele devia ter encaçapado as duas.

Capítulo 15

— Não estou interrompendo nada, estou? — Holt olhou para Jimmy e em seguida para onde Rollo estava sentado à mesa da cozinha. Os dois juntos sempre pareciam culpados.

— Apenas os crimes e as contravenções de costume — Jimmy beijou-a, demorando-se por um breve momento, e ela detestou o fato de que notava quanto tempo duravam os beijos dele, tentando não os comparar com aqueles de poucos meses atrás. — Entre. Que surpresa agradável.

Holt ergueu seu pacote, o embrulho em papel pardo farfalhando enquanto o entregava para ele.

— Espero que seja uma surpresa agradável também.

Jimmy fingiu sacudir o embrulho.

— Que fiz para merecer isto?

— Nada. Vamos, abra.

Jimmy rasgou o invólucro.

— A promotoria decidiu encaminhar o caso Strickland a um júri principal — disse Holt levemente, contente de que a notícia captasse imediatamente a atenção dele.

— *Excelente!* — Jimmy parecia tão feliz por ela quanto ela se sentira ao prender aquele filho da mãe. Se dependesse de Holt, estupro em série seria um crime capital — opinião que a teria chocado antes de se tornar oficial de polícia. Agora conhecia melhor as coisas.

Seus pais ficaram chocados quando decidiu ingressar na Academia, a ponto de mandarem retirar a notícia do boletim dos ex-alunos da sua universidade. Seu pai admitiu que devia ter resistido quando ela optou por legislação criminal em vez de corporativa em Stanford. Mal se acostumara à idéia de um promotor público na família, mas uma *oficial de polícia?* "O pessoal da nossa família não suja as mãos, Jane", seu pai declamara. "*Eu sujo as minhas, papai*", respondera. Sua mãe dissera que seu pai superaria aquilo, mas não foi bem assim.

Jimmy beijou-a de novo.

— Se o júri condenar Strickland, espero que o caso vá para a agenda de Cheverton. Enforque-os-bem-alto-Cheverton — isto seria uma beleza.

— Gostaria que acontecesse, também. O tenente me deu folga à tarde depois que a promotoria deu o sinal verde. Agiu como se fosse uma recompensa por um trabalho bem-feito, mas ambos sabíamos que ele queria as câmeras de TV todas para si. Liguei para você no escritório, mas disseram que estava trabalhando numa reportagem. Não *tem* idéia do que perdeu.

— Tenho uma imaginação vívida — disse Jimmy, aquecendo-a com os olhos. Interrompeu a conversa o suficiente para rasgar o papel de embrulho e puxar uma foto emoldurada. Sorria tanto que devia até estar doendo.

Pelo canto do olho, Holt viu Rollo quietamente desligar seu *laptop* e desconectá-lo do telefone celular. Estava acessando um *site* pornô ou então entrando em algum espaço da rede que não deveria invadir.

— Isto é... maravilhoso — Jimmy olhou para a foto, um retrato casual 30x40 do jovem Elvis, sensual e de lábios cheios, olhando para a câmera. O futuro Rei estava estirado numa espreguiçadeira diante de um trailer. Segurava uma garrafa de Pepsi numa mão. Havia um adolescente com os cabelos mal cortados e um homem sentados nas proximidades, parecendo surpresos de que alguém estivesse tirando uma foto.

— O que é? — disse Rollo, esticando o pescoço para ver, suas mãos trabalhando independentemente, enfiando telefones nos bolsos internos de seu blusão.

— Achei que você gostaria — disse Holt. — Estava num leilão e me lembrou você de certa forma. Não sei porque. Parecia tão... sem pose e autêntico.

— Adorei.

— Lamento interromper este momento mágico, mas *posso* ver? — queixou-se Rollo. Apertou os olhos enquanto Jimmy lhe mostrava a foto.

— Quem é?

Jimmy riu.

— É *Elvis*, seu analfabeto cultural de merda.

— Não acho que seja — disse Rollo completamente sério. — Elvis era gordo e usava macacões de lantejoulas, com fivelas de cinto do tamanho de sanduíches de manteiga de amendoim. Esse cara parece um frentista de bomba de gasolina num posto Esso à margem de uma rodovia interestadual.

— Elvis era assim — explicou Jimmy, mais paciente com Rollo do que Holt jamais o vira com outra pessoa. — Esta foto foi tirada provavelmente em 1957, antes de o sucesso dele chegar, mas quando estava próximo o bastante para que ele pudesse sentir o cheiro.

Virou-se para Holt e beijou-a.

— Obrigado — e beijou-a de novo. Um beijo mais demorado desta vez.

Foi preciso um esforço para Holt se separar dele, perturbada pela presença de Rollo.

— Não sei quem é o garoto nem o outro homem — disse ela, apontando para a fotografia. Ele podia sentir a transpiração ao longo da nuca de Holt.

— O garoto é o primo de Elvis, Donny, e o homem que dá a impressão de ter acabado de verificar o alambique no mato é o pai dele, Vernon — disse Jimmy.

— Você sabe o nome de seus parentes? — Jane estava assombrada.

Jimmy bateu com os dedos na foto.

— Repare no Elvis, Jane, olhe *bem* para ele. Esta foto foi tirada antes que o coronel Tom Parker assumisse a sua carreira e passasse um verniz nele, tornando-o apresentável para Ed Sullivan, Dick Clarke e todos aqueles filhos da mãe brancos azedos. O coronel deixou Elvis preservar a ginga dos quadris, mas aqueles olhos famintos de branco pobre eram assustadores demais para o horário nobre. Não há como saber as sujeiras que aquele rapaz pensava ao olhar para as fãs adolescentes no programa *American Bandstand*. Esta foto foi tirada no último momento, quando Elvis ainda era ele mesmo e não tinha vergonha disto, quando ainda era puro.

Rollo levantou-se, os telefones caindo do seu blusão e estatelando no chão. Devia haver uma dúzia deles.

— Tenho de ir andando — disse, apanhando apressadamente os telefones, sem saber ao certo o que fazer com eles e os colocando finalmente na pia. — Jimmy e eu estávamos fazendo uma experiência, Jane — falou, partindo para a porta. — Encontrei estes fones num lixão atrás de uma loja da Rádio Shack. Ia ver se conseguia consertá-los e doar para algum abrigo de sem-teto. Ou talvez para um esconderijo de mulheres espancadas.

— E cá estava eu pensando que tinham sido roubados — disse Holt.

— Sinto vergonha de mim mesma.

Rollo empurrou os óculos para trás, sem saber ao certo se ela falava sério. Era inteligente, mas mentia mal, o que significava que mentir ainda o incomodava — ainda tinha salvação. Enquanto Rollo deslocava o peso do corpo de um pé para o outro, Holt teve um vislumbre do que Jimmy via nele.

— Boa noite, Rollo — disse Jimmy.

— Certo — os olhos de Rollo dardejaram de um lado para o outro. — Vou trabalhar naquele troço de que falamos.

Holt viu a porta fechar-se atrás dele e virou-se para Jimmy.

— *Troço?*

— É um código. Você nunca vai decifrar.

— Então vou ter de adivinhar — Holt tirou sua jaqueta e a dobrou cuidadosamente sobre as costas de uma cadeira. — Ouvi dizer que você tem telefonado tentando localizar o detetive principal do homicídio de Heather Grimm. Evidentemente, ainda está investigando a morte de Garrett Walsh — disse ela, tentando fazer que não parecesse uma acusação e quase conseguindo.

— O nome do tira é Leonard Brimley. Aposentou-se e ninguém sabe onde mora. Seus cheques de aposentadoria são depositados diretamente num banco em Oxnard, foi o mais perto que cheguei.

— Por que Brimley o ajudaria a reabrir um caso que lhe valeu o crédito de ter esclarecido?

— Talvez esteja mais interessado na verdade do que em levar o crédito — Jimmy sorriu. — Ou talvez nem saiba que quero reabrir o caso.

— Por que transformar isto numa cruzada? O relatório da autópsia foi conclusivo: "Morte acidental precipitada por intoxicação com drogas e álcool." Por que não é bom o suficiente para você?

— Nunca tive muita fé na versão oficial dos acontecimentos. Não é uma questão de complô ou intenção maligna. O erro humano, Jane, está por toda parte.

Holt não discordava daquilo, mas não ia admitir isso para ele. Caminhou até a pia e deu uma olhada nos telefones amontoados, sorrindo diante do pensamento de que Rollo pretendia doá-los para um abrigo de sem-teto.

Jimmy encostou-se à mesa, sem se dar ao trabalho de esconder a papelada espalhada ali.

— Uma bela coleção de registros de telefonemas você tem aqui —

Holt sacudiu a cabeça diante das folhas impressas por computador, dos blocos cheios de anotações, sabendo imediatamente o que ele andava fazendo. — Que beleza não precisar de mandados judiciais ou de um processo regular para conseguir a informação.

— Walsh foi assassinado.

— Não segundo Helen Katz. Não sou uma fã da sua metodologia, mas ela sabe fazer uma investigação detalhada. Diz que foi um acidente. O dr. Boone diz que foi um acidente. Você é o único...

— *Boone?* — Jimmy pareceu zangado. — Katz me disse que ia assegurar que Rabinowitz fizesse a autópsia. Li o relatório... tinha a assinatura de Rabinowitz nele.

— Rabinowitz é a médica legista chefe; assina toda a documentação. Mas eu dei uma olhada nas notas da autópsia e foi o dr. Boone quem fez o trabalho. Não se preocupe, é um bom patologista.

— Não tão bom quanto Rabinowitz — Jimmy sorriu lentamente e Holt sabia que estava encrencada. — Deu uma olhada nas notas da autópsia, não foi?

— Só uma olhada.

— O caso Walsh não era da sua jurisdição. Não quis nem conseguir uns números de telefone para mim quando lhe pedi — disse que era uma violação. Agora me conta que andou checando as anotações de Boone? — Jimmy aproximou-se devagar dela. — Devia ter uma razão.

Holt apanhou a foto de Elvis.

— Vamos ver como isto fica no seu quarto.

— Não vai se safar desta com facilidade — Jimmy estava bem atrás dela. — Acreditou em mim, não foi? Achou que eu estava certo e Katz errada.

— Nada disso — Holt ergueu a fotografia na parede oposta à cama, colocou-a sobre a penteadeira e deu uns passos para trás a fim de verificar. — Foi um dia devagar no escritório. Resolvi dar uma circulada.

— Não acredito nisto — Jimmy estava bem atrás dela agora.

— Estava falando com um colega no escritório do médico legista sobre um seminário que ele está presidindo. O relatório da autópsia tinha acabado de chegar.

Holt levou Jimmy para a cama.

— Este é provavelmente o melhor lugar para se ver a sua nova foto. O que acha?

— Acho que você acreditou em mim.

Holt chutou fora os seus sapatos, deitou-se e estirou-se.

— Acho que devia arranjar uma cama maior.

Jimmy juntou-se a ela na cama, enfiou o nariz no seu pescoço.

— *Acreditou* em mim — sussurrou.

Holt desabotoou sua camisa e deslizou a mão sobre seu peito nu, beliscando um mamilo com tanta força que ela deu um pulo.

— Estava curiosa, só isso.

Abriu o jeans dele. O sr. Sempre Alerta.

— Você na verdade acertou uma ou duas vezes em ocasiões anteriores. Achei que podia estar chegando lá.

— Eu já *cheguei lá* — Jimmy subiu a mão por baixo de sua saia e brincou com a renda de suas calcinhas, mais alto agora, acariciando-a. — Estou certo com relação a Walsh, Jane.

Beijou-a enquanto enfiava suavemente dois dedos dentro dela. Suas mãos eram fortes, mas seu toque... era como seda.

— Estou certo e você sabe disso.

— Cale-se enquanto está numa boa — arfou Holt e Jimmy fez o que ela mandou. Desta vez, pelo menos. Ela nunca sabia o que ele ia fazer da vez seguinte. Balançou suavemente contra o abraço dele por um longo tempo, longo o bastante, e então se desvencilhou, chutando para longe as calcinhas, desabotoando a saia. Viu Jimmy tirar a camisa e ajudou-o a sair dos jeans, os dois mexendo-se mais rápido agora, braços e pernas nus, beijos e mordidas.

— Volto já — disse Jimmy, levantando-se e atravessando a sala, sua bunda branca destacando-se no corpo bronzeado. Virou a foto de Elvis para a parede e voltou para a cama ao lado dela.

Holt deu um pulo até a penteadeira e colocou a foto de frente de novo para que o Rei pudesse ter uma boa visão, seu topete e sorriso afetado de quem está por dentro, imprimindo o tom certo à ação. Uma dupla de meninos maus e uma menina má, muito má. Demorou-se em voltar à cama, proporcionado a Jimmy um pequeno espetáculo enquanto ele se reclinava nos lençóis, desfrutando sua reação.

— Nunca fui uma grande fã de Elvis — disse ela, montando sobre ele —, mas *sinto* agora que estou para mudar de opinião.

Capítulo 16

O rádio explodiu em ruídos, a multidão no ginásio gritando vivas com tanta vibração que devia parecer um terremoto dentro do prédio. Garotas dos Lakers pulando, balões e confetes descendo do teto... o Açougueiro desligou no meio do canto da vitória que ecoava. Os Lakers tinham vencido na dupla prorrogação por onze pontos, mas com um gosto de anticlímax. Houston simplesmente se entregara e jogara para perder a bola, deixando os Lakers correrem pela quadra, destruindo a poesia e ferocidade do jogo. O Açougueiro olhou através do pára-brisa molhado de chuva, suas pernas compridas sofrendo cãibras nos limites estreitos do Geo Metro. Os Lakers podiam ser campeões, mas *ele* não tinha ganho nada.

Mexeu-se no assento. A dama ainda estava lá em cima no apartamento de Jimmy Gage. Um quatro-olhos saíra há cerca de quinze minutos, olhando ao seu redor antes de descer precipitadamente as escadas como um coelho. Mas a dama talvez fosse passar a noite lá.

Devia ser legal escrever para aquela revista chique, ter a sua boceta entregue em casa e foder com a vida das pessoas por diversão e lucro. O Açougueiro vinha seguindo Jimmy Gage esporadicamente durante algumas semanas, ainda sem ter certeza do que faria quando o encurralasse. Esta manhã o Açougueiro havia esperado perto da saída da garagem de segurança da *Slap*, aguardara durante horas até que Jimmy passou dirigindo a sua SAAB preta. O Açougueiro lembrava-se do carro da primeira vez que se encontraram, mas claro que o importante Jimmy Gage não reconhecera o Geo Metro com a porta amassada. Não sabia que tipo de coisa o Açougueiro dirigia. Nem se importava. O Açougueiro seguira a SAAB, mas a perdera na *freeway*. Aquela merda do Geo.

O Açougueiro girou a chave na ignição, ouvindo o rangido da partida, amaldiçoando, ameaçando, até que o motor finalmente pegou. Parecia um moedor de café, metal se atritando contra metal. Sim, a vida era legal. O Açougueiro tinha de dirigir na chuva até o seu emprego de merda no último turno, o turno dos fantasmas, esperando que o Geo não cuspisse uma biela na *freeway* ou os pneus carecas não estourassem. Enquanto isso, Jimmy Gage esfregava os ossos com a dama dos tornozelos bonitos.

O Açougueiro engrenou uma primeira e afastou-se do meio-fio. Acionou os limpadores de pára-brisa e inclinou-se para a frente, tentando enxergar enquanto as velhas lâminas de borracha deixavam rastros sobre o pára-brisa. Enxugou a condensação do lado de dentro do vidro. Era quase a porra da gota d'água.

Capítulo 17

— Vinte e oito paus por um quarto; mesmo preço por uma hora ou uma noite — o homem na cadeira de rodas sequer olhou para Jimmy, sua atenção cravada na televisão.

Jimmy bateu no vidro grosso que os separava.

— Não quero um quarto.

O homem na cadeira de rodas deu uma olhada para ele e voltou à TV. Livros de bolso estavam empilhados avulsamente no balcão do minúsculo escritório, ao lado de uma garrafa aberta de Evian. Um cigarro ardia num cinzeiro com o formato de um pequeno pneu, a fumaça subindo ao ar como um incenso de nicotina.

— Você não é um tira. Vá se foder.

— Telefonei há uns dois dias. Perguntei-lhe sobre um... hóspede que poderia ter tido.

— Um *hóspede*? — o homem na cadeira de rodas gargalhou e depois se engasgou e cuspiu numa cesta de lixo. — Lembro de você agora.

— Harlen Shafer — Jimmy passou a foto de Shafer através da abertura de segurança da janela.

O homem na cadeira de rodas não fez nenhum movimento para pegar a foto.

— Prazer em conhecê-lo. Sou Christopher Reeve.

Jimmy olhou para o pequeno saguão do Starlight Arms Motel, o tapete laranja endurecido por anos de sujeira da rua, salpicado de manchas indeterminadas. Fotos de publicidade de falecidas estrelas do cinema, sujas de mosca, estavam coladas ao lado da porta. A parede junto ao telefone público estava cheia de cartões de visita presos por tachas, a maioria deles com os cantos dobrados e encardidos: cartões de fiadores, companhias de táxi, serviços de acompanhantes, entregadoras de comida chinesa e pizza, serviços de aconselhamento para drogados e alcoólatras.

— Está bloqueando a minha porta — disse o homem na cadeira de rodas, olhos na televisão. Estava provavelmente no meio da casa dos quarenta, rosto fino, cabelos com mechas grisalhas puxados para trás num rabo-de-cavalo, as pernas perdidas sob um modelo de camuflagem do deserto, dos excedentes militares. Estava singularmente elegante numa camisa branca e gravata borboleta de prender, mas a parte superior do corpo arriava para dentro, a gravata caindo para um lado. As mãos estavam em luvas cortadas, os dedos se contorcendo. — Vá dar uma volta. Está atrapalhando a circulação no meu estabelecimento.

Jimmy aproximou-se da janela, curioso para descobrir o que o homem estava vendo. O pequeno aparelho em cores mostrava um homem de pé num pódio, com uma tela atrás dele exibindo uma cirurgia em tons pulsantes rosados e vermelhos. Jimmy tirou uma nota de vinte dólares do bolso e encostou-a ao vidro.

— Vinte paus por uma resposta honesta.

Não houve resposta.

— Se eu aumentasse para cinqüenta faria diferença?

O homem na cadeira de rodas continuou assistindo à TV, seus dedos dando pontos simultaneamente com o cirurgião na tela.

— Que quer com ele?

— Está aqui?

O homem na cadeira de rodas olhou para Jimmy.

— Você é o fornecedor de Harlen?

Jimmy sacudiu a cabeça.

— Harlen vendia analgésicos e outros produtos farmacêuticos. Coisa realmente boa. Não era avesso a distribuir amostras de vez em quando. E você? Está se sentindo generoso?

— Não posso ajudá-lo.

O homem na cadeira de rodas disparou até o vidro.

— Isto é *bom*, meu senhor, porque não fazem droga que amenize o que me aflige. Só queria ter a certeza de que não tinha vindo para cobrar dele.

— Então ele se mandou?

O homem na cadeira de rodas pegou a fotografia que Jimmy havia deixado no balcão e sorriu para o retrato 4x5.

— É isto aí, Harlen não é mais nosso *hóspede* — e sorriu para Jimmy. Seus dentes eram grandes demais para o rosto emaciado. — O que quer realmente com ele?

— Um homem chamado Garrett Walsh fez pelo menos cinco telefonemas para o seu escritório nos últimos dois meses. Provavelmente deixou recados para Shafer. Os dois estiveram juntos na prisão — Jimmy olhou ao seu redor no escritório surrado e verificou a rua. — Estou seguro de que se lembra das chamadas. Um local de alta rotatividade como este, não é preciso bagagem — qualquer pessoa que ficasse durante semanas teria de se sentir confortável aqui.

O homem na cadeira de rodas começou a tossir, cuspiu um naco de catarro na cesta de lixo e puxou um cigarro do maço sobre o balcão. Apertou os olhos para Jimmy enquanto acendia, dando tragadas curtas.

— Não estou a fim de machucar Shafer. Só quero conversar com ele.

Jimmy passou seu cartão de visitas pela fenda na janela. Acrescentou cinqüenta dólares.

— Peça a ele que ligue para mim. Tem mais cem para você também. E cem para ele, só pela chamada.

— Bem, bem... sempre quis conhecer um tolo com dinheiro — o homem afundou-se ainda mais na cadeira de rodas, cinzas caindo sobre os botões da camisa branca. Apanhou o cartão. Deixou o dinheiro.

— Garrett Walsh foi assassinado há poucas semanas. Acho que Shafer foi a última pessoa a vê-lo vivo.

— Harlen não o matou.

— Não disse que foi ele.

— Harlen não era nenhum santo, mas não existia nenhuma violência nele. Quem disser o contrário é um mentiroso.

— Walsh e Harlen eram companheiros: companheiros de pátio, companheiros de bebida, companheiros de droga. Walsh mantinha as coisas fechadas, mas se falou para alguém, deveria ter falado para Harlen. Gostaria de perguntar-lhe o que Walsh disse, só isso.

O homem na cadeira de rodas rodou de volta para diante da televisão, seus olhos no canal médico de novo.

— A maioria da escória da cidade entra por aquela porta, então é "Ei, Costas de Ferro?" ou "Oi, você das rodas?" Harlen, a primeira vez que veio aqui perguntou o meu nome. Nunca usou nada mais, depois.

Jimmy ficou corado.

— Impressionante como existem Fulanos de Tal, Sicranos de Tal e Beltranos de Tal no mundo — devaneou o homem da cadeira de rodas — e todos eles vêm parar no meu motel. Aqueles que *realmente* me aporrinham eu coloco no quarto número cinco — e sorriu para si mesmo. — Dei a Harlen o quarto 17. É tranqüilo e a água quente nunca acaba. Ficou quase três meses. Fixei-lhe uma quantia, mas nunca precisei lembrá-lo de pagar a conta. Pagava sempre em dinheiro — continuou enfocando a televisão, os dedos habilmente imitando os movimentos do cirurgião na tela. — Sofri um acidente certa vez — um problema com o meu encanamento pessoal. Harlen me ajudou e agiu como se não fosse nada sério. Disse que tinha visto pior. Acho que tinha. Harlen. Era o único para o qual eu anotava recados. *Anotei* alguns desse Garrett Walsh. Harlen se orgulhava de serem amigos, me disse que era um famoso diretor de cinema. Eu nunca tinha ouvido falar do homem antes.

— Tem alguma idéia de onde ele está agora?

— Partiu poucas semanas atrás, simplesmente limpou o quarto e desapareceu. Tinha ainda dois dias já pagos — o homem na cadeira de rodas olhou para a TV. — Nem se despediu. Por isso achei que você fosse o fornecedor de drogas dele que tinha vindo cobrar. Achei que talvez tenha sido por isso que ele se mandou tão de repente.

— Walsh estava preocupado que alguém fosse matá-lo. Harlen talvez tenha visto algo. Simplesmente preciso falar com ele.

O homem na cadeira de rodas continuava assistindo à televisão — parecia que tricotava.

— Temos TV paga nos quartos. Camadas de todos os tipos, opções de todos os tipos: gay, hetero, transexual, barra pesada, lésbica, fetichista, B&D, e você ficaria surpreso com as escolhas que algumas pessoas fazem. Nunca adivinharia pela cara delas. Estudo estas coisas. Psicologia é meu *hobby*.

Olhou para Jimmy.

— Me alegra que não tenha rido — e voltou a olhar para a TV. — Harlen. Seu gosto em matéria de filmes ia para coisas como *Febre anal, Colegiais anais, Vira pra cá, beleza*. Sempre o mesmo. Nenhuma variedade — e acenou a cabeça para si mesmo.

— Harlen ainda dirige um Camaro branco?

O homem na cadeira de rodas assentiu com a cabeça.

— Adorava aquele carro.

— Disse que Harlen partiu subitamente. Gostaria de falar com a pessoa que limpou o quarto depois que ele saiu.

O homem na cadeira de rodas pegou o cigarro do cinzeiro e deu um pequeno trago.

— O nome dela é Serena. Quarto 18 — colocou o cigarro no cinzeiro como se fosse explodir. — Se encontrar Harlen, quando encontrar Harlen, diga a ele para passar por aqui um dia desses para dar um alô.

Jimmy começou a se afastar e parou.

— Qual é o seu nome?

O homem na cadeira de rodas virou-se para a televisão.

— Tarde demais para isso agora.

O quarto 18 ficava bem ao lado do antigo quarto 17 de Shafer, ambos afastados da rua, a poucos passos do estacionamento de uma loja de bebidas 24 horas, mas longe do barulho da rua. Jimmy bateu, esperou, bateu de novo.

Uma voz de mulher respondeu, abafada pelo sono.

Jimmy bateu de novo e a porta finalmente se abriu, uma mulher espiando através da corrente de segurança.

— Serena? O gerente disse que eu podia falar com você por alguns minutos, se concordar com isso.

Serena esfregou os olhos com os punhos, uma mulher gorducha numa camiseta de Mickey Mouse extragrande.

— Não faço aquela coisa oral — sou católica. E o lance da relação, está fora também, porque meu marido pode voltar, não importa o que Ronald diga e não quero ter de mentir para ele.

Ela bocejou.

— Portanto, se é nisso que está interessado, tem um montão de mulheres em Sunset que vão quebrar o seu galho.

— Não é isto...

— Posso lhe dar prazer com minha mão por dez dólares — disse Serena, bocejando de novo. — Isto não é um pecado. Não é pecado para *mim* — ela se corrigiu. — Para você é pecado, mas fica entre você e Deus.

— Que tal vinte dólares só para responder algumas perguntas?

Serena olhou para Jimmy, confusa, seu rosto redondo cortado ao meio pela corrente de segurança.

— Não topo aquele lance de conversa suja, também.

— Só quero falar sobre Harlen Shafer. O gerente disse que limpou o quarto dele depois que saiu.

Uma onda de compreensão percorreu o rosto plácido de Serena. Remexeu na corrente e abriu a porta, arrastando os pés até a cama desarrumada, suas nádegas e coxas molengas bamboleando enquanto andava.

Jimmy entrou cautelosamente, examinando os cantos antes de pisar na penumbra do quarto único. Vestidos de cores vivas pendiam do armário aberto, os sapatos enfileirados abaixo. A televisão estava numa gaiola de aço, presa na penteadeira, um cartão em 3-D de Cristo crucificado colado na parede acima do aparelho de TV. Havia uma grande geladeira de isopor no chão atrás de uma mesa, um saco de mangas ao lado dela. No canto o ar-condicionado zumbia, não fazendo grandes progressos contra o calor e a umidade. O quarto cheirava a perfume de flor de laranjeira e a bananas maduras demais.

Serena abriu a gaveta da mesa de cabeceira ao lado da cama, tirou algo e então fechou-a.

— Isto foi o que o sr. Harlen mandou para você — disse ela, aproximando-se com uma Bíblia de Gedeão. — Diga a ele que não toquei em nada. Eu não roubo.

Jimmy olhou para a Bíblia.

Serena esfregou os dedos.

Jimmy passou-lhe o dinheiro e pegou a Bíblia de suas mãos. Abriu e viu que um compartimento fora cortado dentro das páginas, o espaço preenchido por quatro trouxinhas de maconha de uns dez gramas, frascos de pílulas sortidas e um saco de pó branco cintilante — metanfetamina ou cocaína, não importava.

— Diga ao sr. Shafer que não aprovo cortar a palavra de Deus — censurou Serena. — Vá embora agora.

Jimmy fechou a Bíblia.

— Serena, Harlen Shafer não me mandou isso. Eu é que estou tentando encontrá-lo.

Serena sacudiu a cabeça.

— Me perguntou se eu tinha limpado o quarto.

— Não, eu esperava... — Jimmy verificou a Bíblia de novo, fechou-a. — Shafer podia estar apressado quando partiu, mas de jeito algum um fornecedor de drogas deixa seus bens para trás. — Isto foi tudo o que achou no quarto?

— Só isto — Serena acenou com a cabeça. — Quando faço a limpeza sempre me certifico de que a Bíblia esteja na gaveta de cima da mesinha ao lado esquerdo da cama — ela bocejou e Mickey Mouse na sua camiseta pareceu bocejar também. — Assim você pega a palavra com a sua mão direita.

Jimmy concordou com a cabeça. Fazia tanto sentido quanto tudo mais.

— O quarto 17 é bem ao lado, ouviu alguma coisa quando ele partiu?

— As paredes são finas — disse Serena. — Era muito tarde, mas as paredes são finas.

— Chegou a vê-lo?

Serena sentou-se na beira da cama como se a conversa fosse exaustiva.

— Ouvi ruídos no quarto do sr. Harlen, roupas sendo tiradas dos cabides, muito apressadamente, e um copo quebrando no banheiro.

— Chegou a vê-lo?

— Por que tantas perguntas tolas? Estou com sono.

— Por favor.

Serena encolheu os ombros.

— Ouvi ruídos no quarto e passos diante de minha janela em direção do estacionamento. Quem mais poderia ter sido?

Jimmy apalpou a Bíblia com os dedos como se as respostas estivessem ali. De certo modo estavam. Harlen Shafer não havia limpado seu quarto e deixado sua muamba para trás; outra pessoa tinha limpado o quarto. Alguém que não sabia o que estava escondido na Bíblia.

— Obrigado por sua ajuda. Foi bastante legal.

— Está levando a Bíblia? — perguntou Serena enquanto Jimmy caminhava para a porta. — O que faço se o sr. Harlen voltar à procura de suas drogas?

— Harlen Shafer não vai voltar.

— Não quero que o sr. Harlen pense que sou uma ladra.

— Shafer não vai voltar.

Jimmy remexeu na carteira e entregou-lhe seu cartão de visitas e outros vinte dólares.

— Se alguém aparecer à procura dele, peça que me telefone.

Serena ainda olhava para o seu cartão quando Jimmy fechou a porta atrás de si.

Capítulo 18

Helen Katz estava com um joelho sobre o meio-fio, levantando o lençol que cobria um corpo. O lençol era um detalhe incomum para a detetive grande e ossuda que não se importava com espectadores o suficiente para protegê-los da visão da morte. Uma bicicleta estava caída na rua perto do corpo, uma bicicleta de montanha, nova e vermelha, com o aro da frente entortado. Uma fita, amarelo-vivo da polícia cercava a cena do crime. Duas viaturas tinham bloqueado a rua, suas barras de luz faiscando, um dos policiais uniformizados desviando o trânsito.

— É só mais um atropelamento — o policial que atendeu no escritório disse a Jimmy quando telefonou à procura de Katz. Outro atropelamento que não valia sequer uma equipe do noticiário da TV.

Jimmy avançou lentamente através da multidão de curiosos até a borda da fita que limitava a cena do crime, cercada por turistas a caminho da Disneylândia ali perto e de habitantes locais tomados pela curiosidade. Um homem gordo com orelhas de camundongo segurava uma pequena câmera de TV, documentando o momento, sussurrando comentários no microfone embutido. Mais perto agora, Jimmy podia ver que a vítima era um menino hispânico com o topo da cabeça arrancado, seus cabelos pretos luzidios ensopados de tecido cerebral. Observou Katz em ação, notou o cuidado com que examinava o corpo, sua luva cirúrgica cor-de-rosa salpicada de sangue. Ela olhou para a rua e depois para os apartamentos circundantes, tentando avaliar onde estava o atirador e quem na vizinhança teria uma linha de visão clara da janela da frente. Era boa.

Katz parecia ainda mais raivosa do que de costume. Seu rosto estava corado e sua grossa mandíbula se cerrava toda vez que espiava as duas mulheres do outro lado da rua: uma hispânica mais velha vestindo um uniforme de funcionária de supermercado e uma adolescente de calção de futebol laranja e camisa de malha branca, as duas agarradas uma à outra. De pé na grama atrás delas estava um jovem enorme e carrancudo, braços cruzados sobre o peito. Vestia jeans cortados na altura dos joelhos e uma camisa abotoada até o alto, o pescoço e os antebraços rendilhados de tatuagens.

Jimmy decidira procurar Katz assim que deixou o Starlight Arms Motel, sentado no seu carro, ruminando a questão. Hora de chamar a profissional. Shafer provavelmente fora usado como isca, um chamariz para chegarem a Walsh. Os dois teriam sido assassinados pouco depois e o corpo de Shafer fora jogado em algum lugar como um saco de laranjas podres. Um assassinato para encobrir um assassinato — uma série infinita, voltando no tempo. Talvez indo ao futuro também. Jimmy ia ter de continuar procurando a boa esposa, mas precisava da ajuda de Katz. Alguém tinha de encontrá-la antes que desaparecesse também ou se afogasse na sua banheira.

Katz levantou-se, tirou as luvas e enfiou-as no bolso de trás das calças. Fez um sinal com a cabeça para o fotógrafo e o orientou para tirar fotos, berrando que imagens e ângulos queria. Seus cabelos curtos louro-sujos estavam amolecidos pelo calor. Avistou Jimmy na orla da multidão e se iluminou, aproximando-se dele. As pessoas ao lado de Jimmy deram um passo atrás enquanto Katz se abaixava para passar pela fita policial, e ele sabia exatamente como elas se sentiam.

— Fico contente em ver você — rosnou Katz. — Um correspondente do *Times* apareceu, deu uma olhada e seguiu em frente. Como foi que você captou a chamada?

— Preciso falar com você, detetive.

Katz notou o turista com as orelhas de camundongo gravando em vídeo o encontro entre eles.

— Desculpe-me, cavalheiro — disse para ele —, se não parar com a gravação vou ter de confiscar seu equipamento como prova potencial. Será devolvido ao senhor dentro de três ou quatro meses.

O turista engoliu em seco, baixou a câmera e recuou para dentro da multidão.

Katz pegou Jimmy pelo cotovelo e conduziu-o por baixo da fita, os dois caminhando na direção do corpo.

O braço todo de Jimmy ficou amortecido pelo agarro dela.

— Ui — disse baixinho.

Katz olhou para a mão como se não tivesse percebido sua própria força.

— Desculpe — disse, soltando-o. — Estou de péssimo humor. Eu conhecia esse garoto.

Um policial uniformizado aproximou-se de Katz, um veterano barrigudo com a cabeça inclinada para não ter de encará-la de frente.

— Estes comedores de feijão não sabem de nada — disse, movendo a mão em direção aos apartamentos das proximidades. — Dez num quarto, mas nada viram, nada ouviram. *"No hablamos inglés"* — imitou cantarolando.

— Eu não falaria a um *puto* como você também — disse Katz. — Vá render Simmons no controle do trânsito e diga que quero falar com ele. É mais bonito do que você e não humilha as pessoas às quais está pedindo ajuda.

— Ei, *detetive* — protestou o policial. — Conheço melhor o trabalho...

— Não conhece porra nenhuma, Wallis. Foi por isso que mandei chamar Simmons.

Wallis escapuliu, praguejando baixinho. *Sapatão, fanchona, filha-da-puta* flutuavam na brisa como sementes de dente-de-leão.

Katz abaixou-se junto ao corpo de novo.

— Dê uma olhada, Jimmy.

— Acho que há um mal-entendido — Jimmy abaixou-se ao lado dela. Assim de perto podia ver um único aro de ouro na orelha do garoto, o brinco brilhando ao sol; fazia que parecesse ainda mais inocente.

— Não estou aqui por causa do...

— Deixa eu lhe apresentar Luis Cortez — e Katz fechou gentilmente as pálpebras do menino, seus dedos demorando-se sobre a macia pele marrom. — Luis tinha treze anos. Um bom garoto, nunca se metia em encrenca, um estudante aplicado. Era terceiro-base no time do Clube dos Garotos. Péssimo jogador, mas adorava o jogo.

Olhou para a bicicleta caída e arruinada a poucos metros.

— A Liga Atlética da Polícia comprou aquela bicicleta para ele não faz um mês. Devia ter visto a cara dele — ela mordeu seu lábio inferior. — Mal teve a chance de quebrá-la.

Olhou para Jimmy.

— Coloque isto no seu artigo. Mal teve uma chance.

— Lamento muito.

Katz fuzilou com o olhar o garoto emburrado do outro lado da rua, de braços cruzados.

— Aquele é o seu irmão mais velho, Paulo.

Puxou suavemente o lençol por cima da cabeça do garoto.

— Matar Luis seria uma espécie de recado para Paulo. Se me perguntasse, eu lhe diria que deviam ter entregue o recado diretamente e fuzilado o rabo fedorento dele.

Ficou de pé e Jimmy também.

— Sabe o que mais odeio no meu trabalho? As pessoas erradas morrem.

Jimmy encarou-a nos olhos.

— É o que odeio no meu trabalho também.

— Por que não está anotando tudo isso?

— Detetive? — um jovem policial uniformizado se aproximou. — Queria falar comigo?

— Vá apertar algumas campainhas, Simmons — disse Katz. — Já foram interrogados uma vez, portanto tente com um sorriso. E tire o chapéu quando falar com as *señoras*.

— Sim, detetive.

— Limpe os pés antes de entrar — gritou para Simmons que partira num meio trote. Ela olhou à distância. O pico da escalada do Matterhorn da Disneylândia era visível por cima dos jacarandás, a neve falsa da montanha reluzindo no calor. — O lugar mais feliz da terra porra *nenhuma*.

— Detetive, não estou aqui para escrever uma história sobre Luis.

Katz virou-se para ele, seu rosto gelado.

— Disse no restaurante que havia encontrado digitais de Harlen Shafer no trailer de Walsh. Fui atrás dele.

— Luis Cortez não vale o seu tempo, mas Garrett Walsh sim? — Katz exibiu uma carranca. — Um garoto de treze anos é fuzilado pedalando sua bicicleta e todo mundo caga pra isso. Um assassino condenado se afoga num tanque de peixes e você trata como se fosse o assassinato de Kennedy.

Era uma boa pergunta, mas Jimmy não tinha resposta. Em vez disso, puxou a Bíblia de Gedeão da sua jaqueta e ofereceu a ela.

Katz não tocou no livro.

— A esta altura do jogo já é tarde para a religião me pegar.

— Tome.

Katz apanhou a Bíblia e a abriu. Uma de suas sobrancelhas saltou.

— Segui a pista de Shafer até um motel nas imediações do Strip. Ele saiu de lá pouco depois que Walsh morreu. Partiu no meio da noite e deixou a Bíblia para trás.

Katz mexeu nos papelotes de maconha e nas pílulas com a ponta de um dedo.

— Já ouviu falar de um pequeno traficante que coloca na mala suas camisas e suas roupas de baixo, as meias e a escova de dentes, mas se esquece de levar sua droga?

Katz fechou a Bíblia, sua expressão impenetrável.

— Ninguém viu Shafer se mandar — disse Jimmy, ficando perto, sem medo dela. — O gerente do hotel e ele eram amigos. O homem ficou desapontado porque Shafer não passou para se despedir. Detetive, não acho que Shafer tenha limpado seu quarto. Acho que está morto e quem o matou fez parecer que ele havia fugido.

Katz não respondeu, esperando mais. Como bons repórteres, bons policiais sabiam quando ficar quietos.

— Walsh estava paranóico, esperando o som de carros na estrada de cascalho, mas Shafer fazia visitas regulares ao seu trailer. Walsh não teria desconfiado ao ver seu Camaro chegar certa noite. Imaginou que os dois iam simplesmente sentar-se em volta do tanque de carpas, beber e se drogar, e falar dos tempos duros na penitenciária. Acho que naquela última visita Shafer tinha companhia. Foi por isso que a equipe encarregada da cena do crime não encontrou outras marcas de pneus.

Katz chamou o primeiro policial uniformizado, batendo os pés enquanto o sargento barrigudo se demorava.

— Não deixe Paulo se afastar da cena do crime — disse a ele quando finalmente se aproximou. — Quero interrogá-lo depois de ele assar um pouco ao sol e depois que tiver uma oportunidade de ver o sangue do irmão caçula escorrendo para a sarjeta. Ainda não sargento — ordenou, enquanto o homem já se preparava para partir. — Mande alguém levar à mãe e à irmã um refrigerante gelado, uma oficial *mulher*. Diga a Morales para ir até o McDonald's comprar limonada e voltar e segurar a mão delas. *Agora* pode ir.

— Quem matou Walsh usou Shafer para ajudá-lo no serviço — disse Jimmy, tentando reconquistar sua atenção. — Shafer o deixou tão dopado que mal podia se mexer. Foi por isso que o legista não encontrou ferimentos defensivos no corpo de Walsh, nenhum sinal de luta. Só droga e álcool. Shafer provavelmente pensou que estava salvando a própria vida ao cooperar, mas tudo o que estava fazendo era comprar um pouco mais de tempo.

Katz conferiu seu relógio e anotou o tempo na sua caderneta.

— Talvez Shafer e Walsh simplesmente se drogaram tanto naquela última noite que acabaram os dois desmaiando.

Ela sacudiu a Bíblia e fez as pílulas tilintarem.

— Só que Shafer teve sorte, desmaiou na lama. Walsh tropeçou para dentro do tanque das carpas *koi* e se afogou.

— Walsh não se afogou.

— Poucas horas depois Shafer acorda, vê Walsh flutuando e entra em pânico — continuou Katz, sem prestar atenção aos protestos de Jimmy. — Shafer conhece a escrita, foi *ele* quem forneceu as drogas a Walsh, é ele quem vai encarar a acusação de homicídio. Então volta de carro para o motel, apanha suas coisas e se manda. Ao contrário de você, Shafer não é um pensador profundo. Esquece suas drogas e, quando se lembra delas, está assustado demais para voltar atrás.

— Boone fez a autópsia de Walsh. Você me disse que ia garantir que o trabalho ficasse nas mãos de Rabinowitz.

— Rabinowitz estava de férias quando trouxemos Walsh, mas isso não é da sua conta — Katz deu-lhe uma palmadinha na bochecha; para um passante, pareceria um gesto afetuoso, mas fez sacudir os dentes de Jimmy. — Walsh era um estuprador e assassino e afogou-se com a boca cheia de merda de peixe.

— *Alguém* levou o roteiro de Walsh.

— Talvez Shafer o tivesse levado.

— Shafer está morto.

Katz riu.

— A carta que Walsh recebeu na prisão — disse Jimmy, querendo convencê-la, necessitando convencê-la — era de uma mulher com quem ele estava tendo um caso quando Heather Grimm foi assassinada. Uma mulher *casada*. Ela escreveu para ele, disse que descobrira que o marido sabia do caso o tempo todo em que estavam juntos. Ela suspeitava que seu marido tivesse incriminado Walsh pelo assassinato.

Katz sacudiu a cabeça.

— Sua história continua ficando cada vez melhor.

— É a verdade.

— A verdade é que temos um roteiro desaparecido que você nunca leu. Uma carta desaparecida que você nunca viu. Escrita por uma mulher casada cujo nome você desconhece.

— Tenho algumas suspeitas a esse respeito.

— Estou certa de que tem — Katz deu outra palmadinha na sua bochecha e ele sentiu o gosto de sangue na boca. — Eu mesma fiz uma pequena investigação depois do nosso almoço. Telefonei para alguns estúdios e adivinha o quê? Walsh bombardeara a todos com seu novo roteiro. Na verdade o descrevia como "o roteiro mais perigoso do mundo". Acredita nisso? Fico surpresa que os executivos dos estúdios pudessem conter o riso. Coisa estranha, porém, Walsh não deixou nenhum deles ler o roteiro, também. Nem uma palavra. Disse que era uma obra em andamento — e exibiu para ele aqueles dentes largos e achatados num sorriso. — Vê aonde quero chegar?

— Acreditei nele.

— Claro que acreditou, é o seu trabalho.

Katz empinou a cabeça, ouvindo uma sirene se aproximar.

— Então temos Walsh, sem nenhum progresso com os estúdios, e subitamente você aparece e ele lança esta história maluca sobre uma carta recebida na prisão e uma esposa e um marido ciumento e você já pode ver as manchetes. Walsh não é um perdedor que matou uma jovem, ele é um artista inocente traído pelo sistema. Pena que tivesse morrido antes de poder relançar sua carreira.

Ela se aproximou mais.

— A única coisa que não sei decidir é se ele realmente o enganou ou se você sabia que era uma armação e o estava usando também.

Uma van pericial se aproximou, a sirene desligada agora ao passar da linha da polícia.

— Do que tem medo? — disse Jimmy quietamente, tão furioso que não confiava em si mesmo para erguer a voz. — Ficou toda chorosa por causa de Luis Cortez porque ele era um garoto inocente ou porque é um caso fácil? Encarcerar gangues juvenis, onde está a dificuldade nisso? Não tentam sequer esconder o que fizeram. Até se *gabam* disso.

Katz acenou para a van.

— Vá para casa, Jimmy. Vá para casa se drogar, se foder, vá fazer o que faz quando não está brincando de menino detetive.

— Quem matou Walsh sabia como se safar disso. Foi esperto o suficiente para se safar do assassinato de Heather Grimm. Esperto o suficiente para...

Katz o espetou no peito com o dedo indicador.

— Xô.

— Vou oferecer-lhe outro bife. Talvez isto a leve a fazer o seu trabalho.

Katz agrediu-o com a Bíblia de Gedeão, uma estocada dura, um frasco de pílulas caindo e rolando pela rua.

— Terminamos por aqui.

— Você terminou. Eu não.

Capítulo 19

Jimmy saltou por cima do portão NÃO ENTRE SEM PERMISSÃO e começou a percorrer outra longa doca na marina Blue Water, verificando nomes nas popas dos barcos ancorados ali, passando por iates oceânicos de setenta pés e escunas de quatro mastros e... foda-se, Jimmy não sabia do que estava falando. Seu conhecimento de barcos começava com o navio pirata do Capitão Gancho em *Peter Pan* e terminava com o condenado pesqueiro de *A tempestade do século*. E, sim, aqueles caras gordos e ricos que contratavam caras jovens e em boa forma para velejarem os seus iates durante a Copa da América, enquanto comentaristas esportivos do rádio e da TV tentavam desesperadamente ver se o país não cagava para aquilo. Tudo o que Jimmy sabia era que a marina estava cheia de barcos, um montão de barcos, alguns com motores, outros com velas, mas todos grandes e bonitos e caros demais, sem contar a parafernália eletrônica pendurada no seu cordame. Se o detetive Leonard Brimley realmente morava aqui, ele se aposentara em alto estilo.

Jimmy andou para cima e para baixo pelas docas durante a última meia hora em busca do barco de Brimley, o *Badge in a Drawer*,* sem sucesso. Havia tentado o escritório principal mas, de acordo com uma nota pendurada na porta, o capitão do porto estava em casa com uma gripe. Jimmy parou em dois ou três barcos pedindo orientações, mas nada conseguiu além de olhares vagos e desinformação.

Leonard Brimley se aposentara depois de vinte e cinco anos no departamento de polícia de Hermosa Beach, uma carreira não muito notá-

---

*Em inglês "distintivo numa gaveta". (*N. do T.*)

vel marcada por uns poucos elogios, alguns prêmios por serviço à comunidade e nenhuma queixa civil. Nem uma só. Brimley fora evidentemente um tira discreto que não saía procurando encrenca e mantinha suas emoções sob controle. Sua conquista mais notável nos vinte e cinco anos fora prender Garrett Walsh pelo assassinato de Heather Grimm e até mesmo isso fora quase acidental. Segundo as notícias da época, Brimley estava de folga, dirigindo para casa depois do seu turno, quando ouviu uma chamada na faixa de rádio da polícia para investigar um distúrbio num chalé de praia a poucos quarteirões. A viatura policial mais próxima informou que já estava empenhada em outra atividade e Brimley, o bom soldado, interferiu e ofereceu-se para assumir a missão. Como disse a rainha da Inglaterra, melhor nascer com sorte do que esperto.

Jimmy chegou ao final da doca e virou-se para voltar, imaginando se Jane não estaria enganada. Tinha de *haver* uma primeira vez. Jane telefonara esta manhã e disse que conseguira o endereço de Brimley. Jimmy não sabia sequer que ela o estava procurando, o que era do estilo de Jane — discutia com você, dizia que estava perdendo o seu tempo e depois o ajudava sem alarde.

Holt conseguira um exemplar do boletim da Associação Policial do mês em que Brimley se aposentara e copiara os nomes das pessoas na foto de grupo com ele. Uma delas, uma mulher que trabalhava na mesa telefônica da delegacia onde ele estava lotado, disse que Brimley se gabara para ela de que ia se mudar para um barco de pesca, que ia viver a boa vida numa marina no norte da cidade. Foram precisos quatorze telefonemas antes que uma secretária da marina Blue Water em Ventura confirmasse que Leonard Brimley era um dos residentes dali.

Haviam decorrido três dias desde a sua conversa com Katz; que ela rejeitasse sua teoria sobre a morte de Garrett Walsh não o surpreendeu, não realmente, mas o fato de Holt concordar com ela — isto doeu. Não que Jane pudesse admitir que concordava com Katz — ela era diplomática demais para isso. Mas quando Jimmy lhe contou o que acontecera na cena do crime das gangues, Holt simplesmente olhara para ele e perguntara "E o que você esperava?" Havia mais, é claro; Holt explicou-lhe a lógica policial básica enquanto estavam sentados no pátio dela, meio nus, meio bêbados, vendo o sol se pôr no oceano. Holt disse que quando havia duas explicações igualmente lógicas, um bom tira sempre escolhia a interpretação que tinha um relatório do legista a escorá-la. Dissera que isto não soava como Pitágoras para ele. Holt simplesmente bebericou o seu drinque, uma perna nua pousada na balaustrada da sacada enquanto olhava para as ondas.

Jimmy saltou de novo por cima da cerca de segurança para a calçada, calorento e cansado, a camisa colada às costas. Devia ter vestido shorts. Sem saber ao certo que direção tomar, virou à direita. Atrás de si podia ouvir fracamente uma batida surda e regular — parecia alguém tocando um tambor. Olhou ao seu redor, ainda caminhando, e então viu uma máquina de refrigerante e apressou-se. Procurou uma moeda nos bolsos enquanto examinava as opções, a garganta seca. Nem Coca, nem Pepsi, nem cerveja não-alcoólica, nem RC Cola. Em vez disso, havia chá gelado, com adoçante ou sem açúcar, quatro diferentes marcas de água mineral e dois energéticos que prometiam repor seus eletrólitos. Jimmy colocou as moedas de um quarto de dólar de volta no bolso. Se não corroía os dentes, ele não estava interessado.

Jimmy virava-se para a doca seguinte quando algo o atingiu de um lado da cabeça, jogando-o contra a máquina de refrigerante. Agarrou-se à máquina, agarrou-se como se estivessem dançando, então algo o atingiu de novo, fazendo sua cabeça bater contra a frente de vidro da máquina. Jimmy deslizou lentamente até o chão. Podia ouvir o som das batidas surdas de novo, mais alto, aproximando-se. Ficou de joelho, com a vista turva agora, piscando diante de um homem alto e musculoso com short e camiseta dos Lakers, a poucos metros de distância, o tecido de seda enfunado na brisa. Parecia familiar, mas Jimmy não conseguia enxergar. O homem agilmente passou a bola de basquete de mão para mão e ao redor do corpo. Jimmy começou a se levantar quando o homem girou a bola das costas para a frente e a jogou no seu rosto. O nariz de Jimmy explodiu em sangue.

— Falta cometida durante o arremesso. Dois lances livres — disse o homem.

Ou talvez Jimmy simplesmente imaginasse aquilo. Mal podia ouvir qualquer coisa com a dor e o rugido no seu crânio. Tinha caído de novo, encostado na máquina. Esforçou-se para se levantar, tentando ficar de pé. Melhor ficar no chão, era mais fácil se acostumar com isso.

O jogador de basquete estava de pé acima dele, segurando a bola com as duas mãos. Arremesso de bola parada. Ele bateu a bola uma, duas, três vezes e Jimmy ouviu o pulsar do tambor. *"Os nativos estão indóceis..."* ele sorriu, e então a bola explodiu contra seu olho direito e o jogou de volta para onde nada mais era engraçado.

— Um ponto — disse o jogador. — A multidão vai à loucura.

Jimmy gemeu. *"Jogo monótono."* Toda vez que tentava se levantar, acabava na calçada de novo. A respiração produzia bolhas avermelhadas, o que não era um bom sinal.

O jogador fazia o movimento da volta ao mundo de novo, a bola um borrão. Ele agradeceu os vivas da multidão com um sorriso bobalhão e então arremessou de novo, no momento exato em que Jimmy deslizava para baixo ao longo da máquina e a bola bateu no metal, a poucos centímetros da sua cabeça. O jogador pareceu desapontado.

— Fora do aro — disse, os olhos cheios de ódio.

Jimmy viu o jogador levar a bola alguns metros para trás, driblando rapidamente, a bola pulando por entre suas pernas sem esforço, mantendo uma batida regular de tantã. Jimmy o conhecia de *algum lugar*. Tentou erguer-se da calçada, mas tremia demais e desmanchava-se em sangue. *"Hora de ficar dentro, ficar onde estava até que a tempestade passasse."* Jimmy sacudiu a cabeça. *"Não, não podia ficar aqui."*

O jogador driblou mais perto, recuou, aproximou-se de novo, outra vez de volta para trás, um verdadeiro matador. Seu short largo e a camiseta tremulavam ao vento. Ou talvez fossem os galhardetes dos iates nas proximidades — cada um daqueles barcos tinha uma dúzia de bandeiras. O jogador se esquivou à esquerda, depois à direita, tentando atrair a atenção de Jimmy, a bola batendo mais forte agora, BAM BAM BAM.

Jimmy estendeu uma mão.

O jogador sorriu, batendo a bola na calçada.

— Muito bem, Jimmy. *Tente* só bloquear o meu arremesso.

"Jimmy?" Jimmy apertou os olhos, mas as lágrimas continuavam escorrendo deles. *"Quem é esse babaca?"*

— Pense rápido, Jimmy — disse o jogador, se aproximando, driblando agora. — Lá vai — BAM BAM BAM. — Lá vai ela — BAM BAM BAM.

Jimmy observou o jogador, impotente. Parecia-lhe que o jogador estava inseguro agora, levando muito tempo nos dribles, hesitando em fazer o arremesso final.

— Está pronto? — disse o jogador, mais alto agora, tentando convencer a si mesmo. BAM BAM BAM. — Está pronto para a bola? — BAM BAM BAM. — Eu vou...

Um braço carnudo se estendeu por trás do jogador, agarrou a mão que segurava a bola e torceu-a para trás de suas costas, dobrando-o para a frente. O jogador uivou enquanto um homem mais velho plantava um joelho em suas costas e o jogava na calçada, puxando agilmente a outra mão ao lado da primeira. O homem mais velho não era tão alto quanto o jogador, mas era bem mais largo e movia-se com confiança e segurança, seu desabamento tão fluido que tudo acabou antes que Jimmy ou o jogador percebessem o que acontecia.

A bola de basquete, liberada, pulou, rolou até o pé de Jimmy e parou.

O homem mais velho colocou um par de algemas nos pulsos do jogador e levou-o até a cerca de segurança. Olhou para Jimmy e sorriu e era um sorriso bom, então agarrou o jogador pela cintura e o ergueu bem alto, enganchando os pulsos algemados no topo do poste da cerca. O jogador ficou suspenso, seus pés mal tocando o chão. Contanto que não se debatesse, poderia deslocar os ombros com o próprio peso.

Terrivelmente espantado, Jimmy olhou para o jogador pendurado no poste.

O jogador estava igualmente espantado. Sua boca se mexia, mas não saía nenhum som.

O homem caminhou até Jimmy, um urso velho, corpulento, com cabelos louros arruivados cortados curtos, o porte de um tonel de vinho, vestindo bermudas xadrez e uma camisa de manga curta com bandeiras náuticas cruzadas no bolso. Olhou do alto para Jimmy.

— Como está, filho?

Jimmy lambeu os lábios. Doía.

O homem mais velho ajoelhou-se ao seu lado. Tinha um rosto redondo, relaxado, com um nariz descascado e olhos azuis vivazes. Um homem que gostava de uma boa piada.

— O que foi que você fez àquele cara que eu pendurei para secar? Primeira vez que vejo uma bola de basquete usada como arma letal.

— Não fiz nada a ele — Jimmy mexeu-se, tremeu.

— Não se mexa. Vou até o meu barco chamar a polícia. E uma ambulância.

— Você não é um tira? — Jimmy apontou para o jogador pendurado na cerca. — As algemas...?

— Já fui tira — disse o homem mais velho. — Estou aposentado agora, mas fico de olho nas coisas e a marina me dá uma colher de chá na taxa de ancoragem. Só assim posso me dar ao luxo de ficar num lugar destes.

— Você é... Leonard Brimley?

O homem mais velho pareceu surpreso.

— Sou eu. Quem deseja saber?

— Sou Jimmy Gage. Vim aqui à sua procura. Sou um repórter.

Brimley coçou a cabeça.

— Já faz algum tempo que ninguém quer falar comigo.

— Ei! — gritou o jogador. — Vai me deixar aqui? Está arrancando a porra dos meus braços.

— Silêncio — Brimley disse sem rancor. — Já vou cuidar de você.

Jimmy se pôs em posição de sentar-se.

— Esqueça a ambulância.

— Tem certeza?

— Já apanhei mais do que isso.

— E tem *orgulho* disso? — Brimley sorriu.

— Me deixe só ficar sentado um pouco aqui — disse Jimmy, parecendo mais forte do que se sentia. Algo em Brimley o fez querer sentar-se mais aprumado, não ceder à dor.

— É sempre uma boa idéia — Brimley deu uma palmadinha suave no seu ombro. — Vou fazer uma chamada para o pessoal local. São bons rapazes; eles me conhecem.

Jimmy viu Brimley sair passeando pela calçada até o portão seguinte, abri-lo com uma chave e prosseguir ao longo da doca. Ainda estava impressionado com a descontração com que o homem mais velho enfrentara o seu agressor. Jimmy sentia sangue escorrendo pelo nariz. Olhou para a cerca e viu o jogador se debatendo, dançando nas pontas dos pés.

— Quem *é* você?

— Não chegou nem a me reconhecer? — o jogador cuspiu nele e errou. — Perfeito. Perfeito mesmo, que porra.

Jimmy puxou para fora a fralda da camisa, enxugando suavemente o sangue no seu rosto. Seu olho direito estava ficando inchado, mas achava que o nariz não estava quebrado.

— Diga-me o seu nome. Você me deve isto.

— Eu devo a *você*? — a voz do jogador se esganiçou. — Você é quem deve a *mim*.

— O que foi que eu lhe fiz?

Jimmy cuidadosamente se colocou de pé e depois teve de se curvar para a frente, apoiando as mãos nos joelhos, até que o mundo parasse de rodar. Manquejou mais para perto da cerca e olhou para o jogador. Os braços do homem eram poderosos, empilhados de músculos, seu rosto cheio de arestas duras e cristas espessas de sobrancelhas. Jimmy apertou os olhos.

— Açougueiro?

O homem no poste da cerca lançou um chute sobre Jimmy, urrando quando seu peso inteiro puxou os pulsos algemados.

Jimmy teve de sentar-se de novo.

— Meu nome é Darryl Seth Angley, seu *merda* — rosnou o Açougueiro.

A cabeça de Jimmy pulsava tão alto que pensou que alguém driblava com outra bola de basquete. Devia fazer cinco ou seis meses que escrevera o artigo sobre o Açougueiro. Não foi nada muito grande, uma pequena reportagem sobre os jogos regulares de basquete entre times de dois jogadores na praia de Venice. Napitano segurou a matéria por alguns números e só a publicara no mês passado. Jimmy já havia quase esquecido dela.

— Você me transformou numa piada — gemeu o Açougueiro. — Os jogadores agora riem de mim.

Jimmy passara a tarde nas quadras, tomando notas, fazendo algumas entrevistas. O Açougueiro era o dono da quadra, jogando com uma sucessão de parceiros, sempre ganhando. O Açougueiro praticava um jogo hiperagressivo, mesmo para jogo de rua, cotovelos voando, colidindo e batendo, forçando até jogadores maiores a recuar. Jogadores melhores também. O Açougueiro não era o melhor, mas compensava isso com o vale-tudo do seu jogo feroz chegando até a derrubar o próprio parceiro depois de um rebote. Jimmy o chamara de Açougueiro em suas anotações, dando apelidos a todos os jogadores: o Açougueiro, Feijão-verde, Terror-do-gueto, o Fantasma.

O Açougueiro ficou flácido no poste, suor rolando por seus braços levantados.

O Açougueiro dominara a quadra o dia inteiro, despachando seu último parceiro uma hora antes, desafiando os jogadores que aguardavam para pequenos confrontos individuais, um bate-bola, como chamara. Apresentaram-se, um após o outro, e um após outro foram mandados embora sangrando. Ninguém conseguia bater o Açougueiro. Até que apareceu o Garçom.

— O que foi que eu fiz a você? — choramingou o Açougueiro.

Jimmy estava para partir quando o Garçom entrou pela primeira vez na quadra, mas havia algo no novo sujeito que o fez ficar. O Garçom era um cara branco, alto e magro, com calças pretas e uma camisa social branca de mangas arregaçadas. Uma gravata borboleta preta estava enfiada no bolso da camisa. Usava sapatos comuns. O Açougueiro jogou a bola para o Garçom, dando-lhe alguns minutos para aquecer, e então aproximou-se e bebeu da sua garrafa d'água. Uma das garotas de biquíni que estava por ali o dia inteiro tentou falar com o Açougueiro, mas ele a ignorou, seus olhos no Garçom, que fazia arremessos à cesta. Jimmy sentiu que algo interessante ia acontecer e outros jogadores devem ter sentido também — eles foram chegando das outras quadras para observar, sussurrando entre si.

— Você nem mesmo é um jogador — o Açougueiro disse a Jimmy. — Só quer derrubar as pessoas que são jogadores.

O encontro entre o Açougueiro e o Garçom começou rolando rápido, o Garçom botando a bola em jogo, enganando o Açougueiro com seu jogo de cintura e passando por ele para enterrar a bola. A tabela balançou com a força da jogada. A multidão ficou em silêncio. Nada de vivas ou vaias. Silêncio. O Açougueiro pegou a bola, empurrou o Garçom para o lado e partiu para a cesta mas, ao se preparar para o arremesso, o Garçom roubou-lhe a bola e a enterrou. A multidão se agitou. O Açougueiro partiu com a bola de novo e jogou o cotovelo na cabeça do Garçom, mas o Garçom se esquivou do golpe, roubou a bola de novo e acertou uma cesta quase do meio da quadra. A multidão gritou em aprovação, vibrando agora.

O jogo continuou dessa maneira nos vinte minutos seguintes, o Garçom encestando de todas as áreas da quadra, saltando mais, pegando mais rebotes, jogando mais que o Açougueiro, *chamuscando* ele. Em resposta, o Açougueiro se tornou cada vez mais violento, passando rasteiras no Garçom quando ele ia enterrar uma bola, fazendo faltas flagrantes, xingando e discutindo com ele. O Garçom ficou frio, mesmo com os joelhos das calças rasgados: continou tranqüilo fazendo arremesso após arremesso. Quando ganhou a primeira partida, o Açougueiro insistiu que era uma melhor de três, e quando ele ganhou a segunda partida, o Açougueiro falou que quisera dizer melhor de cinco. Quando o Garçom ganhou a terceira partida, a multidão vaiou, assobiando, caçoando dele, até o Açougueiro deixar a quadra. Jimmy descrevera exatamente assim.

— Eu era alguém — disse o Açougueiro. — As pessoas me respeitavam. Você tirou tudo de mim. O problema não era perder para o Garçom, aquilo foi um acaso da sorte, mas você transformou em algo importante.

— Eu só escrevi um artigo...

— Você e seu emprego bacana. As pessoas lhe dão ouvidos, mesmo que reporte tudo errado. Pois bem, eu tenho um emprego de merda e ninguém se importa com o que penso. Se bater o ponto com cinco minutos de atraso, sou descontado em meia hora. Tenho que pedir permissão para dar uma cagada. Este é o *meu* emprego — lágrimas rolavam pelo rosto do Açougueiro. — Seu merda. Seu porra de uma merda. O único lugar em que as pessoas prestavam atenção em mim era na quadra.

Jimmy ouviu um assobio, virou-se e viu Leonard Brimley se aproximando.

— Os tiras locais devem chegar em pouco tempo — disse Brimley. — Você está bem?

— Sim.

Jimmy olhou para o Açougueiro, lembrando-se dos arremessos que errou por pouco, a bola de basquete batendo na máquina de refrigerante a poucos centímetros de sua cabeça. Mais do que tudo, lembrava a indecisão no rosto do Açougueiro. Virou-se para Brimley.

— Por que não liga para os tiras? Diga que não precisamos deles.

A cabeça do Açougueiro se ergueu.

Brimley esfregou o maxilar.

— Agressão e espancamento. É uma acusação séria.

Jimmy aprumou-se aos poucos e agarrou-se à cerca para se apoiar.

— Darryl e eu... nós estávamos só praticando nossos lances. Acho que a coisa desandou um pouco.

— Eu vi tudo — disse Brimley, como se estivesse por dentro da brincadeira. — Você não estava praticando para nada, só para ter os miolos estourados.

— Deixe ele ir, sr. Brimley — disse Jimmy. — Vou falar com os tiras. Darryl e eu só tivemos um mal-entendido, mas nos entendemos depois. Certo, *Darryl*?

O Açougueiro não respondeu.

— Eu peço desculpas, Darryl.

O Açougueiro acenou com a cabeça lentamente.

— Sim, nos entendemos.

Brimley sacudiu a cabeça, caminhou até o poste da cerca e abaixou o Açougueiro. Checou com Jimmy uma vez mais e então abriu as algemas.

O Açougueiro ficou parado, esfregando seus pulsos em carne viva.

Brimley acenou com as costas da mão para que o Açougueiro se afastasse.

— Vá embora e não peque mais.

Jimmy viu o Açougueiro pegar sua bola de basquete e ir driblando lentamente até o estacionamento. Esperou que olhasse para trás, mas ele não olhou.

Brimley colocou um braço em volta dele.

— Vamos até o meu barco. Vou telefonar para dispensar os tiras locais e dar uma ajeitada em você. É melhor botar um pouco de gelo nesse olho, senão vai inchar até fechar.

Jimmy ia discutir, mas pareceu uma boa idéia. Além do mais, queria falar com Brimley sobre Garrett Walsh.

— Obrigado, detetive.

— Não precisa me chamar de detetive — disse Brimley ajudando-o. — Estou aposentado e feliz da vida.

— Leonard, então.

Brimley deu um risinho.

— A última pessoa que me chamou assim foi a srta. Hobbes na oitava série e eu detestava aquilo. Leonard soa como alguém que usa roupa de baixo engomada. Você pensa provavelmente do mesmo jeito — por isso é Jimmy em vez de James.

Jimmy arfou quando desceram um degrau.

— Como quer que eu o chame?

— Me chame como meus amigos me chamam — Brimley abraçou Jimmy mais de perto. — Me chame de Sugar.

Capítulo 20

Jimmy apoiou-se em Sugar enquanto manquejava ao longo da doca, suas costelas latejando a cada passo. Gaivotas flutuavam acima deles, gritando, e o som cortava o crânio de Jimmy ao meio.

— Está se sentindo bem, filho?

— Sim — Jimmy arquejou e continuou caminhando, a doca de concreto cinza estendendo-se diante dele. Focalizou os poucos passos à frente, um pé após o outro. Os iates balançavam suavemente de cada lado, a água azul tremeluzindo com manchas de óleo e gasolina. Tonto de novo, agarrou-se a Sugar e sentiu músculos duros debaixo de uma camada de gordura. O homem corpulento cheirava a óleo de bronzear, tranqüilizando-o de certo modo. Olhou para as bandeiras náuticas na camisa cor-de-rosa de Sugar, imaginando o que podiam significar — céus claros ou aviso de temporal. — Obrigado pelo que fez lá com... Darryl.

Ainda tinha de se esforçar para lembrar o nome verdadeiro do Açougueiro.

— De nada — Sugar o apoiava, acompanhando o passo de Jimmy. — Aquele rapaz certamente queria chamar sua atenção.

— Foi culpa minha.

Sugar deu uma risadinha.

— Geralmente é o homem que leva a pior que joga a culpa no outro.

— Darryl *levou* a pior.

— Se você diz isso.

— Lamento se causei algum problema à polícia. Vou deixar claro para ela que foi idéia minha deixá-lo ir embora.

— Não se preocupe com isso — Sugar deslocou o apoio do seu peso para outro pé e puxou Jimmy mais para perto. — Além do mais, gosto de um cara que não vai correndo atrás dos tiras a cada pequeno corte ou arranhão. A maioria dos tiras não admite isso, mas estou aposentado, posso contar a verdade. Quando eu vestia o uniforme, metade das chamadas que recebia eram quase que só picuinhas de pentelhos: *Ele bateu em mim, ela bateu em mim, me xingou com palavrões, o estéreo dele está muito alto.* Uma perda total de tempo. Mesmo quando me tornei detetive, você ficaria espantado com os casos que tinha de acompanhar.

— Não foi assim no caso de Heather Grimm. Aquilo não foi uma perda de tempo.

— Não — Sugar sacudiu a cabeça. — Aquele caso atingiu o meu coração — e aninhou Jimmy contra o seu peito. — Achei que é por isso que está aqui.

— Estou escrevendo uma matéria sobre Garrett Walsh. Desculpe, estou sujando você.

O nariz de Jimmy se abrira de novo e o sangue escorria nas bermudas de Sugar.

— Não é nada, já sangraram muito em cima de mim — e Sugar esfregou a mão no short, sorrindo, enquanto Jimmy se desvencilhava dele, caminhando sozinho agora. — Além do mais, pano xadrez esconde tudo.

— Quanto... quanto falta?

— Estamos quase lá.

Jimmy olhou para as lustrosas lanchas oceânicas de cada lado do píer, a superfície envernizada e o cromo brilhando ao sol.

— Bela vizinhança. Cidade dos iates.

Sugar colocou uma mão no ombro de Jimmy e segurou-o quando ele tropeçou.

— *Iates* é um termo que só nós do povão usamos. As pessoas que pagam os impostos por todo esse luxo os chamam de barcos.

Tinha uma boa risada, profunda e ressonante; ouvi-la fazia você sentir que participava da piada com ele, uma dupla de velhos amigos saindo para passear.

— Aqui estamos — disse ele, indicando uma lancha-cruzeiro de trinta pés, com cabinas, barco sólido mas ligeiramente surrado, a tinta descascando, a balaustrada de cromo salpicada de ferrugem. Pegou o braço de

Jimmy, guiando-o na subida da prancha de acesso. — Tome cuidado. Se você cair, eu vou ser processado.

— *Olá*, Sugar!

Jimmy olhou e viu três garotas de biquíni estendidas no deque de um grande iate, barco, seja lá o que for. Tinha pelo menos oitenta pés, com três conveses e suficiente aparato eletrônico para entrar em contato com uma sonda na superfície de Marte.

— Que aconteceu com seu amigo? — gritou uma ruiva com biquíni de bolinhas, os óculos escuros erguidos sobre a testa.

— Contusão no esporte — e Sugar deu uma piscada para Jimmy.

Ao ver os óculos da ruiva, Jimmy pensou em Walsh... lembrou-se da última vez que o vira, o diretor flutuando de rosto para baixo, larvas contorcendo-se em seus cabelos...

Sugar segurou Jimmy no momento em que caía e o carregou prancha acima nos seus braços, enquanto Jimmy murmurou desculpas. Sugar disse que não era problema nenhum e o colocou numa espreguiçadeira de alumínio.

— Descanse. Eu volto logo.

Jimmy fechou os olhos, deixando-se levar... então teve um sobressalto e viu Brimley pairando ao seu redor.

— Calma, não vou machucá-lo.

Os olhos de Brimley cintilavam enquanto se abaixava ao lado de Jimmy carregando uma bacia d'água e um balde de gelo, uma toalha branca limpa sobre um ombro, duas garrafas *long-neck* de cerveja saindo dos bolsos. Puxou a espreguiçadeira, ignorando os protestos de Jimmy, e começou a limpar o seu rosto, passando suavemente as pontas da toalha no nariz de Jimmy, batendo de leve no seu lábio cortado. A água na bacia se avermelhava enquanto ele molhava a toalha repetidamente, seus movimentos ternos. Quando terminou, Brimley esvaziou a bacia pela borda do barco e então encheu a toalha de cubos de gelo, passando-a para Jimmy.

— Mantenha isso sobre seu olho, caso contrário vai inchar e até fechar.

Abriu uma das cervejas, ofereceu a Jimmy, e então abriu a outra. Brindou a Jimmy com a garrafa e estendeu-se ao sol quente da sua própria espreguiçadeira, o náilon entrelaçado gemendo com o seu peso.

— A vida é doce, hein?

Jimmy provou um gole. A cerveja queimou seu lábio cortado, mas era gelada e reconfortante e ele bebeu metade dela num gole alongado. O gosto de sangue persistia.

— Aquelas são as garotas Whitmore — disse Sugar, apontando com a cabeça para o iate ao lado. — Acabaram de se instalar no barco do papai para um intervalo primaveril.

Jimmy olhou para os outros barcos à sua volta, a luz do sol refletida pela água.

— Nada mau para um tira aposentado, hein? — Sugar sorriu para Jimmy, lendo o seu pensamento. — Como eu disse, a marina me quebra um galho. Todo mundo detesta ver um tira no seu espelho retrovisor, mas adora morar ao lado de um.

Bebericou sua cerveja.

— Para que jornal trabalha?

— Revista — Jimmy o corrigiu. — *Slap*.

Sugar ergueu uma sobrancelha.

— Nunca ouvi falar.

— Cobrimos principalmente estilos de vida. Filmes e estrelas do cinema, TV, moda.

Sugar estufou o peito, seus mamilos balançando ligeiramente contra a camisa.

— Quer fazer um ensaio de moda sobre mim? Devia ter avisado — eu teria feito uma dieta.

— Continue comendo. Estou fazendo uma retrospectiva sobre Garrett Walsh. Pensei em procurá-lo e ver se conseguia um novo ângulo. Você estava...

— Um novo ângulo? Qual, por exemplo? Vai escrever um final feliz para o filho da mãe?

— É um pouco tarde para isto.

Jimmy cerrou os olhos ao sol, tentando manter Sugar em foco.

— Li muito sobre a biografia de Walsh, mas não há muita informação sobre o crime propriamente. Sua barganha ao admitir a culpa provocou um curto-circuito na cobertura, por isso eu lhe perguntaria...

— Como foi que me encontrou? — Sugar coçou a barriga. — Não estou tentando me esconder, mas sou muito discreto. Você deve ser um verdadeiro cão de caça.

— Não *sou*. Temos funcionários na revista que se especializam em localizar pessoas. Não sei como conseguem isso — eu simplesmente fiz um pedido.

— Uau... pede alguma coisa e, zás, aqui está ela — Sugar saboreou a cerveja, estalando os lábios. — Achei que você precisaria de alguns pontos debaixo desse olho, mas não parece tão ruim. Você absorve bem um bom golpe.

— Acho que a idéia é *dar* um bom golpe, não absorver um.

— A idéia é esta.

Sugar puxou um frasco de aspirina das suas bermudas e sacudiu algumas na sua mão.

— Quatro é bastante? Vou pegar um pouco de água.

— Não, obrigado.

Jimmy mastigou as aspirinas, tomando cuidado para mantê-las afastadas do seu lábio inchado.

— Como foi que ganhou o nome de Sugar? Gosta muito de doces?

— *Adoro* doces, mas foi minha mãe que me deu o apelido.

O olhar de Sugar desviou-se para os barcos nas redondezas, as calçadas distantes — não uma série de olhares nervosos, mas um exame sistemático dos arredores, mal mexendo a cabeça. Brimley podia ter se aposentado, mas ainda tinha olhos de tira.

— Mamãe sempre dizia que você pega mais moscas com açúcar do que com vinagre, e tinha razão nisto, como tinha razão em tudo o mais.

Sorriu para Jimmy, mas Jimmy começava a cochilar aos ritmos suaves da voz de Sugar, o barco balançando debaixo deles.

— A maioria dos instrutores na Academia não achava que eu tinha o que era preciso para ser um tira — descontraído demais, disseram-me, pouco agressivo. Mas eu sabia que não era questão de ser um cara duro, impondo sua autoridade por todos os cantos. Eu conseguia melhores resultados com um sorriso amistoso e um ouvido simpático do que a maioria dos tiras uniformizados com um cassetete. Claro, esse tamanho todo ajudou, mas...

Subitamente agarrou o ombro machucado de Jimmy, fazendo-o uivar.

— Ei, fique acordado.

Jimmy afastou suas mãos e sentou-se, piscando.

— Dormir com um ferimento na cabeça pode ser fatal. Eu deveria levá-lo para uma sala de emergência.

— Estou bem.

— Podia ter uma concussão. Sou um idiota desgraçado por lhe ter dado álcool.

Jimmy largou a toalha com gelo.

— Por que a gente não sai do sol? Melhor cair morto na sombra.

Sugar tentou ajudar, mas Jimmy acenou para que o deixasse e o seguiu até a cabina. Jimmy deu uma olhada na cabina principal antes de se sentar numa das duas poltronas. Queria afastar-se do sol, mas também queria entrar no espaço vital de Sugar. Precisava da cooperação do tira aposentado e, para isso, precisava entrar na cabeça do homem.

O aposento principal era pequeno e compacto — se Sugar ficasse nas pontas dos pés, sua cabeça roçaria no teto. Mas era limpo e ajeitado, com luzes indiretas, pisos de madeira-de-lei e uma televisão de tela plana. A pequena cozinha tinha um fogão de aço inoxidável de duas bocas e uma mini geladeira embutida, uma máquina de café expresso e um microondas. Uma tigela de mangas maduras estava sobre o balcão, perto de uma torta de maçã de supermercado comida pela metade, um garfo descansando dentro da bandeja de alumínio.

Ele esperava ver a costumeira *memorabilia* de carreira nas paredes: distintivos e comendas, recortes de jornais emoldurados e fotografias do tira com o chefe ou o prefeito, talvez com uma estrela de cinema, mas não havia nada disso. Ou Sugar não tinha um grande ego, ou queria esquecer tudo da antiga carreira. Ou talvez tivesse evoluído para coisas melhores. A decoração confirmava essa impressão. As paredes estavam cobertas de fotografias emolduradas de Brimley segurando peixes: pegando robalos perto de Key West, de pé com um tarpão de tamanho quase recorde ao largo da costa do Golfo do México, peixes pequenos, peixes grandes. Seu sorriso ficava entre o pateta e o deslumbrado e seu nariz estava sempre descascando. A maior foto o mostrava de pé ao lado de um agulhão-bandeira de quase três metros pendurado numa verga.

— Belo marlim negro — disse Jimmy. — Baja?

— Você conhece peixes e seus esconderijos — disse Sugar, satisfeito.

— Mais de trezentos quilos — e bateu na foto com um indicador grosso.

— Fisguei o bicho ao anoitecer e era quase meia-noite quando consegui trazê-lo para a terra. Um verdadeiro lutador. Achei que ia ter um ataque do coração lá no mar de Cortez.

Jimmy olhou para o interior do barco, imaginando se Sugar teria uma parede grande o suficiente para abrigar o marlim.

Sugar sacudiu a cabeça.

— O taxidermista o perdeu — disse, lendo o pensamento de Jimmy de novo. — Pode acreditar nisso? Telefonei durante três meses, insistentemente, e tudo o que ele dizia era "Desculpe, *señor*, semana que vem, *por favor*". Talvez eu seja muito molenga e me prejudique com isso. Provavelmente o vendeu para um rico *norteamericano* que não saberia a diferença entre um marlim e uma cavalinha.

— Todo pescador tem uma história sobre aquele que escapou. Você pelo menos tem a prova.

— Nunca encarei a questão desta maneira. Isso me agrada.

Sugar sentou-se na outra poltrona e virou-se para encarar Jimmy. Sua pele estava curtida do sol, as pernas sardentas — era um daqueles grandalhões brancos que nunca se bronzeariam, só criariam bolhas, mas adorava a vida ao ar livre mesmo assim.

— Já esteve no Brasil? Ouvi dizer que a pesca lá é fabulosa.

— Nunca tive o prazer.

— Dizem que você pode viver da terra... peixes no oceano e frutas nas árvores — Sugar acenou com a cabeça. — Com a minha pensão um homem pode sonhar, eu acho. Tem certeza de que sua cabeça está bem?

— Li que Walsh abriu a porta quando você tocou a campainha. Identificou-se como oficial de polícia?

— Acho que está bom o suficiente para fazer perguntas.

Jimmy devolveu-lhe o sorriso, uma dupla de bambas sorridentes sabendo como se jogava o jogo.

— Estou me sentindo bem. Está legal aqui, Sugar. Aconchegante.

— Obrigado. Não recebo muitas visitas, mas está bem assim. A propósito, eu me identifiquei para Walsh. Procedimento padrão. Posso não ser esperto, mas sei o bastante para obedecer as regras.

Jimmy se estirou, seus pés quase tocando os sapatos de convés bem desgastados de Sugar.

— Walsh abriu a porta, de qualquer modo? Coberto de sangue...

— Ele estava um horror. Sangue... por toda parte.

— Mas abriu a porta para um tira. Não achou isto estranho?

Sugar iluminou-se.

— Vou contar-lhe uma história. História verdadeira. Meu primeiro mês dando serviço no trânsito, novo no trabalho, dou uma parada em Pier Street, um Mustang conversível dirigido com imprudência. Era uma noite de quinta-feira, as luzes da rua tinham acabado de se acender. Caminho até o carro, com a caderneta de multas na mão, todo o peso e a autoridade do condado de Hermosa Beach atrás de mim e vejo que o motorista está... bem, está recebendo um trato sexual pela jovem dama do banco do carona. O motorista simplesmente me mostra a sua carteira. A dama — nem chega a subir para tomar ar. Preencho a multa, minha mão tremendo porque estou escrevendo tão rápido. A jovem sentou-se agora, checando seu batom no espelho como se eu nem estivesse ali. Digo ao motorista para tomar cuidado quanto ao que vai fazer no futuro e ele me promete que tomará. E então segue embora.

Sugar sacudiu a cabeça.

— Aprendi ali que algumas pessoas não têm o mesmo medo e respeito da lei que os oficiais de polícia têm. Na noite em que bati à porta de Walsh ele estava terrivelmente drogado. Acho que se achava em estado de choque, mas não me surpreenderia se estivesse totalmente sóbrio, abrindo a porta para mim, mostrando a mim o que havia feito. As coisas são assim. Se as pessoas agissem como você espera que ajam, não haveria necessidade da polícia.

Piscou para Jimmy.

— Ou de repórteres.

Capítulo 21

Helen Katz bateu na porta da frente da casa dos Cortez, uma batida firme, mas não a sua costumeira explosão tripla que botava os residentes em pânico. Surdos, mudos e cegos, todos sabiam que havia um tira na porta quando Katz os visitava. Mas agora ela demonstrava simpatia em relação à sra. Cortez e não sentia necessidade de acelerar o coração dela. A mulher já passara por muita coisa e a situação ainda iria piorar.

— *Sí?* — a sra. Cortez espiou através da malha de aço da tela de segurança, uma mulher baixa e encorpada, com cabelos cinzentos rigorosamente presos por grampos e um vestido preto de mangas compridas — roupas de luto por seu filho caçula. O primeiro parceiro de Katz lhe dissera que se quisesse ficar rica devia entrar nos negócios vendendo vestidos de luto para as *mamacitas* do bairro. E o veterano barrigudo com vinte anos de carreira olhara para ela sorrindo. Mesmo recém-saída da Academia, e precisando de um bom relatório, ela o atravessara com o olhar até que ele se afastara resmungando.

— Sou a detetive Katz, *señora. Hablas inglés?*

A sra. Cortez retrocedeu, disse alguma coisa para outra pessoa lá dentro e uma garota adolescente juntou-se a ela na porta. Sua filha — Katz a reconhecia da cena do crime de Luis Cortez na semana passada. Vestia na ocasião calção de futebol laranja vivo. Esta manhã usava um vestido de camponesa mais discreto com uma gargantilha preta ao redor do pescoço marrom esguio. Seus olhos escuros eram mais velhos do que os seus anos.

— Posso ajudá-la? — Sua voz era suave como flores.

— Sou a detetive Katz. Fui a oficial...

— Sei quem a senhora é — disse a garota, abrindo a porta. — Por favor, entre. Meu nome é Estella — fez um sinal com a cabeça para que Katz entrasse. — Mamãe!

Conferenciou com a mãe por um momento e então a sra. Cortez sorriu para Katz e desapareceu na cozinha.

— Por favor, detetive, fique à vontade — Estella indicou um sofá puído de couro azul e esperou que Katz estivesse sentada antes de se sentar, ajeitando o vestido ao fazê-lo. — Estamos muito contentes em receber a senhora.

Katz olhou em torno, confusa, mas a casa estava quieta — só o som da água correndo na cozinha perturbava o silêncio. A sala de estar era limpa e bem arrumada, com um sofá e duas poltronas de couro combinando de frente para a televisão, uma Panasonic nova de trinta e uma polegadas. Um crucifixo de madeira ornado pendia de uma parede, perto de uma pintura em veludo de Cesar Chavez acenando em triunfo. Na parede oposta havia uma pintura em veludo de um musculoso guerreiro asteca segurando uma lança de obsidiana, sua expressão orgulhosa e ameaçadora. No canto mais afastado da sala havia uma mesinha redonda com uma fotografia emoldurada de Luis Cortez ladeada por duas velas votivas. Luis tinha treze anos quando foi assassinado — a foto era recente, seu retrato da sétima série provavelmente, Luis na sua carteira, mãos cruzadas, um sorriso malicioso no rosto, seus olhos sedosos.

— Era um menino bonito, sim?

— Sim — disse Katz.

— Sim — Estella concordou com um gesto de cabeça. — Nós agradecemos à senhora por ter ido ao enterro.

— Desculpe — Katz sentia-se com a língua amarrada na presença da garota, desejando que a mãe voltasse. — Estou à procura de Paulo.

— Paulo *está* aqui a noite passada — disse a sra. Cortez da porta, uma bandeja de biscoitos em sua mão. — *Toda la noche.*

— Sra. Cortez... — Katz virou-se para Estella. — Não falei nada sobre a noite passada. Sua mãe está oferecendo um álibi antes mesmo que eu tenha pedido um.

— Paulo aqui *toda la noche* — a sra. Cortez repetiu, colocando os biscoitos na mesa de café à frente de Katz.

— Na noite passada três Príncipes Latinos foram fuzilados e mortos sentados no seu carro diante de uma *taquería* em East Anaheim. Esses homens, acreditamos que foram aqueles que mataram Luis.

A sra. Cortez fez o sinal da cruz ao voltar para a cozinha.

Katz deu uma mordida num biscoito. Era um biscoito comum coberto de açúcar colorido.

— O homem que matou os três Príncipes Latinos... — ela limpou farelos dos seus lábios, lembrando a última vez que vira o irmão mais velho de Luis, Paulo, um grandalhão de dezenove anos com jeans cortados à altura dos joelhos e camisa abotoada até em cima. Ele a fuzilara com o olhar do outro lado da rua na cena do crime, braços cruzados sobre o peito, o pescoço e os antebraços poderosos rendilhados de tatuagens. — Este homem... a descrição combina com Paulo.

— Como disse minha mãe, detetive, Paulo esteve em casa toda a noite passada.

— Fico feliz em ouvir isto — Katz acabou o biscoito e pegou outro. — Foi um tiroteio feio. Os Príncipes estavam tomando cerveja no seu Buick quando alguém encostou, inclinou-se do lado do motorista e esvaziou o pente de um *AK*-47.

Mastigou com a boca aberta.

— Balas de romper blindados. Deixou o Buick como um queijo suíço, uma coisa horrível.

— Tenho pena de suas famílias — disse Estella.

— *Qué lástima* — concordou a sra. Cortez, colocando uma bandeja na mesa. Serviu chá de hibisco vermelho numa xícara, colocou dois cubos de açúcar sem perguntar, e estendeu-a para Katz.

Katz colocou a xícara na mesa sem provar e pegou outro biscoito.

— A senhora diz que Paulo estava em casa. É bom saber disto — e deu uma mordida. — E então... onde está ele?

A sra. Cortez tomou um gole de chá e depois falou para a filha, que traduziu.

— Minha mãe diz que Paulo saiu cedo esta manhã. Não sabe aonde ele foi. Procurar emprego, talvez.

— Não acredito — Katz lambeu os lábios, caindo açúcar em seu colo. — Depois do tiroteio na *taquería*, coloquei uma unidade na rua vigiando esta casa. Os homens ficaram a noite toda e não viram ninguém sair.

Estella ouviu sua mãe.

— Paulo às vezes sai escondido pelos fundos. Receia que possa ser — ela procurou a palavra — emboscado pelos Príncipes Latinos. Deve ter saído pela viela dos fundos.

— Mandei vigiarem a viela também.

A sra. Cortez falou de novo. Não ergueu a voz, mas seus olhos observando Katz eram pequenos e duros.

— Minha mãe diz que seus excelentes oficiais de polícia devem ter dormido e deixaram de vê-lo. Espera que não seja muito severa com eles. Foi uma noite quente.

Katz espanou as migalhas no seu colo.

— Seria melhor para Paulo que a polícia o encontrasse antes dos Príncipes Latinos.

A sra. Cortez falou rapidamente enquanto mexia o seu chá, a colher tilintando na xícara.

Estella corou.

— Minha mãe agradece por sua preocupação. Vai dizer a Paulo que a senhora deseja falar com ele.

Katz olhou para a foto de Luis Cortez e perguntou-se de onde vinha aquele sorriso tímido e sábio.

— Estella, sabe o que vai acontecer com seu irmão se ele não se entregar. Faça sua mãe entender que vocês duas também poderiam estar correndo perigo.

— Deus providenciará.

— O que acontecerá se os Príncipes Latinos não acreditarem em Deus?

— *Todo mundo* acredita em Deus, detetive.

Katz sacudiu a cabeça e deixou seu cartão de visita sobre a mesa.

— Me chame se mudar de idéia. Meu *pager* está sempre ligado.

Agarrou mais dois biscoitos quando se levantava.

A sra. Cortez também se levantou e falou para Estella.

— Minha mãe lhe agradece muito por mandar o *señor* Jaime para falar conosco. Foi, foi uma ocasião muito rara para nós.

A sra. Cortez pegou na mão de Katz e apertou-a entre as suas duas palmas, ignorando os biscoitos que caíram no tapete.

— *Gracias.*

— Não entendo — disse Katz, sentindo o calor das mãos da sra. Cortez.

— *Muchas gracias* — e a sra. Cortez a soltou.

— O sr. Jaime disse que a senhora o mandou. Perguntou sobre Luis. Queria saber tudo. Passamos toda a tarde juntos. Todos nós choramos. Eu, minha mãe, o sr. Jaime. Até Paulo, fingindo que era poeira no ar que fez seus olhos lacrimejarem.

— Não mandei ninguém para falar com vocês.

— O sr. Jaime disse que escrevia para uma revista...

— *Slap* — a sra. Cortez agiu como se fosse algo engraçado. Bateu levemente em sua própria bochecha. — *Slap*.

— Jimmy está escrevendo sobre Luis?

Estella assentiu com a cabeça.

— Disse que queria que as pessoas soubessem quem era Luis. Pôr um rosto na vítima, mostrar o que o mundo tinha perdido.

Estava chorando de novo.

— Disse que queria que todo mundo que lesse sobre Luis, queria que sentissem o que nós sentimos, que sentissem o peso de uma pedra no seu coração.

A sra. Cortez concordou com um gesto de cabeça, seus olhos ferozes. Tinha chorado até suas lágrimas secarem. Katz podia levar seu cartão de visita. De modo algum iriam entregar Paulo.

— O sr. Jaime... podemos confiar nele, sim? — perguntou Estella.

Katz ruminou a idéia de Jimmy vir até a família Cortez, enfrentando um Paulo desesperado e pesaroso, para escrever uma reportagem sobre um garoto que era apenas uma estatística, um garoto cuja morte sequer saíra no noticiário local da TV.

— Sim, podem confiar nele.

Capítulo 22

— Onde é o seu banheiro?
— Primeira porta à esquerda — disse Brimley, apontando. — E se chama latrina.
— Sim, senhor capitão — Jimmy continuava instável em seus pés, mas conseguiu progredir no corredor estreito, a mão na parede, fechando a porta atrás de si. Não havia tranca. Fez correr água fria na pequena pia e molhou cautelosamente o rosto. Sua imagem não era agradável — o olho direito estava inchado e roxo e havia uma crosta de sangue coagulado no lábio inferior. Enxaguou a boca e cuspiu na pia. Mas não viera aqui para lavar o rosto ou usar a toalete; estava interessado em ver como era o banheiro de Sugar. As zonas privadas revelavam mais do que um espelho.

Brimley disse ter sido recebido à porta do chalé por um Garrett Walsh desorientado. O diretor usava um roupão púrpura aberto e agarrava uma estatueta manchada de sangue. Brimley nem chegara a reconhecer a estatueta como um Oscar. Ele a tirara calmamente de Walsh, abrindo os dedos do homem enquanto Walsh murmurava desculpas. Jimmy já tinha lido aquilo na transcrição oficial, mas poucos minutos atrás Brimley acrescentara que Walsh limpara as mãos no roupão e se oferecera para fazer um comercial de utilidade pública advertindo jovens contra o uso de drogas. Brimley sacudira a cabeça ao contar isso para Jimmy, ainda atônito depois de tantos anos.

O banheiro era pequeno e forrado de madeira, apenas pia e aparelho sanitário, um chuveiro num boxe com cortina de beldades em maiôs. A única janela retangular estava ligeiramente aberta, dando para as velas enroladas do barco vizinho. O porta-revistas ao lado do vaso continha exemplares recentes de *Deep Sea Fishing, Power Boating, Travel and Leisure, Playboy* e *Gourmet*. Olhou para a porta e então abriu cautelosamente o armário do banheiro, tossindo para cobrir o rangido. Pasta de dente Colgate, uma escova de dentes com cerdas eriçadas, fio dental sabor menta, aspirina, antiácido, colírio, um barbeador de lâmina dupla e loção pós-barba Acqua Velva. Nenhuma tintura de cabelo. Nenhum creme de fixar dentadura. Nenhum frasco de remédio. Nada que indicasse pressão alta, úlceras, colite, diabetes, raquitismo ou escorbuto. Sugar era saudável como um alce macho.

Verificou a janela de novo — era pequena, mas havia espaço suficiente para alguém passar por ela contorcendo-se. Instintivamente checou outros meios de entrar e sair, locais óbvios e nem tanto. Seu primeiro trabalho como jornalista fora numa revista alternativa de rock; sem credenciais da imprensa ou credibilidade, Jimmy aprendera a driblar a segurança dos concertos, se esgueirando sorrateiramente nos bastidores, assistindo a checagens de som restritas. Um terno de três peças de corte conservador e uma pasta de executivo lhe permitiam passar batido por tiras de aluguel; Jimmy simplesmente se declarava o advogado da banda e seguia em frente. Gostava do subterfúgio mais do que da música. Jimmy apertou a descarga e abriu a porta. Sentiu cheiro de café.

— Achei que isto lhe faria bem — disse Brimley, estendendo-lhe uma caneca. — Você me parece do tipo que gosta de café preto.

— Adivinhou — Jimmy soprou o vapor e tomou um gole, cuidando do seu lábio.

— Minha mistura pessoal: metade havaiano, metade torragem francesa.

Brimley bebeu de sua própria caneca.

— Falou com mais alguém sobre o caso?

— Ainda não.

— O assistente da promotoria provavelmente lhe contaria mais do que eu. Estava olhando por cima do meu ombro antes mesmo que eu terminasse meu relatório. Não posso culpá-lo; de um ponto de vista de investigação, estava muito aberto e também fechado.

— Estou mais interessado na cena do crime em si: o que você viu, o que você fez. Embora estivesse claro, os legistas ainda assim tiveram um bom trabalho, não foi?

Brimley olhou para ele.

— Aonde está querendo chegar?

— Estou apenas fazendo perguntas, Sugar, tentando conseguir uma visão das coisas, uma sensação do imediato que ficou faltando na maioria dos relatos dos jornais. Você mal foi citado.

Brimley apoiou-se na balcão. Iluminado em silhueta pela janela atrás dele, minúsculos pêlos ruivos eram visíveis nas bordas do seu canal auditivo.

— Recebi ordens de encaminhar todos os pedidos através do oficial de informação pública e do escritório da promotoria. Os chefões receavam que eu estivesse ganhando muita atenção e, para lhe dizer a verdade, aquele arranjo me servia. Nunca tive muito apetite pela glória.

Jimmy sentou-se, tonto de novo.

— O homem que deu queixa do barulho naquela noite, dos gritos, eu esperava entrevistá-lo, mas não pude encontrar seu nome em nenhuma das reportagens.

— Se o encontrar, me avise. Gostaria de pagar-lhe um jantar de primeira.

— Nunca se apresentou?

Brimley sacudiu a cabeça.

— Às vezes uma denúncia anônima deseja permanecer anônima. Os tablóides ofereceram uma recompensa para que se apresentasse e contasse sua história, mas tudo o que tiveram foi um monte de malucos e impostores.

— Hermosa Beach tem identificador de chamada em seu sistema 911, não tem?

— A chamada veio de um telefone público a poucos quarteirões de distância. Achamos que era alguém passeando com o cachorro, correndo ou andando de skate, talvez.

Sugar olhou para a torta de maçã no balcão.

— Fiz um rastreamento na área, mas sem nenhum resultado.

— Interessante que um corredor tenha ouvido gritos da casa, mas não os vizinhos.

— Você fez o seu dever de casa, gosto disso. O vizinho de um lado estava fora da cidade, as pessoas do outro lado tinham o ar-condicionado ligado. Nunca liguei muito para ar-condicionado. Não é natural. Além do mais, um pouco de suor não faz mal a ninguém.

Jimmy bebeu cuidadosamente seu café, ganhando tempo. A surra que levara lhe dera uma vantagem; Brimley não tinha condição agora de apressá-lo e Jimmy aprendera que deixar alguém ajudá-lo era uma das melhores maneiras de conseguir sua cooperação. Freqüentemente começava entrevistas difíceis com um pedido simples: um copo d'água, uma aspirina, uma caneta para usar em vez da sua, que "subitamente" secara. Brimley era fácil: prestativo por natureza. Jimmy cruzou as pernas, estremeceu.

— Você está bem?

— Não vou poder dançar tango por alguns dias, mas estou bem.

— Tango é a dança nacional do Brasil. Céus, eu gostaria de conhecer o Rio.

— Argentina — Jimmy o corrigiu. — O Brasil é mais do samba, da bossa nova.

— Bote a culpa na bossa nova — Brimley cantarolou, estalando os dedos, sua voz leve enquanto dançava ao redor da cozinha, segurando uma parceira invisível pela cintura.

Jimmy teve de sorrir diante dos movimentos suaves do grandalhão e de sua confiança em demonstrá-los, não ligando para o que os outros pudessem pensar. Aquilo lhe dava o ar típico do velho tira.

— Devia fazer uma viagem ao Brasil. Tenho uma amiga que nasceu e cresceu no Rio, é agente de viagens. Podia colocá-lo em contato com ela. Arranjaria uma viagem barata para você, conseguiria um hotel à beira-mar e o encaminharia para grandes pescarias. Ela conhece todo mundo.

— De repente até que podia seguir sua sugestão. Brasil. Tem peixes lá que só conheço de leitura, peixes que fariam o meu marlim passar vergonha.

Brimley sentou-se de novo, radiante.

— Como se chama mesmo? Jimmy o quê?

— Gage.

— Jimmy Gage. Conheço este nome. Você fez algo há pouco tempo... Lembro de ter visto você na TV — Brimley olhou para Jimmy, acenou com a cabeça. — Você salvou a vida de um tira. Foi isso. Não lembro o que fez exatamente, mas foi algo muito importante.

— Estava no lugar certo na hora certa, só isso.

— Isso é muito — Brimley deu uma palmadinha no joelho de Jimmy.

— Lamento que tenha ficado com esses machucados, mas conhecer você certamente foi uma sorte para mim. Não é sempre que conheço um herói genuíno.

Jimmy deixou passar a babaquice do herói.

— Você deve ter nascido sob uma boa estrela, Sugar. "Um Tira de Sorte", foi a manchete do *New-Herald* no dia seguinte. Disseram que estava a caminho de casa depois de terminar o seu turno quando ouviu a chamada.

— Ainda usávamos rádios de ida e volta na época. Hoje as chamadas chegam aos carros de patrulha pelo computador. Um mundo totalmente novo.

— Só achei estranho um detetive atender pessoalmente a uma queixa de barulho.

— Hermosa é um departamento pequeno; cobríamos um ao outro sempre que podíamos e nunca fui de fazer cerimônia. O carro de patrulha mais próximo naquela noite estava investigando uma denúncia de tiros disparados e eu estava na área — Brimley encolheu os ombros. — Não acho que aqueles dois tiras de uniforme assimilaram a coisa; eles é que deveriam receber os elogios e ter suas fotos nos jornais, não eu. "Um Tira de Sorte." Puxa, cara, achei que nunca iria me livrar daquilo.

Jimmy riu com ele, mas não tão forte. Sua cabeça *realmente* doía.

— Talvez eu devesse levá-lo para casa. Podemos nos encontrar de novo quando estiver se sentindo melhor.

— Só me deixe ficar sentado aqui alguns minutos mais.

— Fique quanto tempo quiser.

— Uma coisa nunca entendi. O que Heather Grimm fazia em Hermosa, afinal? Ela morava em Whittier. Por que não foi para Huntington? É mais perto e é uma praia melhor, também.

— Não adianta você querer entrar na cabeça de uma garota de quinze anos.

— É o que eu quero dizer. Heather tinha quinze anos. Não iria à praia sozinha. Era jovem demais para dirigir. Então quem foi que a levou lá?

— Perguntei a mesma coisa à sua mãe. Ela disse que Heather foi sozinha de carro a Hermosa Beach naquele dia. Não era legal, mas também não é legal jogar papel de goma de mascar na calçada. A sra. Grimm estava criando Heather sozinha, trabalhando turnos duplos como garçonete, fazendo o melhor que podia. Heather costumava deixar a mãe no restaurante por volta das onze e apanhá-la de novo às dez da noite. A sra.

Grimm disse que a maioria das vezes em que Heather ia à praia ela levava uma ou duas amigas como companhia. Nada de garotos, a mãe era rigorosa em relação a isto. Nada de garotos em casa quando ela não estava lá, nada de garotos no carro.

— Falou com algumas de suas amigas?

— A sra. Grimm já morreu. Menos de um ano depois que Heather foi morta. Oficialmente de uma dose excessiva de remédio, mas se me perguntar eu diria que morreu de coração partido. A garota era todo o seu mundo.

Jimmy lembrou-se das fotos da cena do crime de Heather Grimm, seu crânio esmigalhado, ossos e massa cerebral no tapete. A sra. Grimm tivera de identificar o corpo, também. *Sim, é a minha filha.*

— Você está bem, Jimmy? Não está parecendo legal de novo.

Jimmy clareou a garganta.

— Disse que os legistas deram à cena do crime um tratamento detalhado.

— Estamos de volta aos legistas? — Brimley deu uma risadinha. — Vou precisar de uma tabela de anotações com você.

Jimmy colocou o gelo contra seu rosto de novo.

— Encontraram digitais que não pertencessem a Walsh ou Heather Grimm?

— Muitas. Da faxineira, do pessoal que entregou os móveis, de alguns dos atores que trabalhavam naquele filme dele, no último, não lembro o nome. Acho que tinha havido uma festa lá. Os investigadores da cena do crime disse que recolheram cocaína dos tapetes suficiente para...

— E Mick Packard? Encontraram suas digitais lá?

Brimley imitou um golpe de caratê.

— Mick Maravilha? Não lembro. Gosto dos filmes daquele cara. Que fim levou?

— Talvez eu me encontre com ele daqui a alguns dias. Se quiser, posso conseguir-lhe o seu autógrafo. Ele provavelmente ficaria empolgado.

— Deixa para lá. Depois do caso de Heather Grimm... vamos dizer que perdi o respeito por Hollywood. Todos aqueles rostos bonitos sendo entrevistados, falando do talento que era Walsh, fiquei enojado.

— O relatório da cena do crime disse que impressões digitais de "pessoas conhecidas e desconhecidas" foram encontradas no chalé.

— Você diz que está escrevendo uma história sobre Walsh, mas fica fazendo perguntas sobre digitais e Mick Packard, se eu fiz isso e se fiz aquilo — Brimley coçou a cabeça. — Acho que estou confuso. O que está acontecendo?

Jimmy adorou o macete de coçar a cabeça, o prelúdio do velho tira amistoso pedindo socorro.

— Sei que não estou fazendo muito sentido — e Jimmy mexeu ligeiramente com o saco de gelo. — Talvez a gente possa falar mais quando estiver me sentindo melhor. Poderíamos nos encontrar na casa de praia de Walsh. Você podia me levar numa turnê. Eu realmente ficaria grato...

— Gostaria de ajudar, mas não tenho nenhum contato especial com os novos proprietários. Poucos anos atrás um daqueles programas de TV de *Histórias Policiais Verídicas* ia fazer uma reconstituição, mas não conseguiu permissão para filmar dentro do chalé. Nem por amor, nem por dinheiro. Os novos proprietários disseram que qualquer tipo de publicidade abaixaria o valor da sua propriedade. Não posso culpá-los, ninguém gosta de ser lembrado de que está morando num matadouro.

— Podíamos fazer pelo *lado de fora*, então. Só estar lá com você, falando sobre o que aconteceu naquela noite, você tem uma perspectiva que ninguém mais tem.

Brimley olhava pela janela de novo, perdido em pensamentos.

— Queria que as pessoas soubessem o que você viu quando Walsh abriu a porta, o que você viu quando entrou lá.

Brimley virou-se para encará-lo e Jimmy vislumbrou o outro lado da doçura, o peso e a força mantidos sob contenção.

— Está tudo no meu relatório. Não é o bastante para você?

— Confio mais na memória de um tira do que em qualquer relatório que tenha escrito para os chefões. A questão é, Sugar, você confia em *mim*? Confia em que eu o venha a tratar com correção? E tratar com correção também Heather Grimm? Não o culparia se não confiasse. Estou seguro de que já foi queimado por repórteres antes, todo mundo foi. Eu podia ficar aqui sentado tentando convencê-lo de que sou digno de seu tempo e de sua confiança, mas vou para casa, deitar no sofá, e ver um jogo de beisebol. Quando nos encontrarmos de novo, espero que possa ser na casa de praia.

Brimley ruminou a proposta e finalmente concordou com a cabeça.

— Não me prenda a hora e dia, porém. Os atuns já estão deixando San Luis Obispo e eu prometi a mim mesmo que pegaria um.

— Você é quem manda. Oh, sim, mais uma coisa.

Os olhos de Brimley se estreitaram, seus instintos aguçados o bastante para saber que não ia gostar daquilo.

— Quando fizermos nossa caminhada ao redor da casa de praia, se incomodaria de trazer suas anotações?

— Pode consegui-las com o departamento legal. É só fazer um pedido por escrito.

— Eu quis dizer seus rascunhos pessoais.

Sugar riu.

— Quer ver minhas declarações de imposto e o boletim do colégio também?

— Estou tentando fazer a coisa certa, Sugar. Não precisa me mostrar as anotações. Se as tivesse consigo, isto o ajudaria a lembrar do que viu, do que *sentiu* naquela noite, os pequenos detalhes que não entraram no relatório oficial. Não precisa se comprometer agora. Apenas traga as anotações. Poderá decidir então se deve ou não confiá-las a mim.

— Aposto que a maioria das pessoas tem a maior dificuldade de lhe dizer um não.

— Veja só quem está falando.

Brimley dividiu um pequeno sorriso com ele.

— Vou telefonar para você dentro de uma semana, mais ou menos, mas não fique muito esperançoso com relação àquelas anotações. Herói ou não herói.

Jimmy deixou seu cartão sobre a mesa de café e levantou-se.

— Pode me ligar a qualquer hora do dia ou da noite.

Apertaram as mãos, Jimmy sentindo-se perdido no aperto de Brimley.

— Deixe-me lhe dar uma carona até em casa.

— Estou bem para dirigir.

Jimmy teve de se apoiar no balcão. Levantara-se rápido demais.

— Vou levar você até em casa. Pode pedir a um amigo que o traga aqui amanhã para apanhar seu carro.

Jimmy sentou-se de novo e descansou a cabeça nas mãos.

Brimley deu-lhe um tapinha no ombro.

— Não se preocupe. Vou ficar de olho no seu carro para você. Qual é a marca do seu carro?

Capítulo 23

— Não sei como me encontrou, mas seja rápido — disse Lashonda, caminhando, um telefone preto sem fio pendente do seu fone de ouvido. Todas as doze linhas no seu quadro estavam piscando. — Tem cinco minutos e é só porque disse que vai escrever algo legal sobre Sugar.

Jimmy seguiu-a enquanto ela andava por sua espaçosa sala de estar em Pacific Palisades, a casa numa propriedade de meio acre com piscina e quadra de tênis.

— Você é a funcionária da polícia que recebeu aquela chamada 911 sobre o homicídio de Heather Grimm.

— Não houve nenhuma chamada de homicídio.

Lashonda escutava no fone de ouvido enquanto o quadro trocava de linhas de novo. Acontecia num intervalo de trinta segundos, Jimmy havia cronometrado.

— Foi uma chamada doméstica quatro-um-cinco reclamando de barulho. Só quando Sugar chegou lá foi que passou a ser uma chamada de homicídio.

— Certo.

— Que houve com o seu rosto? Fez uma pergunta e alguém não gostou?

Jimmy sorriu, e doeu. Um lado do seu rosto ainda estava inchado por servir de tabela no joguinho com o Açougueiro, seu olho arroxeado.

— A razão por que Sugar atendeu a chamada aquela noite...

— Foi porque aqueles preguiçosos do Reese e do Hargrove estavam em outro serviço e não tinham pressa de atender uma chamada quatro-um-cinco. Sugar entrou na linha, me disse que estava na área. Todo mundo sabe disso.

Lashonda examinou Jimmy por cima dos seus meios-óculos, uma negra bem vestida de pele macia com unhas de dez centímetros e um turbante de cabelos erguendo-se acima da cabeça.

— Está desperdiçando o meu tempo.

— Sugar estava de folga. Ele se oferecia para tarefas assim com freqüência?

— Teresa, você está extrapolando — disse Lashonda, falando com alguém no outro lado da linha. — O cliente quer falar sobre si mesmo e você insiste em comentar sobre a sua desgraçada aura.

Olhou para Jimmy.

— Por que está me perguntando quantas vezes Sugar atendia chamadas quando estava de folga?

— Eu lhe disse...

— *Nunca* diga que lamenta, Marvin — falou Lashonda. — Se disser que o pai dela que está do outro lado quer que ela saiba que ele está ótimo, e se ela lhe disser que o pai dela está dirigindo um ônibus municipal em Oakland, não diga que cometeu um erro. Diga que às vezes você vê as coisas antes de acontecerem, mas isto não as torna menos verdadeiras. A Spiritual Hotline de Lashonda *nunca* se engana. Entendeu?

Olhou para Jimmy de novo.

— Sei o que disse para mim. Se eu fosse estúpida estaria respondendo chamadas policiais em vez de trabalhar por conta própria.

Seu rosto achatou-se de raiva.

— Isto tem a ver com a pensão de Sugar? Está tentando metê-lo em encrenca depois deste tempo todo só porque fazia um trabalhinho extra de vez em quando?

— Não.

— Sugar é um homem bom, nunca deprecia ninguém. Não é como muito policial, desprezando as mulheres, fazendo piadas, achando-se o rei do pedaço só porque usa uma arma e um distintivo. Sugar — e Lahonda ergueu um dedo para alguém que não estava ali. — Deborah, você está sendo específica demais. Não foi para a França. *Viajou*. Não largou o emprego. *Está experimentando mudanças de vida*. Outra coisa, garota, você está falando muito rápido. A quatro dólares e noventa e nove o minuto, não tenha tanta pressa.

Olhou para Jimmy.

— Sugar era um cara e tanto. Não queria se mostrar superior ao resto de nós.

— Lashonda, não me importo se Sugar recebeu por trabalho extra ou não. Só quero saber se ele atendia regularmente a chamados fora do seu horário de trabalho. Só para ajudar.

— Sugar Brimley era um excelente policial. A maioria, quando batia o ponto de saída, sumia. Sugar não. Estava sempre pronto para cobrir uma brecha. Se você precisava de ajuda, Sugar era o seu homem — Lashonda apertou o fone de ouvido, escutando, acenando para Jimmy ir embora.

Jimmy dirigiu-se para a porta da frente. Estava agradecido a Brimley por tê-lo salvado do Açougueiro, mas a idéia de um tira de folga se prender por uma chamada, ainda mais um detetive — o deixara intrigado. Sua mão na maçaneta, olhou para trás e viu Lashonda supervisionando sua rede de conselheiros mediúnicos, impressionado pela maneira como ela era capaz de manter uma dúzia de telefonemas rolando na cabeça, orquestrando o toma-lá-dá-cá, a necessidade de tranqüilização. Em busca de respostas. Lashonda dissera que Sugar estava sempre disponível para preencher uma brecha. Jimmy tinha um bom sentimento em relação a ele também. Só precisava ter certeza.

Capítulo 24

Jimmy encontrou o Jaguar vermelho de Samantha Packard — número da placa 863 YSA, segundo o Departamento de Veículos Motorizados — no estacionamento do Santa Monica Pro Sports Club. Passou por ele e entrou com seu carro numa vaga do estacionamento para visitantes.

Jimmy havia telefonado para o agente de Packard esta manhã esperando conseguir um número residencial, mas Packard fora desligado da agência dois anos atrás segundo a recepcionista. Ela sugeriu que ligasse para uma agência menor. A agente lá ficou atordoada com o interesse de Jimmy, sugerindo que os três marcassem um almoço para discutir o próximo projeto de Packard. Jimmy disse-lhe que estava apenas tomando alguns depoimentos para uma matéria sobre o funeral de Garrett Walsh. A agente demonstrou seu desapontamento depois de um devido intervalo de pesar e deu-lhe o número.

As duas chamadas que Jimmy fez para a casa de Packard foram um fracasso. A empregada respondera nas duas vezes e quando ele pediu para falar com o sr. Packard ela pediu que ele deixasse nome e número de telefone para uma ligação de retorno. Recusou. A srta. Chatterbox, a editora de sociedade de *Slap*, foi de mais ajuda, dizendo a Jimmy que Samantha Packard malhava regularmente no Pro Sports Club.

— Posso ajudá-lo, senhor?

O Adônis da câmara-de-bronzear atrás do balcão da recepção parecia saído de algum programa de crescimento que tivera sucesso além das expectativas mais delirantes. Sua camisa pólo branca tinha *Sandor* escrito em letras pequenas acima do coração.

— Senhor?

— Estou pensando em me inscrever. Gostaria de dar uma olhada no estabelecimento.

— Tem hora marcada?

— Não.

— Devia ter marcado hora.

— Sinto muito.

Sandor não reagiu. Olhou para Jimmy e finalmente saiu detrás do balcão, ficando em seu lugar uma fêmea da mesma espécie perfeita que surgiu de uma alcova próxima. Jimmy imaginou que houvesse centenas deles empilhados lá atrás, um exército de seres gloriosos de shorts brancos e camisas pólo programados para dizer "Posso ajudá-lo?" sem sentir nada.

— Obrigado — disse Jimmy.

— Devia ter marcado hora — repetiu Sandor ao passar pela entrada de mármore. Examinou Jimmy. — Mas posso ver por que está interessado. Você tem músculos abdominais decentes, mas não vem fazendo nada com eles.

— Eu sei — Jimmy não tinha a menor idéia do que era um músculo abdominal.

— A taxa de inscrição é dez mil dólares. A mensalidade é de quatrocentos — disse Sandor. — Ainda quer a turnê?

— Absolutamente.

— Bom para você. Manter a forma é o melhor investimento que uma pessoa pode fazer.

Atravessaram o vestiário dos homens, Sandor recitando estatísticas num tom seco e monótono: quatro Jacuzzis individuais para cada sexo, duas saunas, um spa privado de aromaterapia e trezentos armários individuais. Jimmy notou quatro TVs na sala de espera, todas sintonizadas em canais de negócios. Nada de esportes. Comentou sobre isto, mas Sandor disse que não entendia a surpresa de Jimmy.

Sandor abriu as portas do vestiário, quase derrubou um senhor mais velho num terno de três peças, e seguiu em frente sem pedir desculpas.

— Esta é a sala de halteres mista — disse Sandor, conduzindo Jimmy através da sala imaculada cheia de Nautilus, Hydro-Press e todo tipo de equipamento de resistência que se fabricava. O piso era coberto por um acolchoado espesso e todas as paredes eram espelhadas. Jimmy demonstrou interesse por tudo, olhando ao seu redor enquanto Sandor continuava seu discurso. Havia muita gente na sala de halteres, na maioria belas mulheres em boa forma vestindo minúsculas peças de alta moda em tecidos que respiravam, mas não viu Samantha Packard.

Passaram pelas quadras de tênis, pelas quadras de *squash*, pelas quatro piscinas e pelos seis estúdios de aeróbica. Nada de Samantha Packard. Jimmy estava para perguntar a Sandor se a conhecia quando a divisou através de uma grande janela fazendo ioga numa sala cheia de outras mulheres. Estava suando. Todas elas suavam. Os tatames de ioga estavam cobertos por grossas toalhas e vapor escorria da janela. Desde o momento em que entrara no Pro Sports Club Jimmy não vira ninguém suar — o ar-condicionado era glacial. Por que então Samantha Packard estava suando?

Sandor bateu com o dedo no vidro.

— Ioga termal — explicou. — O termostato na sala está regulado para quarenta e cinco graus centígrados. Mantém os músculos flexíveis e elimina as toxinas.

— Deve ser uma tremenda estufa lá dentro.

— Você precisa mais de volume do que de ioga — disse Sandor. — Deixe-me mostrar-lhe...

— Eu gostaria de ficar aqui mais uns minutos e **ver** o que está acontecendo.

Sandor conferiu o relógio.

— Queria mostrar-lhe as baterias de bicicletas fixas virtuais. Você pode atravessar os Alpes de bicicleta ou vinte diferentes cidades do mundo.

Jimmy observou Samantha Packard inclinando-se para trás, as mãos cruzadas sobre a nuca. Sua malha de balé estava ensopada, os cabelos escuros caíam até o ombro colados ao pescoço. Lembrou-se do seu irmão, Jonathan, fazendo exercícios de ioga no oceano em Newport Beach de manhã bem cedo, a água tão fria que Jimmy mal podia sentir os pés depois de caminhar até ele.

— Devíamos ir andando — disse Sandor.

— Aquela é Samantha Packard — disse Jimmy, apontando. — Acho que vou ficar por aqui até terminar a sessão. Gostaria de falar com ela sobre o clube, saber se gosta.

Sandor pareceu embaraçado.

— Não é uma boa idéia.

— Tudo bem, Samantha e eu já nos conhecemos.

— Então espere e vá se encontrar com ela fora das nossas dependências. Não podemos correr nenhum risco.

Jimmy acenou para Samantha Packard através do vidro coberto de vapor. Ela fez que não o viu, cruzando as mãos diante do peito. Rezando por uma brisa fresca, talvez.

— Eu não faria isso se fosse você. O marido dela aparece assim que a sessão termina. Ele é muito... protetor. Procuro ficar fora do seu caminho. Todos nós procuramos.

— Realmente? — Jimmy fingiu surpresa. — Mick parece muito descontraído comigo.

— Conhece o sr. Packard? — Sandor apertou os olhos. — Acho que não o conhece. Se conhecesse o sr. Packard não acenaria para a mulher dele.

Capítulo 25

— Chegou antes da hora.
A reprovação do homem era evidente até mesmo através do interfone.
— O trânsito estava leve. Se quiser, posso dar umas voltas na entrada de carros durante quinze ou vinte minutos, mas devo avisá-lo que estou precisando de um silencioso novo.
O interfone ficou mudo. Jimmy ouviu então o elevador descendo. As portas se abriram e ele entrou. Podia ver o Oceano Pacífico cintilando enquanto subia pelo elevador de vidro os vinte e cinco ou trinta metros até a casa de Michael Danziger, um feio aglomerado modernista de planos e cubos empoleirado na mais alta colina de Malibu. Ficou no centro do elevador particular, observando o chão rapidamente se afastar abaixo dele enquanto subia para o sol da manhã. Quando as portas deslizaram e se abriram, ainda estava piscando.
Um homem esguio enfiado num paletó vermelho fuzilou-o com o olhar quando as portas se abriram, mas Jimmy não pediu desculpas. Gostava de chegar cedo às entrevistas. Às vezes pediam que esperasse, mas geralmente era recebido e o deslocamento do tempo desequilibrava ligeiramente o campo de jogo emocional em seu favor. O homem do paletó vermelho girou nos calcanhares.
Jimmy seguiu-o ao longo do exterior da casa até um imenso deque de sequóia. Podia enxergar quase até Santa Bárbara e o noroeste, as colinas de um marrom seco tremeluzindo no calor. Los Angeles se estendia a sudeste, envolvida pelas *freeways*, meio escondida sob a cerração de névoa e fumaça, mas a casa de Danziger estava serenamente acima da neblina cancerígena. A oeste estava o Pacífico, escuro e profundo, pululando de

vida friorenta. O homem do paletó vermelho apoiou-se num joelho, parecendo falar para dentro do deque.

Mais próximo agora, Jimmy pôde ver uma piscina longa e retangular de quatro metros cercada pelo deque. Um homem se segurava na borda, água jorrando ao seu redor.

O homem apertou um interruptor e a água parou. Empurrou os óculos de natação para a testa.

— Chegou mais cedo — disse para Jimmy, sorrindo. — Espero que não se importe que eu termine o meu exercício. Raymond vai lhe trazer suco de laranja ou café. Podemos conversar durante o café da manhã quando eu tiver terminado.

Raymond repuxou o paletó, olhou de cara feia para Jimmy e dirigiu-se até a casa.

Danziger apertou o interruptor de novo. Poderosos jatos d'água o empurraram para trás na piscina. Mexeu as pernas mantendo-se à tona, colocou os óculos de natação e começou a nadar contra a corrente artificial.

Jimmy sentou-se à mesa do pátio mais próxima da piscina. Danziger era um nadador resistente, com um empuxo poderoso e uma braçada econômica em nado livre — sua boca mal chegava à superfície da água para respirar. Raymond voltou depois de alguns minutos com uma jarra de vidro com suco de laranja recém-espremido e dois copos pesados de cristal, saindo tão silenciosamente como chegara. Jimmy tomou um gole de suco, observando Danziger; sabia que a piscina de jato era uma maneira eficiente de se exercitar, mas Jimmy não gostava de redemoinhos. Faziam-no sentir-se como um rato d'água. Não que a aula de ioga termal no Pro Sports Club fosse mais atraente — ainda podia ver as gotículas d'água escorrendo por dentro do vidro, Samantha Packard evitando seu olhar através do vapor. Aguardara no estacionamento, esperando que viesse sozinha para o carro, mas Mick Packard a acompanhara, arrogante, uma mão agarrada no seu braço. Jimmy achou que viu Samantha olhar em volta ao entrar no carro, mas não podia ter certeza. Talvez Michael Danziger pudesse lhe contar o que precisava saber.

Danziger fora presidente de produção da Epic International, o chefe de estúdio que contratara Garrett Walsh para fazer *Queda de braço* depois que ele ganhara aqueles prêmios da Academia, o homem que dera sinal verde ao filme e aprovara o orçamento — o homem que fora finalmente atingido por aquela derrocada e vários outros fracassos retumbantes.

Danziger fora dispensado cinco anos depois, num golpe sem derramamento de sangue, recebera generosa indenização e um acordo de produção independente com o estúdio. Produzira três filmes desde que deixara a EI, nenhum dos quais rendera dinheiro.

Jimmy terminou seu suco de laranja, mastigando lentamente os grânulos. Inquieto agora, levantou-se e caminhou até a beira do deque, inclinando-se na balaustrada. Um gavião pairava acima, navegando nas correntes termais, e Jimmy podia ver uma mulher andando a cavalo num cume próximo, montando descontraidamente com jeans e uma camisa branca sedosa, suas longas tranças batendo contra os ombros. Os cavalos o faziam cagar de medo. Eram grandes demais, fortes demais e espertos o suficiente para sentir que ele estava intimidado. Observou a mulher até que ouviu o jato da piscina parar subitamente e então se virou.

Danziger colocou as mãos na borda da piscina e alçou-se ao deque com facilidade. Ficou ali pingando debaixo do sol, os óculos puxados para trás, a água reluzindo sobre o seu bronzeado. Sua biografia lhe dava cinqüenta e três anos, mas ainda tinha o peito largo, era esguio e musculoso, um aluno de escola preparatória mais idoso, bonito como os astros de seus recentes fracassos. Raymond apareceu com um roupão branco felpudo e estendeu-o enquanto Danziger entrava nele e dava um nó despreocupado no cinto.

— Nada como nadar para fazer correr o sangue. Parece que se exercita também, sr. Gage.

— É Jimmy, e sim... jogo um pouco de basquete.

— Não sou muito chegado a esportes coletivos — Danziger acenou para a mesa no pátio. — Vamos?

Raymond trouxe um carrinho com uma garrafa de expresso até a mesa, serviu suco de laranja para Danziger e colocou meia papaia salpicada de iogurte de baunilha *light* diante de cada um.

— Se deseja mais alguma coisa é só dizer a Raymond — falou Danziger, interrompendo uma colherada de papaia a meio caminho da boca. — Recebeu o convite da sessão para a imprensa de *Minha garota-encrenca*?

— Recebi.

— Correram uns boatos negativos. Não sei quem começa essas coisas, mas espero que veja o filme com uma mente aberta.

Danziger sorriu.

— Parece um tanto desesperado, não? Na verdade, estou bastante confiante de que o filme encontrará o seu público. Nós o testamos com muito sucesso entre mulheres solteiras com a idade de vinte e dois a trinta e seis anos.

Limpou os lábios com o guardanapo.

— Ainda assim, qualquer coisa que possa fazer para ajudar será apreciada.

— Não tenho feito muitas resenhas ultimamente, mas ficaria feliz em mencionar o filme no meu artigo.

Danziger raspou o resto da polpa alaranjada da casca.

— Esta reportagem que está fazendo...

— É sobre *Queda de braço*. Estou usando a produção como metáfora da ambição grandiosa e da destruição final de Garrett Walsh.

— *Queda de braço?* — as gotas d'água nas sobrancelhas de Danziger brilhavam ao sol. — Por que eu desejaria desenterrar um dos meus piores fracassos?

— Achei que teria uma péssima lembrança daquilo.

— Vá dizer isso à junta de diretores da Epic International — Danziger desviou o olhar para o oceano e Jimmy o acompanhou.

Barcos de pesca balançavam à distância, a caminho de Catalina, e Jimmy pensou em Sugar Brimley, imaginou o que estaria pegando hoje. Ele telefonara duas vezes nos últimos dias, deixando recado, esperando desentocar o detetive aposentado e fazê-lo compartilhar suas anotações, mas as ligações não tiveram retorno. Observou os barcos tremeluzirem no limite da sua visão, perdendo definição até que se confundiram com a água.

— Ficaria feliz em ajudá-lo em sua reportagem — disse Danziger. — Vou pedir ao meu escritório que lhe mande o material de divulgação de *Minha garota-encrenca* também. Caso precise.

— Legal — Jimmy puxou um minigravador e colocou-o na mesa entre os dois. — Falei com algumas pessoas da equipe. Disseram que a produção já partiu com problemas e a maioria delas atribui isso ao fato de as câmeras terem começado a rodar antes que houvesse um roteiro completo.

Olhou para Danziger.

— Não era um tanto... otimista da sua parte? Aprovar um filme de noventa milhões de dólares sem um roteiro?

— Otimista? — Danziger sacudiu a cabeça. — Era *insano*, mas depois do sucesso do primeiro filme de Walsh, todos os estúdios na cidade estavam ansiosos para dar a ele um cheque em branco. Na verdade, recebeu ofertas melhores do que a minha de alguns dos estúdios principais, mas Walsh e eu engrenamos. Disse que achava que podia trabalhar comigo.

Inclinou-se para Jimmy.

— E, para sua informação, *Queda de braço* estava previsto originalmente para sessenta e cinco milhões. Esperava-se que fosse uma filmagem de seis meses; Walsh foi preso no décimo mês, e o filme *ainda* não estava terminado.

— Só me encontrei com Walsh uma vez. Foi depois que ele saiu da prisão e estava bastante encrencado, morando num trailer enferrujado, na base de pílulas e bebida. Como era ele antes?

— Ambicioso, egoísta, exigente, volátil, inseguro — Danziger mexeu no seu expresso. — Brilhante, inteligente, generoso e *engraçado*, meu Deus, como me fazia rir. Garrett foi o indivíduo mais talentoso que já conheci. Nunca o perdoarei por ter jogado tudo aquilo fora.

— Estava ciente de que ele consumia drogas quando o contratou para dirigir *Queda de braço*?

— Se a abstinência de drogas fosse uma exigência, Hollywood seria dirigida por mórmons — Danziger encolheu os ombros. — Achei que ele mantinha a coisa sob controle. Estávamos ambos errados.

— Sua prisão custou ao estúdio milhões, mas ele contou com o seu apoio quando foi sentenciado. Aquilo exigiu muita coragem. Li os editoriais depois. Os jornais o escarneciam por ter pedido clemência; disseram que estava tentando salvar *Queda de braço*. Fiquei do lado de Garrett porque acreditava no seu talento. Ele arruinou meu filme, colocou meu emprego em risco e matou uma jovem, mas era um grande artista. O negócio de filmes está cheio de picaretas que se consideram artistas, mas Garrett o era de verdade.

— Walsh trabalhava num roteiro depois que foi solto. Ele o contatou a respeito?

— Assim que saiu da prisão. Disse a ele para procurar em outra parte.

— Fico surpreso.

— Ele também ficou. Eu lhe disse que mesmo ainda dirigindo um estúdio, eu encontraria muita dificuldade em vender um projeto de Garrett Walsh à comissão executiva. Não porque tivesse matado aquela garota. Conhece esta cidade; acreditamos em segundas chances, contanto que você coloque um bom número de bundas nas poltronas dos cinemas. Não, Garrett cometeu o único pecado imperdoável: custou dinheiro ao estúdio.

Seus olhos eram frios, ainda levemente cercados por um anel avermelhado da marca dos óculos de natação.

— Talvez, se eu ainda dirigisse a EI, pudesse lhe atirar um osso, um filme de baixo orçamento ou uma produção direta em vídeo para o mercado externo, mas não trabalhava mais lá. Quando deixei o estúdio, consegui um contrato com eles para fazer três filmes. Isso já acabou. Não tenho sequer um escritório de produção lá. Precisei levantar o capital para *Minha garota-encrenca* na Europa.

Jimmy deu uma olhada na mansão de Danziger ao seu redor.

— Acho que o segredo de ser um produtor independente é nunca recorrer a sua própria conta bancária.

— Um deles — Danziger tinha uma bela coleção de dentes falsos, tão perfeitos que pareciam naturais.

— Durante a filmagem de *Queda de braço*, os jornais andaram cheios de histórias sobre as relações entre Walsh e Mick Packard. Diziam que gostavam de sair juntos depois do trabalho, fazer pegas com suas Ferraris e a ronda dos locais noturnos. Ouvi uma história diferente de pessoas que trabalharam na filmagem. Disseram que o *set* estava envenenado, que Walsh e Packard se detestavam.

Danziger olhou para Jimmy, intrigado.

— Pode ser o mais sigiloso que desejar. Só quero saber o que aconteceu.

— Vamos dizer que a divulgadora designada para o projeto ganhava seis mil dólares por semana e valia cada centavo.

Jimmy remexeu no seu prato, deixando o silêncio instalar-se.

— O pacote parecia bom quando começamos a negociar — explicou Danziger. — Mick tinha bilheteria, mas nenhuma credibilidade com os críticos; Garrett tinha credibilidade, mas nunca trabalhara com um filme de grande orçamento. No começo as coisas foram bem — sua risada era calorosa e convincente. — Mas no segundo dia...

— Eles tinham divergências sobre a direção do filme, sobre o tempo de tela?

— Oh, havia ego mais do que suficiente para agitar as coisas, mas isto vale para qualquer filmagem. Você *espera* que os talentos entrem em choque. Na verdade, o aspecto mais terrível do fracasso do filme foi que Mick nunca fizera melhor trabalho. Eu me envolvi quando a filmagem ia pela metade e as cenas rodadas a cada dia eram incríveis. Quem sabia que Mick era capaz de interpretar? *Garrett* sabia. A única química entre os dois era a química *ruim*, mas Garrett arrancava coisas de Mick que nenhum diretor arrancara antes ou arrancaria depois — Danziger virou o rosto para a brisa do oeste. Tinha um belo perfil. — O problema era amarrar toda a película que fora rodada. Garrett continuava refilmando cenas que já estavam quase perfeitas. Não que as interpretações o desagradassem — mas continuava mudando de idéia sobre o enredo. Havia tantas viradas e surpresas. Acredito que nem ele mesmo soubesse aonde a coisa estava indo.

— Foi por isso que começou a aparecer no *set*? Um chefe de estúdio que sai fazendo visitas, isso não acontece com muita freqüência.

— Eu não tinha escolha. Garrett ignorava meus memorandos e mal falava comigo quando eu o conseguia localizar pelo telefone. Devia tê-lo demitido, mas estávamos muito atolados àquela altura. Quando dei as caras, encontrei todo aquele pessoal inútil, a patota de Mick, a patota de Garrett. Aquele sujeito dos computadores que financiara seu primeiro filme... *ele* estava lá, pelo amor de Deus, e não me pergunte por quê. De olho nas estrelinhas, provavelmente. Garrett tinha tantas na fila de espera que deviam ser numeradas — só que isso teria tirado o prazer de deixar que se engalfinhassem entre si. Garrett e suas pequenas intrigas.

Jimmy não ouvira falar que o empresário dos computadores também tivesse freqüentado o *set*.

— As mulheres. Havia alguém em particular?

— Com Garrett? Você deve estar brincando.

Danziger massageou um ponto de acupressão na base do crânio com a junta do dedo.

— Está se referindo à puta da coca?

Jimmy não tinha idéia a respeito de quem Danziger se referia.

Danziger permitiu-se um leve franzir de sobrancelha.

— Um dos fornecedores de droga de Garrett tinha uma namorada, uma mulher espetacular pelo que ouvi dizer. Evidentemente, Garrett jogou as asas para a dama em questão numa festa e a dama foi... receptiva. Pouco depois, Garrett alertou a segurança do estúdio para que verificasse com o maior rigor os passes de qualquer pessoa que quisesse ter acesso ao *set*.

— Tem certeza de que era a namorada do fornecedor? Não podia ter sido sua esposa?

Danziger deu uma risadinha.

— Não sei. Traficantes têm esposa?

— Walsh chegou a mencionar o nome do fornecedor?

— Dificilmente.

Jimmy não gostava do prazer que Danziger sentia em lhe dizer não. Ele seria provavelmente uma sensação numa reunião de negócios, atendido por uma pedicura enquanto algum roteirista rastejava a seus pés.

— Walsh era muito aberto em relação a suas aventuras. Parece que gostava da sua reputação. Mas chegou alguma vez a ouvir falar sobre qualquer caso *secreto* dele?

— Não conseguia acompanhar. Só sei que não estava trepando com a loura que fazia o papel da irmã de Mick, porque Mick já estava trepando com ela.

— Foi por isso que Samantha Packard não trabalhou no filme? — Jimmy tentou ignorar a expressão de espanto de Danziger. — Pesquisei todas as listas de presença do elenco de *Queda de braço* e não achei nenhum registro dela.

— Pesquisou todas as listas de presença? — Danziger aplaudiu. — Gostaria que meu assistente fosse tão detalhista quanto você. Se algum dia precisar de um emprego, ligue para mim.

— Samantha Packard sabia que seu marido estava trepando com a co-estrela dele no filme?

Danziger permitiu-se um riso fino.

— Samantha sabe como se joga o jogo.

— Ela não se importava?

— As esposas *sempre* se importam. As espertas sabem que não vale a pena valorizar demais um romance no *set*, e Samantha era esperta. Ela devia ter um pequeno papel em *Queda de braço*, mas pouco depois que Garrett começou a filmar ela foi riscada.

— A idéia partiu de quem?

— Não sei, mas não foi uma grande perda para a história cinematográfica, isso eu posso lhe garantir.

Danziger conferiu o relógio.

— Preciso partir para o meu escritório logo, mas se a ênfase de sua reportagem é tensão sexual no *set*, poderia pensar num boxe sobre *Minha garota-encrenca*.

Inclinou a cabeça — supostamente queria parecer um conspirador, mas acabou parecendo um lobo voraz.

— Aqui entre nós dois, Jimmy, eu gostava mais da coisa nos velhos tempos, quando as pessoas eram hetero ou homo e nunca as duas coisas se misturavam. Tente conseguir algum resultado com um elenco de bissexuais. O troca-troca é desconcertante.

Capítulo 26

Jimmy esperou do lado de fora do Pro Sports Club, abaixado, fingindo que amarrava os cadarços do tênis. Cerca de dez minutos depois, suas costas doendo, a porta se escancarou e um homem de roupas berrantes saiu, já pendurado no celular, a raquete de squash debaixo de um braço. Jimmy pegou a porta antes que se fechasse e deslizou para dentro, a sacola de ginástica pendurada num ombro.

— Deixei as chaves no meu armário — disse ao atendente que reestocava a máquina de sucos, caminhando com firmeza em direção do vestiário, de que lembrava da sua visita dois dias antes.

Atravessou o vestiário, agarrou uma toalha limpa da pilha e pegou as escadas para o segundo andar. A sessão de ioga termal de Samantha Packard devia começar dentro de poucos minutos. Checou o corredor. Sandor, o atendente que o conduzira na turnê do clube, dissera que Mick Packard sempre estava a postos quando a sessão terminava; Jimmy queria ter certeza de que ele não a trazia ao clube, também. Mulheres em calções e camisetas largos de algodão começavam a encher a sala e um ar quente e úmido escapava para o corredor.

Samantha estava no canto dos fundos da sala, exatamente onde estivera antes. De pé sobre um tatame, fazia lentas torções de pescoço, o suor escorrendo por seu rosto. Nada de Mick.

Jimmy enfiou-se pela porta. O calor da sala o fez arfar, o ar tão quente e denso que se sentia respirá-lo como através de uma toalha molhada. Uma música suave era sussurrada pelo sistema de som. Cada poro em seu corpo estava bem aberto, suas roupas de ginástica já ensopadas e o suor escorrendo dos cabelos à nuca.

Uma senhora esguia de meia-idade olhou para ele.

— Procure respirar pelo nariz.

Jimmy esgueirou-se para os fundos da sala, tentando seguir a sugestão. Ainda tinha a impressão de que não havia oxigênio suficiente no local. Podia ver Samantha de pé sobre uma perna só, os olhos fechados, a outra perna enfiada atrás do corpo. Era uma morena de pernas compridas, com lábios cheios, e sua cor profunda parecia bronze naquele calor.

A maioria das pessoas na sessão era de mulheres na casa dos trinta e dos quarenta, de pés descalços e sem maquiagem, os olhos claros e entusiásticos enquanto encaravam a rotina do aquecimento, algumas delas meditando. O professor, um homem alto e magro, conversava com duas das alunas, corrigindo sua postura.

— Que ótimo vê-la de novo — Jimmy disse a Samantha.

Samantha abriu os olhos e recuou em sobressalto, perdendo o equilíbrio. Ficou sobre as duas pernas, respirando fundo. Assustada.

Jimmy estendeu sua toalha no chão, o suor fazendo arder seus olhos ao se abaixar.

— Queria experimentar esta sessão, mas agora não sei. Isto aqui não é parecido com o que seria a superfície de Vênus?

— Você é... é sócio do clube?

— Sou Jimmy Gage. Nos conhecemos no enterro de Garrett Walsh.

— Sei quem você é — disse Samantha, sua voz tão suave que mal perturbava as moléculas do ar daquela sala sufocante. — Meu marido não gostou do jeito como olhou para mim. E eu não gostei também.

— Preciso falar com você.

Samantha olhou para a janela que dava para o corredor.

— Não acho que seja uma boa idéia.

Enxugou a testa. Sua aliança de diamante brilhava na luz mortiça.

— Eu sei a respeito de você e de Walsh.

Jimmy pôde ver uma veia na base do seu pescoço latejando. Tinha um cheiro sadio e vaporoso de cavalo de corrida, seu rosto ardente, nervoso como o de um cavalo de corrida também.

— Precisamos conversar. Podemos sair daqui para...

— Não há nada a conversar — Samantha olhou de novo pela janela.

— Não estou tentando prejudicar você.

— Então *não tente*. Garrett e eu... aquilo foi muito tempo atrás. Não quero ver meu nome na imprensa.

— Não se trata de uma reportagem. Estou aqui porque quero que saiba que não foi um acidente. Não importa o que leia na imprensa, a sua morte, ele não se afogou.

Samantha olhou para ele.

Houve uma batida de palmas na frente da sala. A sessão havia começado. Todo mundo estava de pé agora, de frente para o professor de ioga, sua voz profunda e melíflua enquanto ordenava que se distendessem em direção às estrelas em busca do seu centro.

— *Por favor, vá embora* — disse Samantha. — Vai criar problemas para mim.

— Estou tentando ajudá-la — Jimmy aproximou-se dela, sussurrando. — Sei da carta que escreveu para ele. Sei das fitas...

— Não escrevi nenhuma carta a Garrett.

— Ouça. Não foi um acidente. Walsh foi assassinado.

O suor escorria pelos braços de Samantha enquanto ela se alongava na direção do teto.

— Há muito tempo que eu já não me importava se Garrett estava vivo ou morto.

— Sei que não é assim, Samantha.

— *Sra. Packard.*

— A boa esposa... era assim que Garrett Walsh a chamava. Falei com ele poucos dias antes de ser morto. Ele amava você.

Samantha Packard sacudiu a cabeça.

— Não, não me amava. Gostaria que tivesse amado, mas...

— A fala é uma distração — entoou o professor. — O ego é uma distração. Dêem atenção só ao vazio interior.

Jimmy aproximou-se de Samantha Packard, não ligando para quem os visse, querendo que ela admitisse o que ele já sabia. Sentia-se claustrofóbico no calor, o ar úmido o oprimia.

— Ele amava você, Samantha. Custou-lhe tudo, mas não o impediu de ir até o fim.

— Amor é um termo que Garrett jamais usou na minha presença. Nem uma vez. *Nunca.*

Samantha Packard conseguiu falar sem mexer seus nervos faciais.

Em sintonia com as demais colegas, inclinou-se lentamente para a frente, as costas retas, os braços apontados para trás.

— Agora saia daqui.

— Acho que você corre perigo.

— Você é que está me *colocando* em perigo.

— Vou deixar meu cartão na recepção.

— Não faça isto.

— Me ligue para a revista, então.

O professor de ioga avançou sobre Jimmy.

— Você está perturbando a harmonia da classe.

Suas mãos se agitaram no ar e Jimmy pensou em facões de mato ceifando galhos na selva.

— Faça silêncio ou então vá embora.

— Foda-se.

Jimmy apanhou sua toalha.

— Me ligue — disse para Samantha, mas ela não olhou para ele.

Capítulo 27

A tomada era sempre a mesma: interior do chalé de praia de Walsh, grande angular moderada. A lente da câmara era minúscula e perdia-se um pouco da resolução por causa dela, mas ele não se importava — as imagens tinham sua própria clareza terrível. Preferia observar através de olhos semicerrados, num devaneio, conduzido pelo som de suas vozes, imaginando-os a caminho do seu encontro, antes de a câmera começar a rodar. Walsh teria parado o carro na garagem de vaga única do chalé, naturalmente, enquanto ela estacionara a alguns quarteirões de distância, fora das ruas principais, olhando talvez as vitrines no percurso, assegurando-se de que não fora seguida e então, num passo apressado, atravessando a rua e entrando, lar doce lar, longe do seu lar.

Recostou-se na cadeira enquanto o filme rodava, olhos fechados agora, escutando. Podia ouvir Walsh se gabando do dia de filmagem e ela lhe dizendo que não estava interessada. Walsh gostava daquilo — o desinteresse dela o excitava quase tanto quanto o fato de ser a mulher de outro homem. A sua mulher. Ela parecia ligeiramente ofegante agora, dizendo algo sobre não ter muito tempo, quase nenhum tempo, que não podia ficar longe de casa, e Walsh gemia, e se os dois estivessem mais perto do microfone ele poderia ouvir a abertura de um zíper. Em algumas das gravações ouvira sons deste tipo — zíperes e sapatos caindo, às vezes até o rasgar de tecido com os gemidos e grunhidos, os gritos, a ânsia desesperada, toda uma sinfonia da foda.

O áudio nesta gravação particular não captara estes pequenos detalhes. Havia apenas uma câmera de vigilância no chalé, uma câmera/microfone escondida numa reentrância da parede que dava para a cama. Era uma peça de equipamento notável, a lente de alta resolução do tamanho de um rolamento, os sons e as imagens dos amantes digitalmente capturados e transmitidos instantaneamente para o gravador de vídeo do outro lado da cidade. Nenhuma fita para trocar no chalé, nenhuma fita para recolher. Um técnico de som de um de seus filmes instalara a câmara remota para ele numa única tarde. O homem era um russo com um visto provisório, um ex-agente da KGB provavelmente, ansioso para trocar favores. Fora mandado de volta mesmo assim quando seu visto expirou.

A voz de mulher estava mais alta agora. Num momento ouviria o som de Walsh abrindo uma garrafa de champanhe. Não precisava abrir os olhos; conhecia as gravações de cor. Cada som. Cada imagem. Mandara transferir as fitas de vídeo originais para quarenta e sete DVDs, para que as imagens nunca degradassem. Nunca. Quarenta e sete incidentes separados de adultério, cada um identificado pela data. Uma cápsula do tempo de traição. Tivera sete anos para memorizar as gravações. Para degustá-las. Para torturar-se com elas. Ouviu uma rolha de champanhe espoucar. Na hora certa. Espoucar champanhe era coisa sem classe, um desperdício da efervescência natural, mas Walsh era um proletário com um contrato para fazer dois filmes, um porteiro com imaginação vívida. Walsh deu um viva, servindo o champanhe, e sua mulher riu.

Em alguns dos DVDs as vozes eram ansiosas, em outros eram brincalhonas e, ainda em outros, particularmente nos primeiros, circunspectas, nervosas até. Havia sempre, no entanto, *sempre*, em cada um dos DVDs, uma onda intumescida de culpa em suas vozes, a titilação da traição em seus sussurros. Às vezes ouvira até o seu nome mencionado. Sim, até mesmo isso.

Abriu os olhos. Sua noção de tempo era perfeita. Na tela, sua mulher estava estendida nua no sofá de couro, suas costas arqueadas, as pernas abertas enquanto Walsh deleitava-se na sua vagina. Uma de suas pernas estava jogada sobre o ombro dele, seu pé contra a nuca, forçando seu rosto mais fundo para dentro dela.

Capítulo 28

— Diga *estrela*.

Chase Gooding empinou a cabeça contra Jimmy, aprisionando-o no seu sorriso.

— *Estreeeeela*.

— Estrela — Jimmy piscou enquanto a polaróide estourava o *flash* e cuspia uma foto.

— Obrigada — disse Chase Gooding, apanhando a foto e a câmera da mão do menino. — De volta ao palco agora — bateu palmas. — Asas nos pés, voe, voe! — Ela o viu disparar pelo corredor do minúsculo teatro, com um olho na foto que se revelava.

— Legumes, a partir do alto! Brócolis, com alma desta vez!

Fileiras de crianças vestidas como brócolis, cenouras e aspargos marchavam atabalhoadamente através do palco, cantando sobre vitaminas e betacaroteno e tudo no que Jimmy podia pensar era que não tomava ácido há anos, mas sua vida cotidiana estava se tornando cada vez mais psicodélica.

— Sua mãe pareceu estranhar quando perguntei se Chastity estava em casa — disse.

— Este é o nome que ela e meu pai inventaram para mim. *Chastity*.* Arrgh. Mudei para Chase quando ingressei no showbiz.

— Como o banco?

Chase iluminou-se.

— A maioria das pessoas não saca isso. Não conscientemente, de qualquer maneira, mas o meu nome trabalha no seu subconsciente. Associam-me com dinheiro e poder.

---

*"Castidade", em inglês. (*N. do T.*)

— Funcionou comigo. Vi você e quis logo fazer um empréstimo.
— Isto é uma piada?
— Acho que não.

Os dois sentaram-se na última fila do teatro Pequenos Astros do Amanhã, um auditório de 120 lugares numa área comercial quase de frente para a estrada, em Whittier, o vestíbulo cheio de fotografias de crianças vestidas de piratas, flores e elfos. Chase dirigia uma peça para uma escola primária local sobre alimentação sadia e nutrição, o que significava que todos os oito grupos de alimentos usavam tênis e braçadeiras de velcro.

Fazia dois dias que ele se confrontara com Samantha Packard e ela ainda não entrara em contato com ele. Não a culpava. Não havia meio de provar que era a boa esposa, *ainda* não, mas aquilo não significava que não pudesse começar a pesquisar sobre Heather Grimm, descobrir como ela fora parar na praia de Walsh naquele dia.

Jimmy examinara um velho Anuário do Colégio de Whittier na biblioteca e encontrara uma foto do Clube Dramático, na ocasião do assassinato. Havia doze garotas no clube.

— Uma grande perda — dissera a sra. Gifford, a professora de teatro de Whittier, quando lhe perguntou sobre Heather.

Segundo a professora, Heather e Chastity eram as melhores amigas, espertas e bonitas e sempre disputando o papel principal na peça do colégio. Disse que a última coisa que soubera de Chastity era que ainda morava na casa dos pais. Jimmy verificara; o número de seus pais aparecia nos registros telefônicos de Walsh. Jimmy ligou imediatamente; apresentou-se e disse que estava trabalhando num artigo sobre Heather. Ofereceu-se para encontrá-la depois do trabalho, mas ela insistira para que ele assistisse ao ensaio de hoje.

Chase tinha vinte e quatro anos agora, mas não havia mudado muito em relação à foto do anuário, a clássica garota da Califórnia: pernas compridas, bronzeada, uma loura esguia de rosto refrescante. Usava short branco e uma camisa social de homem com as fraldas frouxamente atadas na altura do diafragma. Provavelmente levara meia hora para conseguir que o nó da camisa caísse tão perfeitamente acima do seu umbigo. As gêmeas Monelli a teriam detestado.

Chase estendeu a mão debaixo da sua cadeira, puxou um grosso livro de recortes e colocou-o no colo. Uma capa de *Entertainment Weekly* fora colada na frente do caderno, com o rosto de Chase superposto ao de Julia

Roberts enquanto aceitava o prêmio da Academia. Bateu na foto com uma unha.

— Veja, sonhe, *seja* — é o meu lema.

— Pode contar com o meu voto.

Jimmy não a estava divertindo, você precisava acreditar em causas perdidas para ter alguma esperança. Se toda pessoa levasse em conta as probabilidades adversas, ninguém sairia da cama de manhã, o mundo inteiro ficaria escondido debaixo das cobertas.

Chase examinou sua foto polaróide com Jimmy enquanto folheava o livro de recortes, parando numa seção intitulada "Chase e os VIPs". Passou cola de bastão nas costas da foto e cuidadosamente a afixou junto a uma polaróide em que aparecia de pé ao lado de Hugh Hefner num clube noturno, o rei das coelhinhas, branco como cera e cadavérico, os dentes postiços coruscantes.

— Sinto-me honrado.

— Reconheci seu nome assim que ligou. Tenho uma assinatura da *Slap*.

Chase virou as páginas mostrando fotos suas com Erik Estrada, Heather Locklear, o homem da meteorologia do Canal 13, Regis Philbin, Vince Vaughan, Ronald McDonald, Johnnie Cochran e a mulher que interpretava Buffy, a Caça-Vampiros.

— Tenho assinaturas de vinte e três revistas, embora na verdade estejam no nome do meu cachorro — ela riu. — Assim, quando chegam as contas, eu jogo fora e eles nada podem fazer.

— Esperta.

— Conhece Tom Cruise?

— Ah, não.

— E John Travolta?

— Lamento que não.

— Ah, *pô*. — Sua boca perfeita fez um breve esgar. — Sou cristã, mas ouvi dizer que a cientologia é a religião mais popular em Hollywood. Queria saber se valeria a pena me converter. Do ponto de vista da carreira, quero dizer.

— Talvez pudéssemos falar sobre Heather. Posso pedir uma pesquisa sobre cientologia para você quando voltar à redação, e ver se seria um bom lance para a sua carreira.

Tocou no pulso dele, o livro de recortes deslizando sobre uma perna nua.

— Isto seria tão *legal*.

Deu uma olhada nos legumes dançantes.

— Guloseimas! Entrem no palco à esquerda!

Esperou que um grupo de barras açucaradas e biscoitos de chocolate se atropelasse palco acima, antes de se virar para Jimmy.

— Onde é que estávamos?

— Ia me contar sobre você e Heather. A sra. Gifford disse que vocês eram grandes amigas.

— As *melhores* amigas que já existiram — e Chase bateu com a palma da mão no coração para provar.

— Tem um belo bronzeado. Vocês duas iam à praia juntas?

— Mesmo que não conheça Tom Cruise ou John Travolta, aposto que trabalhando na *Slap* deve conhecer um montão de gente famosa.

— Algumas.

— Foi o que pensei. Sabe, é tão interessante você me telefonar perguntando sobre Heather depois destes anos todos. Não vai acreditar quem me ligou uns dois meses atrás. Tente adivinhar.

— Garrett Walsh.

Deu um tapa no joelho dele.

— Você trapaceou — e rosnou para ele, com um ar engraçadinho. — Acredita que o homem me telefonou e queria se encontrar comigo? Depois do que ele fez à coitada da Heather? Acredita nisso?

— Tirou uma foto de vocês dois?

Chase bateu no joelho dele de novo, mais forte desta vez.

— Vou ter de tomar cuidado com você. É muito espertinho.

Folheou o livro de recortes até a seção intitulada "O Encontro de Raspão de Chase com a Morte" e lá estava a foto polaróide dela tocando cabeça com Walsh, os dois olhando para a câmera.

— Pensei que ele estivesse voltando em grande estilo, mas olhe só as suas roupas. Cheirava mal, também — esfregou a foto com um dedo. — Estou bem, não estou? Você poderia achar que eu estava me divertindo com ele, mas está enganado. Isto é representar. Tenho um diploma em artes teatrais pela Universidade do Condado de Orange. Média quatro-ponto-zero, também — ela amaciou a foto do livro de recortes. — Garrett Walsh me perguntou se eu ia à praia com Heather, exatamente como você fez. Queria saber se tínhamos ido a Hermosa Beach antes e de quem fora a idéia.

— E o que disse a ele?

Olhou para Jimmy e seus olhos eram claros, de um azul de água doce.

— Eu lhe disse para se foder e morrer.

Olhou para o palco.

— Guloseimas!

Barras de doce se entrechocaram, assustadas.

— Não estou sentindo o perigo! Me ameacem! Quero sentir!

Virou-se para Jimmy.

— Vi sua foto na *Slap* deste mês. Gosto muito de uma caça ao monturo. O que é que uma garota precisa fazer para ser convidada para uma dessas festas?

— Vou falar com Nino.

— É só isso? Sempre soube que era questão de conhecer a pessoa certa — Chase sorriu para ele e era um sorriso tímido, inocente como leite, mas podia ver os lóbulos de suas orelhas se enchendo de sangue. Ela folheou a seção "Chase e Heather". — Como pode ver, Heather e eu éramos uma dupla regular de ratos de praia — disse, apontando para as duas posando montadas na foca de bronze de Seal Beach. — Naquele último verão, pelo menos.

As páginas seguintes estavam cheias de instantâneos das duas garotas deitadas na areia, jogando *frisbee* e brincando nas ondas. Chase parecia mais jovem, mas Heather podia facilmente ter passado por dezoito anos — não admira que Walsh tenha sido enganado.

— Onde foi tirada esta?

— Sunset Beach. Íamos regularmente a Sunset. Os melhores garotos estavam lá.

— E quanto a Hermosa?

Chase olhou para o palco e então para Jimmy.

— Umas duas semanas antes, antes dela morrer, começamos a ir até lá. Heather disse que estava cansada de Sunset. Eu não estava, mas era Heather quem sempre mandava.

— Deve ter visto o chalé de Walsh na TV depois que ela foi assassinada. É aquela a área aonde vocês iam?

Chase concordou com a cabeça.

— Você não imaginaria que uma casa tão pequena custasse tanto dinheiro. Tem uma casa na praia também?

— Como vocês foram parar naquele determinado lugar?

— Não sei. Quem se lembra de coisas assim? Simplesmente estacionamos o carro e começamos a caminhar até que encontramos um lugar para nossas esteiras.

Chase apertou o nó em sua camisa.

— Foi Heather provavelmente quem decidiu. Era muito egoísta.

— Você e Heather foram juntas à praia todo aquele verão, mas não no dia em que ela foi assassinada.

— *Devíamos* ter ido lá juntas, mas no último minuto Heather ligou e disse que ia ficar em casa. Simplesmente assim. Nem chegou a pedir desculpas. Como se meus sentimentos não contassem. E então foi a Hermosa sem mim.

— Depois que ela foi assassinada, você contou a alguém que ela havia mudado de plano?

— Tom Cruise já apareceu nessas festas de caça ao monturo?

— Contou à polícia que ela mudara de idéia?

— Não, mas um homem num terno elegante veio a nossa casa, disse que soubera que Heather e eu queríamos entrar para o *show business*. Achei que era um agente ou produtor, mas meu pai o colocou contra a parede e o homem admitiu que trabalhava para um dos advogados de Walsh. Meu pai quase bateu nele.

Chase sacudiu seus cabelos e Jimmy sentiu o cheiro do seu perfume.

— Acredita em anjos da guarda? Bem, não fosse o meu anjo da guarda seria eu a assassinada naquela casa naquele dia, não Heather.

Jimmy olhou para ela.

Chase folheou seu livro de recortes, seus dedos sabendo exatamente aonde ir, direto na seção intitulada "O Concurso de Beleza de Chase". A primeira página mostrava uma Chase mais jovem vestindo um modelo para a noite, curto, e uma faixa amarelo-vivo.

— Participei do concurso de Miss Whittier Jovem, com Heather. Ela ganhou e eu fiquei em segundo lugar. Eu *teria* ganho, mas meu rosto entrou em erupção na noite anterior, um verdadeiro Vesúvio, e nenhuma maquiagem no mundo seria capaz de disfarçá-lo.

Tocou no rosto de Jimmy.

— Homens, vocês podem ter um olho roxo e isso os torna ligeiramente *sexy*. Mas para uma garota qualquer imperfeição... esqueça.

Olhou para sua foto de segunda colocada.

— Não fosse por aquelas espinhas, eu teria vencido, não Heather. E então seria eu na casa de praia com minha cabeça esmigalhada.

Jimmy ficou confuso.

— Acha que ter ganho o concurso foi o que levou Heather à sua morte?

— Nós preferimos chamar de *certame*.

Chase virou a página, examinando suas fotos com Heather, abraçadas, agarrando-se para as câmaras.

— Por que mais Garrett Walsh teria feito amor com ela? Era bonita, mas sem aquela coroa dourada, não seria ninguém.

— Chase, como é que ele teria sabido que ela era a Miss Whittier Jovem?

— Ela decerto *contou* a ele, seu bobo. Foi talvez a primeira coisa a sair da sua boca.

Chase virou a página, distraída agora. A maioria das fotos nesta seção eram de Heather.

— Sei disso porque era o que eu teria feito.

Jimmy estava com dor de cabeça. O Açougueiro — Darryl — batera nele com uma bola de basquete. Chase o fazia com a sua conversa.

— Naquela última semana Heather parecia diferente? Falava sobre alguma nova pessoa que tivesse conhecido?

Chase encolheu os ombros e virou a página.

— Estas são algumas fotos que fiz em roupas de banho num desfile de moda esportiva. Uma porção de atrizes começa a carreira como modelo.

— Heather estava mais excitada do que de costume? Comprando um monte de roupas, cheia de planos grandiosos?

— Devia tê-la ouvido falando a respeito de sua nova agente — Chase virou página e sorriu diante de sua própria fotografia. — Uma agente de *Los Angeles*. Cheguei a ficar cansada de ouvi-la se gabar...

— Quando foi que conseguiu a agente?

— Pouco depois de ter ganho o certame. Acredita nisso? Ninguém mais conseguiu uma agente depois de se eleger, pelo menos não como Miss Whittier Jovem. Era como conseguir um emprego fazendo desfile de moda esportiva no Tustin Mall ou...

— Qual era o nome da agente?

Chase tocou com o dedo numa foto de si mesma num desfile de *lingerie*, um conjunto levíssimo de sutiã e calcinhas vermelhos.

— Acha que preciso aumentar os seios? Seja sincero.

Jimmy podia sentir o próprio coração batendo.

— A agente. Como se chamava?

— Acha que Heather teria contado a *mim*? Provavelmente tinha medo de que eu a roubasse. A única coisa que me falou foi que sua agente era do tamanho extragrande, com uma cabeleira imensa e um montão de anéis brilhantes. Heather achou aquilo *tão* Hollywood.

Chase amaciou o canto enrolado de uma foto.

— Devia ter sido *minha* agente. Se meu rosto não tivesse entrado em erupção...

— Heather falou a mais alguém sobre essa mulher com a cabeleira imensa?

— Só à sua mãe. Era um grande segredo. Só me contou para me esfregar na cara — Chase sorriu para si mesma. — Acho que eu acabei rindo por último. Aquela sua agente não compareceu sequer ao enterro de Heather. Procurei por toda parte uma mulher com os cabelos enormes e um montão de anéis; abordei uma porção de pessoas que pareciam do ramo e disse que estava procurando representação, mas olharam para mim como se fosse maluca. Que desperdício. Levei meu portfólio e tudo.

Jimmy olhou para ela.

— O quê? Não faria o mesmo se estivesse no meu lugar?

— Essa agente estava presente ao concurso de beleza? Talvez os organizadores pudessem...

— Eu lhe disse que não era um concurso de beleza, mas um *certame*, e não, a agente não estava lá. Heather disse que foi o fotógrafo do certame, o que estava tirando as fotos oficiais, que a colocou em contato com a agente. Se soubesse disso então, eu teria tratado melhor o pequeno patife. E não, também não sei o nome dele. O jeito como olhava para Heather me fez sentir que eu não passava de uma leitoa dentro de um vestido ao lado dela. Não pense que ela não adorou isso também.

Jimmy pegou o livro de recortes.

— Dá licença?

Voltou à primeira foto, à foto 18x24 de Chase com o seu sorriso de vice-campeã.

— Esta é a fotografia oficial, não é?

— Sim.

— Posso? — Jimmy já havia começado a descolar a foto, tomando cuidado para não rasgá-la no verso. COPYRIGHT BY WILLARD BURTON estava carimbado nas costas da foto.

— Pô, Jimmy, por que está tão feliz?

Capítulo 29

Helen Katz já estava embriagada quando Holt entrou no Blue Grotto. Conseguira uma cabina premiada no canto mais afastado da rua e estava estirada ali sozinha, fumando um cigarro debaixo da placa de proibido fumar. Sua mesa estava abarrotada de garrafas de cerveja e uma tigela de amendoim salgado quase vazia. Nenhum dos outros tiras no local se aproximou dela, formando grupinhos de dois ou três ao longo do bar, principalmente homens, mas algumas mulheres também, os tiras uniformizados batendo nos ombros um do outro enquanto assistiam ao jogo na TV suspensa acima de suas cabeças, ou sentados nas outras cabinas maldizendo o dia, os chefes, as gangues juvenis, os civis estúpidos, os carros de patrulha com as molas estouradas. Katz estava embriagada, mas viu Holt imediatamente. Não foi a única.

Holt examinou o bar lúgubre e caminhou até o bar onde se enfiou ao lado de dois agentes de narcóticos aposentados e beberrões. Disse algo a Rufus mas teve de se repetir algumas vezes até que ele acenasse com a cabeça. Havia algo no espetáculo de Holt apoiada no balcão com seu vestido de grife, olhando, através do espelho do bar sujo de titica de mosca, para uma rede de pescar dependurada, uma sereia dourada e peixes de madeira entalhados presos à rede — aquilo deixou Katz puta nas calças. Holt não fazia parte daquilo ali. Se quisesse falar com Katz — e que outra razão teria para entrar num reduto de tiras numa área comercial de Anaheim? — podia ter telefonado, deixado um recado, mandado uma porra dum pombo-correio. Cabeças se viraram acompanhando o avanço de Holt através da sala lotada e isto também não melhorou o humor de Katz.

— Espero que não se importe com um pouco de companhia, Helen — disse Holt, deslizando para dentro da cabina.

— Não gosto de mulheres bonitas.

— Posso entender isto.

Katz sentiu suas faces avermelharem.

— Jimmy a mandou para pedir um favor? Acha que vou lhe dar mais colher de chá do que a ele?

— Jimmy não sabe que estou aqui — Holt virou-se assim que Rufus trouxe dois copos e uma garrafa de tequila de agave azul. — Obrigada.

Katz esperou até que Rufus se arrastasse para longe.

— É meu aniversário?

— Lembrei que era o que estava bebendo no velório de Mack Milner.

— Bebi porque era de graça e geralmente não posso pagar bebida cara. Não quer dizer que goste disso — falou Katz.

Holt serviu-se uma dose dupla e a bebeu num movimento suave, seus olhos em Katz o tempo todo.

— Então tome sua cerveja.

Katz sorriu e encheu o outro copo. A tequila era tão quente e reconfortante quanto lembrava, e desceu queimando até o fundo. Encheu de novo seu copo e fez o mesmo para Holt, notando como as mãos da outra detetive eram pequenas, lisas e brancas. As mãos de juntas grossas de Katz pareciam patas em comparação. E daí? Deixe Holt tentar perseguir um motoqueiro maluco com aquelas mãos tratadas por manicura. Verificou o bar e viu Wallis observando as duas; ele virou o rosto, assumindo um interesse súbito na torneira de cerveja à sua frente. Boa idéia. Wallis ainda guardava bronca contra Katz por tê-lo expulso da cena do crime de Luis Cortez, mas não o suficiente para tentar encará-la.

— Você tem um admirador — disse Holt.

— É um trabalho solitário, mas alguém tem de fazê-lo.

Normalmente, Katz teria arrancado a cabeça de Holt por um comentário daqueles. A boa bebida devia estar deixando-a mole.

— Acha que o júri vai indiciar Strickland? Um oficial do tribunal me disse que algumas de suas testemunhas estavam indo para o sul. Eu detestaria ver aquele patife sair desta.

— Eu também — Holt bebericou seu segundo drinque, observando Katz. — Soube que se envolveu numa altercação no escritório do legista.

— Eu não entro em *altercações*, minha senhora.

Holt cobriu com a sua a mão de Katz que segurava a bebida.

— É *Jane*. Ou *detetive*.

Katz olhou para a mão de Holt, mas Holt não a retirou. Katz gostou daquilo.

— Houve uma discussão — disse Holt, recostando-se, levando a mão consigo.

— Eu me meto em muitas discussões. O que é que há de importante nesta?

— Jimmy acha que o dr. Boone cometeu um erro na autópsia de Walsh. Na verdade, ele acha um monte de coisas, mas nenhuma delas tem valor a não ser que o relatório do legista estivesse errado, e...

— E quando soube que me peguei com o Boone achou que Jimmy tivesse razão?

Holt acenou com a cabeça e terminou seu drinque. A mulher segurava bem a bebida. Katz gostou disso também.

— Ele é um cabeça-dura — disse Katz.

— É um chute no saco — disse Holt.

Tilintaram os copos. Katz degustou o seu drinque, deleitando-se na lenta sensualidade do agave. Holt parecia cansada. De perto dava para ver rugas nos cantos de sua boca e círculos escuros sob seus olhos.

— Preocupa-se com ele?

Holt atravessou-a com o olhar.

Katz acendeu outro cigarro.

— Jimmy me falou de uma carta de amor que Walsh recebeu na prisão e de um roteiro que estava escrevendo.

Soltou uma baforada de fumaça.

— Uma lorota sobre um marido zangado que queria se vingar de Walsh, zangado o bastante para incriminá-lo por assassinato, zangado o bastante para afogá-lo num tanque de peixes e fazer com que parecesse um acidente. Conhecendo Jimmy, tenho certeza de que há outras coisas que não me contou.

Soprou um anel perfeito de fumaça, um halo pairando sobre a cabeça de Holt.

— Não sei se Jimmy está realmente na pista de algo. Resolvi apenas lhe dar o benefício da dúvida.

Holt ergueu uma sobrancelha.

— Por quê?

— Por quê?

— Por que *você* lhe daria o benefício da dúvida?

— É um enigma, não é? — Katz deslocou o centro do seu peso. Seu terno cinzento amarrotado, sem goma, cabia-lhe como uma pele de hipopótamo e ela sabia disso.

— Ele fez uma boa ação, um favor para um garoto morto que eu conhecia. Não se deu ao trabalho sequer de me contar. Comecei a pensar que talvez estivesse errada a respeito dele.

— Talvez estivesse.

— Não se preocupe, não vou ao ponto de querer usar um suéter com a inicial dele no peito.

Holt gargalhou, mas não estava rindo de Katz. Simplesmente achou engraçado e Katz riu com ela.

— E então, o que aconteceu no escritório do legista? Boone estragou *mesmo* a autópsia?

Katz sacudiu a cabeça e esmagou o cigarro contra o lado da mesa.

— Tudo o que sei ao certo é que não gosta de ter seu trabalho questionado. Não vai gostar de muitas outras coisas até que eu acabe com ele.

Inclinou-se subitamente sobre a mesa.

— Só por mera curiosidade, quem Jimmy pensa que é o marido zangado?

— Jimmy também não tem certeza.

— Mas tem uma idéia — disse Katz. — Um cara como Jimmy, *teria* de ter uma idéia.

— Sim, nunca faltaram idéias a Jimmy.

Esbarraram as mãos em busca da garrafa e Katz cedeu, deixou Holt servir.

— Sabe quem é Mick Packard?

Katz apertou os olhos, sua cabeça latejando da tequila misturada com a cerveja.

— O ator? Mr. Macho? *Ele* é o marido zangado?

— Jimmy acha que sim.

Katz observou-a.

— Mas você não.

Holt encolheu os ombros.

— Jimmy falou com a mulher de Packard, Samantha. A mulher admitiu que teve um caso com Walsh faz muito tempo, mas disse que nunca escreveu uma carta a Walsh. Disse também que Walsh nunca chegou a dizer que a amava.

— E daí? Eu também mentiria se isso me livrasse do perigo. Mick Packard tem a fama de possuir um gênio do cão e não receia demonstrar isso.

Holt circulou o dedo indicador pela borda do copo, sem parar.

— Jimmy disse a mesma coisa. Samantha achou que ele estava escrevendo um dossiê e ficou apavorada. Sabia do que seu marido era capaz... foi por isso que mentiu.

— Faz sentido para mim.

Holt ergueu o olhar do seu drinque.

— Não para mim. Uma mulher mente sobre uma porção de coisas. Mente sobre sua idade, seu peso, até sua vida sexual. Mas negar que um homem tivesse dito algum dia que a *amava*? — sacudiu a cabeça. — Uma mulher não mente sobre isto.

Katz olhou para ela e finalmente concordou com a cabeça. Holt sabia o que estava fazendo.

Holt deu uma olhada na sala e inclinou a cabeça para Katz.

— Jimmy podia estar errado sobre Mick Packard, mas se estiver certo sobre o fato de que Walsh foi assassinado — seus olhos estavam resolutos — se ele estiver *certo* sobre isto, então quem matou Walsh não vai gostar de ver Jimmy fazendo perguntas.

— Está preocupada com ele?

— Jimmy corre riscos demais.

Katz sufocou um arroto.

— Considero isto uma das poucas boas qualidades dele.

Holt riu, tocou o copo de Katz com o seu e as duas viraram suas doses.

Katz mal podia manter a cabeça erguida.

— Não vamos precipitar as coisas. Não sei se Walsh foi assassinado. Duvido que tivesse sido. Simplesmente não gosto de ver Boone bancar um idiota quando lhe faço algumas perguntas.

Capítulo 30

Jimmy encostou-se no seu carro, observando a garotada em roupas de banho passar arrastando os pés, carregando caixas de isopor e aparelhos de som a caminho da praia. Estacionara na avenida à beira-mar de Hermosa Beach, estacionara bem à frente do chalé de praia de Garrett Walsh, parte de uma fileira de barracos de um milhão de dólares construídos no meio da areia, encostados um no outro e separados da rua por uma viela estreita.

Um caminhão buzinou para um patinador que corria pela avenida litorânea, acompanhando o trânsito matutino, desligado de tudo em seus fones de ouvido. Um trio de colegiais atravessou a viela e começou a descer por uma trilha de acesso à praia, suas vozes agudas e ávidas como trinados. Seria talvez o caminho que Heather Grimm tomara naquele dia. Uma das garotas era loura como Heather, com uma viseira de sol Hawaiian Tropic e sua juventude evidente na tanga. Levava uma cadeira de praia dobrável, tropeçando ligeiramente ao passá-la para o outro ombro e olhando à sua volta, receosa de que alguém tivesse notado sua falta de jeito. Queria gritar para ela, lembrar que era sexta-feira e que devia estar na escola. Sacudiu a cabeça. Está ficando velho, Jimmy.

Brimley deveria chegar a qualquer momento. Tinha voltado de sua pescaria e estava provavelmente cansado, mas ia fazer a viagem de Ventura até ali, de qualquer modo dizendo sentir-se comprometido com Jimmy. Era um gesto generoso. "Sim, Sugar era um verdadeiro anjo, sempre pronto para dar uma ajuda" — foi o que Lashonda lhe dissera enquanto monitorava telefonemas para a sua linha especial mediúnica. Aquilo devia ser suficiente para Jimmy, mas não era. Havia alguma coisa mais que o incomodava no fato de um detetive de folga prender-se a uma chamada de perturbação da ordem. Não pegara Brimley em nenhuma mentira. O homem contara a verdade sobre como conseguia viver na marina Blue Water: a gerência lhe dava um abatimento em metade das taxas de ancoragem e de todos os serviços. Seu próprio barco carregava uma hipoteca de sessenta e oito mil dólares. Talvez Lashonda estivesse certa, mas ontem, depois de entregar na redação o perfil de Luis Cortez, Jimmy dirigira até o antigo apartamento de Brimley.

Os antigos vizinhos disseram que Brimley mantinha sua TV sempre em volume baixo, recolhia suas latas de lixo da rua assim que eram esvaziadas, e gostava de presenteá-los com os peixes que pegava. O Detetive Maravilha. Só no percurso de volta ao escritório Jimmy se deu conta de que o apartamento de Brimley ficava ao norte da estação policial de Hermosa Beach e o chalé de Walsh ficava ao *sul*. Todos os relatos dos jornais sobre o crime disseram que Brimley estava a caminho de casa quando ouviu a denúncia de barulho no rádio, e afirmar estar a poucos quarteirões de distância. Então o que fazia Brimley nas redondezas de Walsh quando ouviu a chamada?

— Desculpe. Estou atrasado — falou Brimley atrás dele, apressando-se ao longo do caminho que cortava de Hermosa Avenue até a avenida litorânea, os chinelos de dedo produzindo estalidos a cada passo. O homem carnudo vestia short e uma camiseta desbotada do Bimini Tarpon Derby. Em vez de suas anotações carregava uma caixa de roscas Kreamy Kruller, sorrindo. — Tive de parar para comprar suprimentos. Você precisa provar uma.

— Não, obrigado.

Brimley deu-lhe uma, mesmo assim, a rosca do tamanho de uma esponja de banho.

— Vamos.

Jimmy deu uma mordida e creme doce e morno esguichou em sua boca. Uma delícia.

Brimley pegou uma rosca para si.

— Não existem lojas da Kreamy Kruller em Ventura. Provavelmente é excelente... senão eu estaria do tamanho de uma vaca-marinha.

Olhou para o carro de Jimmy.

— Cuide bem do seu tempo. As fiscais de parquímetro aqui não têm coração.

Jimmy deu outra mordida. Tentou ver Brimley como ele era — não como um aposentado amigável, mas como o homem que poderia ter ajudado a incriminar Walsh por assassinato. Quem melhor a ser usado para uma armadilha do que o oficial da detenção?

— Como foi sua pescaria, Sugar?

— Não peguei nada. Acho que me viram chegando — Brimley apertou os olhos. — Sua fachada está ótima. Você cicatriza rápido. Deve ser útil no seu ramo de atividade.

Jimmy atravessou a rua como um dardo quando o trânsito amainou, e Brimley esforçou-se atrás dele.

— Lá está ela — Brimley apontou para a velha casa de praia de Walsh, um chalé de madeira com uma varanda da frente afundada. — Walsh a doou à sra. Walsh numa ação civil, se estou lembrado.

— Ela teve que dividir com os advogados dele. A casa foi vendida e revendida desde então — Jimmy apontou com a cabeça para os densos arbustos que cercavam o chalé. — A cerca viva estava alta assim na ocasião do assassinato?

— Mais alta. Era tecnicamente uma violação de código, mas somos muito relaxados aqui. A não ser que haja uma queixa.

— Então a cerca viva teria abafado o ruído do interior do chalé. Intriga-me como alguém caminhando e passando por aqui tivesse ouvido qualquer coisa.

— Nós dois pensamos igual — Brimley lambeu os dedos. — Quando ninguém apareceu para levar o crédito pela chamada nove-um-um, eu voltei aqui dois dias depois, na mesma hora em que a chamada original foi feita. Começo da noite. O trânsito estava leve. Música alta podia ser ignorada, mas quem telefonou disse que havia uma mulher gritando lá dentro. Fiquei parado ali e achei que era *possível* ouvir o barulho da calçada.

Jimmy seguiu na direção da praia, Brimley ao seu lado, a caixa de roscas apertada debaixo de um braço, os dois se arrastando na areia fofa. Jimmy parou depois de alguns passos e tirou seus tênis, ficando descalço. A praia estava pontilhada de grupos de pessoas deitadas sobre toalhas, colegiais na maioria, poucas famílias também. *Frisbees* traçavam arcos sobre a areia. Adolescentes desfilavam pela beira d'água, os dedos dos pés chapinhando, estudando uns aos outros. Uma partida de vôlei estava em andamento e um sujeito corpulento fazia flexões na areia tentando preparar um saque forçado. Sua namorada deu-lhe uma esnobada quando ele se levantou.

— Bonitos, não são? — disse Brimley. — Não acredito que eu tenha sido jovem assim algum dia. Jimmy parou no lado da praia que dava para o chalé, tentando ver o que Heather Grimm vira naquele dia. O deque se estendia por uns três metros da casa, cercado por uma mureta da altura da cintura.

— Aquele muro é novo — disse Brimley. — Walsh gostava de uma vista sem nenhuma obstrução do deque. Tinha duas espreguiçadeiras lá fora, para que pudesse acompanhar a movimentação.

— Teria funcionado em mão dupla. Da praia você podia ver o interior da casa.

— Contanto que as cortinas estivessem abertas. Estavam bem fechadas quando cheguei lá naquela noite.

Brimley remexeu na caixa aberta.

— Dei uns telefonemas — disse negligentemente, então finalmente escolheu uma rosca e olhou para Jimmy. — Fiquei sabendo que não foi completamente sincero comigo lá no meu barco. Estou um pouco sentido.

Jimmy sentiu o estômago como se estivesse de novo no elevador de vidro de Danziger, descendo até o fundo.

Brimley deu uma grande mordida, o recheio vermelho escorrendo por seu queixo.

— Lembra quando eu disse que tinha lido algo a seu respeito, algo sobre ter salvo a vida de um tira, e você me deu a entender que não fora nada, que estava no lugar certo na hora certa? — e exibiu um sorriso de framboesa. — Que piada. Você não somente salvou a vida de um tira — você matou um cara para fazer isso. Um cara grandão, ainda por cima, quase cento e quarenta quilos de maldade pura, pelo que eu soube.

Colocou o braço em volta de Jimmy.

— Nunca cheguei a disparar minha arma no cumprimento do dever. Nem uma vez. Só a descarreguei no estande de tiro da polícia, mesmo assim só alcancei o mínimo de competência, e aqui está você salvando a vida de um tira.

A brisa do oceano revolveu a areia. Jimmy olhou ao seu redor, evitando o olhar de Brimley.

— Aqueles chalés estão colados um no outro. Nas suas entrevistas, alguém mencionou ter visto alguma pessoa rondando a casa de Walsh naquela noite? Alguém que não pertencia às redondezas?

— Quem, por exemplo? — Brimley remexeu na caixa de roscas, mas não pegou nenhuma. — Acha que havia alguém na praia vigiando a casa? Uma testemunha que eu perdi? — ficou pensando sobre isto. — Acho que é possível, mas não sei se é importante.

Pinçou outra rosca da caixa.

— Não precisávamos de testemunhas. Cara, quase nem precisamos do legista, do jeito que Walsh se pôs a confessar tudo. Li os seus direitos para ele, mas continuava falando sem parar. Ficou me dizendo como se arrependia até chegarmos à delegacia.

— Não estou criticando. Dou-lhe muito crédito. Você havia acabado um turno completo quando ouviu a policial no seu rádio. Devia estar louco para chegar em casa e chutar os sapatos para longe. A maioria dos tiras continuaria dirigindo o seu carro. Não era uma chamada para você. Portanto, não se preocupe, Sugar, você não vai ser o cara mau na minha reportagem.

Um naco de creme de chocolate escorreu da rosca sobre a camiseta de Brimley.

— É capaz de guardar um segredo?

— Alguns.

— Pô, um cara que salvou um tira, acho que posso contar a você — só não coloque isso no artigo — Brimley inclinou-se e aproximou-se mais, sua testa brilhando de suor. — Eu *não estava* a caminho de casa naquela noite. Não diretamente, pelo menos. Eu morava do outro lado da cidade na época, mas costumava passar por aqui primeiro quase todo dia.

Mordeu a rosca de chocolate.

— Por causa dos Kreamy Krullers. Não são gostosos? Bem, a loja em Hermosa Avenue era a única na área naqueles tempos e eu estava viciado nas bombas de noz-manteiga. Comprava uma meia dúzia depois do trabalho e, quando chegava em casa, não sobrava mais do que uma ou duas.

Bateu no amplo estômago.

— Pode imaginar a farra que as pessoas fariam com isso se os jornais tivessem descoberto? Tiras e lojas de roscas... Jay Leno passaria um mês fazendo piadas à minha custa.

— Era *isso* o que fazia aqui naquela noite?

Brimley encostou um indicador nos lábios.

— Shhhhhhh.

Jimmy sentiu a dor se esvaindo das suas omoplatas. Não percebera como estava tenso até a confissão da rosca de Brimley, a explicação oferecida sem ser pedida. Era quase sempre um erro gostar de um suspeito em potencial, querer acreditar nele. Ainda estava contente de que Brimley tivesse oferecido um motivo lógico para seu comportamento e não fazer com que ele próprio parecesse bem, mas evitando parecer idiota.

— O que é Jimmy?

— Nada. Estou *realmente* feliz em saber do seu caso amoroso com os Kreamy Krullers.

Brimley coçou a cabeça.

— Nunca vou entendê-lo.

— Se confiou a mim esse tipo de informação nociva — disse Jimmy, recuperando-se rapidamente — significa que provavelmente vai me deixar ver suas anotações.

— Você nunca desiste.

— Nunca.

Brimley enfiou a última rosca na boca.

— Estou com as anotações no porta-malas do carro. Só não se vanglorie.

Fechou a tampa da caixa.

— Chega para mim. Quer vir pegar as anotações? Não sei o que há mais a fazer aqui a não ser suar.

— Ainda não — Jimmy observou a praia. — Quero dar uma olhada. As garotas estão todas em grupos, deitadas sobre suas toalhas, conversando, passando bronzeador e estudando os rapazes por trás de seus óculos escuros. Este tipo de coisa nunca muda. Então por que Heather foi diferente? Por que veio aqui sozinha naquele dia?

— Você me perguntou isso no barco. Eu lhe disse que não sabia e nem a mãe dela sabia. Do jeito como fica me perguntando, parece que sabe a resposta.

— Não, só tenho a pergunta.

Jimmy sentiu-se tentado a contar a Brimley sobre sua conversa com Chase Gooding, contar-lhe sobre o fotógrafo que cobria concursos de beleza de adolescentes e a nova agente de Heather que não tivera a delicadeza de comparecer ao enterro. Mas ficou quieto. O bom marido não teria matado Heather ele mesmo — teria contratado alguém para fazer o trabalho. Jimmy imaginava que o homem que fizera aquilo viera por este caminho, pelo lado da praia, uma toalha jogada nos ombros. Jimmy examinou a paisagem e a linha da praia. Imaginou quanto tempo o homem ficara por ali, imaginou-o com o nariz enfiado num livro de bolso, esperando que a multidão fosse embora e a escuridão chegasse. Mais do que tudo, imaginou onde o homem estaria hoje.

— Você tem olhos de tira, Jimmy. Falo isto como um cumprimento.

— Eu aceito como um cumprimento.

— É quase uma benção, enxergar as coisas claramente, notar o que as outras pessoas deixam de notar.

Brimley encurvou seus ombros largos, os braços nus queimados do sol. Ele podia adorar o sol, mas o sol não gostava dele.

— O homicídio de Heather Grimm foi o maior caso da minha carreira, mas eu gostaria de nunca ter atendido àquela chamada. Devia ter deixado os tiras cuidarem daquilo. Ela já estava morta. Eu não conseguiria fazer nada por ela.

Sacudiu a cabeça.

— Hermosa é um departamento pequeno, provavelmente não tínhamos mais do que um ou dois assassinatos por ano. Eu vira muitas coisas antes, coisas ruins, mas nada como o que encontrei naquela pequena casa.

Jimmy só vira fotos da cena do crime; eram realmente terríveis.

Brimley sacudiu a cabeça.

— Achei que ia ser apenas outra chamada de distúrbio doméstico. Ia pedir que se acalmassem, ia seguir em frente e cuidar da minha vida. Em vez disso, a porta se abre e Walsh está ali de pé segurando aquela estúpida estatueta de ouro, sangue por toda parte, *por toda parte* e, caída perto da lareira, essa bonita garota loura com o rosto esfacelado. Tentei ressuscitação cardiopulmonar, é o que esperam que você faça, mas os dentes dela estavam espalhados pelo tapete e o tempo todo Walsh chorava como se fosse *ele* a vítima.

— Lamento, Sugar.

A expressão de Brimley endureceu.

— Sou uma pessoa gentil, mas foi preciso toda a minha força de vontade para impedir que o calasse para sempre.

— A chamada nove-um-um de perturbação da ordem, não consegui encontrar uma cópia dela.

— Não me surpreende, do jeito como arquivam as coisas. Não que o ajudasse muito. O telefonema veio da rua. Muito barulho de trânsito ao fundo, se você esperava reconhecer a voz.

Brimley começou a andar para a rua.

— Vamos lá. Pode tomar emprestadas as minhas anotações. Talvez lhe sirvam mais do que me serviram.

Jimmy acompanhou o seu passo enquanto caminhavam pesadamente através da areia.

— Acho que estava gozando de mim lá no barco — disse Brimley. — Perguntei como descobriu onde eu morava e você disse que passou o serviço para outra pessoa, mas aposto que não fez isso. Você é um cão farejador, é isso o que é.

Caminhava mais lentamente agora, os dois lado a lado.

— Conheci alguns tiras que eram assim. Recebíamos uma chamada geral para caçar uma prostituta magrela ou um ladrão de carros com trancinhas, uma descrição que caberia em metade de Los Angeles, mas no final do turno o cão farejador vinha arrastando a sua presa, agindo como se não fosse nada de mais. Nunca pude descobrir como faziam isso. Um instinto desses — é um dom.

Jimmy continuou a caminhar, não gostando do rumo que a conversa tomara.

— Eu nunca tive nenhum dom — disse Brimley, um pouco sem fôlego agora. — Sempre disse que o motivo por que me fizeram detetive foi que eu não tinha a suficiente esperteza de rua para ser um tira uniformizado. Ainda assim, quando tinha os bandidos sob custódia, bem, eles me contavam o que eu precisava saber sem a necessidade de fazer jogo duro numa sala dos fundos. Detesto esta coisa de violência, bater num homem com um catálogo telefônico ou plantar um joelho nas suas partes privadas, isto não é trabalho policial. Eu me recostava na minha cadeira e abria uma barra de doce, um Baby Ruth talvez, ou um Butterfingers, e dava uma mordida, olhando para o homem mau do outro lado da mesa. Então, subitamente, me via pedindo desculpas por minha falta de educação e lhe oferecia uma mordida. Cara, umas duas barras de doce depois já éramos velhos amigos e o mais duro dos bandidos me contava tudo o que eu quisesse saber.

Jimmy queria rir. Esta encenação era pura palhaçada. Vira o olhar que passava pelo rosto de Brimley quando achava que ninguém o estava observando. O talento de Brimley é que ele era o tira bom e o tira ruim numa só pessoa, uma combinação aterrorizante. Não admira que os suspeitos desovassem seus segredos rapidamente. Jimmy ficou contente por não ter nada que Brimley quisesse.

Capítulo 31

— Feliz agora? — Sugar não se apresentou. Velhos camaradas como os dois não precisavam de apresentações.

Silêncio na linha.

— Eu lhe disse para não fazer nada, não disse? Não mexa em casa de marimbondo, foi o que falei. Agora todo o enxame está agitado.

— Quem é?

— Sim, OK, número errado.

Esperto. Pelo menos o homem ainda tinha humor.

— Você não fez o serviço sozinho, isto eu sei. Precisa sempre de ajuda. Agora aparece este cara à minha procura, sem avisar antes, fazendo perguntas. Mais um com quem me preocupar. Alguém que precisa ficar quieto.

— Eu não fiz nada.

Sugar olhou para o Pacífico, as ondas da cor de sangue.

— "Sol vermelho na alvorada, marinheiro na calada; sol vermelho no poente, marinheiro contente." A pergunta é para você, meu velho amigo, onde estamos? Na alvorada ou no poente?

— Ouça com cuidado. Por favor. Eu não...

— Alvorada ou poente?

— Eu não fiz nada. Dou a minha palavra.

— Foi um *acidente*? — disse Sugar. — É o que está me dizendo?

— Acidentes... acidentes acontecem. Alguns homens atraem desgraças para si...

Sugar segurou o telefone levemente, admirando o pôr-do-sol. Era a sua hora favorita do dia, a quietude enchendo seu peito, acalmando seu coração.

— Os marimbondos de que falou... estou preocupado também. Confio em que possa botá-los de novo quietos?

Na beira do horizonte, Sugar observou um barco de pesca apanhado no sol que se punha, o cordame em chamas enquanto singrava para casa.

— Alô? Ainda está aí?

Sugar cortou a ligação. Deixa que *ele* se preocupe para variar.

Holt estremeceu quando o latido do cão ecoou de algum lugar abaixo.

— Pensei que o seu edifício não permitisse animais de estimação.

— Os garotos no dois-onze acabaram de ganhar um filhote — disse Jimmy, sem erguer a vista dos papéis espalhados pela mesa da cozinha. — Parece uma mistura de *dachshund* e *collie*. Gostaria de estar lá na hora do parto.

Holt fechou a janela e sentou-se ao lado dele. Abriu um dos cadernos de anotações de Brimley.

— Não posso acreditar que Brimley tenha lhe emprestado os seus rascunhos.

Jimmy folheou outro caderno, saltando páginas agora. Tinha de forçar a vista para ler a caligrafia. Era uma entrevista de rotina de um dos vizinhos de Walsh, um banqueiro que não ouvira nada na noite em que Heather Grimm fora assassinada. Não vira nada também. Um jogo de futebol passara na TV naquela noite e ele gostava de ouvir com o volume bem alto para captar o barulho da torcida. Brimley devia ter se entediado com o banqueiro — a margem do caderno estava coberta de rabiscos, varas, molinetes e veleiros. Um esboço de um marlim fisgado não estava tão ruim, o marlim saltando no ar, um sorriso estranho no rosto. Humor de pescador ou humor de tira, Jimmy não conseguia decidir.

Holt mastigava a unha do polegar enquanto olhava para a página.

— Helen Katz. Teve uma discussão na sala do legista com o dr. Boone. Bem no meio de uma autópsia. Helen talvez seja a única pessoa no mundo a confrontar um homem com uma lâmina de aço inoxidável na mão.

Jimmy ergueu os olhos.

Holt continuou lendo.

— Eu não soube de nada específico, só que era algo relacionado com as conclusões dele no caso Walsh. Um tira do departamento de polícia de

Anaheim disse que Boone tentou assumir um ar superior e Katz o desancou com tanta dureza que ele derrubou o fígado que estava pesando.

— Como foi que esse tira encontrou você?

Holt não respondeu, mas Jimmy viu o seu sorriso.

— Obrigado, Jane.

— Agradeça a Helen Katz. Acho que está apaixonada por você.

Jimmy riu.

Holt bateu na página aberta com o dedo indicador.

— Não admira que Brimley não tenha gostado da sua sugestão de que Heather foi à praia para seduzir Walsh. Este é o segundo, não, o terceiro encontro de Brimley com a sra. Grimm. Ela havia recebido uma visita dos advogados de Walsh no dia anterior. Sugeriram a mesma coisa. A sra. Grimm ficou muito perturbada, chorou. Brimley anotou que ela estava sob medicação. Tranqüilizantes — Holt apertou os olhos diante da página, inclinou-a ligeiramente. — Parece que era Valium.

— Morreu de uma overdose de Valium poucos meses depois. Valium e meio litro de vodca.

— Brimley era um bom detetive — disse Holt. — Uma porção de tiras não teria anotado o medicamento que a entrevistada estava tomando. Você pode sentir que ele está zangado, o cartão dos advogados está preso por um clipe nas páginas, com um lembrete a si mesmo para telefonar-lhes.

— Desde quando advogados de defesa dão atenção ao oficial investigador?

— Você ficaria surpreso. Às vezes um tira, simplesmente deixando claro que ele, ou ela, não vai relaxar até que seja pronunciado o veredicto, pode levar um advogado a mudar sua estratégia. Você pode achar que um promotor teria mais peso junto a uma equipe de defesa, mas não funciona necessariamente assim, porque tudo o que um promotor público tem como material de trabalho é aquilo que a polícia descobre. Um bom tira, um *tira dedicado*, pode fazer a diferença.

Jimmy olhou para ela. Sabia por que tinha diploma de advogada mas nunca praticara, por que agüentara a dureza da Academia, sendo escarnecida por suas maneiras do colégio de moças e por seu sotaque fino, finalmente merecendo o respeito ressentido dos colegas por trabalhar mais duro e mais tempo do que eles. Ela simplesmente adorava encagaçar bandidos, fossem bacanas com ternos de três peças ou gângsteres vulgares.

— Eu te amo, Jane.

Holt fingiu que não o ouviu, mas corou enquanto voltava para as anotações.

— Lembra-se daquelas transcrições que me mostrou algumas semanas atrás? A equipe de defesa de Walsh havia levado para depor duas colegas de classe de Heather que sugeriram uso de drogas e alguma atividade sexual também. Iam partir com tudo para cima dela, mas algo os dissuadiu, os fez optar pela mesa de barganha. Acho que Brimley lhes fez uma visita.

— Talvez os fizesse perceber que não ia permitir que Heather fosse agredida de novo.

Jimmy remexeu na pilha de cadernos até que encontrou aquele que queria.

— Está aqui. Sua primeira entrevista com a mãe, ele fez uma turnê completa pela casa. Listou todos os pôsteres e fotografias nas paredes de Heather, os livros na sua estante, os bichinhos de pelúcia na sua cama, até mesmo os seus *nomes*. Passei por cima disto antes, mas agora vejo o que estava fazendo.

— Exatamente. São os típicos detalhes que a promotoria adora apresentar ao júri. Fazem com que a vítima surja em carne e osso de novo, mostram ao júri quem ela realmente *era*, não a imagem que a equipe da defesa quer apresentar. Brimley defendeu Heather muito bem.

Jimmy releu a primeira entrevista com a mãe. Podia quase ouvir sua voz entrar em colapso enquanto contava a Brimley sobre a última vez que vira a filha. A sra. Grimm estava com pressa, atrasada para o trabalho. Não deu um beijo de adeus na filha, sequer a mandou dirigir com cuidado. Sempre fazia isso. Não naquele dia.

— Você está bem? — Jane tocou em sua mão. — Por que não terminamos isto depois?

— Na semana passada falei com uma mulher cujo filho fora assassinado numa ciclovia, um garoto, mal saído dos treze anos. Sentei-me na sua sala de estar e ela me contou sobre o filho enquanto sua filha traduzia. A voz dessa mulher nunca vacilou, nunca se rompeu, mas ela enxugava os olhos o tempo todo com um lenço de papel. Você acharia que era feita de aço, a não ser pelas lágrimas e, quando olhei em seus olhos, a dor não tinha fim. Nada iria preencher aquele buraco dentro dela.

Jimmy tirou um pedaço de papel dobrado do caderno de anotações.

— Agora eu leio as notas de Brimley e vejo que a sra. Grimm tinha o mesmo buraco dentro de si, só que era completamente sozinha, sem nenhuma família para ajudá-la a atravessar aquilo, simplesmente ela, dia após dia naquela casa com as coisas de Heather por toda parte e as equipes de TV acampadas na calçada. Somente ela e suas memórias.

Olhou para uma foto de Heather Grimm, uma 18x24 que Brimley copiara e colocara entre suas anotações, o rosto dela vincado no centro, bem no meio do seu belo sorriso.

Holt tomou a foto de suas mãos e colocou os braços em volta dele.

Jimmy inclinou-se para ela, sentiu seu coração batendo contra ele.

— Como é que você consegue, Jane?

— O quê?

— Sabe o que quero dizer. Como é que consegue?

— Você endurece, ou finge que endureceu.

Holt apertou-o mais forte.

— E então você vai para casa, toma uns drinques e chora sozinha. Ou com alguém em quem confia.

Jimmy ficou pensando, sentindo as lágrimas quentes de Holt no seu pescoço.

Capítulo 32

Desmond tirou um taco de madeira número um da sua sacola de golfe e mirou ao longo da haste.
— Cuide da sua língua com Trunk.
— Que quer dizer? — perguntou Jimmy.
— Trunk não gosta de repórteres, não gosta de sabichões e não gosta de garotos brancos. Você preenche as três condições.

Jimmy e Desmond Terrell aguardavam no primeiro *tee** do Golden Wedge Country Club, o campo de golfe mais exclusivo do sul da Califórnia, que rigorosamente só admitia a presença de sócios. O fato de que Napitano era membro da diretoria não teria sido suficiente para que eles entrassem no estabelecimento, mas no ano passado Nino fizera um lance de trinta e sete mil dólares num leilão de caridade do clube pelo direito de jogar uma partida de golfe com três não-sócios. Nino não perguntou por que Jimmy precisava entrar no Golden Wedge, sabia apenas que tinha a ver com a matéria em que Jimmy estava trabalhando. Nino não perguntou sobre a reportagem, também. *Surpreenda-me, meu caro garoto. Você ainda não me decepcionou*, era tudo o que ele dizia, empoleirado atrás de sua mesa, chupando ostras, seus olhos iluminados e orgásticos diante das possibilidades.

Jimmy desejou ser tão confiante quanto Napitano. Os rascunhos de Brimley lhe haviam dado algumas pistas, mas depois que Sugar o advertira sobre as garotas do parquímetro, ontem, Jimmy passara algumas horas pesquisando os registros de trânsito de Hermosa Beach. Nenhum

---

*Pequena elevação artificial de terra, areia, borracha ou madeira sobre a qual, ao iniciar-se uma partida de golfe, a bola é colocada para ser lançada. (N. do E.)

veículo registrado em nome de Mick Packard ou de sua equipe de produção fora multado no dia em que Heather Grimm foi assassinada. Nem naquele dia, nem em qualquer outro dia. Se Packard estivesse vigiando a casa de praia, mantivera o parquímetro alimentado com moedas.

O sol atravessava as árvores nas cercanias. Ainda não eram seis horas da manhã e as *fairways* estavam reluzentes de orvalho, o ar revigorante. Desmond tirou grãos infinitesimais de areia das ranhuras na madeira do seu taco com um *tee*. Era um negro grisalho de altura média, com uma pele lisa e em boa forma, calças marrons leves e uma camisa pólo da mesma cor. Seus sapatos de golfe brilhavam de tão bem engraxados. Extira, Desmond parecia mais um professor titular de universidade, de fala macia e sereno. Jimmy teria confiado a Desmond a sua vida, e com ela a verdade também — ou tanto dela quanto conhecia, pelo menos.

Desmond abaixou-se e passou a mão sobre a grama.

— Olhe só isto. Nem uma erva daninha, nem um sinal de mato ou manchas marrons. Aposto que nem o gramado da Casa Branca é tão bem cuidado. Vou perguntar ao jardineiro o que ele usa.

Era um campo maravilhoso, mas Jimmy não ligava para golfe. Só queria falar com Trunk sobre Willard Burton. Suas tentativas para localizar Burton tinham falhado; a licença do fotógrafo para cobrir concursos tinha expirado há oito anos e não fora renovada, seu último endereço conhecido ficara vago no dia seguinte à morte de Heather Grimm. Segundo Desmond, Abel "Tretrunk" Jones trabalhara nas brigadas de vício por toda Los Angeles. Trunk prendera Burton uma vez, disse que tinha histórias para contar, mas que não as contaria — nem mesmo para Desmond — sem uma partida de golfe no Golden Wedge, o "campo de golfe mais branco do Oeste". Desmond achou aquilo muito engraçado.

— Onde está ele? — perguntou Jimmy.

— Vai aparecer logo.

Jimmy apanhou um de seus tacos comprados num bazar, girou-o como um bastão de beisebol e quase acertou em sua própria cabeça. Jogo estúpido. Colocou o taco de volta no saco antes que se machucasse.

— A agente de Heather Grimm a mandou à casa de praia de Walsh para seduzi-lo. Tenho certeza disso. Só acho que Heather não imaginava em que tipo de coisa ia se meter.

— Duvido que imaginasse.

Desmond posicionou-se no primeiro *tee*, ajustando sua pegada no taco.

— Da maneira como a descreveu: garota jovem, cheia de vaidade e ambição, acho que pensava que Walsh fosse cair por ela. Transformá-la numa estrela.

— A agente sabia o que estava acontecendo. Aquela chamada nove-um-um de uma cabina telefônica tinha de ser parte da armação. Ninguém faz uma chamada destas e depois não se apresenta para contar a sua história. Ou *vender* a sua história.

— Acontece. Não com freqüência, mas acontece. Certas pessoas têm dinheiro suficiente ou simplesmente não querem atenção.

— Foi o que Brimley disse. Acho que vocês dois estão errados.

— Já estive errado antes. Imagino que o detetive Brimley também.

— A agente não estava trabalhando para Heather, ela a estava usando. Estava trabalhando para outra pessoa. Alguém que queria incriminar Walsh, talvez sob a acusação de estupro, talvez de assassinato. Mas a agente é a única que sabe realmente o que aconteceu.

— Não exatamente — Desmond empinou os quadris, fazendo um meio giro em câmara lenta. — Tem o marido, também.

Fez o giro completo e a cabeça do taco ceifou o chão, arremessando estilhaços de grama para o céu.

— E tem o homem que matou Heather Grimm.

Olhou para Jimmy.

— A não ser que ache que foi realmente Garrett quem a matou. Você disse que ele não se lembrava. As drogas levam as pessoas a fazerem coisas malucas, coisas que elas não se imaginariam fazendo. Talvez ele *tivesse* matado aquela garota.

— Walsh não a matou.

— Tem certeza disto?

Jimmy olhou de novo para a sede do clube.

— Onde *está* ele?

— Vomitando, provavelmente.

Jimmy olhou para ele.

— Trunk está doente — Desmond limpou a cabeça do taco com a mão. — Está de licença para tratamento de saúde. Câncer do pâncreas.

— Jiiiiiiiiiimmy!

Napitano aproximou-se ruidosamente deles num carro elétrico de golfe, um negro macilento ao lado dele, agüentando-se para salvar a própria vida. O carro investiu sobre o primeiro *tee*, passou a centímetros de Jimmy e parou ao lado do carro deles.

— *Buon giorno* — chilreou Napitano, de short branco e um *dinner jacket* branco.

— Como vai, Trunk? — disse Desmond.

— Melhor, agora — Trunk olhou para Jimmy. Sua pele era de um negro profundo, os cabelos em chumaços. A cabeça e as mãos eram enormes — não pareciam pertencer a seus braços de limpador de chaminés e a seu torso encurvado. Vestia uma camisa de malha de futebol dos Raiders e calções largos, de tecido estampado escocês, atados na altura dos joelhos, a cintura presa por um cinto que tinha sido apertado, com novos buracos perfurados. — O que é que está olhando, seu filho da mãe? — ainda tinha uma voz de grandalhão.

— Prazer em conhecê-lo também — disse Jimmy.

— Como você e Nino estão se dando? — perguntou Desmond, adiantando-se.

Trunk sorriu, seus dentes tão absurdamente grandes quanto suas mãos. Deu um tapa nas costas de Napitano.

— Este carinha vomitou comigo. Todo mundo correu quando me viu soltando os bofes para fora na privada, mas Nino simplesmente se aproximou, escolheu a toalete vizinha e mandou ver, nós dois juntos em estéreo. Pode acreditar nisto, Desmond?

— Vomitar é uma tradição romana antiga — Napitano alisou sua jaqueta. — É uma coisa saudável, abre espaço para mais comida.

— Ouviu isto, Desmond? — disse Trunk. — Talvez eu seja italiano.

Desmond apenas sorriu.

— Onde estão seus tacos, Nino? — perguntou Jimmy.

— Não jogo golfe. Entrei no clube porque no início eles não me queriam. Agora venho aqui só para dirigir os carrinhos e ouvir a xingação dos outros jogadores. Sua frustração é uma sinfonia para mim.

Trunk bateu nas costas de Napitano de novo.

— Devíamos começar — disse Jimmy. — O quarteto que joga depois de nós está ficando impaciente.

Trunk olhou e viu quatro brancos em roupas de grife; os sacos de couro na traseira dos seus carros estavam cheios de tacos de titânio.

— Eles vão esperar.

Trunk desceu do carro de Napitano lentamente, cuidadosamente — parecia tão frágil que, caso se mexesse rápido demais, um de seus braços cairia.

— Belo campo, hein, Desmond? Sempre guardam o melhor para si mesmos, não é?

— As honras são suas, Trunk — disse Desmond.

Trunk pegou o seu taco de madeira número um e abaixou-se sobre um joelho para colocar a bola no chão, não resistindo, e então Desmond teve de ajudá-lo. Parou do lado da bola, ajustando os quadris, sem nenhuma pressa, olhando ao redor para ver quem estava observando, sentindo prazer naquilo. O ar cheirava a limpo e a verde. Sua primeira tacada espirrou a uns dez metros. Não deixou o *tee*, mas enfiou a mão no bolso. A bola seguinte foi um pouco mais longe. A terceira foi cair a uns cem metros de distância; uma tacada fraca, mas reta e verdadeira. Devia ter sido bom quando ainda tinha algum músculo para acompanhar aquela ossatura.

— Vou ficar com esta.

Ninguém discutiu. Desmond foi o seguinte. Deu um giro de ensaio e então fez uma tacada funda, duzentos e cinqüenta metros pelo menos, mas caindo no *rough*.*

Jimmy apanhou o seu taco.

— Bote isto de novo no saco — rosnou Trunk. — Não vim aqui jogar golfe com *você*. Vou conversar com você, mas só estou jogando com Desmond.

— Ótimo — Jimmy enfiou o taco de volta no saco e sentou ao volante do carro. Desmond começou a subir ao lado dele, mas Trunk o interrompeu.

— Vá com meu amigo Nino, Des. O menino branco vai ser o meu *caddy* nesta partida.

Desmond sorriu para Jimmy, apanhou seus tacos e os colocou no carro de Nino.

— Que está esperando, branco-azedo? — disse Trunk. — Vá buscar meus tacos.

---

*Terreno que limita o campo de golfe. (N. E.)

Jimmy gesticulou com o dedo para Napitano e Desmond, que estavam se divertindo com o espetáculo, e transferiu os tacos de Trunk para o seu carro. Subiu e deu a partida.

— Pegue meu chute — disse Trunk.

Jimmy parou o carro, desceu e apanhou a primeira bola de Trunk. Embarcou de novo, dirigiu mais uns trinta metros, e apanhou a segunda bola.

Trunk estendeu a mão para apanhar a bola.

— Você devia correr. Não gosto de ter que esperar.

— Certo, chefe.

Trunk olhou duro para ele mas não disse nada.

Foi assim nos quatro primeiros dos cinco buracos. Trunk arremessava duas, três ou quatro bolas antes que gostasse da tacada; Jimmy dirigia o carro e catava as bolas de Trunk. No terceiro buraco Napitano abriu uma cesta de vime de piquenique e pegou uma garrafa de champanhe e sanduíches de ovo frito e bacon. Mandaram Jimmy levar um pouco para Trunk. Então o mandaram levar reforços. Ficaram de lado à espera enquanto Trunk vomitava de novo, passando-lhe uma toalha quando terminou.

— Não sinta pena de mim — disse Trunk baixinho enquanto Jimmy o ajudava a subir de novo no carro. Sacou um baseado gordo do bolso dos calções largos, as mãos trêmulas. Desmond e Napitano haviam parado uns cinqüenta metros à frente, conversando enquanto esperavam que os outros dois os alcançassem. Trunk acendeu o baseado, deu uma tragada funda e então exalou lentamente. — Isto é estritamente medicinal.

Jimmy arrancou o baseado dele, deu um tapinha e o devolveu.

— Uma hora como seu *caddy* e já estou precisando de medicamento também.

Trunk riu.

— Há quanto tempo você e Desmond são amigos? — perguntou Jimmy.

— Desde o primeiro minuto em que o conheci. E você?

— O mesmo.

Trunk observou-o. Os brancos de seus olhos estavam amarelados.

— Vamos de carro até o sétimo buraco e esperamos por Desmond. Estou cansado. Achei que jogar aqui me faria bem. Sempre joguei principalmente em campos públicos, pedras, torrões de terra e gramados carecas. Este clube campestre é legal, mas estou cansado.

Rodaram em silêncio, Trunk fumando o baseado, passando para Jimmy quando tinha vontade.

— Ainda não me perguntou nada — disse finalmente. — Fico à espera, mas você não começa.

— Acho que depende de você.

— É a primeira vez que acontece comigo. Nunca encontrei um repórter que não tivesse pressa para começar e para terminar.

Jimmy estacionou o carro debaixo de uma grande árvore, onde estava fresco e sombreado. Pegou o resto do baseado dos dedos grossos de Trunk e segurou-o à altura dos lábios de Trunk, para que pudesse tragar o finzinho.

— Obrigado — disse Trunk, exalando. — Estava precisando disso.

Enxugou a testa. Esperaram, observando Desmond lá embaixo na *fairway*, caminhando até a bola.

— Desmond diz que você está à procura de uma águia de concursos, uma mulher de alta tonelagem que usa um montão de anéis.

Manteve os olhos fixos em Desmond.

— Não me vem à lembrança, mas isto quer dizer que foi esperta o bastante para não se deixar pegar.

A tacada de Desmond desguiou para a esquerda e Trunk sacudiu a cabeça.

— Estou sempre dizendo a ele para não abaixar o ombro.

— Tem de ter sorte para Desmond dar ouvidos a um conselho.

Trunk olhou para Jimmy e depois de novo para Desmond.

— Eu peguei Willard Burton uma vez... pornografia infantil. Deve ter sido há uns dez anos.

Parou para ouvir um corvo que grasnava acima deles, Trunk ofegante mas sorridente como se estivesse ouvindo sua canção favorita.

— O viado livrou-se da acusação. Eu o peguei numa boa encrenca, mas tinha um advogado esperto que argumentou que Burton possuía um direito constitucional de tirar fotos de garotinhas nuas. Invocou até *Alice no país das maravilhas* como prova. Sabia que o cara que escreveu aquele livro era um pervertido também?

Pousou as mãos nos joelhos.

— Fico quase feliz por nunca ter tido filhos.

Jimmy notou o *quase*, mas não disse nada.

— Burton saindo totalmente livre foi uma coisa que me deixou puto. O trabalho da polícia é mais pessoal do que a maioria dos tiras admite, mas não tenho nada a perder agora. Fiquei de olho em Burton, é tudo o que vou dizer. Eu o via às vezes rondando os jogos de futebol de calouros, procurando as chefes de torcida, dando-lhes o seu cartão. Soube que trabalhou nos concursos de beleza também por um tempo, mas nunca o peguei de novo. Acho que sabia que eu o observava, porque um dia simplesmente sumiu.

— Sumiu?

— Simplesmente desapareceu da face da Terra. Deve ter sido uns oito ou nove anos atrás.

— Logo depois que Heather Grimm foi assassinada.

Trunk pensou e concordou com a cabeça.

— Que a terra lhe seja leve, pensei. E então há poucos dias Desmond me telefona e diz que você está à procura de Burton. Diz que talvez Burton esteja envolvido num homicídio.

Ergueu a cabeça com esforço e encarou Jimmy nos olhos.

— Tive que me sentar, de tão feliz que fiquei. Conseguir uma segunda chance contra ele *agora*...

— Se eu tivesse sabido disso teria economizado a Nino trinta e sete mil dólares. Você provavelmente ficaria contente com um campo de nove buracos na auto-estrada de Pomona.

Trunk sorriu.

— Teria preferido uma partida de golfe miniatura, seu palhaço.

Sua cabeça caiu, o pescoço fraco demais para suportá-la.

Jimmy olhou para longe, não querendo embaraçá-lo. Ele observou Desmond no sexto *green*, ajeitando o seu *putt*.

— Conhece alguém que possa me ajudar a encontrar Burton?

Trunk ergueu a cabeça de novo e aprumou-se no banco.

— E eu, não conto?

— Disse que tinha perdido a pista dele.

— Topei com ele uns dois anos atrás — Trunk olhou para o sexto *green*. — Nem cheguei a reconhecê-lo no começo. Tinha tirado a barba, pintado os cabelos, se livrado dos óculos, também, mas era ele. Chama-se Felix Watson agora, o que não chega a ser grande melhoria, se quer saber minha opinião, mas acho que é um nome sem uma história... *Doce*.

Jimmy seguiu seu olhar e viu Desmond caminhando até o buraco para recolher a bola e ouviu Napitano aplaudindo do carro ao lado.

— Uma tacada de cinco metros — disse Trunk. — Desmond sempre teve muita regularidade.

— Onde foi que você topou com...

— Na zona dos armazéns, mas não espere encontrá-lo por lá, ele se muda como um feijão saltador mexicano. Felix Watson produz filmes pornô. Foi assim que trombei com ele de novo. Está mais esperto, com a papelada toda em ordem e com todas as autorizações possíveis. Não pude tocar nele.

Trunk sorriu e Jimmy vislumbrou de novo o homem que ele tinha sido.

— Devia ter visto o rosto dele quando me viu entrando no armazém. Aquilo valeu quase a pena de ter de liberá-lo de novo.

— Vou encontrá-lo.

— Acho que consegue.

Trunk observou Desmond e Napitano se aproximarem.

— Desmond me mostrou aquela foto sua com as garotas na revista, todos vocês completamente pelados. Sabe, quando comecei a trabalhar na brigada de vício, aquela revista seria proibida. Agora é exibida nos supermercados, numa boa.

Virou-se para Jimmy.

— Anda bem que vou morrer. Se vivesse mais um pouco, acabaria desempregado.

Capítulo 33

— Ei, eu conheço aquele cara.

Rollo inclinou a cabeça para fora da janela enquanto Jimmy estacionava.

— Wayne! Ei, cara!

Wayne ergueu os olhos da sua revista, um garotão sarado de cabelos à escovinha sentado numa caixa de aço, pegando sol de camiseta regata e short. Acenou para Rollo e ficou de pé.

— Que sorte, Jimmy — disse Rollo enquanto atravessavam a rua. — Wayne é legal.

A casa ficava numa área de classe média alta em San Fernando Valley, dois andares num beco sem saída, uma van de aluguel na entrada de carros. Cada casa no quarteirão tinha uma piscina nos fundos, com cercas altas e sebes vivas para garantir a privacidade. Era uma rua do tipo vá-cuidar-da-sua-própria-vida, ensolarada, segura e limpa, como qualquer outra rua do Valley — um dos motivos por que esta região logo atrás de uma colina de Los Angeles se tornara a capital universal da produção pornô. Rollo nunca ouvira falar de Willard Burton ou de seu novo nome, Felix Watson, mas trabalhara na equipe de uma quantidade de produções pornô, filmando detalhes de cenário e expressões faciais. Não foram precisos muitos telefonemas para que soubesse o endereço da filmagem de hoje.

Wayne jogou de lado o número atual de *Honcho* — um garanhão musculoso na capa — enquanto Jimmy e Rollo subiam as escadas. De perto, Wayne era mais baixo, com um torso hiperdesenvolvido, veias serpeando por seus bíceps e olhos inocentes de Bambi.

— Ei, Rollo, não me disseram que estava na equipe hoje.

— Não estou — disse Rollo. — É uma visita social. E você? Está trabalhando de segurança agora?

— Não. Eu dirijo a van do equipamento, levo recados e faço outras pequenas tarefas. Gostei do cavanhaque, cara.

Rollo puxou com a mão seus novos pêlos faciais.

— Obrigado. Este é o meu amigo, Jimmy.

Apertaram a mão. Wayne tinha uma mão pequena, mas Jimmy podia sentir os calos em toda a palma, logo abaixo dos dedos.

— Felix está trabalhando hoje?

Wayne assentiu com a cabeça.

— Conhece Felix?

— Preciso falar com ele.

— Não é da polícia, é? — Wayne puxou um maço de papéis dos bolsos de trás.

— Tenho toda a documentação...

— Eu lhe disse, Jimmy está comigo — falou Rollo. — Soube alguma coisa de Nikki Sexxx? Alguém me disse que se mudou para Maui com um banqueiro de investimentos.

— Não era um banqueiro de verdade — disse Wayne. — Ela está de volta no circuito.

Rollo iluminou-se.

— Tudo o que conseguiu em Maui foi um bronzeado — disse Wayne.

— Não me dê esse olhar, Jimmy — disse Rollo. — Eu sinto *falta* dela.

— Claro que sente. Ela roubou seu passaporte e seus traveler's checks, largou-o no meio da Costa Rica e fugiu com um cara de Guccis brancos. Se tivesse dado um tiro no seu cachorro, também, você provavelmente desejaria se casar com ela.

— Entendo o seu sofrimento, Rollo — disse Wayne. — Meu ex estava competindo no Campeonato de Musculação Natural no último fim de semana. Eu o vi começar sua apresentação e comecei a chorar. Tive de desligar a TV.

— O amor é uma merda — disse Rollo. — Ainda tenho uma das capas de vídeo aeróbicas de Nikki, embora tenham escrito seu nome errado.

— Consoantes demais — disse Jimmy.

— Não — disse Wayne. — Nikki não brinca mais com aquela droga. Agora só faz cenas de garota-com-garota.

Jimmy olhou para ele.

— Garota-com-garota? — Rollo empurrou os óculos para trás. — Até que aceitaria numa boa.

Wayne abriu a porta.

— Estão na piscina. Eu realmente admiro seu trabalho de câmera, Rollo. Os câmeras que Felix usa são patéticos. Metade do tempo perdem as grandes cenas e os atores têm que fazer de novo e nunca sai tão bom da segunda vez.

— Sabe como é a cara de Felix? — Jimmy perguntou a Rollo quando a porta fechou.

— Deve ser o babaca de boca grande, assim como todo diretor pornô que já conheci.

Atravessaram a casa, seguindo o barulho, parando na cozinha. Através das portas-de-correr de vidro podiam ver uma equipe de três homens — duas câmeras de vídeo e um único técnico para iluminação e som — pairando ao redor de um quarteto nos degraus de uma pequena piscina em forma de rim. Um homem rechonchudo com um rabo-de-cavalo e uma jaqueta de safári estava à beira da piscina tocando com os dedos na corrente de ouro em volta do seu pescoço enquanto dava ordens.

Rollo olhou para Jimmy.

— Eu fico por aqui.

O quarteto nos degraus da piscina consistia de três mulheres magrelas com seios de silicone e um homem compacto com um pênis enorme. O câmera que fazia os closes atropelava os atores com a lente da máquina ao rodar em volta deles, um cigarro aceso pendurado num canto da boca. Os atores montavam uns sobre os outros, olhando para o diretor em busca de instruções, seus pés escorregando nas bordas molhadas da piscina. Parecia uma partida embriagada de Twister.

— Trouxe o Snapple?

Jimmy virou-se e viu uma mulher nua diante da geladeira aberta, mascando goma como um bate-estaca, uma loura oxigenada com seios naturais e nenhum pêlo púbico. Uma grande tatuagem de aranha viúva-negra descia por sua barriga reta, as pernas da aranha alcançando os ossos dos quadris, as mandíbulas um pouco acima de sua vagina.

— Estava previsto Snapple no *set*, mas tudo o que tem aqui é dietético — e a loura estourou sua goma de mascar. — Não bebo *diet*.

A goma estourou, mais forte desta vez.

— Ei! Páre de olhar a minha boceta. Trouxe o Snapple ou não?

Jimmy olhou.

— Ah... não.

— Diga a Felix que não vou rodar minha cena sem Snapple — falou a loura, saindo.

— Isso foi *sinistro* — disse Rollo.

— Com certeza — Jimmy ouviu uma espadanada do outro lado do vidro e xingação. Viu uma das mulheres e um câmera desabando para dentro da piscina, enquanto o astro subia os degraus, uivando, segurando o pênis com as duas mãos. O diretor berrou para eles. Jimmy abriu a porta de vidro.

— Ei, Felix?

— Quem quer Felix? — disse Watson.

— Esse porra quebrou meu pau! — gritou o astro, encurvado, ainda segurando o pênis.

— Coloque gelo nele — Watson apontou para o câmera que subia os degraus. — Cuidado com o equipamento, seu babaca. Se custar meu seguro, vai sair do seu salário. — Virou-se para Jimmy e Rollo. — Eu lhes fiz uma pergunta.

Jimmy sorriu.

— Relaxe, *Willard*.

Watson estremeceu, sua papada balançando. O pedaço cúbico de zircônio de três quilates no lóbulo de sua orelha direita cintilava ao sol.

— Parada de dez minutos — disse, olhando para Jimmy.

Jimmy viu o astro segurando um punhado de cubos de gelo debaixo do pênis inchado e roxo, enquanto as três mulheres pairavam nas proximidades, abafando risadas.

— Ui.

— O peru do cara parece uma berinjela japonesa — disse Rollo, entre admirado e solidário.

O rosto de Watson era liso e rosado como a bunda de um porco.

— Deve ter me confundido com outra pessoa.

— Se é o que você acha — disse Jimmy.

Watson enfiou as mãos na jaqueta de safári.

— Gostaria de aproveitar a oportunidade para desfazer qualquer mal-entendido.

— Sorria — Rollo tirou uma foto de Watson com a câmera digital do tamanho da palma da mão e tirou mais uma para garantir, captando o choque e o medo de Watson.

— Me dê isto — disse Watson enquanto Rollo enfiava a câmera de volta no bolso. Chegou até a estalar os dedos.

Jimmy riu.

— Está OK, Willard. Vamos lhe mandar algumas cópias depois que vierem da revelação.

— Cinco minutos — Watson disse à equipe, seguindo Jimmy e Rollo para dentro da casa. — Espere! Não vá embora. O que quer?

— A paz mundial — disse Jimmy.

— Eu gostaria de ser quinze centímetros mais alto — disse Rollo.

Watson fingiu um sorriso.

— Algum de vocês já comeu uma rainha pornô? — e apontou com a cabeça para a piscina, seus olhos da cor de gelo sujo. — Vai mudar sua vida. Elas fazem coisas que uma mulher normal nem pensaria em fazer.

— O que é que você sabe de normal, Willard? — disse Jimmy.

— Eu... eu agradeceria se não me chamasse assim — Watson disse baixinho. Conduziu Jimmy e Rollo à sala de estar. — Vamos ficar à vontade. Não tem sentido conversar num lugar onde todo mundo pode ouvir.

Sentou-se num sofá coberto de plástico, o plástico estalando.

— Willard Burton é história antiga, está morto e enterrado. Meu nome agora é Felix. O Gato Félix.

— Sei quem você é — Jimmy sentou-se ao lado de Watson, perto o bastante para sentir seu suor e sua colônia barata. — Sei o que você fez também. Sei que entregou Heather Grimm para uma agente de talentos...

— Heather quem?

Jimmy agarrou a corrente de ouro ao redor do pescoço de Watson e puxou-o para frente fazendo-o bater com a cara na mesa de café de granito.

Watson aprumou-se, atordoado.

— O que... que foi que eu fiz?

— Diga-me o nome da agente de talentos — falou Jimmy.

Watson tocou cautelosamente o corte acima do seu supercílio, olhou para o sangue em seus dedos.

— *Olhem* só para isto.

Jimmy puxou a corrente de novo, não com força suficiente para jogar Watson contra a mesa de novo, mas forte o suficiente para mostrar que cogitava em fazê-lo.

Watson esperou que Jimmy o soltasse.

— Por favor, não me machuque. Eu tenho problemas cardíacos.

— Não fode — disse Jimmy.

Wayne abriu a porta da frente e deu uma espiada. Acenou para Rollo e fechou a porta de novo.

— Talvez você não soubesse o que ia acontecer com Heather — Jimmy o deixou ruminar o comentário. — É o máximo de condescendência a que posso chegar, Willard. Conheço um ex-tira grandalhão, ele convence na lábia as pessoas a lhe contarem o que quer saber. Nunca ergue a voz, nunca ergue a mão, foi o que me disse, pelo menos. Mas eu não tenho essa paciência. Portanto, da próxima vez que lhe fizer uma pergunta e você não responder vou arrancar aquele seu brinco.

— É um zircônio bem barato, cara — disse Rollo. — Devia investir numa imitação melhor.

Watson olhou de um para o outro.

— Eu, eu nem sei quem vocês são.

— Ele é Rollo, o sensível, o artista. Eu sou Jimmy, o solitário perturbado, de mau gênio. Isso ajuda?

— Jimmy matou um homem certa vez — disse Rollo. — Foi em legítima defesa, mas uma coisa destas muda uma pessoa. Aquilo *mudou* você, Jimmy, realmente mudou.

— Sim, Felix, é uma pena que não tenha me conhecido há uns dois anos. Eu era uma doçura então. Teria comprado bolos e biscoitos e tratado você com muita gentileza.

— Percebo — Watson contorceu-se. — Bem, você estava certo, eu *não tinha* nenhuma idéia do que ia acontecer com aquela garota. Era apenas uma inocente transação de negócios. Quero dizer, quem podia imaginar que Walsh iria esmigalhar os miolos dela? Um homem com aquela fartura de dinheiro e de fama, por que simplesmente não deu uma surra nela?

Olhou para Jimmy e decidiu que não iria ter uma resposta para aquela pergunta.

— O nome da agente é April McCoy.

— Quero falar com ela.

— Vai ter de falar bem alto — Watson riu, depois se arrependeu. — Ela está — hummm — morta.

Um dos câmeras veio da cozinha. Olhou para Jimmy e então se virou para Watson.

— T-Bone está fora de ação. Você está bem, Felix? Seu lábio está sangrando.

— O que é que *há*? — sibilou Watson.

— O salame de T-Bone está terrivelmente inchado. Quer uma carona para um hospital.

— T-Bone pode esperar — disse Watson. — Vá chamar Wayne e diga a ele para assumir o posto.

— Wayne não gosta de perereca...

— Não me interessa o que Wayne não gosta. Dê-lhe uns dois Viagras e diga para se sacrificar pelo time da casa.

Watson esperou que o câmera fosse embora e virou-se para Jimmy.

— Na noite em que Heather foi assassinada, naquela mesma noite, April deu o salto de anjo pela janela do seu escritório. Oito andares direto até a calçada. A TV disse que foi suicídio, mas eu fiz minhas malas e peguei a estrada, Jack.

— De quem tinha medo? Walsh já havia sido preso.

Watson tocou no dente lascado com um indicador.

Jimmy estava sentado ao seu lado no sofá.

— Não foi idéia de April mandá-la para a casa de praia. Foi de outra pessoa. Era *dessa* pessoa que você tinha medo.

Watson concordou com a cabeça.

— Vi o rosto de Heather no noticiário da noite e *soube* que acontecera um desastre. Então, quando li sobre April no dia seguinte... Suicídio? Eu a conhecia e sabia que não faria aquilo. Quem pagou por Heather queria ter certeza de que a coisa não respingasse nele. Jogar April de cara na calçada foi um lance esperto.

Olhou para seus Keds imaculadamente brancos.

— Eu devia ter ido para bem longe. Meu problema é que realmente adoro Los Angeles. O sol e...

— Quem pagou por Heather?

— Como eu poderia saber?

Jimmy agarrou a corrente de novo, os elos de ouro cortando o pescoço mole de Watson enquanto ele tentava se desvencilhar.

— Acha que April ia contar para *mim*? — gemeu Watson. — Éramos estritamente na base do pagou-levou. Ela mantinha uma agência dentro da legalidade, cuidando principalmente de talentos adolescentes, atores e cantores dos quais ninguém nunca havia ouvido falar...

Jimmy interrompeu-o com um puxão leve, observando seus olhos. Na varanda da frente podia ouvir Wayne discutindo com os câmeras.

— Assim que viu o rosto de Heather na TV, você soube que fora um desastre. O que *devia* ter acontecido naquela noite?

Watson estava inquieto.

— A maioria das garotas que eu mandava para April era estritamente para diversões inocentes. Algumas promessas, talvez um festival de compras na Galleria ou um passeio ao Sea World, e todo mundo guardava belas lembranças. Tenho um bom olho. April respeitava isso. Ninguém nunca saiu no prejuízo.

— Heather saiu.

Watson não sabia o que fazer com as mãos.

— Heather era diferente — ele ergueu os olhos para Jimmy. — Por que está me pressionando? Foi Walsh quem a matou, não eu.

Wayne e o câmera passaram a caminho da piscina.

— Boa sorte, cara! — gritou Rollo.

Jimmy deu outro puxão no colar de Watson.

— April chegava a se gabar de seus contatos no meio cinematográfico?

— O tempo todo, mas era tudo conversa. April sempre tinha uma desculpa para explicar por que seus talentos perdiam sempre o grande papel.

Watson piscou.

— Poderia *por favor* me soltar? Estou com seqüelas de um acidente de carro no mês passado. Meu quiroprático diz que sofri lesões nos nervos.

Jimmy soltou-o.

— Ela lhe deu nomes?

Watson esfregou o pescoço.

— Que nomes?

— April chegou a falar algum dia em Mick Packard?

— Packard? — Watson sacudiu a cabeça. — Ainda está vivo?

Jimmy podia ver que ele estava dizendo a verdade.

— O que você quis dizer antes com "Heather era diferente"?

Watson inclinou-se para a frente, orgulhoso de partilhar das coisas agora.

— Existem lobos e leões e "Vovó, que *dentes* grandes você tem?", e existem também animaizinhos bonitinhos e fofinhos que são estraçalhados. A maioria dos clientes privados de April era baunilha: preferia bonitinhas e fofinhas. Você sabe, as meninas das torcidas, as chefes.

Jimmy conteve sua raiva.

— Eu vi a foto de Heather. Ela não foi nenhuma vítima.

Watson concordou com a cabeça.

— Você também tem um bom olho. Os *malls* estão cheios de bonitinhas e fofinhas, mas Heather era uma encomenda especial. April queria alguém jovem mas que aparentasse ser maior de idade. Alguém *experiente* e esperta, alguém que não derreteria sob pressão.

— Você pode acreditar neste filho da mãe, Jimmy? — disse Rollo. — Ele banca o gigolô de garotinhas, mas age como se fosse alguém encomendando um *laptop* com uma RAM extra e um CD-rom. Qual é o teu *problema*, cara? Não sou nenhum escoteiro, mas você... acabo de pisar em merda fresca de cachorro e gosto mais dela do que de você.

— Sou um profissional e era bom no meu trabalho — protestou Watson. — Era por isso que April trabalhava comigo. Levei quase um mês para encontrar Heather. Devo ter fuçado cada concurso de beleza e de simpatia colegial num raio de duzentos quilômetros.

Estalou as juntas uma de cada vez, esfregando os dedos gorduchos e sardentos.

— Heather valeu a pena. Consegui mil e quinhentos dólares por ela, o triplo da minha tarifa usual.

Sacudiu a cabeça.

— Deveria ter pedido mais. Eu era muito babaca naquela época.

Jimmy levantou-se. Se não saísse agora, iria quebrar o maxilar do sujeito.

Watson levantou-se do sofá, gemendo com o esforço.

— Preciso voltar ao trabalho. O Viagra de Wayne vai funcionar daqui a pouco e quero garantir umas boas tomadas.

Cuspiu no carpete e sentiu o dente lascado com a ponta da língua.

— Fiquei contente por ter ajudado. Mesmo assim, peço que não insista mais com essa história. Tenho uma carreira agora.

Quase na porta da frente, Jimmy se virou.

— April devia ter uma secretária.

Watson abafou uma risada.

— Se quer chamá-la assim.

— Qual era o nome dela?

— Stephanie qualquer coisa. Não sei o sobrenome. Era uma vaca. April só a mantinha lá para parecer bonita ao lado dela.

— Descreva a figura.

— Por que se interessa por ela? — Watson encolheu os ombros. — Nos meados da casa dos vinte anos, tornozelos gordos, cabelos horrorosos. Como eu disse, era uma vaca.

— Stephanie estava envolvida no negócio, nas missões especiais?

— Stephanie era estúpida demais para fazer outra coisa além de atender ao telefone e reabastecer o pote de guloseimas da sua mesa com feijõezinhos e M&Ms, Pepsi Diet e doces, e ela queria saber por que era gorda.

Watson acompanhou-os até a porta, arrastando seus tênis, desossado como uma lombriga.

— Eu fiquei curioso, como foi que me achou?

Jimmy continuou se afastando.

— Tem de me contar — disse Willard, a voz histérica. — Tem de jogar legal comigo!

Capítulo 34

No sonho de Jimmy havia trovão e batidas nos portais do céu, cada vez mais fortes e insistentes... acordou na escuridão e ouviu alguém batendo na sua porta da frente. Conferiu o relógio, deslizou para fora da cama e colocou um short. Antes de verificar o olho mágico, pegou um bastão de beisebol que mantinha ao lado da porta.

Sugar Brimley acenou para ele.

Jimmy encostou o bastão na parede de novo, destravou a lingüeta da fechadura e abriu a porta.

— Achei que a porra do meu prédio estava pegando fogo, Brimley.

Brimley ergueu uma geladeira de plástico vermelha como se fosse o Santo Graal.

— Vim trazendo dádivas.

Jimmy deu um passo para trás enquanto Brimley passava por ele. Enrugou o nariz diante do cheiro do tira aposentado, uma combinação de sal, suor, peixe e cerveja.

— Não sei porque toda essa bronca. É manhã de quarta-feira, não de um fim de semana. Já devia estar de pé, de qualquer maneira. Qual é a graça de ser aposentado senão ver os trabalhadores todos ocupados?

Jimmy bocejou.

Brimley colocou a geladeira no chão da cozinha e abaixou-se do lado dela apoiado num joelho. Sua calça azul-clara estava ensopada, coberta de manchas escuras de tripa de peixe, o tecido reluzente com escamas iridescentes, uma faca numa bainha no cinto. Seu suéter de malha de algodão azul com capuz também estava encardido, o pescoço rasgado. Enfiou a mão na geladeira e espalhou gelo picado pelo chão enquanto tirava dois peixes de listas amarelas segurando-os pelas caudas.

— Este deve pesar uns quatro quilos — disse, balançando-o — e esta pequena beleza deve ter quase seis quilos.

— Parabéns.

— Veja os olhos. Viu como seus olhos são claros? Pegados há não mais do que duas horas, um depois do outro, justamente quando eu ia desistir e voltar para casa. Sem anzol. Apanhados na *rede*. Simplesmente colhidos do mar, sem nenhuma marca ou machucado. Olhe só para eles, Jimmy. Xaréu é a melhor comida da terra.

Jimmy bocejou de novo.

— Vou fazer um café para nós.

— Agora você está falando certo — Brimley colocou os peixes de volta na geladeira.

Jimmy encheu a chaleira e apanhou canecas e um pote de café instantâneo no armário.

— Quer um Band-Aid?

— Para quê?

— Seu rosto.

Brimley passou a mão num arranhão e viu o sangue nos dedos. Seus olhos estavam exaustos e agitados, os cabelos eriçados.

— Você está bem, Sugar?

— Nunca estive melhor, mas obrigado por perguntar. Não se importa que eu tenha aparecido aqui sem avisar, importa?

— Não, eu fiz o mesmo com você.

— Você fez, sim. A propósito, minhas anotações tiveram alguma utilidade? Encontrou alguma coisa que eu tivesse perdido?

— Ainda as estou estudando.

— Bem, se alguém é capaz de me pegar, esse alguém é você. Andei fazendo umas perguntas a seu respeito. Um monte de gente não gosta de você, mas todos dizem que é bom no seu trabalho. Acho que a gente pode saber muito de um homem pela qualidade dos seus inimigos.

— Você tem um belo jeito de elogiar — Jimmy virou-se quando a chaleira começou a apitar, colocou água nas canecas, agitando a mistura. — Preto, não é?

Brimley soprou o café e tomou um gole.

— Uma daquelas roscas Kreamy Kruller cairia bem agora, não? Pena que não pensei nisso quando vinha para cá. Tem uma loja em Newport Beach.

Sugou o seu café.

— Já bebi muita água de borra de café na vida. Algumas até piores do que esta.

— Obrigado — Jimmy colocou mais algumas colheradas de café instantâneo na sua caneca. Tinha ficado amargo e lodoso, mas despertava as células cerebrais. Dera alguns telefonemas depois de deixar a filmagem pornô ontem. Trunk Jones disse que nunca ouvira falar de April McCoy, mas prometeu perguntar ao pessoal da antidrogas. Sua voz estava tão baixa e fraca que Jimmy se arrependeu de ter ligado. Uma pesquisa nos registros do condado foi mais frutífera; Jimmy descobriu um alvará no nome de April para um escritório em Paramount. Iria de carro até lá hoje mais tarde para ver se alguém sabia o que acontecera com a secretária de April, Stephanie. Fofoca de escritório era mais confiável do que as manchetes.

Brimley colocou a caneca sobre o balcão — tinha um sorriso estranho no rosto, cansado e excitado ao mesmo tempo. Puxou um saco de lixo preto dobrado do bolso das calças e o abriu com um safanão.

— Obrigado pela água de borra. Hora de iniciar o trabalho.

Puxou sua faca, a lâmina curva reluzindo e, se achou Jimmy tenso, não o demonstrou, enfiando a mão no refrigerador. Depositou os peixes suavemente na pia e os lavou debaixo da água fria corrente.

— Senti um impulso depois do pôr-do-sol, ontem à noite. Decidi seguir na direção de Catalina e ver o que acontecia.

Segurou com leveza o peixe menor, raspando-o com a faca, escamas voando.

— Nenhum bicada a noite toda. E então, uma hora antes do amanhecer, estas duas belezas se apresentaram. Xaréus, não são apenas boa comida, são *lutadores*. Fazem você merecer a presa.

Jimmy encostou-se no balcão e observou o grandalhão raspar o peixe com a parte sem fio da faca, a partir da cauda, escamas saltando, iridescentes na luz da manhã.

— Pensei em dividir estes xaréus com um velho amigo que mora em Balboa — disse Brimley, a cabeça curvada, concentrado na tarefa. — Conseguiu um lugar bem à beira d'água. Cara, o sujeito tirou a sorte grande! Casou-se com uma ricaça que já havia encarado três maridos e inventou de experimentar um ex-tira, agora que não precisava mais de dinheiro. Parei meu barco ao lado do dele e toquei a campainha cinco minutos antes que a empregada viesse responder.

Brimley sacudiu a cabeça.

— Arnie Peck com uma empregada. Já vi de tudo agora. Arnie sai da suíte principal coçando a bunda e ouço sua mulher gritando para ele do outro quarto. Que som. Uma voz daquelas devia ser considerada um crime.

Jimmy apreciava o movimento preciso das mãos de Brimley, a lâmina uma extensão do seu corpo enquanto descamava o peixe. Um cara trocando um pneu ou colocando um tijolo, Jane Holt estudando o relatório de um crime, seus olhos alertas — observar alguém que sabia o que estava fazendo, que realmente sabia — era melhor do que ir a um museu para ver a arte morta.

Brimley enfiou uma mão numa das guelras do peixe, ergueu-o sobre a pia, e então afundou a ponta da faca na barriga, pouco abaixo da cabeça. A lâmina desceu cortando até a cauda.

— Arnie disse que não queria nenhum peixe. O sujeito morava à beira d'água, era só jogar a linha pela borda do barco. Disse que hoje em dia quando quer peixe simplesmente dá ordem à cozinheira. Nem usava mais o barco, deixava ele parado colecionando craca. Saí dali o mais rápido que pude. Então pensei em você. Não tinha certeza de que saberia o caminho da sua casa depois de tê-lo trazido naquela noite. Detesto ver peixe fresco desperdiçado — olhou para Jimmy. — Você gosta de peixe, não gosta?

— Sim, claro.

O xaréu tremia na mão de Brimley enquanto a faca cortava uma perfeita linha reta ao longo da sua barriga.

— Arnie emprestou seu carro. Não vou dizer que tenha ficado contente em fazê-lo, mas me emprestou. Mesmo assim fez a empregada cobrir o banco com sacos de lixo plásticos.

Largou a faca, abriu bem o peixe com uma mão e habilmente arrancou as tripas com a outra, uma massa escura caindo na pia. Ergueu os olhos para Jimmy.

— Eu lhe digo, uma mulher é capaz de arruinar um homem mais rápido que o câncer. A mulher errada, pelo menos. Com cabeça ou sem cabeça?

— Com cabeça.

— Cara legal — e Brimley colocou o peixe limpo sobre o balcão.

— Que tal uma cerveja?

— Uma cerveja? Até que é uma boa — Sugar esperou enquanto Jimmy tirava duas *longnecks* da geladeira, abria uma com uma torção do pulso e estendia a ele. Esperou enquanto Jimmy fazia o mesmo para si. Tocaram as garrafas e nenhum deles voltou à tona para respirar antes que a garrafa fosse esvaziada pela metade. Sugar enxugou a boca, deixando uma escama de peixe solitária brilhando no lábio superior. — Você saca logo um solteirão. É o cara que não tem medo de derrubar uma bem gelada já de manhã cedo. É o cara que não tem de dar satisfação a ninguém.

Tomou outro gole longo.

— Já foi casado?

— Não.

— Namorada?

— Sim.

— É a garota certa, Jimmy?

— Não sei. Talvez.

— Talvez? Achei que saberia se era a mulher certa.

Jimmy sacudiu a cabeça.

— Mulheres são um mistério. Eu teria mais sorte explicando a teoria da relatividade do que por que uma mulher é certa ou errada para mim. Encontrei uma *boa* mulher, mas não me pergunte se é a mulher certa.

Sugar terminou a cerveja e colocou a garrafa com força no balcão.

— Uma boa mulher, você *é* um homem de sorte.

— Até agora.

Brimley deu um risinho abafado.

— Se encontrou uma boa mulher, não a deixe ir embora. É o meu conselho. Conselho grátis vale quanto você paga por ele, mas é o melhor que tenho. Se encontrou uma boa mulher, agarre-se a ela. Existem melhores coisas na vida do que ficar bebendo cerveja de cuecas e sair à caça de qualquer rabo-de-saia que apareça. Como se chama sua namorada?

— Jane.

— Jane. Gosto do nome — Sugar acenou com a cabeça. — Jane. Se um dia eu encontrasse uma boa mulher, vou lhe contar, Jimmy, eu nunca a largaria. Eu a agarrava para valer.

Virou-se, embaraçado, e começou a trabalhar no outro peixe, seus movimentos trêmulos agora.

— Qual é o problema, Sugar?

A faca cortou a carne com rudeza.

— Aqui estou eu, buzinando no seu ouvido como um velho pentelho que não tem ninguém para ouvi-lo.

Manteve o rosto virado.

— Não tenho andado legal ultimamente.

— O que o está incomodando realmente? Aconteceu alguma coisa?

— Você aconteceu, Jimmy — Sugar forçou-se a ficar mais lento, a faca mais gentil agora, mais suave. — Foi isto o que aconteceu.

Jimmy depôs a cerveja no balcão. Parado na sua própria cozinha, a primeira luz quente da manhã entrando pelas cortinas, Jimmy sentiu um calafrio percorrer seu corpo.

— Corria tudo em paz comigo até que você apareceu à minha procura — disse Brimley, limpando o peixe. — Zanzando por aí no meu barco, pescando quando havia peixe e quando não havia, comendo tortas de supermercado e vendo jogos de futebol pela TV a satélite. E aí veio você e desenterrou uma porção de lembranças más. Não tenho dormido tão bem. Acordo e não me sinto descansado.

Ergueu o olhar para Jimmy e tentou sorrir.

— Um homem como eu precisa de cada minuto do seu sono bem dormido. Caso contrário vai acabar numa cozinha estranha discursando sobre amor e casamento, bancando o idiota.

— Não bancou o idiota, Sugar, e não vou pedir desculpas por tentar descobrir a verdade.

— Nada de desculpas, hein? Gosto disso. Eu sou exatamente assim. Não admira que tenha caído por você.

Brimley destripou o peixe com um gesto rápido das mãos, lavou a cavidade com água fria e colocou-o ao lado do outro no balcão.

— Só espero que este seu projeto, esta reportagem ou perfil ou seja o que for, espero que valha a pena toda esta onda que você está agitando.

— Vale a pena.

— Se é o que diz.

Brimley lavou as mãos.

— Tem algum papel de jornal? — esperou que Jimmy apanhasse os jornais de ontem e então embrulhou o peixe maior, dobrando as extremidades para dentro antes de colocá-lo de novo na geladeira portátil. Embrulhou o peixe de Jimmy com o mesmo cuidado e o colocou na geladeira.

— Alguma dica sobre como limpar meu piso ou passar minhas camisas?

Brimley não respondeu, ainda aborrecido com alguma coisa. Limpou a pia, colocou as entranhas e escamas no saco de lixo plástico e deixou o resto escorrer ralo abaixo. Acionou o triturador doméstico de lixo, observando Jimmy enquanto a máquina se revolvia, e então a desligou. O silêncio ecoou.

— Acha que Heather tinha Walsh como alvo no dia em que foi morta, não acha? É aonde está querendo levar este caso. Exatamente como os advogados de Walsh.

Lavou as mãos com sabonete e água e introduziu espuma por baixo das unhas. Rasgou um pedaço de toalha de papel do rolo, quase arrancando o rolo da parede.

— Acha que ela tentou flertar para conseguir uma carreira no cinema?

— Não tenho certeza.

Jimmy gostava de Sugar e Sugar o ajudara, mas não ia lhe contar o que descobrira sobre Heather e April McCoy. As únicas pessoas às quais confiara a verdade eram Jane e Rollo e até mesmo com eles — bem, "A verdade, toda a verdade, nada além da verdade" — aquilo não passava de papagaiada de tribunal, às vezes juízes e advogados enganavam os trouxas.

— Há um monte de garotas que fariam sexo com um garoto comendo pipoca num cinemark, por achar que ele trabalha no showbiz, mas isto não significa que Heather fosse uma delas — os olhos de Brimley endureceram. — Mesmo que fosse, isso não muda o fato de que ela está morta e Garrett Walsh a matou.

— Não estou tentando insultar a sua memória ou pisar no seu trabalho, Sugar. Aprecio toda a ajuda que me deu. Sei que não precisava. É como lhe falei na casa da praia, você não é o vilão nessa história.

— Então como é que eu me sinto o vilão?

— Você conseguiu provas e a confissão de Walsh. Ninguém encontraria falha no seu trabalho.

Brimley fez uma bola com a toalha de papel em suas grandes mãos e a jogou no lixo.

— Quer fazer justiça àquele xaréu, esfregue-o por dentro e por fora com sal *kosher* e pimenta-do-reino em pó, depois passe meio limão e um pouco de manteiga por dentro, talvez uma pitada de estragão fresco. Coloque-o num forno quente, um forno muito quente, e asse até ficar crocante. Os anjos no céu não comem tão bem.

— Por que não se senta aí mais um pouco? Podemos beber outra cerveja.

— Não, tenho de ir andando, mas obrigado — Brimley pousou uma manopla no ombro de Jimmy. — Depois que encontrei Heather Grimm... depois daquilo tive de consultar um psicanalista. Eu não queria, mas era diretriz do departamento, por isso eu fui. E fiquei contente de ter ido.

Deu um beliscão em Jimmy.

— Se descobrir que eu errei, pode me contar. Sou capaz de agüentar.

Capítulo 35

O Healthy Life Café cheirava a sopa de lentilha, suco de cenoura e alho torrado. Homens em camisas sociais de mangas curtas inclinavam-se sobre as pequenas mesas de madeira, engolindo hambúrgueres de soja enquanto liam as páginas de esporte. Uma mulher emagrecida com olhos esbugalhados e lábios vermelhos brilhantes tomava um milkshake verde — lembrava a Jimmy uma libélula. Faixas pintadas a mão nas paredes proclamavam LIBERTEM O TIBET!, CARNE É ASSASSINATO!, A MORTE COMEÇA NO CÓLON! Ele se indagava por que os vegetarianos sempre usavam tantos pontos de exclamação.

— Mesa para um? — perguntou a recepcionista, uma jovenzinha de pele clara num sarongue estampado.

— Estou à procura de algumas mulheres do edifício MacMahon. Disseram-me que elas almoçavam aqui.

A recepcionista acenou com a mão para um pátio dos fundos.

— A vala dos fumantes.

Jimmy ouviu risadas quando abriu a porta do pátio. Caminhou através da névoa até uma mesa dos fundos onde três mulheres davam baforadas sobre suas saladas, mulheres grandes em vestidos berrantes, seus óculos grandes como máscaras de mergulhadores. Aquietaram-se ligeiramente quando ele se aproximou.

— As senhoras trabalham no edifício MacMahon?

— Quem quer saber? — disse uma matrona com um Kool Light balançando no canto da boca.

— Aposto que é o cara de que Barbara falou — disse uma falsa ruiva, mais jovem, deixando cair cinzas sobre sua enorme salada. — Barb disse que tinha um jeito sexy de andar.

— Você é o cara que tem andado por aí perguntando por Stephanie? — disse uma loura peituda com as raízes dos cabelos pretas, seus olhos desnudando Jimmy. — Por que não dá uma voltinha para nós e deixa a gente decidir?

— Gosto de segurar um pouco a coisa, manter o mistério — Jimmy puxou uma cadeira para perto da mesa, sorrindo. — Sou Jimmy Gage. Estou à procura de Stephanie Keyes.

— Não é mais Keyes — disse a loura oxigenada, mergulhando pão árabe no molho. — Primeiro surge o amor...

— Depois vem o casamento — disse Kool Light.

— Depois vem Steffy com um carrinho de bebê — cantarolou a loura oxigenada agarrando a perna de Jimmy.

Jimmy acompanhou a risada ululante das três.

— O que você quer com Stephanie? — disse Kool Light. — Ela é uma boa menina.

— Não é como eu — disse a loura oxigenada, soprando fumaça no rosto de Jimmy. — Meu velho trabalha de noite e já estou cansada de fazer amor com meu consolo eletrônico.

— Angie, você é terrível — disse Kool Light. — Stephanie está metida em alguma encrenca? Estourou seus cartões de crédito?

— Só quero falar com ela sobre sua antiga patroa, April McCoy.

— Aquilo foi triste — disse a ruiva de hena.

— Não, não foi — escarneceu a loura oxigenada. — April a tratava como cocô.

— April estava *deprimida*, foi por isso que se matou — disse a ruiva de hena. — Meu irmão é a mesma coisa. Está tomando Prozac.

— Todo mundo está tomando Prozac — disse a loura oxigenada. — Isso não quer dizer que alguém deva tratar as pessoas como cocô.

— Suicídio é um pecado — Kool Light apagou o seu cigarro espetando-o no *hors d'oeuvre*.

— Stephanie ficou abalada quando April se matou — disse a ruiva de hena. — Mudou da noite para o dia. De certa forma foi até bom, porque Stephanie andava uma verdadeira pilha, com crises o todo tempo e descontrolada. O suicídio de April foi uma espécie de despertador para a sua alma.

— Como aconteceu com Oprah — disse a loura oxigenada.

— Como a sagrada comunhão — disse Kool Light.

Jimmy balançou em sua cadeira, ouvindo o ritmo de conversação que elas mantinham. As três deviam provavelmente almoçar juntas nos últimos dez anos, aperfeiçoando seus movimentos, graciosos e fluidos como a gíria incompreensível das ruas. Jimmy podia observá-las comendo, fumando e conversando a tarde inteira. Perguntava-se se Stephanie teria feito parte do grupo. Esperava que sim. Ela seria franca também, sem rodeios. Contaria a ele tudo o que sabia.

— O senhor tem um belo sorriso — a ruiva da hena mordeu meia cenoura. — Ele não tem um belo sorriso, garotas?

Mastigou ruidosamente.

— De qualquer maneira, depois que April fez o que fez, Stephanie foi trabalhar para essa distribuidora de produtos domésticos no segundo andar e perdeu uma tonelada de peso. Qual era a de Stephanie? Jenny Craig? Herbalife?

— Vigilantes do Peso.

— Emagreça-rápido.

— Seja lá o que for — disse a ruiva de hena — ela perdeu muito peso. Parecia que, cada vez que vinha nos visitar, havia perdido cinco quilos.

— Ela não trabalha mais no segundo andar — disse Jimmy. — Seu último empregador disse que foi morar com o namorado e esta foi a última vez que a viu.

— O namorado não durou seis meses. Eu a *avisei* de que estava tudo errado para ela — disse a loura oxigenada — mas não quis me ouvir. Só fui casada três vezes. O que eu poderia saber sobre os machos da espécie?

Jogou o cigarro além da cerca viva que circundava o pátio.

— O namorado era uma espécie de máquina sexual suarenta ou coisa parecida, pelo jeito como ela falava.

— Esta coisa envelhece — disse a ruiva de hena.

As três emplodiram em risos. Jimmy fingiu estar embaraçado.

— Stephanie chutou a máquina de sexo e encontrou um homem trabalhador disposto a se casar com ela — disse Kool Light. — Ela disse que era um homem trabalhador, pelo menos.

— Não consegui encontrar uma certidão de casamento no nome dela — disse Jimmy. — Eu verifiquei.

— Você não é mesmo o aluno aplicado? — Kool Light apertou os olhos.

— Stephanie casou-se no México. Mostrou-me fotos da cerimônia. Foi bonito. A água lá é muito mais azul do que a nossa. Pelo menos nas fotos.

— Eu me casei em Las Vegas — disse a loura oxigenada. — O cagão perdeu quinhentos dólares num jogo de dados e tivemos de voltar para casa no dia seguinte.

— Sabe onde mora Stephanie hoje? — disse Jimmy.

A ruiva de hena sacudiu a cabeça.

— Em algum lugar no deserto, eu acho. Ela me mandou um cartão de Natal há uns dois anos. Sua filhinha estava vestida de elfo. Até ajeitaram suas orelhas para que ficassem pontudas.

— Você anotou o endereço? — disse Jimmy.

— Não, lamento — a ruiva de hena se iluminou. — Mas devo ter guardado o cartão. Tenho uma caixa cheia de cartões e fotografias que estou guardando para um grande projeto de colagem. Quero decorar todos os armários da minha cozinha com fotos de crianças. Meu marido é estéril, pelo menos diz que é, mas eu gosto de crianças.

— Colagem é uma coisa tão ultrapassada — disse a loura oxigenada.

— Você podia procurar na caixa e ver se guardou o cartão de Natal? — perguntou Jimmy à ruiva de hena.

A loura oxigenada pegou a conta e pescou uma calculadora da sua bolsa.

— OK, eu comi as panquecas de batata, tomei o chá gelado de hibisco — suas unhas manicuradas voavam sobre as teclas — e o aperitivo de beringela, que dividimos em três.

— Eu mal toquei no aperitivo — disse Kool Light. — beringela me dá gases.

— Qual é o nome de casada de Stephanie? — perguntou Jimmy.

— Eu comi o *hors d'oeuvre*, e a surpresa de grama-do-campo — a ruiva de hena olhou para Jimmy. — Algo espanhol, eu acho. Ou judeu. Um ou outro.

— Judeus não vão para o deserto — disse a loura oxigenada.

— Moisés conduziu os filhos de Israel pelo deserto durante quarenta anos — disse Kool Light, observando a loura oxigenada somar a conta.

— Meu palmito foi três e noventa e nove, não quatro e noventa e nove.

— Meu segundo marido era judeu — disse a loura oxigenada — por isso não me venha com essa história de filhos de Israel.

— Seus cartões de Natal? — Jimmy lembrou à ruiva de hena. — Vai ver se ainda tem o endereço de Stephanie?

— Você tem *certeza* de que não é de uma agência de cobranças? — perguntou a ruiva de hena.

— É, até parece que ele teria dito a verdade se fosse — falou a loura oxigenada. — Precisa parar de confiar em todo mundo que usa calças. OK, sua parte na conta, incluindo imposto e gorjeta, é de oito e vinte e cinco.

— Sou um repórter — disse Jimmy. — Estou escrevendo uma matéria sobre April McCoy. Só queria falar com Stephanie...

— Deixe-me ver a conta — a ruiva de hena disse à loura oxigenada.

— Eu comi uma surpresa de grama-do-campo *pequena* — disse a ruiva de hena.

Jimmy arrancou a conta da loura oxigenada e puxou sua carteira.

— Vejam, garotas, temos um homem e tanto aqui — disse a ruiva de hena. — Pegou aquela conta como se não fosse nada.

As mulheres riram tanto que as pessoas nas outras mesas se viraram para ver o que tinha acontecido.

Capítulo 36

Uma ararambóia e uma píton birmanesa reticulada com listas marrons e vermelhas, placidamente observaram Jimmy quando ele entrou na loja Santa Monica Exotics. As cobras estavam amontoadas nas vitrinas da frente, enroladas em imitações de galhos de árvore, com três a quatro metros de comprimento, suas cabeças largas e achatadas pousadas sobre o corpo enroscado. Dois jovens góticos, vestidos de preto, estavam do lado de fora, de mãos dadas olhando para as cobras. A garota, coberta de *ankhs* e crucifixos de prata, os olhos enegrecidos como os de um guaxinim, mostrava a língua com um *piercing* de tacha para a píton.

Um macaco africano peludo bicolor guinchava, sua pelagem preto e branco parecendo um traje a rigor, mas Jimmy o ignorou, procurando Samantha Packard. Uma arara vermelha e verde numa gaiola acompanhou sua progressão enquanto passava pelos lagartos e pelas iguanas. Um crocodilo anão da África Ocidental, uma besta não maior do que um *dachshund*, abriu bem a bocarra quando Jimmy passou, seus dentes como dardos afiados. Um garotinho apertou o rosto contra uma vitrina e as tarântulas lá dentro recuaram. Um bando de escorpiões mexicanos nas proximidades bateram com as garras contra o vidro. O som provocou um calafrio em Jimmy.

Samantha Packard ligara para ele na redação esta manhã, parecendo ofegante, sua voz pouco mais do que um sussurro.

— Santa Monica Exotics, conhece? Às três horas.

A loja era uma coleção de nichos e frestas, corredores estreitos que conduziam a áreas abertas como clareiras na selva. Uma vendedora com calças de couro pretas mostrava uma chinchila dourada para um casal de meia-idade, escovando seus pêlos antes de passá-la à mulher, que a aninhou como um bebê. A chinchila tinha olhos pretos pequeninos, uma pele amarela sedosa e a cara de um rato de esgoto.

Jimmy desviou-se e viu Samantha Packard no final do corredor, olhando para as gaiolas, os ombros caídos. Usava um vestido vivo de orquídeas coloridas e seus cabelos estavam penteados em coifa, mas sua postura lhe dava um ar de fadiga e derrota. Jimmy aproximou-se por trás, tão silenciosamente que ela deu um pulo quando falou seu nome.

Samantha apertou as costas contra a parede de vidro da gaiola, aterrorizada. No recanto obscuro, um lêmure de rabo anelado pendia de um galho de árvore, dormindo.

— Está tudo bem — disse Jimmy.

— Você... você chegou mais cedo.

Jimmy podia ver um pequeno machucado no lado do seu maxilar, mal encoberto pela maquiagem.

— Estou contente por ter me ligado. Ele sabe?

Samantha piscou.

— Sabe o quê?

— A respeito da carta?

Samantha desviou o olhar e o encarou de novo.

— Sinto muito.

— Não foi você, fui eu. Walsh tentou contar, mas não acreditei nele.

Samantha agiu como se não o tivesse ouvido, virando-se de novo para a gaiola, observando o lêmure cochilar, um marsupial prateado com mãos ossudas humanóides.

— Eles dormem dezesseis horas por dia, dezoito horas às vezes, passam a vida sonhando. São muito inteligentes. São muito mais espertos do que nós...

Ela teve um sobressalto quando Jimmy tocou no seu ombro, afastando a mão dele, ainda olhando para o lêmure, seus olhos opacos refletidos no vidro.

Jimmy ouviu algo atrás de si.

Mick Packard pareceu espantado de ter sido apanhado, sua surpresa transformando-se em raiva.

— Eu lhe *disse* para deixar de incomodar minha mulher.

Era um péssimo ator.

Jimmy olhou para Samantha, que continuava sua vigília na gaiola do lêmure.

Packard avançou, com um ar de durão em gola rulê preta e calças pretas, as mãos em postura de prontidão marcial.

— Escolheu a mulher errada para assediar.

— Acho que houve um engano.

— Não fui *eu* quem cometeu o engano.

— Você me deu a idéia quando nos encontramos no enterro de Garrett Walsh. Estou fazendo um perfil sobre astros de filmes de ação e suas mulheres. Queria entrevistar a sra. Packard primeiro...

Packard deu um dos seus rodopios típicos e Jimmy se esquivou, o chute apenas roçando sua cabeça. Packard pareceu surpreso de novo. Ficara mais lento desde seus dias de grandes bilheterias, mas até mesmo o golpe errado quase arrancou a orelha de Jimmy.

Jimmy recuou, os punhos erguidos, observando os olhos de Packard enquanto o homem se aproximava.

— Está fugindo? — Packard falava alto demais.

Jimmy olhou ao seu redor e viu um câmera gravando em vídeo, da outra extremidade do corredor. A visão o distraiu por um momento, o suficiente para Packard atacá-lo de novo, o coice batendo na parede ao lado da sua cabeça. Jimmy agarrou o pé estendido e o torceu, jogando-o ao chão em meio a urros.

Packard ficou de pé rapidamente, mancando um pouco.

— Você foi treinado.

— Eu lhe disse, isto é um engano — Jimmy recuou, procurando uma saída.

— Ei, não quer brincar? — a pergunta fora o bordão, repetido inúmeras vezes, do último sucesso de bilheteria de Packard.

Jimmy esgueirou-se para o corredor principal. A meio caminho a mulher de meia-idade aconchegava a chinchila dourada. O câmera avançou pelo corredor atrás dela, ainda gravando. Jimmy fez uma finta e deu um soco em Packard, um duro gancho de esquerda.

Packard desviou o golpe para o lado, atingiu Jimmy duas vezes no lado da cabeça e o derrubou. Packard posou para a câmera, mandando Jimmy ficar de pé.

Samantha Packard olhava para a gaiola do lêmure, suas mãos apertadas ao lado do corpo.

Jimmy levantou-se, os ouvidos zunindo enquanto se apoiava nos calcanhares. Nem viu o golpe chegar.

Packard aproximou-se, deu um chute baixo e então encostou a palma da mão no peito de Jimmy e o arremessou de costas contra uma muralha de gaiolas de vidro.

Jimmy ouviu os escorpiões se agitando atrás de si mas manteve os olhos sobre Packard. Respirar doía. Estava apavorado.

Packard lançou-se à frente, esquivando e ziguezagueando, um sorrisinho presunçoso no rosto. Estava exatamente onde queria estar: num momento de tela grande.

Jimmy continuava tentando boxear com ele, mas Packard escapava aos seus socos, golpeava-o e recuava, e então golpeava de novo. Jimmy era rápido, mais rápido que Packard, mas o tempo de Packard era perfeito.

Packard atingiu Jimmy repetidas vezes, sempre no mesmo lugar, abrindo mais o sorriso à medida que Jimmy ficava cada vez mais enraivecido e desesperado. Packard colocou a cabeça à frente, desafiando Jimmy a desferir um golpe.

Jimmy partiu com tudo e seu punho raspou no queixo de Packard antes de ser golpeado de novo. Um lado de sua cabeça estava amortecido e escorria sangue do seu ouvido. Recuou, tomando fôlego. A mulher de meia-idade estava bem atrás dele agora, perguntando ao marido se estavam rodando um filme, sua voz ecoando, soando como se falasse de dentro de uma concha.

Packard riu para ele, avançando lentamente.

Jimmy pegou a chinchila dourada da mulher e jogou-a sobre Packard.

Packard agilmente pegou a chinchila que guinchava e então olhou confuso para a câmera.

Jimmy deu-lhe um soco no rosto, acertando em cheio. A chinchila foi fincando as garras e desceu por sua perna. Jimmy o atingiu de novo, pouco abaixo do nariz desta vez, um ponto de pressão onde todos os nervos faciais se juntavam — bem onde Jane lhe ensinara. Packard gemeu e Jimmy passou-lhe uma rasteira e o derrubou.

Packard começou a levantar-se, xingando.

Jimmy deu-lhe um chute que o deixou estendido no chão. Packard tentou se erguer, mas Jimmy não lhe deu nenhuma chance. Nada daquela palhaçada de marquês de Queensbury, nem de intervalo, nada de Convenção de Genebra, nenhum diretor gritando "CORTA!", Jimmy chutou o joelho de Packard fazendo-o desabar, chutou quando tentava se levantar e deu-lhe um soco na garganta quando tentava se explicar. Quando Packard desistiu de se levantar, Jimmy parou de bater nele.

O câmera pegou cada momento da ação.

Samantha Packard não havia se mexido. Ainda estava encostada contra o vidro, observando o lêmure adormecido.

— Samantha? — a voz de Jimmy estava rouca.

Samantha apertou as mãos contra o vidro espesso, gemendo, mas o lêmure não se moveu, perdido em algum devaneio solitário de floresta tropical, onde a luz era fresca, profunda e verde, e as árvores sempre carregadas de frutas. Se o lêmure ouviu o choro suave de Samantha em seu sonho, não chegou a reagir.

— Vire para cá, amigo.

Jimmy ignorou o câmera.

— Você é um dublê ou coisa parecida, amigo?

Jimmy sacudiu a cabeça.

— Samantha, você tem de se afastar dele.

Samantha Packard não se mexeu.

— Sinto muito.

— Isso foi de verdade, então? — o câmera avançou com a sua *zoom*.

— Podia nos contar por que está assediando a esposa de Mick Packard?

Packard tossiu e contorceu-se no chão. A arara gritou para eles, abrindo suas asas coloridas.

Jimmy olhou para Samantha Packard. Sentia-se enojado.

— Você não é a boa esposa, é?

Samantha Packard deixou pender a cabeça.

— Eu tentei... eu tentei ser.

Capítulo 37

As imagens da Santa Monica Exotics deram um pique de audiência em todo noticiário local daquela noite, com intermináveis *replays* de Mick Packard levando socos, a chinchila agarrada na sua gola rulê. Foi um grande momento da TV. Agora Jimmy entendia por que Samantha escolhera o horário das três da tarde para o encontro: Mick Packard queria ter a certeza de que estariam dentro dos prazos dos noticiários da TV. Só não contava em levar uma tremenda surra.

Jimmy passara a última meia hora rodando pela festa mensal da caça ao monturo na casa de Napitano, assistindo à ação no telão da sala de mídia. Todo mundo estava se divertindo, dando vivas e vaias. Rollo fez uma imitação perfeita de Howard Cosell e Nino dançava pela sala em seu pijama azul-pavão desferindo golpes de mentira com seus pequeninos punhos. Jimmy só sentia desapontamento.

Ele escalara Mick Packard como o marido irado desde o momento em que o vira no enterro de Walsh. Escalara Samantha como a boa esposa também. Fora além do limite da fé; Samantha admitira ter tido um caso com Walsh e Packard era um marido ciumento e controlador, com fama de ex-agente da CIA e esperteza para orquestrar uma armação. Jimmy se enganara. O caso de Samantha com Walsh não fora nada especial. Quando lhe perguntou se era a boa esposa na loja de animais, ela não entendera — ela o interpretara literalmente. Se Mick Packard fosse o marido que Jimmy procurava, ele nunca teria aprontado a farsa na loja de animais. O homem que incriminara Walsh teria sido mais sutil; Jimmy sofreria um acidente fatal ou simplesmente desapareceria.

— Jimmy!

Jimmy sentiu braços ao seu redor e uma mulher cheirosa beijando-o, com pontadas de dor no rosto onde Packard o atingira. Desvencilhou-se e viu Chase Gooding numa minissaia retrô em lamê dourado e bustiê, cabelos louros caindo em cascatas por seus ombros nus, fria como granito e rosada até o osso.

Os olhos esbugalhados de Rollo não saíam de cima dela.

— Jimmy! — Chase beijou-o de novo, a ponta de sua língua tocando contra seus dentes. — Você me colocou na lista de convidados, conforme prometeu! Eu não acreditava mais que ninguém cumprisse uma promessa, mas você cumpriu.

Jimmy afastou-se dela.

— Já encontrou algum cientologista?

— Missão cumprida. Eu e Zed qualquer-coisa estamos de parceria na caça ao monturo — disse Chase. — Zed freqüenta o templo do centro da cidade, ou a igreja, sei lá como é que chamam. Não conhece Tom Cruise pessoalmente, mas eu lhe digo, Jimmy, Zed é tão claro e ligado que me assusta.

A minissaia de Chase mostrava os músculos estriados de suas coxas internas.

— Você está com alguém?

— Não vai me apresentar à sua amiguinha, Jimmy? — perguntou Napitano.

— Nino, esta é Chase Gooding, uma atriz. Chase, este...

— Sei quem é o sr. Napitano, bobinho — disse Chase, soprando um beijo para o editor.

— É um prazer conhecê-la — disse Nino solenemente. — Boa sorte na caça ao monturo.

— Pôxa — disse Chase, agitada agora. — Tenho de ir andando ou vou prejudicar minha equipe. *Ciao!* — piscou para Jimmy e se arrancou.

— Que belos seios — disse Napitano, observando-a correr pelo piso de mármore, os saltos altos fazendo *clip-clop*. — Espero que ela vença.

— Você realmente tem uma fixação por caças ao monturo, hein, Nino? — disse Rollo.

— A caça ao monturo é tipicamente americana — dinâmica, criativa, *vigorosa* — disse Nino, o pijama de seda azul ondulando a cada gesto. — É a escritura do Destino Manifestado na busca do tesouro real ou imaginado, o detrito cultural implorado, tomado por empréstimo ou roubado. Você e Jimmy jogaram o jogo magnificamente, como eu sabia que o fariam.

— Obrigado, cara — disse Rollo. Olhou à sua volta e bateu no seu paletó. — Eu consegui.

— Maravilhoso — Napitano apontou com a cabeça para a reprise da luta na loja de animais. — Já vi o suficiente das proezas do nosso bravo gladiador. Vamos até o meu escritório para uma projeção, *molto privato*.

— O copião de Walsh? — disse Jimmy.

— A porra da *Queda de braço*, cara — confirmou Rollo.

Napitano conduziu Jimmy e Rollo através da casa, abrindo caminho entre a multidão com uma imperiosa pancada com a mão. Comprada de um ator infantil cuja carreira se eclipsara poucos anos depois da puberdade, a mansão tinha três mil e quinhentos metros quadrados de diversão pura e oferecia duas piscinas, um salão de pôquer, uma sorveteria, um ginásio completo, uma quadra para arremessos de beisebol e um centro de videogames. Nino quase não usava as áreas esportivas, considerando exercício físico uma perda de tempo, mas a sorveteria era plenamente utilizada, o xarope de chocolate chegando em vôos semanais da Suíça. O escritório ficava na ala mais distante, onde sons da festa ainda ecoavam. Napitano digitou seu código de entrada, ocultando os números, e então olhou numa abertura na parede. Completado o escaneamento eletrônico, a porta se abriu com um clique.

— Por favor, fiquem à vontade — disse enquanto o seguiam para dentro do escritório e a sofisticada porta se fechava atrás deles com um suave silvo.

Napitano apontou para os sofás de couro vermelho diante de uma televisão de tela plana e para a lata de um quilo de caviar preto iraniano no seu ninho de gelo picado. Serviu champanhe para todos.

Rollo tirou um DVD do paletó e colocou-o no aparelho.

— Este filme deveria ser um acessório dos mais úteis para o artigo sobre o falecido Garrett Walsh no qual você tem gasto tanto tempo, Jimmy.

Napitano tomou um gole de champanhe.

— Posso confiar que o artigo estará terminado em alguma ocasião num futuro previsível?

— Depende de até onde você possa enxergar.

Rollo ignorou o champanhe que Napitano havia servido e apanhou uma lata de Mountain Dew na pequena geladeira embutida na parede.

— *Queda de braço* não está terminado, mas acho que vocês vão realmente gostar. Já o vi umas doze vezes e ainda não sei aonde Walsh estava indo. Eu devia ter conseguido uma cópia das notas do seu roteiro hoje através da minha fonte nos arquivos, mas B.K. está paranóico.

Jimmy sentou-se no sofá. *Estava* realmente interessado, não só em ver um copião de um mestre cineasta, mas porque Walsh vinha tendo um caso com a boa esposa enquanto fazia o filme. Talvez houvesse algo nas cenas que lhe desse uma indicação de quem era ela.

— Lá vamos nós — disse Rollo quando o filme começou, sem títulos, sem créditos, só um close do rosto de Mick Packard, sangue escorrendo do seu nariz. Parecia quase o mesmo das cenas desta noite no noticiário da TV. — Packard está realmente bom neste filme, Jimmy. Fiquei surpreso.

Queda de braço era a história de um tira durão clinicamente deprimido, interpretado por Mick Packard, manipulado por um assassino tímido e aparentemente ineficaz, em cuja perseguição o tira é levado a becos sem saída. O copião tinha problemas de continuidade — as transições entre as cenas eram geralmente abruptas e desajeitadas — mas Packard estava extremamente convincente como o tira desesperado, engolindo pílulas, dando tapas em suspeitos, um homem forte se desenredando, tentando acobertar seu medo com bravatas, falando dos seus problemas apenas com a irmã.

A melhor pista do tira era uma bela mulher, uma garçonete que ouvira a voz triunfante do assassino depois de matar a quarta vítima, e até o vira de costas afastando-se quando olhou por sua janela. Havia uma química real entre a garçonete e o tira — a atriz era Victoria Lanois e, como Packard, nunca voltara a trabalhar tão bem de novo, mas era a perfeita mistura de força e vulnerabilidade em *Queda de braço*, a atração entre ela e o personagem de Packard tornada ainda mais poderosa por nunca ter chegado a se consumar. Depois de uma hora e meia de filme, bêbado e desesperado, o tira passa pela casa dela com um buquê de flores murchas e a encontra morta na cozinha, a TV a todo volume.

A cena não funcionou; era gráfica demais, particularmente para uma personagem que o espectador acabava amando. Vários tiros de espingarda haviam estourado a cabeça da moça. Walsh deixava a câmera passear pelas paredes salpicadas de sangue, finalmente pousando sobre o crânio esmigalhado.

Jimmy sacudiu a cabeça. Walsh tinha uma imaginação feia.

— Meu Deus — disse Napitano quando a tela ficou cinzenta.

— É isso aí? — disse Jimmy.

— É isso aí — disse Rollo. — A última cena nunca foi rodada. Verifiquei três versões anteriores do roteiro, mas são completamente diferentes. O tira é mais do tipo normal e a garçonete não morre... o tira a usa como isca.

— Houve uma mudança muito grande no personagem da garçonete em relação aos esboços anteriores? — disse Jimmy, imaginando se o aprofundamento do caso de Walsh com a boa esposa não se refletiria no papel feminino principal.

— Não realmente — Rollo levantou-se, ejetou o DVD e enfiou a caixa no seu paletó. — Ela era loura até a segunda versão, mas isto...

— Tem certeza disso? Não era morena na primeira versão? — disse Jimmy.

— Tenho certeza. Lembro de ter achado uma decisão estranha. Louras geralmente conseguem aumento com os executivos e a...

— Quero ver cada versão do roteiro que você tiver — disse Jimmy.

— A cena da garçonete tomando um banho de chuveiro — aquilo foi novidade também — disse Rollo, pensando. — Chequei as notas da produção. Foi uma das últimas coisas que Walsh filmou. Gratuita, talvez, mas aquele azulejo azul com as sereias olhando por cima do ombro dela quando está lavando os cabelos, foi um tanto quente.

Jimmy acenou com a cabeça. A cena *era* quente, mas era mais do que isto: era amorosa e generosa também, quase íntima demais. Lamentou que Sugar Brimley não tivesse conseguido permissão para entrarem no antigo chalé de praia de Walsh. Se os novos proprietários não o tivessem reformado, Jimmy estava certo, absolutamente *certo*, de que o banheiro teria um chuveiro com aquela cerâmica decorativa de sereias azuis.

Capítulo 38

— Já deixei três mensagens em sua secretária — disse Jimmy. — Tem *alguma* idéia de quando ele vai aparecer no escritório?

— É melhor o Gato Félix nem dar as caras. Aquele merda deixou de vir rodar duas cenas de suruba ontem e nem mesmo avisou, portanto, se ele acha que ainda tem um emprego aqui, deve estar bem ruim da porra da cabeça.

— Preciso realmente falar muito com ele.

— Se pegou gonorréia, tenho uma lista de postos de atendimento — e a voz do agente de talentos da Intimate Ecstasy Productions endureceu. — Se pegou chato, não pegou num de nossos filmes, então nem pense em processar...

Jimmy desligou o seu celular.

— Ainda não conseguiu encontrar Felix? — disse Rollo.

Jimmy mordeu o lábio. Felix parecia assustado durante a filmagem pornô, mas não deu a impressão de que estivesse para fugir. Agora estava desaparecido.

— Queria fazer-lhe mais algumas perguntas. Ainda estou tentando localizar Stephanie, a secretária da agente.

Rollo reduziu a van VW para primeira, o motor gemendo enquanto subiam a sinuosa estrada para o cume de Orange Hill.

— Deve ter sumido de novo.

— Talvez.

— O que quer dizer isso? — Rollo olhou para ele. — Eu devia ficar com medo?

Jimmy não respondeu.

Rollo afastou-se de Jimmy, como se isto ajudasse.

Era uma manhã carregada, o sol não conseguia penetrar na neblina.

— Projetar o copião de *Queda de braço* para Nino foi a coisa mais esperta que já fiz — Rollo empurrou para trás seus óculos. — Eu só queria trazer algo especial para a festa, não esperava que Nino financiasse um documentário sobre os últimos dias de Garrett Walsh. Não é legal?

Curvou-se sobre o volante, tentando ver através do pára-brisa sujo.

— É a primeira vez que vou fazer um filme sem ter de descolar um monte de *laptops* — olhou para Jimmy. — Bem que posso dar uma melhorada naquela porcaria do seu Trinitron. Ainda não me aposentei também.

— É um consolo.

— Tenho uma pergunta e gostaria que pensasse bem antes de responder. Certo? — Rollo respirou fundo. — Acha que eu devia tingir os cabelos?

— Não.

— Tem certeza?

— Sim, claro.

— E se eu comprasse um carro esporte? Gerardo disse que pode me conseguir um Porsche levemente envenenado de ocasião. Consegue me ver dirigindo um turbo vermelho nove vinte-e-oito?

— Eu o vejo a caminho de uma grande confusão, arranhando as marchas até o fim.

— Preciso de *ajuda*, cara. Viu aquelas mulheres na casa do Nino na noite de sábado? Tive uma ou duas chances, mas assim que a xota viu meu carango, tchau-tchau, Rollo. Vencer a caça ao monturo ajudou, mas aquilo foi no mês passado. Você é bom com mulheres. Ainda não sei como foi que cravou Jane Holt.

— Ela disse que eu era o único homem capaz de batê-la em palavras cruzadas.

— Então vou ter de melhorar meu vocabulário se quiser transar com alguém.

Jimmy encolheu os ombros.

— Eu roubei.

A van chegou ao alto da colina. Um Volvo antigo com um adesivo descascado do Greenpeace estava parado ao lado do trailer de Walsh. Fitas amarelas da polícia ondulavam ao vento indiferentes. As janelas do trailer estavam quebradas e a porta fora arrancada das dobradiças. Além do trailer, Saul Zarinski vadeava no tanque de carpas *koi*, um intelectual ossudo com botas de borracha, short cáqui e uma camisa de brim.

Rollo estacionou ao lado do Volvo e prendeu o freio de mão. Procurou sua câmera de vídeo digital, mas Jimmy já estava fora da van. O interior do trailer de Walsh fora depredado, os móveis baratos despedaçados em lascas, a geladeira derrubada, os armários esvaziados, o colchão cortado, suas entranhas amontoadas no chão. Grafitagens foram pintadas nas paredes: pentagramas, lemas de gangues, profanações, até mesmo um apelo para o time de futebol colegial de Anaheim "ir até o fundo!"

Rollo rodou em volta de Jimmy com sua câmera, fazendo uma tomada lenta, em giro, da sala principal, um joelho curvado, murmurando "Perfeito, perfeito", enquanto focalizava os *crackers* de peixe esfarelados e os Ding Dongs espalhados pelo carpete.

Jimmy deixou o trailer e partiu para o tanque das carpas *koi*. Podia ver a residência principal no alto da colina, ainda vazia, suas venezianas fechadas, mas o gramado estava verde e fora cortado recentemente. O cheiro piorava à medida que se aproximava do tanque das carpas.

— Professor Zarinski?

Zarinski ergueu os olhos, piscando. Usava luvas cirúrgicas, o bolso da frente de sua camisa estava cheio de canetas e seus cabelos se encaracolavam atrás das orelhas.

— Sou Jimmy Gage. Nos encontramos...

— Estou lembrado de você — Zarinski molhou um lápis na boca e escreveu num caderninho de anotações.

Jimmy estava mais perto agora. Uma tela de metal pendia do tripé. Algo cinzento e amorfo estava na rede, sua pele inchada a ponto de estourar, larvas contorcendo-se na superfície. Borrachudos voejavam por cima, com um zumbido semelhante ao chiado de um rádio. O fedor queimava suas narinas e respirar pela boca só fazia sentir o gosto da coisa.

— O que *é* isso?

— Porco.

Zarinski mexeu numa alça, baixando o porco de volta à água. Moscas passeavam por seus cabelos e sobre suas sobrancelhas.

— Porco doméstico.

Fez outra anotação na caderneta.

— 24.7 gramas a menos de porco do que ontem.

— Desperdício de um bom churrasco — Jimmy observou uma *koi* de listas douradas abocanhar a carcaça inchada. — isto é uma experiência?

— Não é sadismo, posso lhe assegurar — Zarinski saiu espadanando do tanque na direção de uns arbustos espinhentos. Colocou a mão nos arbustos, puxou um aparelho de aço inoxidável escondido e verificou os ponteiros. — Hidrotermógrafo — disse, respondendo à pergunta silenciosa de Jimmy. — Mede a temperatura do ar e a umidade do ambiente.

— O que está tentando provar?

Zarinski continuou escrevendo.

— Finalmente. Alguém que percebe que o propósito de uma experiência é *provar* alguma coisa. Não faz idéia das perguntas idiotas que tenho de responder. Centopéias se aninham nos seus ouvidos quando dorme? — imitou. — Escorpiões dão ferroadas em si mesmos quando encurralados? — olhou para Jimmy.

— A entomologia é a especialidade mais desrespeitada da ciência.

— Mas não por Katz.

— Ouviu falar nisso?

— Soube que ela e Boone tiveram uma discussão no laboratório do legista. Um dos técnicos me disse que teve algo a ver com você.

— A detetive Katz sempre deu grande apoio à minha pesquisa. Gostaria de poder dizer o mesmo em relação ao dr. Boone.

— É o que está fazendo? Contestando a autópsia de Walsh?

Zarinski apertou os lábios.

— Vamos dizer apenas que o sujeito é um cientista muito lambão.

Helen Katz deu um tapa na mosca em pleno ar, jogou-a contra a parede e ela caiu no assoalho de tacos desenhado. E então pisou nela.

A corretora de imóveis abaixou-se apoiada num joelho, recolheu o inseto esmagado com um lenço de papel cor-de-rosa e o enfiou no bolso do terninho azul-marinho com debruns brancos.

— Detetive, tenho um cliente potencial para a casa chegando a qualquer momento.

— Não vai levar muito tempo — Katz viu a corretora consultar seu relógio e teve vontade de lhe dar um tapa também. Uma dona de bunda magra com mil dólares de roupas nos costados, Katz sequer levou em conta os sapatos da mulher, em couro de lagarto azul, combinando com o terno, com os dedos expostos. Unhas feitas no capricho na pedicura. Provavelmente nem fabricavam sapatos daqueles para os pés chatos de Katz. Não que os fosse usar, de qualquer maneira. Não usaria. — Queria perguntar-lhe sobre a última vez que viu Walsh.

— Já lhe dei meu depoimento logo depois que o corpo do pobre do sr. Walsh foi encontrado...

— Conte-me de novo.

— Conforme declarei *anteriormente*, foi no dia seis. Verifiquei na minha agenda.

A corretora borrifou um desodorizador de ar na sala de estar, uma poção de baunilha e cravo destinada a tornar atraente a idéia de gastar um milhão de dólares num bangalô sem quintal.

— Eu estava mostrando a casa de Orange Hill para uma simpática família brasileira. É uma propriedade com o preço inflacionado e não tem havido muito interesse...

— Tem certeza de que foi Walsh que você viu?

— Quem mais poderia ter sido?

Zarinski balançou a larva branca diante do rosto de Jimmy.

— Isto é uma larva em primeiro estágio de uma mosca-varejeira, *Chrysomya rufifacies*.

Jimmy olhou para a larva que se contorcia entre o polegar e o indicador das luvas cirúrgicas cor-de-rosa de Zarinski.

— *Vermicelli*.

— Que foi que disse?

— *Vermicelli*, um tipo de macarrão. É italiano para "vermes pequenos".

— Eu não sabia disso — Zarinski olhou para o verme como se quisesse beijá-lo. — *Vermicelli* — acenou com a cabeça. — Obrigado por este delicioso factóide, sr. Gage.

— Sempre tive interesse em vermes.

— Insetos.

— Certo — Jimmy observou a larva gorda retorcendo-se no aperto delicado dos dedos de Zarinski. A lagarta lembrava a ele um turista fazendo flexões.

— A maioria dos leigos acha minha pesquisa revoltante.

— Às vezes é preciso mergulhar na sujeira para saber o que está realmente acontecendo no mundo.

Zarinski iluminou-se.

— Quer dizer que você e Boone discordaram sobre os resultados da autópsia?

— O dr. Boone é um ignorante — Zarinski clareou a garganta. — Médicos legistas dependem de dados como lividez, deterioração dos órgãos e *rigor mortis* para calcular a hora da morte, mas estes dados são questionáveis no caso de um corpo semi-imerso na água.

Estendeu a larva para Jimmy.

— Este *vermicelli* é o único método mais preciso de estabelecer o momento da morte. Se o dr. Boone tivesse pelo menos um conhecimento básico de entomologia...

Inclinou-se sobre o tanque de carpas *koi* e recolocou ternamente a larva no porco.

— A partir de dez minutos da morte moscas-varejeiras adultas entram em cena, alimentando-se de sangue ou de outros fluidos corporais, depositando ovos nas cavidades do corpo, ou ferimentos ou cavidades naturais como olhos, ouvidos, nariz e boca. As moscas-varejeiras acionam o relógio. Entendeu?

— Estou ouvindo.

Zarinski acenou com a cabeça.

— Durante a faixa de temperatura média para esta época do ano, a postura de ovos no cadáver continuaria por aproximadamente oito dias. O ciclo de vida da mosca-varejeira — de ovo a larva e da larva a pupa — leva onze dias. Quando cheguei na cena do crime com a detetive Katz, encontrei cascas descartadas de pupa flutuando no tanque de *kois*. Portanto, oito mais onze — a morte havia ocorrido pelo menos dezenove dias antes da descoberta do corpo. *Esta* é a nossa data-base. A mosca carnívora chega três ou quatro dias depois das varejeiras assim que o corpo entra em putrefação. Isto nos dá outra linha temporal para nossos cálculos. O ponto onde estas duas linhas se cruzam é fundamental para determinar a hora da morte. Está me acompanhando?

— Estou na sua cola o melhor que posso.

— Bom sujeito. Gostaria de dizer o mesmo do dr. Boone, mas ele se sentiu ameaçado por minha teoria. Chegou até a revogar meus privilégios no laboratório de criminologia.

— Qual foi exatamente a sua teoria?

— "Esqueça o trabalho de campo, Saul, concentre-se na hipótese." Já ouvi isso antes.

Zarinski puxou seu caderno de notas e tocou com o dedo numa fileira de cifras.

— Apresentei ao dr. Boone a minha pesquisa e ele sequer quis discutir a possibilidade de ajustar o seu relatório. Foi quando refiz minha experiência — apontou para a massa cinzenta inchada boiando no tanque de *kois*. — Um porco de trinta quilos drogado com a mesma mistura narcótica encontrada nos exames toxicológicos de Walsh, a dosagem proporcional ao peso do corpo...

— Professor, qual foi a sua divergência com Boone?

— O dr. Boone *calculou* a hora da morte como tendo ocorrido aproximadamente no dia sete, mas minha *pesquisa* estabelece que o momento da morte ocorreu não depois do dia cinco.

— Então como é que esta discrepância afeta as descobertas de Boone? Como isto prova que Walsh não se afogou, que ele foi assassinado?

Zarinski pareceu confuso.

— Não prova nada disso.

— Disse que divergiu de Boone...

— Não em função da causa da morte. A causa da morte não é minha área de especialidade.

Moscas rondavam a carranca de Zarinski, mas ele as ignorava.

— O intervalo *postmortem* é minha subespecialidade. O *momento* da morte. O cálculo de Boone estava errado em pelo menos quarenta e oito horas.

— E quanto à conclusão de Boone de que Walsh se afogou?

— Não faço especulações fora da minha área de especialidade.

Jimmy olhou para o porco apodrecido boiando no tanque de *kois*. Zarinski podia não especular fora da sua área, mas Katz o fazia. Ela deve ter imaginado que se Boone errou a hora da morte, poderia estar errado também com relação à *causa* da morte. Olhou para o professor.

— Sua teoria da hora da morte deve ter impressionado Katz. Foi por isso que ela teve uma discussão com Boone na semana passada, não foi?

— A detetive Katz é uma defensora implacável do método científico. O dr. Boone começou a recuar até que tropeçou numa cadeira.

Zarinski tirou suas luvas cirúrgicas com um estalo.

— Creio que a discussão também teve algo a ver com você. A detetive Katz mencionava seu nome o tempo todo. Ela gosta muito de você.

— Sim, pude ver isso pela maneira como quase quebrou minha cara.

— Ação agressiva da parte da fêmea é bastante comum antes do acasalamento.

— Se você é um louva-a-deus, talvez, mas...

— O comportamento da fêmea é admiravelmente constante através das espécies — disse Zarinski ociosamente, pinçando um besouro preto do tanque de *kois*.

— Jimmy? — gritou Rollo, aproximando-se por trás. — Uau, cara. O que é *aquilo* no tanque.

O telefone de Jimmy tocou.

— É Jimmy Gage?

— Alô, quem fala? — Jimmy observou Rollo filmando o porco que boiava.

— Carmen. Nos encontramos no Healthy Life Café.

Jimmy ouviu-a tossir e imaginou a ruiva de hena com um cigarro plantado no canto da boca.

— Ei, Carmen, como vai você?

Tentou conter sua excitação.

— Encontrou o cartão de Natal de Stephanie?

— Tem certeza de que não é um cobrador de contas?

— Juro por Deus.

— Bem, você tem uma boa cara.

Carmen metralhou no fone:

— Procurei em dez caixas de sapato cheias de cartões e recortes de revistas até encontrar. O endereço de Stephanie está logo atrás do cartão, conforme eu lembrava. Três anos atrás e parece que foi ontem. Faz a gente sentir como o tempo voa — ela clareou a garganta. — Estou pensando em começar meus projetos de colagem no próximo fim de semana, meter mãos à obra, chega de desculpas. Acha que, se eu decorasse um abajur para você, seria capaz de usá-lo?

— Em nossa primeira entrevista, você disse que viu Garrett Walsh. Agora você não tem certeza?

— A pessoa que eu vi estava a alguma distância — a corretora de imóveis agarrou-se à sua bolsa. — Eu, eu estava mostrando a vista do segundo andar quando o vi na outra extremidade da propriedade. Simplesmente presumi que era o sr. Walsh. Nunca vi nenhuma outra pessoa lá.

— Você *presumiu* que era ele — Katz não estava realmente chateada, estava satisfeita. A suposição da corretora se encaixava na teoria de Zarinski. Ela nunca teria pensado em entrar em contato com o professor não fossem as dúvidas de Jimmy quanto a Boone, por isso, um a zero no placar para o repórter. Não entendia metade do que Zarinski falava... tudo o que sabia era que o professor dissera que Walsh tinha morrido pelo menos dois dias *antes* da data calculada por Boone. Isto criava um problema. Sua entrevista inicial com a corretora meramente corroborara as conclusões de Boone — ela vira Walsh na tarde do dia sete, o mesmo dia em que Boone indicara como o da sua morte. Segundo Zarinski, porém, Walsh já estaria morto há dois dias quando a corretora o viu.

Se Zarinski estava certo, a corretora vira *alguém* na propriedade aquele dia, mas não fora Walsh. Não teria sido Harlen Shaffer também — aquele ex-condenado pé-de-chinelo teria se mandado assim que percebeu que Walsh estava morto. Não teriam sido garotos — eles teriam depredado o lugar na ocasião, não deixariam para depois. Não, a corretora vira uma outra pessoa caminhando pela propriedade, alguém que teve livre acesso ao trailer, alguém que teve todo o tempo para procurar o roteiro e as anotações que tanto interessavam a Jimmy.

— Detetive? — a corretora bateu com o pé no piso de madeira-delei. — Já terminamos?

Katz bateu a porta ao sair.

Capítulo 39

A placa no cruzamento fora derrubada e estava caída, metade dela sobre a rua. Jimmy saiu do carro, aproximou-se e verificou a placa. O toco quebrado não dava nenhuma indicação de qual delas era a N.E. 47th Court; voltou ao carro e escolheu uma da ruas, checando os endereços nas casas enquanto rodava lentamente. Ondas de calor se elevavam do chão, desfocando os números.

Jimmy olhou para o cartão de Natal enfiado acima do espelho retrovisor. Viu uma mulher cansada com um suéter de Rodolfo, a Renado-nariz-vermelho, e uma garotinha fantasiada de elfo, as duas de pé ao lado de uma árvore de Natal azul.

Victorville era uma cidadezinha varrida pelo vento à margem do Deserto de Mojave — cerca de dez anos atrás fora anunciada como uma comunidade-dormitório de Los Angeles e do condado de Orange, o percurso de duas horas compensado pelo ar puro e pelos aluguéis baratos. A cidade crescera por algum tempo, triplicando em população enquanto conjuntos habitacionais com nomes como Desert Rose, Sunset Estates e Tumbleweed Valhalla surgiam tão rápidos quanto carpinteiros não-sindicalizados eram capazes de erguê-los. A recessão mudou tudo. Quando os negócios despencaram, os funcionários de Victorville foram os primeiros demitidos, suas horas cortadas ou substituídas por mão-de-obra mexicana. Os novos conjuntos habitacionais eram cidades-fantasma agora, quarteirões inteiros fechados e abandonados, os quintais retomados pela areia e pelas ervas daninhas.

Jimmy forçou a vista através do pára-brisa, verificando números, quando uma abelha se chocou contra o vidro. Pensou em Saul Zarinski, suas moscas carnívoras e seu besouros no tanque de *kois*. Para o entomólogo, os ciclos de vida superpostos dos insetos que haviam feito do corpo de Garrett Walsh um condomínio eram uma maravilha de precisão. Jimmy ficou impressionado com a pesquisa do homem, mas insetos ainda lhe davam calafrios. Olhou para as suas pastas no chão do SAAB, anotações para si mesmo espalhadas sobre o assento, com a data *postmortem* de Zarinski marcada em amarelo. Havia algo ali, alguma coisa que o incomodava. Neste momento, porém, queria falar com Stephanie Panagopolis.

Jimmy diminuiu a marcha. A casa azul do outro lado da rua tinha uma barraca do Barney no gramado seco, o tecido roxo brilhante drapejando no vento constante. Foi o único sinal de criança que vira desde que saíra da auto-estrada. O endereço da casa combinava com o do cartão de Natal.

A campainha da porta tocou o tema de *Zorba, o grego*.

A mulher que atendeu a porta parecia aquela do cartão de Natal, vestindo jeans e uma blusa branca solta em vez de um suéter de rena. Talvez parecesse ainda mais cansada agora do que na foto, a pele amarelada, os cabelos escuros secos e desgrenhados. Espiou de longe por trás de uma corrente de segurança.

— Em que posso ajudá-lo?

— Senhora Panagopolis, meu nome é Jimmy Gage. Sou repórter — Jimmy mostrou-lhe sua credencial da *Slap*. — Gostaria de falar uns minutos com a senhora, se concordar.

— Um repórter? Já recebo o jornal.

Jimmy sorriu.

— Não estou vendendo assinaturas.

— Percebo. Bem, estou ocupada agora. Talvez pudesse voltar...

— Preciso falar com a senhora sobre April McCoy.

Ela acenou com a cabeça.

— Claro que precisa — mas não se mexeu.

— Vim de muito longe para ver a senhora — Jimmy esperou enquanto ela abria lentamente a corrente e então a seguiu até a pequena sala de estar. — Estava à minha espera?

— Sim... durante muito tempo.

Stepanhie sentou-se no sofá, os joelhos colados, e pôs as mãos sobre o colo. Era sem graça, com um rosto comprido e o tom errado de maquiagem, mas seus olhos eram bonitos e tinha uma boca generosa. Fotos de sua filha pendiam da parede: retratos dela num uniforme de bandeirante, de maiô descendo num tobogã aquático, de pijama. A filha parecia igualzinha à mãe. O sofá forrado de estampado floral amarelo era desbotado, mas os braços estavam cobertos por quadrados coloridos em tricô, e havia também uma colcha oriental tricotada caindo pelas costas. A casa era limpa e quieta, e o único detalhe incongruente de decoração eram as caixas de papelão empilhadas no canto extremo da sala. Nenhum rádio, nem TV, nem estéreo — apenas o som do vento lá fora.

— Aceita um copo d'água? É filtrada.
— Sim, claro.

Ela não se mexeu. A pergunta fora mecânica e a resposta dele não desencadeou nenhuma ação.

— Eu vendo sistemas de filtragem d'água. A unidade é atarraxada diretamente na torneira. É mais econômico do que água engarrafada.
— Sra. Panagopolis...
— Me chame de Stephanie. Não tem mais nenhum sr. Panagopolis, só eu e minha filha, e aquela estúpida campainha. Odeio aquela canção. Foi idéia do meu marido. A única coisa que fez nesta casa foi instalar aquela campainha — ela puxou o colarinho da blusa. — Eu vendo produtos Amway também. Os negócios já foram melhores. Se precisar de detergente para lavanderia ou creme de mão ou loção de barbear, se precisar qualquer coisa é só me pedir.

Jimmy olhou para as caixas de papelão.

— O gel de banho, o gel de banho de abricó, é muito bom. Tenho também toda uma linha de vitaminas. Nunca é demais tomar vitaminas. Nossa comida está morta. Não contam isto à gente, mas é verdade.
— Vim aqui para falar sobre Heather Grimm.
— Disse que queria falar sobre April.
— Vai ser uma fonte não identificada. Tem a minha palavra.

Seus olhos enfocaram os dele e ela o viu claramente.

— Uma fonte não identificada? Céus, *isso* é um alívio. Resolve tudo.
— Falei com um homem, era um fotógrafo. Seu nome na época era Willard Burton.

Jimmy viu Stephanie fazer uma careta e gostou disso nela.

— Burton me falou dos negócios por fora de April.

— Negócios por fora? — ela puxou ociosamente os cabelos, alguns fios caindo sobre o tapete.

— Burton disse que costumava encaminhar garotas e garotos menores de idade para April.

— Como vai Willard Burton? Está bem? A vida o tem tratado bem?

— Heather Grimm era uma das clientes de April.

— Faço uma mamografia duas vezes por ano. Às vezes mais. Me apalpo todo dia à procura de caroços. Minha mãe dizia que o câncer era o julgamento de Deus. Acha que isto é verdade?

— Não, não acho.

Ela sorriu e seu alívio a tornou bonita.

— Acho que deve estar certo, sr. Gage. Se Willard Burton está vivo e bem... o senhor *deve* estar certo.

Jimmy sentou-se no sofá ao lado dela.

— Heather Grimm não foi parar na casa de praia de Walsh por acaso, April a mandou lá. Mas não foi idéia de April. De quem foi a idéia?

Stephanie sacudiu a cabeça.

— Você trabalhou para April McCoy durante anos.

— Trabalhava na recepção — os olhos de Stephanie estavam arregalados, todo o seu corpo tremia. — Eu me sentava atrás de uma mesa. Atendia o telefone. Fazia café e saía para comprar sanduíches. Só isto.

— Talvez sentada atrás de sua mesa você visse algo. Talvez atendendo o telefone ouvisse algo. Estou apenas pedindo a sua ajuda. Não estou tentando culpá-la de nada.

— Se eu soubesse o que ela estava fazendo, se tivesse sabido ao certo...

— O que foi que você viu?

— Willard Burton era um homem *horrível*. Soube disso no primeiro momento em que apareceu no escritório, metendo as mãos no meu prato de balas a caminho do escritório de April, sem esperar nem que eu o anunciasse.

— Quando foi que ele começou a aparecer?

— Poucos anos antes... antes de Heather Grimm se tornar nossa cliente. Não veio com muita freqüência depois daquela primeira vez. Acho que April deve ter dito algo a ele.

— E quando deixou de aparecer no escritório ele começou a telefonar?

— Sim.

— Você recebia as chamadas.

Stephanie ficou irrequieta.

— Era o meu trabalho.

— Se fosse o *meu* trabalho, eu teria escutado de vez em quando.

— Eu podia ser demitida se fizesse isto.

— Um homem como Burton ligando para minha chefe... eu teria escutado de qualquer maneira. Eu ficaria preocupado com ela, teria desejado saber no que se metera. Acho que você também é assim.

Stephanie olhou pela janela panorâmica para uma sacola vazia de Bucket-o-Chicken voando pela rua.

— Este era um lugar maravilhoso para se morar. Uma porção de famílias jovens, boa quantidade de crianças para minha filha brincar. Alguns pais instalaram um playground num terreno baldio no final da rua — escorregas e balanços. Está lá abandonado. Tínhamos festas de quarteirão, todo mundo comparecia. As pessoas adoravam minha salada de massa. Pediam-me a receita e eu sempre dava. Algumas mulheres não dividem receitas, ou deliberadamente dão os ingredientes errados, mas eu não posso ser assim.

Jimmy colocou a mão no pulso dela e a sentiu afastá-lo.

— Pimentões, este era o segredo da minha salada de massa. Pimentões e molho tártaro Del Monte.

— Aposto que Burton flertava com você quando ligava. Eu o conheci. Chama-se Felix agora, o Gato Félix. Acha que é um conquistador.

— Ele me chamava de Costeleta-de-porco. *Costeleta-de-porco* — Stephanie observou a grama marrom do outro lado da rua. — Burton falava em código com April. Tenho um *guppy* para você — dizia. — Eu nem chegava a saber do que estava falando durante muito tempo. Só soube quando era tarde demais. Li em algum lugar que havia um mercado negro para peixes tropicais. O artigo dizia que os colecionadores pagavam muito dinheiro pelos peixes raros, ameçados de extinção; às vezes os peixes nem eram bonitos, apenas perigosos. Foi o que eu achei que ela estava fazendo.

Jimmy não discutiu com ela.

— Então Burton fornecia *guppies* para April; já sei disso. O que me interessa saber é para quem April vendia os, ou as *guppies*. Quem pagou a ela para mandar Heather Grimm à casa da praia?

Stephanie torceu uma mecha de cabelo entre o polegar e o indicador.
— Heather não era uma *guppy*.
Jimmy olhou para ela.
— Era o quê?
Stephanie torceu os cabelos mais rápido agora.
— Um ganso — acenou com a cabeça. — Um ganso que botou o ovo dourado. Havia muitos *guppies*, mais do que você poderia acreditar, mas Heather era o único ganso. Ela era *muito* especial.

Burton a havia descrito da mesma forma para Jimmy durante a filmagem pornô.

— Minha filha tem sete anos agora. Olho para ela dormindo às vezes e me pergunto como pude ter sido tão burra.

Fios de cabelo flutuavam na sala quieta.

— Eu *fui* burra, não fui? Não foi algo pior?

— Você só juntou todas as peças quando já era tarde demais, apenas isso. Já me aconteceu antes. A gente pensa que sabe o que está acontecendo, mas não sabe.

— É um homem bondoso.

— Não, não sou. Eu só sei o que é errar.

Stephanie apertou as mãos. Parecia que tentava tomar fôlego.

— Vendo geradores de ozônio que supostamente reduzem o estresse. Eu não posso... eu não posso garantir...

— Nunca ouviu April no telefone falando com alguém sobre Heather?

Stephanie sacudiu a cabeça.

— Nunca ouviu o nome de Garrett Walsh mencionado?

— Eu deixava o escritório às seis, mas April sempre ficava até tarde. Acho que não gostava de voltar para casa. Quem você está procurando devia ligar para ela depois que eu saía.

Jimmy ficou sentado do lado dela por um longo tempo, pensando.

— O que exatamente fazia Heather tão especial? Era tão jovem e no entanto tão madura...

— Heather foi a única que April chegou a colocar sob contrato. É *por isso* que ela era especial.

Jimmy a viu tremer.

— Não entendo.

— As outras *guppies*, nunca cheguei sequer a conhecer. Eu ouvia April e Burton falando e uma semana ou duas depois April recebia uma nova roupa de *grife*, algo de Rodeo Drive. Era uma mulher enorme, mas adorava roupas. Tinha estilo. Eu admirava aquilo.

— Nunca conheceu *guppies*. Chegou a conhecer Heather?

— Heather era um ganso — Stephanie sorriu diante da lembrança. — April sentia-se tão orgulhosa. Vivia falando a Heather sobre este grande papel que havia arranjado para ela, um "veículo de estrela", assim o chamava, não apenas uma pontinha, um verdadeiro papel para estourar.

— April nunca prometia um papel específico para algum de seus clientes?

— Oh, não, nunca.

— Qual era o papel que April havia arranjado para Heather? É muito importante. Stephanie concentrou-se e então sacudiu a cabeça.

— April tinha *certeza* de que o papel de Heather estava garantido?

— Disse que era negócio fechado.

Jimmy acenou com a cabeça. April nunca esperara que Heather fosse ser assassinada naquela noite; o estupro de Heather iria arruinar a carreira de Garrett e sua prisão faria de Heather um nome famoso, uma celebridade. Um papel destacado num filme poderia transformar Heather numa estrela e um contrato garantiria a April uma boa carona no seu sucesso. Nem Mick Packard no auge do seu poder conseguiria abrir tantas portas para Heather. Nem um traficante de coca ciumento ou um rei dos computadores. Não, aquilo exigia um cacife *real*.

Stephanie fungou.

— Você está bem?

— É como falei há pouco, às vezes é preciso um tempo para juntar todas as peças e, quando você o consegue finalmente, pergunta a si mesmo por que demorou tanto?

— Não seja duro demais consigo mesmo. Não é saudável. Acho que foi por isso que April cometeu suicídio, deve ter-se culpado pelo que aconteceu a Heather.

— Acha que April cometeu suicídio?

— April... debaixo de tudo aquilo, era uma pessoa muito espiritual.

— Willard Burton acha que ela foi assassinada.

Stephanie ficou muito quieta, um coelho tentando se confundir com o terreno.

— Willard Burton é um homem que não entende de culpa — falou finalmente. — April entendia de culpa. Assim como eu. Era por isso que nós duas comíamos demais.

Olhou para Jimmy.

— Se a coisa com Heather tivesse funcionado como deveria, April não ia ter mais nada a ver com Willard Burton. Tenho certeza disso. Detestava aquele homem tanto quanto eu — seus olhos estavam abatidos agora, lembrando. — A tarde em que Heather assinou com a agência foi um dia *tão* bom. Heather falava que ia comprar um Corvette, um Corvette cor-de-rosa, e April falava de conseguir um novo escritório e talvez uma daquelas cadeiras ergonômicas para mim. Um dia maravilhoso. Minha mão chegou a tremer quando autentiquei o contrato.

Jimmy olhou para ela.

— Como podia Heather assinar um contrato? Era menor de idade.

— Sua mãe estava lá. Ela assinou também. Estávamos todas tão felizes e então Garrett Walsh arruinou tudo. Eu e Burton somos os únicos que sobreviveram. Faz você pensar, não?

Olhou para Jimmy.

— Isto soou mal, não foi? Eu deveria ficar preocupada?

— Fique na sua. Entrarei em contato logo. Se lembrar o nome do filme que April prometeu a Heather, me diga.

Stephanie olhou pela janela e verificou a rua.

— Sei que não devia ter atendido à porta.

Capítulo 40

Merda. Sugar puxou lentamente a lasca da carne tenra entre o polegar e o indicador e a jogou no mato que cercava a casa de brinquedo. Sugou a ferida e sentiu uma minúscula tira de pele solta. Sorriu com a associação da palavra: tira.

A casa de brinquedo era uma pequena estrutura com telhado pontudo a cerca de três metros do chão, uma escada de um lado e um escorrega comprido do outro. Era construída de tábuas toscas pintadas para parecer toras, empoladas pelo sol agora. FORT APACHE estava estampado nas laterais. Havia espaço para quatro ou cinco crianças, mas Sugar enchia a casa, deitado sobre a barriga, as pernas saindo pelos fundos enquanto espiava pela porta de entrada. Na rua mais adiante podia ver Jimmy Gage na varanda da frente da casa azul, falando com a mulher de jeans e blusa branca. Parecia-lhe familiar.

Sugar havia seguido Jimmy todo o caminho desde Huntington Beach até este buraco esquecido de Deus, mantendo-se atrás a uma distância de quinze ou trinta quilômetros. Nem chegara a ligar o rádio, preferindo ouvir o bip do localizador-receptor no banco do passageiro. O transmissor preso debaixo da carroçaria do carro de Jimmy enviava um sinal regular.

Um dos velhos colegas tiras de Sugar se aposentara e fora trabalhar na LoJack, um serviço de rastreamento eletrônico que recuperava carros roubados equipados com esse dispositivo. No ano passado, Sugar trocara com Vince uma geladeira cheia de bonitos por um aparelho e uma demonstração do seu uso. Vince piscara, perguntando se Sugar tinha uma namorada e desconfiava que o estivesse traindo. Sugar retribuiu a piscada e disse que nunca se sabia quando equipamentos sofisticados podiam ser úteis. O dispositivo acabou *sendo* de utilidade. Depois de livrar a cara de Jimmy naquele dia na marina e de tê-lo levado em casa quando Jimmy estava arrasado demais para dirigir, Sugar plantara o aparelho no carro de Jimmy.

Desde então vinha vigiando Jimmy. Era só ligar o receptor em seu próprio carro e seguir a luz que piscava no mapa para saber onde estava Jimmy. Mas seguir Jimmy para cima e para baixo, de um lado para o outro, era trabalho demais, e Sugar estava *aposentado*. Apanhar aqueles xaréus poucas noites atrás, bem, foi relaxante fisgar aquele primeiro peixe, ouvindo a linha correr para fora do molinete escapando para a liberdade. Particularmente depois de dar conta daquele tal de Gato Félix.

Sugar ajustou sua posição, cuidando de ficar na sombra, atento para as lascas agora. O playground estava deserto, os aros de basquete entortados, os balanços enferrujados. Metade das casas no quarteirão estavam vazias. Localizara o carro de Jimmy estacionado em frente da casa azul, fizera uma curva em U e estacionara na rua seguinte, assumindo sua posição na casa de brinquedo, onde tinha uma boa vista e privacidade. As casas próximas estavam fechadas com tábuas nas portas e janelas. Não precisou esperar muito até que a porta da frente se abrisse e os dois saíssem, arrastando seus adeuses. Sugar pousou o queixo nas mãos. Ele simplesmente *sabia* que já tinha visto a mulher antes.

Capítulo 41

— Residência Danziger.
Jimmy dirigia com uma mão no volante, pensando.
— Residência Danziger, posso *ajudá-lo*?
Jimmy desligou a chamada. Queria falar com a mulher de Danziger, mas não a ponto de ter de passar pelo mordomo ou seja lá o que Raymond fosse. Digitou a mesa principal da *Slap* e a extensão da colunista de fofocas da revista.
— Aqui Miss Chatterbox, falando a mil.
— Oi, Ann, é Jimmy — pisou no SAAB a mais de cento e trinta e ultrapassou o Toyota prateado 4x4. O garoto atrás do volante usava um boné dos Lakers virado para trás e brindou a Jimmy com uma cerveja.
— Alguma novidade?
— Sei que está metido numa grande encrenca. Napitano o procurou o dia inteiro.
— Sim, recebi uns dois recados dele.
— Está xingando em italiano.
— Ann, sabe alguma coisa sobre Michael Danziger e sua mulher?
— Produtor de filmes, não é? Já foi alguém?
— Foi o chefão da Epic International.
— Oh, sim, me lembro dele agora. Foi chutado há cinco ou seis anos. *Taurus Rising* acabou com ele, se não me falha a memória. Orçamento de oitenta milhões e teve menos de cinco milhões de bilheteria. Sayonara, Mikey.
Jimmy podia ouvir Ann consultando o seu arquivo sanfonado. Era uma das colunistas de mexericos da velha escola que preferia fichas à

memória do computador. Havia uma quantidade de chefões de Hollywood para os quais April McCoy podia estar trabalhando, um montão de executivos que podiam ter prometido uma carreira cinematográfica para Heather Grimm, mas Michael Danziger foi aquele que contratou Walsh, aquele que apareceu no *set* no meio da filmagem. Estava de olho na produção, dissera a Jimmy. Talvez. Jimmy se lembrava de Danziger nadando contra os jatos d'água na sua piscina, nadando com resistência e regularidade, seu exercício rotineiro, precisamente calibrado. Sim, havia uma quantidade de suspeitos, mas, como Jane dissera, quando sua investigação empaca, comece com o que tem à sua frente.

— Michael e Brooke Danziger — Ann parecia estar lendo da ficha — casados há doze, não, digamos treze anos. Sem filhos. As caridades costumeiras, Cedars-Sinai, AIDS América, Lupus, Parkinson. Eu os vi em festas e eventos beneficentes ocasionalmente. É um cara simpático, bonitão, sempre apertando mãos. Bebedor de Perrier, vegetariano... Oh, isto é interessante. Anotei para mim mesma há poucos meses. Parece que as duas últimas — não, as três últimas promessas de doação caritativa de Michael não foram honradas. Eu ia publicar isto, mas decidi esperar até que ele tivesse um novo sucesso. Que tal é este seu novo filme? *Minha garota encrencada, Encrenca com a minha garota*, algo assim. Posso publicar isso?

— Vai ter de esperar — o volante do SAAB vibrava em sua mão e Jimmy diminuiu um pouco a velocidade. A estrada estava quase vazia de volta à cidade, mas ele desacelerou. A Patrulha Rodoviária tinha unidades de radar e helicópteros e ele não queria perder outro sábado na escola de trânsito. — E quanto à esposa?

— Ummmmm, Brooke não faz realmente parte desse negócio. Lembro de tê-la visto na entrega dos prêmios da Academia algumas vezes, mas parecia um pouco deslocada. Sempre fica colada a Michael. Sim, evidentemente, foi uma campeã de hipismo antes de se casar. Cavalgou na Rose Parade durante vários anos, uma verdadeira rainha eqüestre.

— Tem uma foto?

— Estou farejando um furo aqui, Jimmy. Contei a você onde Samantha Packard malhava e de repente lá está você na TV sendo atacado por aquela mula de marido ciumento. Agora quer saber sobre Brooke Danziger. Se você está em alguma caça ao monturo de esposas de Hollywood, quero uma exclusiva.

— Está me superestimando — Jimmy verificou o espelho retrovisor. A picape Toyoya era um pontinho prateado na distância. Pensou em Stephanie Panagopolis a quilômetros de distância agora, com suas lembranças de *guppies* e do ganso que ia botar os ovos de ouro. Devia ter comprado alguma coisa dela, o gel de banho de abricó para Jane ou um filtro d'água. Podia ter colocado como despesa de trabalho, ver o que Napitano dizia.

— Afinal, o que é toda essa história, Jimmy?

— Um minuto, Ann, recebi outro telefonema. Alô?

— Jimmy? Aqui é Michael Danziger. Você acabou de ligar para minha casa mas não disse nada. Estava pensando se havia algum tipo de problema?

Jimmy odiava identificadores de chamadas. Ia ter de achar outra maneira de contatar Brooke Danziger.

— Obrigado por ligar, Michael. A bateria do meu celular está apagando e caiu algumas vezes. Eu só queria saber quando é a pré-estréia de *Minha garota encrenca*?

— Tão *delicado* — disse Danziger. — É nesta sexta-feira no Regency. Vou mandar alguns ingressos VIP por mensageiro para você.

— Vou ter de desligar — disse Jimmy, voltando para a outra linha. — Desculpe, Ann. Uma última pergunta. Quando via os Danzigers em festas, teve alguma sensação de conflito entre eles?

— Querido, existe *sempre* conflito entre marido e mulher nesta cidade. O que quer realmente saber?

Jimmy estremeceu quando uma libélula verde se espatifou no pára-brisa, desintegrando-se, uma asa rendada agarrada por um momento debaixo do limpador. Pensou no professor lá no tanque de *kois* e imaginou se seria capaz de identificar a espécie exata de libélula antes de se esfacelar.

— Jimmy? O que está acontecendo?

Jimmy olhou para o fichário-sanfona no chão do carro, a pasta desgastada de papelão inflada com suas anotações sobre a história de Garrett Walsh.

— Eu conto a você assim que chegar a uma conclusão — disse, acelerando.

Capítulo 42

Jimmy largou a cerveja e a garrafa tombou no chão irregular, espumando até onde suas anotações estavam espalhadas.

— Filha de uma *puta* — pegou a cópia dos registros telefônicos de Walsh e sacudiu-a. Sabia que havia algo importante na reconfiguração da hora da morte feita pelo professor, algo que tocou sinos sem ele saber por quê. Desviou o olhar do papel, observando o tanque de *kois* à distância. Estava com dor de cabeça de tanto pensar.

O sol do meio da tarde estava mais quente que o da manhã, mas ele não notou. Ficou sentado à sombra do limoeiro esquelético com o vento poupando-o da fedentina, sozinho com suas suspeitas desfocadas. Rollo e o professor tinham partido há muito tempo. Só havia Jimmy agora. Viu a carcaça de porco inchada boiar serenamente na água marrom e pensou em Michael Danziger nadando contra a maré naquela sua pequena piscina, nunca atingindo a outra extremidade.

Sugar apertou a campainha e ouviu uma melodia grega. Legal. Havia apertado tantas campainhas quanto qualquer tira — um pequeno toque pessoal era sempre apreciado. Endireitou os ombros. Havia escovado com a mão a sujeira da casa de brinquedo, entrara no carro e dirigira até o shopping mais próximo, roubara uma placa de um dos carros estacionado diante de um cinema e a colara em cima de sua própria placa com duas esguichadas de cola-tudo. Ela manteria a placa falsa no lugar, mas ele poderia removê-la a caminho de casa com um puxão forte. O LoJack indicava que Jimmy estava há um bom tempo voltando para Los Angeles

— melhor aquele garoto tomar cuidado que a Patrulha Rodoviária era como o diabo em cima dos motoristas apressados. Tocou a campainha de novo. Aquela canção grega certamente grudava na memória da gente. Ajeitou seu paletó esporte azul-marinho, aquele que sempre levava no porta-malas do carro para propósitos oficiais. Sorriu para o olho mágico.

A porta se abriu, a corrente de segurança retesada.

— Sim? — ela estava desconfiada, o que ele considerava uma qualidade atraente numa mulher, e vestia um avental azul de babados que realmente conquistou o seu coração.

Sugar abriu a carteira e deixou que ela desse uma boa olhada no seu distintivo, enquanto ele dava uma boa olhada nela.

— Pode me chamar de Sugar, Stephanie. Todo mundo me chama assim.

Stephanie olhou para o carro parado na entrada da casa, um Ford de cinco anos atrás com uma pequena corrosão nas partes cromadas.

— Eu o conheço, oficial?

— Ainda não, mas vamos resolver isto.

Ela havia perdido muito peso. Nunca tinham sido apresentados, mas Sugar a vira saindo do escritório de April em diferentes ocasiões, observando-a na escuridão da escadaria enquanto ela se arrastava pelo corredor em direção do elevador. Devia ter perdido uns vinte e cinco quilos, mas ainda andava curvada.

— Preciso conversar com você sobre o cavalheiro que a visitou mais cedo hoje.

— Eu *sabia* que ele ia me meter em encrenca — Stephanie abriu lentamente a corrente. — Minha filha volta da escola às três. Vou sempre esperá-la no ponto do ônibus.

— É uma boa mamãe, mas não se preocupe, até lá já teremos conversado.

Sugar farejou.

— Tem algo de bom no forno.

Stephanie limpou as mãos no avental.

— Acabei de fazer biscoitos.

— Vamos conversar na cozinha então — o rosto de Sugar ficou radiante. — É bom ver que ainda existem mulheres que gostam de cozinhar em vez de abrir um pacote de supermercado.

Stephanie segurou o avental.

— Não sou grande cozinheira. Só queria fazer alguma coisa para minha filhar levar para a classe. As outras crianças vêm encarnando nela.
— Crianças podem ser tão cruéis. Nada como distribuir biscoitos para fazer amizade com todo mundo.
— Era justamente o que eu estava pensando.
Sugar seguiu-a até a cozinha. Era pequena, mas limpa e simpática, e realmente bem arrumada. Havia uma caixa de ovos no balcão, perto de sacos abertos de farinha, açúcar e de uma barra de manteiga. A tigela de misturar a massa estava quase vazia. Desenhos a crayon estavam grudados por ímã à geladeira. Duas boas fornadas de biscoitos esfriavam numa peneira de arame. O fogão era a gás.
— Aceita um pouco de água, detetive? — Stephanie deixou a torneira correr enquanto apanhava dois copos altos. Estendeu-lhe o copo um momento depois, cubos de gelo tilintando. Pareceu surpresa, notando suas luvas de couro finas pela primeira vez.
— Eczema — explicou Sugar, tomando um gole longo. — Ah — estalou os lábios. — Nada como água fria num dia quente.
— Água filtrada — Stephanie tomou um gole recatado do seu copo e enxugou os lábios com o dedo mindinho. — Eu bebia cinco ou seis latas de refrigerante por dia, hoje só bebo água.
Ela corou.
— Eu tinha um problema de peso. Todo o meu metabolismo estava fora dos eixos.
— Acho difícil acreditar — ele passou a espátula pela borda da tigela com o resto de massa e provou, estudando a reação dela. — Ummm, biscoito de chocolate — o preferido de todo mundo.
Ela não pareceu aborrecida e sim contente.
— Eu me limito a um biscoito por fornada. Era uma das minhas guloseimas favoritas. Chocolate de qualquer tipo é a minha fraqueza — Stephanie quebrou uma lasca de um biscoito e a enfiou furtivamente na boca. — Toma vitaminas?
— Não posso dizer que tome.
— Deveria tomar, detetive.
— Me chame de Sugar.
— Deveria realmente tomar, Sugar. Sou distribuidora de algumas das melhores vitaminas do mercado. Sem açúcar, sem amidos, sem aditivos. Elas aumentam o seu nível de energia *naturalmente*.

— Acho que todos nós podemos nos valer de um pouco mais de energia.

Sugar inclinou-se contra o forno. Ainda estava quente, mas não exageradamente quente.

— Você é uma verdadeira mulher de negócios. Gosto disso. Mostra personalidade.

— Não é realmente uma escolha — Stephanie quebrou outro pedaço de biscoito. — Sou mãe solteira. Alguém tem de pagar as contas.

— Talvez eu leve uns dois frascos de vitamina C quando terminarmos. Não sei muito de vitaminas, mas ouvi dizer que são boas para resfriados.

— Tenho uma excelente C de mil miligramas e ação prolongada. Se comprar dois frascos, o terceiro é grátis. Tenho também gel de aloe vera que acabará com esse seu eczema.

Sugar sorriu para ela.

— Parece que este é o meu dia de sorte. Quase detesto ter que falar de negócios com você, mas vou ter de falar.

Ela tomou um gole mais demorado e ele viu sua garganta tremer enquanto a água descia.

— Este cavalheiro com quem andou falando — folheou seu caderninho —, Jimmy Gage. O que foi exatamente que lhe perguntou?

Stephanie murchou como uma margarida colhida há uma semana.

— Não estou metida em nenhuma encrenca, estou?

Sugar deu-lhe um tapinha no braço.

— Tenho um bom relacionamento com o promotor. Não quero me gabar, mas se eu disser que é amiga do departamento, isso vai acabar resolvendo as coisas.

— Eu nunca soube realmente o que estava acontecendo. Não até que já era tarde demais. Poderia anotar isso?

Sugar anotou no seu caderninho, enquanto Stephanie se inclinava para espiar.

— Disse isso ao sr. Gage?

— Sim, disse. Com certeza eu disse.

— Disse que não sabia o que estava acontecendo até que já era tarde demais. Então, depois, você *percebeu* o que estava acontecendo?

— Bem, sim, mas a esta altura...

— A esta altura já era tarde demais. Não foi culpa sua — Sugar anotou isso também.

— Jimmy disse que eu seria uma fonte não identificada. Ele me *prometeu*.

— Jimmy Gage está interferindo com a investigação policial. Não pode lhe prometer nada.

— Percebo — a mão de Stephanie tremeu. — A gente conhece alguém, pensa que pode confiar na pessoa... é minha própria culpa. Como eu falei, eu era ligeiramente obesa. Uma garota gorda sempre confia num homem que sorri para ela. Acho que, no fundo, ainda sou uma garota gorda.

— Stephanie, preciso saber exatamente o que você lhe contou. Toda a investigação poderia ser comprometida. Estou seguro de que ele mencionou um fotógrafo que April McCoy usava.

— Willard Burton. Sim, Jimmy sabia tudo sobre ele.

Sugar ergueu os olhos das suas anotações.

— Você se incomodaria de fechar as cortinas? Estou recebendo um terrível reflexo da janela.

Esperou até que Stephanie fechasse as cortinas e voltou ao sofá. A sala estava mais escura agora, mais fresca.

— Jimmy não estava realmente tão interessado em Willard Burton — disse Stephanie.

— Não, imagino que estivesse interessado em Heather Grimm. Ele acha que alguém a influenciou para ir até a casa de praia de Garrett Walsh.

— Bem, na verdade ele sabe que April a mandou lá — Stephanie bebeu o resto de sua água, os cubos de gelo batendo contra seu lábio superior. Parecia satisfeita consigo mesma. Nada melhor do que corrigir um oficial da polícia. — O que ele queria saber de mim era quem foi que mandou April fazer aquilo.

Sugar anotou tudo.

— E quem foi que mandou April fazer aquilo?

— Não tenho idéia. Foi o que lhe disse.

— Disse a verdade?

— Sim, senhor, a verdade.

— Conheço este Jimmy Gage, Stephanie. Ele não aceita um não como resposta. Estou certo de que você deve ter-lhe dito algo que poderia usar.

— Bem, eu lhe disse que April tinha Heather sob contrato. Pareceu excitado com isso. April disse que Heather tinha uma carreira de verdade à sua frente. Ela a reservara para um grande papel, um filme de verdade, com estrelas e tudo mais. E então ela foi morta.

— April chegou a lhe dizer que filme era este?
— Era isto o que Jimmy queria saber — Stephanie sacudiu a cabeça.
— O que foi que você lhe disse?
— Eu disse que não conseguia lembrar. Era verdade, também.
Não importa. Se Jimmy fez a pergunta, já estava a meio caminho da resposta. Sugar a viu olhando para o relógio.
— A que horas sua filha desce do ônibus?
— Quinze para as três.
Sugar fechou seu caderninho.
— Gostaria de levar um pouco daquela sofisticada vitamina C.
Stephanie se iluminou e foi até os fundos da casa.
— Que tal um pouco de aloe vera também? — gritou por cima do ombro. — Não há motivo para você ficar usando estas luvas quentes o tempo todo.
— Vendido.
Sugar a seguiu até o corredor e esperou que desaparecesse, então voltou à cozinha. Olhou para os desenhos de criança grudados na geladeira: uma imagem de uma garota e de uma mulher andando de bicicleta debaixo de um sol amarelo sorridente. Fez o seu estômago doer. Virou-se, abriu o fogão, tirou as prateleiras de metal e colocou-as contra a parede. Abaixado sobre um joelho, apagou a chama do piloto e fechou a porta do forno. Pensou por um segundo e então puxou uma pequena almofada duma das cadeiras da cozinha, colocou-a no fundo do forno e fechou a porta de novo. Ligou o gás a plena potência, ouvindo o sibilo.
— Stephanie, pode trazer *dois* tubos daquele gel de aloe vera.
— São seus, detetive — gritou Stephanie dos fundos da casa.
Sugar ouviu o forno sibilar por mais alguns minutos e então caminhou de novo até o corredor e viu Stephanie saindo de um quarto de dormir trazendo uma sacola de papel.
— Coloquei algumas amostras de cremes para a pele. Sei que um homem grande e forte não liga para estas coisas, mas a mulher da sua vida vai apreciar.
— Não existe mulher da minha vida.
Stephanie empinou a cabeça.
— Realmente?
Sugar sorriu.
— Nunca fui um sujeito muito namorador.

— Acho difícil acreditar, detetive.

Sugar olhou dentro da sacola.

— Realmente acha que estas pílulas e poções vão me ajudar?

Stephanie farejou.

— Estou sentindo cheiro de gás.

Sugar seguiu-a à cozinha e a viu segurando a porta aberta do forno, tentando espalhar com a mão o ar malcheiroso. Ele e interrompeu quando ia apagar o gás.

— Que está fazendo?

Sugar fechou a porta.

— Precisamos conversar.

Stephanie lançou-se de novo para o botão do forno.

— A chama do piloto deve ter-se apagado de novo.

Sugar apertou-a fortemente contra si, sentiu-a se debater, e o calor e a fricção o excitaram.

— Ouça. Por favor, ouça. Stephanie, *ouça*. Muito bem, assim — disse, quando ela parou por um momento. — Quero que saiba, isto não é minha culpa.

— O que não é sua culpa?

— O que vai acontecer a seguir.

— Detetive, está me apavorando.

— Não tanto quanto estou apavorado.

Stephanie umedeceu os lábios.

— Quero que desligue o gás.

Sugar sacudiu a cabeça.

— Sinto muito.

Stephanie disparou para a porta dos fundos, mas Sugar a apanhou. Ela chutou e se debateu, gritando agora, sua voz alta e aguda.

Sugar apertou o rosto dela contra seu peito enquanto ela gritava, sua carne abafando seus gritos. Deu tapinhas na sua cabeça, agüentou os seus chutes, e continuou falando, sua voz suave e tranqüilizante.

— Não culpo você. É cruel acontecer isto a uma boa mulher como você, assim de repente, mas é assim que tem de ser.

Stephanie afastou-se um pouco dele, gritando por socorro, mas não havia vizinhos para ouvi-la, os dois sabiam disso.

Sugar apertou-a mais e enroscou seus grandes braços ao redor dela.

— Shhhhh.

Stephanie deu-lhe uma joelhada, mas ele havia levado joelhadas de especialistas e não o haviam abalado.

— Não temos tempo para isto — disse Sugar, seus lábios roçando a concha rosada da sua orelha. — Sua filhinha vai chegar em casa logo. Você não vai querer que eu esteja aqui quando ela entrar por aquela porta — sentiu-a estremecer. — Ela vai entrar, vai gritar o seu nome, talvez perguntar por que não estava no ponto do ônibus — e então vai me ver e eu não vou conseguir me controlar.

Stephanie choramingou e desvencilhou-se. Era mais forte do que parecia.

— Por que está *fazendo* isto?

— Não se preocupe com isso. É com sua filhinha que devia se preocupar agora.

— Por favor, não a machuque.

— Não sou um monstro. Devia estar zangada com Jimmy, não comigo.

Stephanie arranhou-o, mas ele afastou o rosto e a manteve presa junto ao seu corpo.

— Se continuar com isso, vai tornar as coisas piores — a voz de Sugar era calma e firme. Fizera um curso sobre negociações de reféns certa vez; o instrutor disse que tinha a voz perfeita, calmante e não-ameaçadora. — Se continuar lutando, vai se machucar e não vai dar credibilidade ao suicídio. Isto muda tudo. Então vai ter de ser um assalto; vou ser obrigado a passar um tempo revistando a casa, remexendo na sua bolsa, e quando sua filha entrar e me encontrar aqui...

Stephanie fraquejou.

— Por favor, por favor, não.

Parecia que alguém havia tirado uma rolha da sua barriga e suas entranhas tivessem se esparramado pelo chão. Ele nunca deixava de se admirar ao ver como a coisa funcionava às vezes.

— Por favor, não a machuque.

— Depende de você.

O cheiro do gás estava mais forte agora, mesmo com a porta fechada. Sua cabeça latejava.

— Se sua filhinha chegar em casa enquanto eu ainda estiver aqui, bem, vai me dar indigestão pelo resto da vida. Não faça isso comigo.

Os punhos de Stephanie bateram contra o peito dele. Era como se estivesse batendo nele com flores.

— Você é uma boa mamãe. Pude ver isso no momento em que entrei nesta casa.

Stephanie soluçava agora.

— Vou tomar o cuidado de deixar as portas trancadas. Não vou deixar sua filhinha entrar e ver você. Existe algum lugar aonde ela pode ir se não puder entrar, não existe? Algum amigo mais adiante na rua? — Sugar sentiu-a acenar com a cabeça. — Não vai ser tão ruim. É só deitar sua cabeça na almofada e aspirar fundo algumas vezes. Você vai dormir e sonhar para sempre.

— O que foi que eu lhe fiz?

— Absolutamente nada — Sugar a balançou e sentiu seu coração batendo contra ele enquanto o forno continuava assobiando. A sala estava repleta de gás. — Nada de nada.

— Por favor...

— Quer culpar alguém, culpe Jimmy Gage. *Ele* é o responsável.

— Jimmy? Eu... eu mal falei com ele. Meia hora, só isso.

Sugar levantou-a do chão. Stephanie ficou deitada inerte em seus braços estendidos enquanto a carregava para o forno.

— Amiga, uma vez bastaram cinco minutos para virar minha vida de cabeça para baixo. Cinco minutos.

Abriu a porta do forno com a ponta do dedo.

— Meia hora para mim quer dizer *sempre*.

— Estou apenas cansado — disse Jimmy. — Não, estou ótimo, Jane, eu a vejo esta noite.

Fechou o telefone e o enfiou no bolso. A brisa mudou e ele franziu o nariz, sentindo um bafejo vindo do tanque de *kois*. Terminou a cerveja, agarrou o gargalo e pensou em se levantar para fazer o arremesso, ver se conseguia acertar no porquinho cinqüenta ou sessenta metros lá embaixo. Então se lembrou do corpo de Walsh flutuando no mesmo local, inchado como um zepelim, a pele empolada e rachada, bicada por corvos. Katz tivera de recorrer a fichas dentárias para fazer uma identificação positiva, mas Jimmy soubera que era Walsh assim que viu a tatuagem do diabo no ombro do cadáver.

Jimmy folheou os registros telefônicos no seu colo. Correu o dedo por uma coluna dos telefonemas de Walsh, querendo lembrar-se da última chamada que Walsh dera. A penitenciária de Vacaville. Claro. Telefonando para o seu lar. Parou e verificou as notas que escrevera mais cedo, depois de ter falado com o professor. Olhou para a relação dos telefonemas de novo, não acreditando.

As duas últimas chamadas haviam sido feitas para Vacaville, o spa mantido pelo Estado onde Walsh e Harlen Shafer tinham cumprido pena juntos. Jimmy não pensara muito naquilo quando ele e Rollo estudaram as chamadas pela primeira vez; Walsh havia telefonado para a prisão toda semana desde que fora solto, chamadas curtas para a mesa principal, encaminhadas a algum guarda comprado provavelmente. Não havia meio de rastrear aquilo. Walsh estava apenas entrando em contato com seus ex-companheiros de prisão, avisando que cumprira as promessas que a maioria dos ex-condenados fazem quando são libertados: procurando esposas e namoradas, talvez levando uma criança ao zoo no lugar do pai que vai ficar um bom tempo atrás das grades. Foi o que Jimmy pensou inicialmente. Agora não mais.

Se o professor estava certo em relação ao tempo da morte, aquelas duas últimas chamadas foram feitas *depois* que Walsh já estava morto. Uma outra pessoa ligara para Vacaville enquanto os peixes disputavam as partes tenras de Walsh. Jimmy pensou na possibilidade de que a hora da morte calculada por Boone fosse a correta, mas não a levou em conta por muito tempo.

Moscas flutuavam sobre o tanque de *kois*, uma nuvem escura à distância. Jimmy bebeu a cerveja, pensando, contente de que não podia ouvir o zumbido de onde estava sentado. Já tinha barulho bastante na sua cabeça.

Walsh fora assassinado. Jimmy estava certo com relação a isto, mas o marido da boa esposa não estava por trás daquilo. Aquelas chamadas regulares que Walsh fizera para Vacaville não foram para os companheiros de prisão — ele estava querendo ganhar tempo, sapateando para algum guarda vingativo, alguém que podia estender suas garras para fora das grades e tocar nele. Tocar para matá-lo. Não foi o amor ou o ciúme que acabou com Walsh. Ele foi liqüidado por um pacote de cigarros que não pagou ou por ter falado durante *SOS Malibu*, ou talvez simplesmente por ter olhado o cara errado do jeito errado. Com a boca que ele tinha, foi um prodígio que Walsh tivesse durado sete anos atrás das grades sem o fecharem.

As duas últimas chamadas do telefone de Walsh foram feitas por seu assassino, a primeira dando a notícia de que Walsh estava morto e a segunda

— não chegara a durar um minuto — confirmando que a mensagem fora recebida. Esse líder da prisão provavelmente usara Harlen Shafer para armar a jogada, como um pretexto, deixando Walsh tão chapado que não fora capaz sequer de reagir. O próprio Shafer fora provavelmente assassinado por causa da sua cortesia.

Jimmy queria estar enganado, porque se estivesse certo todos os seus esforços na tentativa de encontrar a boa esposa e o marido — nada daquilo tinha nenhum valor. Walsh estava em pânico naquela noite no trailer, cheio de histórias de amor e vingança, suas bravatas entrando em colapso a cada ruído lá fora. Havia um marido ciumento na verdade, *sempre* havia um marido ciumento com um cara como Walsh. Fosse de Danziger que tivesse medo, ou do seu carma da prisão vindo alcançá-lo, no final tudo o que Walsh deixara atrás de si fora o seu medo. Era mesmo coisa de Walsh achar que um roteiro de filme o salvaria. Que o tornaria uma sensação de novo. Intocável. A volta do garoto de ouro.

Jimmy encostou a garrafa nos lábios. A cerveja estava quente e amarga. Por que o assassino ficara por ali tanto tempo depois? Mate e pronto, corra, era o que Jimmy teria feito. Mas o homem que matara Walsh não tivera nenhuma pressa de ir embora. Provavelmente tomara um banho de chuveiro depois, dera uma geral na geladeira de Walsh. Era o dono do pedaço. Aguardara dois dias para dar aquele segundo telefonema, revistando o trailer, vendo se havia algo ali que o interessava, acabando com o resto da droga e da bebida. Mostrando sua descontração de presídio.

Jimmy jogou a garrafa de cerveja no chão com raiva de si mesmo. *Aquilo* foi o que acontecera ao roteiro de Walsh. Jimmy havia se convencido de que o roteiro desaparecido prova va que o marido ciumento estava por trás do assassinato, mas o assassino o levara. Pegara como um *souvenir*. Ou talvez, sabendo que Walsh fora famoso um dia, achara que *devia* ter valor. Helen Katz ia rir como uma porra-louca quando lhe contasse. Podia ouvi-la dizendo que deixasse o trabalho policial para a polícia, que amadores sempre tornavam o crime mais complicado do que realmente era.

Jimmy levantou-se e jogou a garrafa de cerveja no tanque de *kois*, colocando tudo o que tinha no arremesso, mas a garrafa não foi muito longe.

Capítulo 43

— Obrigada por ter vindo esta noite.
Holt abriu a janela do SAAB de Jimmy. A noite estava fria, mas dentro do carro estava quente e vaporoso. Ela estava no assento do passageiro, sacudindo os cabelos para fora, checando o espelho retrovisor lateral.
— Não lhe dei muito tempo.
— Sem problemas. Eu só estava sentado na cena do crime tomando cerveja e brigando comigo mesmo — Jimmy sentiu a arma de Jane bater no seu joelho quando ela se inclinou para beijá-lo. — Além do mais, são estes momentos românticos que fazem a coisa toda valer a pena.
Holt sugou o lóbulo de sua orelha, sua mão com a arma pousada na sua coxa agora, batucando.
— Achei que gostava de mulheres perigosas.
— Não gosto delas com uma nove milímetros perto do meu peru. Está travada, não?
Holt beijou-o de novo, sem responder.
Estavam parados num beco isolado freqüentado por namorados, num cume que dava para as luzes de Laguna Beach, um beco sem saída onde havia um canteiro de obras com casas de luxo que não decolaram, o empreiteiro falira e a propriedade mergulhara num litígio sem fim. Os esqueletos das casas brilhavam na escuridão. A maioria tinha já os telhados, mas os lados estavam apenas nas colunas de sustentação. As casas semi-construídas ofereciam mais locais de esconderijo do que de refúgio.
— Que cena de crime? — perguntou Holt.
Jimmy ainda estava pensando em Walsh, perguntando-se quanto do que ele contara a Jimmy era mentira.

— Estamos de volta ao trailer de Walsh?
Jimmy olhou por cima da cabeça dela. Achou ter visto uma sombra se mexer na casa mais próxima, escuridão dentro da escuridão.
Holt aproximou-se dele.
— Achei que havia acabado com o caso de Walsh.
— Acho que ele é que acabou comigo — sentiu a automática roçar no seu joelho. — Sabe, eu me sentiria melhor se tivesse uma arma também.
— Eu não — Holt mudou de posição, ainda vigiando as coisas. Ondas de cabelo louro encaracolado cobriam metade do seu rosto. — Não possui uma licença e eu o vi no estande de tiro. Você fecha os olhos quando atira.
Jimmy acariciou seus seios.
— Acho que a peruca loura é um pouco exagerada, a propósito. Tem certeza de que não está apenas querendo me deixar com tesão? Acrescentar um pouco de variedade...
— Cale-se — Holt recostou-se, sentindo prazer no seu toque, seus olhos checando os espelhos laterais em busca de sinais de movimento. — Eu vou pegar este filho da puta.
— Acredito em você.
— Vou pegá-lo — Holt disse calmamente. — Talvez não hoje, mas em breve, e quando o fizer espero que ele resista à prisão.
Ela estava ofegante e Jimmy não podia levar a sério.
— Tem certeza de que isto não é uma cilada?
— Sei o que estou fazendo.
— OK.
— *OK*.
Na semana anterior um júri de instrução deixara de indiciar Henry Strickland por agressões sexuais múltiplas. Holt fora a oficial de detenção, pegando Strickland por uma série de ataques em becos escuros freqüentados por casais de namorados. O *modus operandi* do maníaco era saltar de trás de um arbusto sobre o carro parado, quebrar a janela do homem com um taco de beisebol, bater nele até deixá-lo desacordado e estuprar a mulher. Preferia louras. O maníaco era cuidadoso, usando uma máscara de esqui, luvas cirúrgicas e camisinha. Mas Holt investigara todos os casos e finalmente encontrara um sujeito que fazia *cooper* por ali e

se lembrava da placa de um carro estacionado próximo do local de um dos ataques. Holt fizera a prisão com uma única policial de apoio e o forçara a ficar de joelhos com uma chave de pulso quando discutiu com ela, apertando as algemas até Strickland uivar.

A detenção fora o ponto alto do caso. As mulheres vitimadas foram ineficazes no banco de testemunhas, inseguras, incapazes de suportar o acareamento, ainda aterrorizadas. Os homens estavam ou hospitalizados ou não foram capazes de fazer uma identificação clara. Depois que o júri de instrução anunciou sua decisão, Strickland passara por Holt no corredor do tribunal e dissera que iria processá-la e também à municipalidade. Ele a despiu com os olhos enquanto falava.

No dia em que Strickland foi posto em liberdade, Holt recebeu um telefonema de outra mulher. Não quis dar o nome, mas disse que também fora estuprada por ele, meses antes, num local isolado com vista para a cidade, um beco sem saída cheio de casas construídas pela metade. Seu namorado se esquivara do taco de beisebol e fugira, deixando-a sozinha com o estuprador. Eles nunca deram queixa do crime. Os locais de caça costumeiros de Strickland eram muito perigosos para ele agora, mas Holt sabia que mais cedo ou mais tarde ele atacaria no beco sem saída de novo, achando que estava seguro. O departamento policial de Laguna não estava interessado em vigiar o local, não estava interessado em pagar horas extra; aceitara a decisão do júri de instrução. Holt não se importava de trabalhar fora de hora. Tinha Jimmy, sua indignação e sua 9-milímetros.

A meia-lua não projetava muita luz no beco sem saída — apenas iluminava as beiradas das casas. O vento farfalhava as árvores circundantes. Jimmy se viu checando os espelhos laterais e o retrovisor de poucos em poucos segundos, à escuta do rangido de passos no cascalho. Jane montou nele com as pernas abertas, esfregando-se lentamente contra o seu corpo. Não sabia ao certo quanto das ações dela eram em seu favor e quanto eram para fazer Strickland comprar a encenação. Sentia o calor da própria pélvis e não ligou para nada, esfregando-se contra ela também, fazendo seus olhos piscarem.

Holt mudou de posição e afastou-se ligeiramente, tentando ficar com a cabeça livre.

— Não *faça* isso.
— Não faça isso *você*.

Holt encostou-se contra ele de novo, escutando. Grilos cricrilavam ao luar. As duas portas estavam destravadas — Jimmy desatarraxara as luzes internas para que não acendessem. Agora só precisavam que Strickland mordesse a isca. Ficaram sentados ali enroscados por mais dez minutos, às vezes fingindo beijar, às vezes sem fingir, esperando pelo som dos passos.

— Quanto... — Jimmy reposicionou a sua ereção. Incríveis as situações em que o jogavam. Esqueça o Viagra, simplesmente fique sentado se excitando com a mulher que ama enquanto espera para ter de lutar por sua vida. Um autêntico momento do canal Discovery, o instinto de acasalamento subindo a mil debaixo de condições de stress. — Quanto tempo mais quer ficar aqui?

— Até que ele apareça.

— E se não aparecer?

Holt conferiu o relógio.

— Se vai atacar, vai ser logo. Gosta de estar de volta à sua cama à meia-noite. O canalha acha que é Cinderela. Me beije.

— Sim, madame — Jimmy beijou seu pescoço, afastando para o lado os cabelos louros. — Também podemos voltar aqui amanhã.

— Fique de olho bem aberto.

Continuaram sentados ali, tocando-se de leve, em alerta total. Um galho estalou e os dois deram um pulo, escutando com tanta ansiedade que suas cabeças doíam.

— Acho que sei quem é a boa esposa. Ela e o seu marido.

— Ãh-hã — Holt verificou os espelhos.

— Juntei as peças todas hoje. Uma mulher chamada Stephanie me entregou tudo numa bandeja da prata — Jimmy sacudiu a cabeça. — Ela sequer sabia o que sabia.

Holt mexeu-se ligeiramente, sem prestar realmente atenção a ele.

Jimmy não a culpava.

Holt destravou a automática.

— Vi alguma coisa na casa, a segunda. Só uma sombra, mas está se aproximando.

Jimmy se forçou a não olhar. Encostou um pé contra sua porta, pronto para abri-la com um chute assim que Strickland se aproximasse, coordenando a ação para pegar o homem um instante antes que quebrasse o vidro com o seu taco de beisebol.

Um pedaço de madeira estalou nas proximidades e Holt riu.
— Alarme falso.

Jimmy virou-se e viu um guaxinim no alto de um dos caibros do telhado inexistente da casa mais próxima, olhando para eles. Seus olhos cercados por um anel preto o faziam parecer um dos Irmãos Metralha dos quadrinhos de *Tio Patinhas*. Jimmy respirou. Nem tinha percebido que estava prendendo o fôlego.

Holt travou de novo o cão da 9-milímetros, ainda rindo de si mesma. Enxugou suor da testa, tirou a peruca loura e jogou-a no assento entre eles.

— Era atrás disto provavelmente que o guaxinim estava. Acho que se apaixonou por sua peruca.

— Ele é bem-vindo. Essa coisa estava muito quente — Holt passou a mão como um pente através dos cabelos escuros e sacudiu-os. — Esqueci de lhe contar, comprei um exemplar da *Slap* hoje. É maravilhoso o artigo que escreveu sobre Luis Cortez. Me deu vontade de chorar.

— Obrigado.

— Tão triste. Não temos tantos fuzilamentos em Laguna, mas vi os nomes nas estatísticas criminais de Anaheim e Santa Ana e simplesmente passei por cima. Não creio que vá virar a página tão rapidamente no futuro — Holt colocou de novo a peruca e retomou a vigília. Não conseguia evitar. — Você viu o layout da matéria? Foi impressionante.

— Não, ainda não vi — Jimmy continuava pensando em Danziger e no ar presunçoso que exibia quando o entrevistara. O homem que sabia os segredos. Jimmy ainda não sabia se o segredo era incriminar Walsh por estupro ou por assassinato. Walsh também não soubera.

— O diretor de arte deve ter reunido todas essas gangues de rua para serem fotografadas no estúdio. Você não podia ver seus rostos, só os braços tatuados. Os braços direitos margeavam toda a matéria. Algo realmente forte. Você tem a impressão de Luis cercado, com amor e com perigo pela gangue, incapaz de se libertar.

— Sim, Robert Newman, o diretor de arte, é brilhante — Jimmy sacudiu a cabeça. Até o fim Walsh ainda não tinha certeza de que não houvesse matado Heather Grimm. Aquilo o incomodava, aquilo o incomodava genuinamente.

— Os *vatos* deviam estar todos nas mesma gangue — Holt vigiava o matagal. — Seus braços tinham todos a tatuagem de um guerreiro asteca, no mesmo lugar também, exatamente através dos bíceps. Muito perturbador, mas forte.

— Sim, a idéia é esta. Você deseja ostentar suas cores, não só como um indivíduo — Jimmy podia sentir o mundo começando a rodar. — Você quer... você quer ser parte de algo maior para ter uma medida de proteção.

Jimmy parou. Os pólos haviam revertido e subitamente havia borboletas monarcas no Antártico, caribus pastando no Amazonas e todas as pontas soltas, cada uma delas se posicionando suavemente no lugar certo.

— Qual é o problema?

Jimmy beijou-a e não foi uma encenação, um beijo de mentira, os dois preocupados, fingindo ser amantes. Ele a beijou e ela o acompanhou até o fundo.

— O que... o que está acontecendo? — disse Holt. — Não estou me queixando...

— Nada. Sinto-me simplesmente feliz de estar aqui.

Abraçou-a com força de modo que ela não podia ver os seus olhos. Ele sabia agora o que tinha realmente acontecido no tanque de *koi*.

Capítulo 44

Rita Shafer seguiu Jimmy até a porta da frente, mantendo o roupão corde-rosa felpudo fechado com uma mão. O sol da manhã batia implacavelmente em seu rosto. Parecia exausta, círculos escuros ao redor dos olhos, e ele pensou no guaxinim do beco dos namorados da noite passada. — Acha que Harlen está morto, não acha?
— Já errei muitas vezes para dizer com certeza.
— Vi o jeito como olhou quando lhe contei do velho diabo tatuado de Harlen. Acha que ele está morto.
Jimmy acenou com a cabeça.
— Sinto muito.
Rita agarrou o seu roupão.
— Eu não ficaria surpresa — enxugou os olhos. — Foi doloroso o modo como morreu? Deixa para lá, sei que não me contaria se ele tivesse tido uma morte sofrida. É um homem bom demais para me contar a verdade.
Jimmy queria ir embora. Precisava estar em Malibu em duas horas, às onze no máximo, e tinha outras coisas a fazer primeiro.
— Alguém pagou as contas da casa — Rita jogou para trás uma mecha de cabelos que lhe caíra no rosto. — Liguei para a companhia de eletricidade para pedir mais tempo e disseram que a conta já estava paga. O mesmo com a companhia telefônica. Foi você, não foi?
— Preciso ir.
— *Tinha* de ser você.
As crianças estavam brigando no apartamento, pulando no sofá, mas Rita as ignorou.

— Pensei no início que tivesse sido Harlen, mas agora, bem, não podia ter sido ele, não é?

Jimmy deu-lhe uma palmadinha no ombro. Era toda ossos e arestas pontudas.

— Só fiz isso para tentar compensar a cagada que aprontei.

Rita sorriu. Ela merecia a medalha de honra por isto.

— É bem o tipo de coisa que Harlen diria. A primeira vez que vendeu meio quilo de erva — não podia ter mais do que quinze anos — comprou-me um par de sapatos vermelhos e um batom Max Factor.

— É uma bela lembrança. Devia guardá-la bem.

— Precisa ir, não é?

Jimmy abraçou-a e ela retribuiu o abraço com tanta força que ele achou que ficaria com a sua marca no peito.

Sugar inclinou-se sobre a borda do barco, a mão direita mantendo a linha retesada, a outra recolhendo o tarpão com uma rede, aninhando o peixe cinza-aço enquanto o erguia da água. Era uma beleza, ainda se debatendo na rede, olhos negros brilhando. Levara quase meia hora para pegar o tarpão. Não eram muito gostosos para comer, mas eram lutadores ferozes. Uma criatura honrada.

Sentira o mesmo com relação a Stephanie. Matá-la ontem fora duro, duro para ele, duro para ela, mas ambos haviam cumprido o seu dever. Era uma boa mamãe. Se houvesse mais como ela, o mundo seria um lugar melhor. Não gostou de fazer aquilo, mas a matança fora feita e ponto final. Serviço completo. Agora aqueles marimbondos podiam dormir de novo e Sugar podia voltar a pescar.

O tarpão estremeceu e investiu sobre ele. Sugar cortou a linha com um alicate pontiagudo, botou no chão a vara e o molinete e levantou a rede, tomando cuidado para não machucar as escamas. Cinco quilos e meio pelo menos. Era uma bela manhã, o sol alto, o céu claro e azul, o convés balançando suavemente debaixo de seus pés. Estava de peito nu, com short folgado e sapatos de iatista que qualquer homem são teria jogado fora há meses, mas gostava do toque das coisas familiares. Piscou para o tarpão e removeu cuidadosamente o anzol de sua boca com o alicate. Era quase meio-dia agora, hora de soltar o peixe e voltar para casa para almoçar. Os dois viveriam para lutar um outro dia.

O telefone no seu bolso estava tocando.
Sugar teve um momento de indecisão e finalmente abriu o celular, ainda segurando o peixe na rede.
— Alô?
— Detetive Brimley?
Sugar olhou para o telefone. Não reconheceu a voz da mulher.
— É como me chamam. Com quem estou falando?
— Katz. Helen Katz. Sou detetive do departamento de polícia de Anaheim.

Jimmy esperou até que o cavalo e a amazona chegassem ao topo da crista e descessem pelo caminho acidentado, antes de pedalar a *mountain bike*, subindo em direção a eles, querendo se assegurar de que estavam fora de vista da mansão na colina.

A amazona puxou o cavalo para trás, deixando a Jimmy espaço suficiente para passar, mas ele parou a poucos metros de distância e jogou o capacete para trás para que ela pudesse ver seu rosto. Ele a havia observado nos últimos dez minutos, seguindo paralelamente a ela na malha de trilhas que entrecortam as colinas de Malibu.

— Sra. Danziger?

Brooke Danziger olhou para ele cautelosamente enquanto o cavalo resfolegava, ficando de lado na trilha, os dois cobertos de fina poeira cinzenta.

— Sou Jimmy Gage.
— Que bom para você.

Jimmy olhou para Brooke. Há semanas vinha buscando a boa esposa, descobrir quem era, tentando imaginar como seria. Não tinha certeza do que esperava. A beldade apaixonada e atraente, pela qual Walsh arriscara a carreira e achara aquilo uma boa aposta? A deusa Kali devoradora com um vestido azul que custara a Heather Grimm a sua vida? Jimmy não esperava que a boa esposa se parecesse com Brooke Danziger.

Era atraente, bonita até, mas o sul da Califórnia estava cheio de mulheres bonitas, verdadeiras arrebatadoras de corações, mulheres que investiam na sua aparência e a usavam como arma. Brooke não era nenhuma coelhinha de praia ou rainha da moda. Era uma mulher calorosa, do tipo esportivo com rugas ao redor dos olhos e uma boca larga e cheia, uma mulher que parecia à vontade em jeans e camisa de caubói. Estava sentada escarranchada no cavalo agora, ciente de estar sendo examinada sem se importar com ele, as rédeas frouxas nas mãos, os cabelos presos numa trança grossa. Walsh tivera a chance de escolher qualquer estrelinha de Hollywood, mas ele amava Brooke. Pena que Michael Danziger tivesse se casado antes com ela, casado e talvez matado para conservá-la. Jimmy ainda não tinha certeza quanto a isto.

— Eu o vi na televisão recentemente, sr. Gage. Surrou aquele Mick Packard numa loja de animais de estimação. Meu marido disse que era um golpe de publicidade, mas eu achei a coisa real.

— Você ganhou.

— Bom para você. Está à procura de meu marido? Ele não cavalga.

— Não.

O cavalo espirrou, mas Brooke não reagiu.

— Telefonei para o Wild Side Spa à sua procura. Disse a eles que era da companhia de produção do seu marido, esperando que a telefonista desligasse na minha cara, mas ela disse que sua consulta semanal fora ontem. Foi quando eu soube com certeza o que aconteceu no tanque de *koi*.

Brooke continuou a observá-lo, uma mão segurando ligeiramente as rédeas, ligeiramente divertida. Era uma morena com um bronzeado profundo, botas bem usadas, jeans desbotados e uma camisa de brim bordada com as mangas arregaçadas.

— Você recebe o tratamento completo no spa? — disse Jimmy. — Manicura, pedicura, massagem de sal e cera brasileira. Sim, aposto que seu marido a quer esguia e fofa. Aposto que Walsh também. Walsh não podia telefonar para você em casa, mas sabia como podia entrar em contato com você no spa toda semana. Mesma hora, mesmo local.

Jimmy havia esperado uma reação irada dela, mas Brooke apenas olhou por cima do ombro na direção da casa na colina.

— Leve-me a Walsh.

Ela começou a falar, mas parou. Gostou dela por isto. Estava para mentir, para negar o que ambos sabiam ser a verdade, mas era esperta o bastante para saber que não ia funcionar.

— Não posso — apontou a cabeça de novo em direção da casa. — Michael me espera de volta dentro de uma hora.

— Quero ver Walsh. Se não pode ou não quer me levar a ele, eu vou aos tiras.

Brooke Danziger olhou do alto para ele.

— Homens. Vocês *adoram* dar ultimatos às mulheres.

— Pense nisto como uma promessa.

— Vou levá-lo até ele amanhã.

— Hoje.

— Meu marido tem planos para nós hoje. Não posso escapar deles.

Jimmy observou-a.

— *Amanhã*, então.

O cavalo se mexeu, ela o manteve no lugar com um suave puxão nas rédeas, ainda observando Jimmy. Seus olhos eram de um castanho profundo.

— Garrett ficou muito impressionado com você sr. Gage. Nada disto teria acontecido se ele não acreditasse que você conseguiria levar a missão a cabo.

— Isto é um cumprimento?

Brooke Danziger quase sorriu.

— Eu adverti Garrett. Disse a ele que você era bastante inteligente e tenaz a ponto de ser perigoso. Ele disse que correria o risco. — Ela inclinou-se para a frente, a sela rangendo. — Vai ter de perguntar a ele, quando se encontrarem, se *ainda* acha que valeu a pena.

— Simplesmente não sei como posso ajudá-la, detetive — disse Sugar. — Foi há muito tempo. Tudo o que sei do caso é parte do arquivo público.

— Não me venha com essa merda — disse Katz, sua voz ficando rouca no telefone. — De um tira para outro, sempre guardamos o melhor para os colegas. Vamos nos encontrar e trocar figurinhas.

Sugar abriu sua geladeira com o pé, suavemente colocou o tarpão no ninho de gelo picado e jogou a rede de lado.

— Pelo que li nos jornais, a morte de Walsh foi oficialmente atribuída a um acidente — o peixe debateu-se contra o gelo. — Achei que o caso estivesse encerrado.

— Esta porra de caso me deixou com a pulga atrás da orelha. Sabe como é isso. Quero que me ajude a tirar a pulga.

Sugar olhou para o horizonte azul.
— Não sei. Ando um tanto ocupado.
— Você está aposentado, Brimley. Está ocupado com o quê?
Sugar observou as ondas.
— Que tal almoçarmos amanhã?
— Tudo bem para mim.
Sugar anotou o número de telefone dela e disse que ligaria amanhã de manhã para dar as coordenadas. Fechou o celular, enfiou-o no bolso. Parecia que todo o som no mundo havia sido desligado. Nenhum som, nenhuma cor, nenhuma sensação. Só Sugar ali em alto-mar, tentando manter seu equilíbrio num convés que balançava. Virou-se para a geladeira e olhou para o tarpão. Seu punho golpeou o peixe sem que tivesse sequer consciência de que desejava golpeá-lo. Gelo espirrou em seu peito nu quando atingiu o tarpão. Sangue e escamas desceram lentamente pelo ar e o único som que Sugar podia ouvir era o uivo em seu próprio coração.

Capítulo 45

— Aposto que detestou ter que deixar seus óculos da sorte no tanque de *koi* — disse Jimmy.

— Você não se esquece de nada, não é? — Walsh cutucou os salsichões aquecidos no *hibachi* com um garfo, um baseado preso no canto da boca. — Eu usava aqueles Wayfarers na noite em que ganhei os dois Oscars e os guardei comigo o tempo todo a partir daí. Mas eu os joguei na água perto de Harlen e fiquei contente quando fiz isso. Até coloquei a faca de linóleo no bolso de trás dele. O que fosse preciso para convencê-lo.

— A finalidade de tudo isso era me convencer?

— Convencer a você, convencer aos tiras. De um modo ou de outro, achei que era mais saudável para mim estar morto do que vivo — o sorriso de Walsh expôs um dente da frente lascado. Passou a língua pela aresta áspera, ciente de que Jimmy notaria. — Quebrei na noite em que Harlen se afogou. Caí de cara no chão e não senti nada. Nós dois estávamos tão chapados.

— Ele se afogou sozinho ou precisou de ajuda?

— Acha que o matei? — Walsh estava coberto por uma coroa de fumaça. — Você tem uma cabeça igual a um saca-rolha, seu durão. Era o que diziam de mim, porque nunca sabiam o que eu ia aprontar. Não admira que eu goste de você.

Jimmy não retribuiu o sentimento. Os dois encostaram-se na balaustrada da sacada de Walsh, uma laje de concreto que dava para o lixão na viela. Era um apartamento alugado por semana em Manhattan Beach, um pequeno estúdio com carpete felpudo alaranjado, uma privada cuja água nunca parava de escorrer e uma mistura de mobílias deixadas por inquilinos anteriores. O apartamento ficava a três quilômetros e meio milhão de dólares de distância do chalé onde Heather Grimm morrera. Jimmy passara de carro pela loja dos Kreamy Krullers, pensara em Sugar e quase parara para comprar uma dúzia.

Walsh esfregou a mão na barba desgrenhada. Era um disfarce pobre, mais vaidade do que qualquer outra coisa, achando que o mundo estava cheio de fãs que o reconheceriam. Agachou-se, com o short largo e uma nova camisa de caubói vermelha com potros corcoveando. A camisa estava desabotoada no calor da tarde, as axilas manchadas de suor. Fez uma bola de jornal amassado e enfiou-a no carvão, as chamas subindo, os salsichões estalando.

— Sempre fui impaciente — disse, espetando-os com o garfo. — Eu e Harlen estávamos no meio do tanque naquela noite, mijando nos peixes. Acabei primeiro e cambaleei sobre as pedras seguindo para a margem, com pressa para voltar ao cachimbo de *crack*. Acordei ao amanhecer, os olhos inchados e meio fechados e cuspindo dentes, mas ainda parecia melhor do que Harlen. Os desgraçados dos peixes já haviam comido seus olhos quando virei o seu corpo — deu um último tapa no baseado e jogou a guimba pela sacada. — Me fez renegar restaurantes de peixes para o resto da vida.

— Não faça piada, Garrett — Brooke estava sentada do lado de dentro numa das duas cadeiras descasadas da cozinha, com sandálias e um vestido curto mostarda. Suas pernas eram longas e bronzeadas, as unhas dos pés pintadas de coral. — Vai dar a Jimmy a impressão errada.

— Jimmy sabe que não matei Harlen.

Um caminhão passou roncando pela rua, estremecendo as janelas.

— Jimmy não me daria tanto crédito assim.

— Você se surpreenderia, Walsh. Estou mais impressionado com você agora do que nunca.

— O sentimento é mútuo — Walsh espetou um dos salsichões queimados e levou-o aos lábios, soprando nele. — Tem certeza de que não quer um?

Jimmy encolheu os ombros.

— Só por curiosidade, qual foi a pista que o levou a achar que eu ainda estava vivo? Foi isto? — colocou a mão por dentro da camisa e tocou no anel de ouro atravessado no seu mamilo. — Pensei nisto depois que fui embora, mas não queria voltar e tentar enfiá-lo na teta de Harlen. Para lhe dizer a verdade, depois de dois dias, eu não queria mais tocar nele.

— Não, eu não me dei conta disto, mas não fazia diferença. Ele não tinha mais mamilos quando fizeram a autópsia.

Brooke estremeceu diante da imagem, mas Walsh não parecia abalado, acabando o primeiro salsichão e apanhando outro.

— O que foi, então?

— Suas duas últimas chamadas para Vacaville.

— Como soube disso? Usei um telefone celular de cartão. Não são rastreáveis.

— Passaram a ser.

Walsh parou de mastigar. Ser apanhado era o que o chateava. Era a percepção de que tudo mudara nos sete anos em que estivera fora do mundo.

— Pensei que você talvez tivesse sido morto através de algum contrato da prisão e o assassino estivesse só checando depois. Nunca imaginei que não era você o morto no tanque de *koi*. A polícia tinha uma ficha dentária e havia a tatuagem do diabo. Então uma amiga mencionou que vira essas gangues de rua e todos tinham a mesma tatuagem. Aquilo me fez repensar as coisas.

— Então teve sorte? — Walsh virou-se para Brooke. — Ele simplesmente teve sorte, nada mais.

Brooke cruzou as pernas.

— Não acredito em sorte.

Walsh observou Brooke com olhos sonhadores.

— Olhe para ela, durão. É uma coisa, não é? Sete anos é muito tempo, mas ela valeu a espera.

— Conseguiu alguém na prisão que trocasse sua ficha dentária com a de Harlen Shafer — disse Jimmy. — Foi disso que trataram os dois telefonemas. Um para fazer o pedido, o outro para confirmar que a coisa fora arranjada.

Walsh aplaudiu.

— Foi um guarda que fez a troca, ou um presidiário de confiança com outra daquelas tatuagens de diabo?

— Um presidiário, um dos rapazes. Vacaville está digitalizando seus registros médicos, mas o estado não tem dinheiro suficiente para contratar profissionais, por isso utiliza presidiários inteligentes — Walsh limpou o dente com uma unha. — Com esse tipo de arranjo eles *estão* à procura de confusão.

— Então você não matou Shafer. Talvez o tenha visto simplesmente escorregar e perder os sentidos nas pedras. Talvez até tentasse ajudá-lo e então parou para pensar. Afundado até os joelhos na fedentina, os peixes ficando malucos — aposto que você começou a estudar rapidamente as possibilidades. Sabia que não ia receber nenhum visitante em semanas.

— Está tentando me provocar? — o garfo ainda estava na mão de Walsh, casualmente, como se tivesse esquecido dele.

Jimmy sorriu e mudou ligeiramente de posição para bloquear o golpe, se ele viesse.

— Escute, durão, no meu primeiro dia de prisão, perturbado e tão apavorado que não conseguia nem falar, Harlen me passou um *quaalude*, me disse para agüentar a barra e que tínhamos torta de sobremesa toda sexta-feira.

Walsh sacudiu a cabeça.

— Aquele porra do Harlen não conseguia ler sem mexer os lábios. Nunca passava por um telefone público sem verificar se havia troco dando sopa. Mas cuidou dos meus costados e eu cuidei dos dele.

Agarrou o garfo com mais força.

— Eu não o teria deixado se afogar sem tomar uma providência.

— Mas, assim que morreu, você decidiu tirar proveito.

— Acha que Harlen se importava? A única coisa boa em morrer é que você caga para tudo — Walsh jogou o garfo de lado. — Só está puto porque eu o enganei. Bem, não se sinta mal, já enganei melhores homens do que você.

— Vai ter de dar um jeito nesse dente. Fica parecendo um daqueles caipiras de *Amargo pesadelo*.

Walsh manteve o sorriso.

— Vá fazendo piadas. Tudo o que sei é que quando quis me encontrar você procurou Brooke. Se chegou à conclusão de que ela é a boa esposa, isto significa que tem provas contra Danziger, sabe que ele me incriminou. Sabe que ele mandou matarem aquela garota — piscou para Brooke. — Não lhe disse que ele seria capaz? Jimmy é um verdadeiro cão de caça.

Sugar Brimley chamara Jimmy da mesma coisa. Não gostava da apreciação vinda de Walsh também.

— Devia me agradecer, Jimmy, eu lhe dei o maior furo da sua carreira. Vou torná-lo famoso.

Walsh inclinou-se mais para perto de Jimmy e ia dar-lhe uma palmadinha nas costas, mas desistiu.

— Também tentei brincar de detetive, mas não tinha aptidão. Dei telefonemas, saí de carro por aí fazendo perguntas, mas ninguém me contava nada e, quando contavam, eu não sabia o que fazer com a informação. Mas você, depois que você e Rollo saíram aquela noite, procurei saber a seu respeito. Você é o grande virador. Traficantes de heroína, gigolôs, meliantes avulsos e malucos, assim que você finca os dentes, não larga mais. Foi atrás até do próprio irmão.

Sacudiu a cabeça.

— Um homem que manda o próprio irmão para a cadeia, é o homem que eu queria ter do meu lado. Tentei inventar algo que pudesse interessá-lo.

Olhou para Brooke.

— Pedi a ela para lhe telefonar, mas não quis saber. Recusou sem apelação.

— Não tinha nenhuma intenção de deixar que me usassem — disse Brooke. — Você é o contador de histórias. Se não pudesse convencer Jimmy, então não seria eu a pessoa a tentar.

— Mulheres, Jimmy. Elas nos amam, mas não nos amam o suficiente.

— Fazer que eu desenterrasse o assassinato de Heather Grimm poderia ter trazido algum problema — disse Jimmy. — Você poderia fazer com que eu fosse morto.

Walsh estendeu as mãos.

— Era um risco que eu tinha de assumir.

— Claro, se eu fosse morto aquilo não teria realmente importância para você. Matar um repórter é melhor do que matar um tira se você quer chamar a atenção da mídia. Todo jornal da cidade teria designado alguém para cobrir o caso, só para ensinar a lição de que não se pode atacar alguém com uma máquina de escrever e rotativas.

— Triste, mas verdadeiro.

— Você não me parece triste

— Estou chorando por dentro, Jimmy.
— Bem, é melhor guardar suas lágrimas porque eu não posso provar que Danziger mandou matar Heather Grimm. Não posso sequer provar que ele o incriminou. *Acho* que ele o fez. Acho que ele arranjou para que Heather o abordasse na praia e acho que mandou alguém chamar os tiras, mas ainda não sei o que aconteceu realmente na casa da praia aquela noite. Ainda não.
— Bem, com toda a certeza eu não fiz a porra da coisa.
— Você me disse que não se lembrava. Disse que ficaram mergulhados em drogas a tarde inteira.
— Drogas e sexo — atalhou Brooke.
— Eu lhe falei que me arrependo daquilo — Walsh disse para ela. — Era *você* quem precisava de tempo para pensar. Talvez se não tivesse corrido de volta para o maridinho...
— Eu precisava de tempo para tomar uma decisão e a tomei — disse Brooke. — Tinha um encontro marcado com um advogado de divórcios para a sexta-feira. Na quarta você foi preso. Não pôde esperar que eu me decidisse.
— Não planejei o aparecimento daquela gracinha na minha porta.
— Detesto interromper o jogo da culpa quando estamos entrando no assalto decisivo, mas se você não matou Heather, quem foi então? — disse Jimmy.
Walsh sacudiu a cabeça.
— Gostaria de saber.
Jimmy virou-se para Brooke.
— E *você* sabe?
— Não seja ridículo — disse Brooke.
— Não foi o seu marido. Um sujeito como ele não pega num telefone ou aperta o botão da privada — Jimmy olhou para Brooke. — Michael tinha alguém na sua folha de pagamentos que pudesse ter assassinado Heather? Alguém que pudesse ter feito serviço de segurança, ou talvez servido de guarda-costas a vocês dois em algum evento especial?
— Havia... sempre havia um monte de gente disputando as atenções de Michael naquela época. Ele dava o sinal verde para uma quantidade de filmes de ação quando dirigia o estúdio e homens o abordavam em reuniões sociais tentando impressioná-lo, gabando-se de trabalharem para a máfia. Costumávamos rir disso depois.
— Estou desapontado com você, Jimmy — disse Walsh. — Fiquei

aguardando que conseguisse material contra Danziger e tudo o que é capaz de me dizer é que não tem prova.

— Ainda não — Brooke ergueu os olhos. — Ele disse que não tinha prova *ainda*, Garrett.

Ela observou Jimmy, sua boca cerrada, exatamente como quando puxara as rédeas do cavalo ontem.

— Jimmy tem um plano.

— Está certa, sra. Danziger — Jimmy gostava de ver como ela reagia quando a chamava assim. — Não vai gostar dele, no entanto.

— Não importa o que ela goste ou não — Walsh gesticulou em direção à mesa da cozinha atrás de Brooke, onde uma resma de papel estava empilhada cuidadosamente ao lado de uma máquina de escrever elétrica. — Terminei duas sinopses e um roteiro de filmagem desde que me mudei para cá. As melhores coisas que já escrevi, também. Claro e sóbrio, Jimmy, só um pouquinho de erva para me deixar solto. Limpe meu nome e todo produtor de Hollywood vai começar a me tirar do ostracismo.

— Quando conversamos no trailer, você disse que Brooke ouviu o marido escutando as fitas de vocês dois fazendo amor — disse Jimmy. — Danziger é um homem diligente. Cauteloso. Paciente. Acham que ele subitamente *parou* de gravar, assim que soube do caso entre vocês?

Walsh ficou mudo por um momento e então sorriu.

— No momento em que ouvir a fita da noite em que Heather Grimm foi assassinada, *então* eu terei a prova — disse Jimmy. — Pode não ser o tipo de prova que você quer, porém. Talvez Danziger não tivesse ninguém trabalhando para ele. Talvez você a tivesse matado realmente. Já cumpriu sua pena, mas se é culpado da acusação, pode esquecer dos almoços com produtores.

— Vou correr meus riscos — disse Walsh. — Só quero saber a verdade.

— E quanto a você, Brooke? Também quer apenas saber a verdade?

— Nunca ouvi nada que indicasse o jeito como aquela garota foi assassinada — disse Brooke.

Jimmy observou Brooke. Ela disse que não acreditava em sorte, mas seu tempo era perfeito. Primeiro escutara o marido ouvindo as fitas pouco antes de Walsh ser posto em liberdade. Não durante seu primeiro mês de cárcere, nem seu primeiro ano — aquilo teria sido favorável a *Walsh*. Não, ela descobriu a respeito das fitas sete anos mais tarde, depois que o contrato de produção de Danziger se esgotara. Depois que ela e Danziger começaram a renegar suas doações caritativas. Walsh tinha uma sensibilidade tortuosa, capaz de criar os enredos mais cínicos e intrincados, mas quando se tratava de Brooke era confiante como um noivo na véspera do casamento.

— Você não tem nenhuma certeza de que tal fita exista — disse Brooke.

— Existe. Só preciso encontrá-la. Onde é que seu marido ouve as fitas?

— Na sala de projeção.

— Então é mais do que uma fita de áudio. Se fosse apenas áudio, ele colocaria um par de fones de ouvido e ouviria vocês dois enquanto caminhava na praia ou dirigia seu carro. Não, se precisa se levantar no meio da noite para tocar os seus grandes sucessos, ele está *vendo* também.

Walsh e Brooke viraram-se um para o outro.

— Existe um armário-cofre na sala de projeção? Um arquivo trancado?

— Sim, naturalmente — Brooke baixou os olhos. — Se Michael está vendo *filmes* de nós dois, então é ainda pior, de certa forma.

— A pré-estréia de *Minha garota encrenca* é amanhã à noite — disse Jimmy. — Imagino que você e seu marido vão comparecer. Vai ficar alguém em casa?

Brooke sacudiu a cabeça.

— Raymond costumava permanecer conosco, mas agora vai para sua casa às cinco horas — ela cruzou as pernas. — Não tenho a chave do arquivo de filmes. Michael é muito possessivo.

Walsh caminhou até Brooke, colocou os braços ao redor dela e enterrou o rosto em seus cabelos. Finalmente ficou de pé.

— Você é bom, Jimmy. É legal ver um homem que sabe o que está fazendo — puxou outro baseado do bolso e acendeu. — Se nada disso tivesse acontecido — se Heather não tivesse aparecido em minha casa naquela tarde — *tudo* teria sido diferente. Brooke e eu estaríamos morando numa mansão nas nuvens, casados e felizes, rolando entre lençóis de cetim. Eu teria mais alguns bonecos de ouro na minha estante e você teria me entrevistado sobre meu último filme, aquele de que todo mundo estava falando, e se eu estivesse de bom humor, nós podíamos ter queimado um.

Estava perdido por trás da fumaça de novo, sua voz mal podendo ser ouvida.

— Não sei... a gente podia ter se divertido, você e eu.

Capítulo 46

— Pode realmente mandar ver — disse Brimley.
— Que quer dizer com isso? — falou Katz, largando o segundo Whataburger Deluxe com bacon extra e queijo triplo.
— Sem ofensa — Brimley enxugou molho do canto da boca com o dedo mindinho. — Gosto de uma mulher que é capaz de me acompanhar, é só o que estou dizendo — e mergulhou um feixe de quatro batatas fritas no lago de molho ketchup do seu prato de papel. — A maioria das tiras que conheci andavam sempre preocupadas com o peso. Você administra muito bem o seu.

Katz olhou para ele e mordiscou o pão ensopado e o hambúrguer e então pensou, que diabo, e abocanhou o sanduíche.

— Aquela baunilha maltada é tão boa como eu lhe falei? — perguntou Brimley radiante. — A melhor da cidade, não estou certo? Posso não ter sido o tira mais esperto, mas sempre soube encontrar uma boa refeição.

Estavam sentados numa mesa externa num *drive-in* do leste de Los Angeles, o guarda-sol caindo, salpicado de cocô de passarinho, as paredes do *drive-in* cobertas de grafitagens e pôsteres em espanhol. A música dos carros estacionados fornecia um fundo sonoro de salsa para a refeição, uma estação de rádio de Tijuana cheia de estalidos e ruídos. Garotões do bairro recostavam-se em seus carangos superpolidos, os olhos escondidos por trás de óculos escuros enquanto engoliam *fishburgers* e fritas, rodelas de cebola amontoadas e crocantes, escorrendo gordura, a rapaziada olhando para Brimley e Katz enquanto comia, os únicos anglos num raio de quilômetros.

— Obrigado por vir ao meu encontro no meio do caminho — disse

Brimley. — Geralmente gosto de ir até a dama, mas não sou um grande motorista.

— É você quem está me fazendo um favor, Brimley. Na verdade, não devia ter de dirigir.

— Eu lhe disse, Helen, por favor me chame de Sugar.

— Não vou chamar um homem crescido de *Sugar*.

— Seja difícil — disse Brimley. — Cai bem em você.

O cumprimento confundiu Katz por um momento. Ela sugou sua baunilha maltada, pensando naquilo, tentando descobrir qual era a dele. Homem de boa aparência, cabelos cortados no capricho, um grandalhão com a confiança silenciosa de um grandalhão, vestindo calças de algodão de sarja bem-passadas e uma camisa com colarinho de botões amarelo-ovo, com a figura de um pequeno jogador de pólo no bolso. Era como se estivessem num encontro de namorados, pelo amor de Deus — mas, ainda assim, era um pensamento agradável. Brimley estava certo com relação a uma coisa. Era o melhor maltado que ela já tomara.

— Gostaria de ajudar um pouco mais — disse Brimley. — Foi há tanto tempo. Acha realmente que Walsh foi assassinado? Li no jornal que ele se afogou num tanque de peixes. Não li nada sobre a investigação ter sido reaberta.

— Não *foi* reaberta, não oficialmente, e é assim que vai ficar — advertiu Katz.

Brimley botou as mãos para cima.

— Sou capaz de guardar um segredo. De um tira para outro, tem minha palavra de honra — empurrou suas fritas na direção dela. — Uma oferenda de paz para selar a barganha.

Katz hesitou e então pegou duas batatas fritas murchas salpicadas de sal. Deslizou uma mão para baixo da mesa e abriu o botão superior das calças, dando a si mesma algum espaço para respirar. O terno marrom de homem era coisa de bazar, mas o corte acomodava seu corpo melhor do que qualquer outra coisa do departamento feminino.

— O que mudou sua opinião a respeito de Walsh? — perguntou Brimley.

— Minha opinião não mudou. Estou apenas aberta à idéia de que ele foi assassinado.

— Fico tentando me lembrar de alguém especial que pudesse ter

fechado Walsh — disse Brimley, colocando mais ketchup no prato dela.
— Alguém que desejasse tanto isto que foi capaz de esperar todos estes anos. Como eu lhe falei, Heather Grimm não tinha nenhum namorado apaixonado ou uma família, por assim dizer.
— Talvez tenha recebido uma carta depois que Walsh foi sentenciado, dizendo que ele se safou fácil demais.
— Tenho caixas de cartas assim. Com os diabos, Helen, Walsh *se safou* fácil demais.
— Alguma destas cartas se destaca? Uma que tenha guardado, embora sem saber ao certo por quê?
— Não sei — Brimley coçou a cabeça, pensando. Parecia um menino grande se submetendo a um exame de álgebra. — Heather tinha um fã-clube, você sabia disso?

Katz inclinou-se para a frente.
— Começou depois que ela morreu. Como se o mundo tivesse perdido esta grande estrela morta antes de ter uma chance de brilhar. Tinham um boletim e tudo mais. Até me fizeram sócio honorário.
— Guardou alguma coisa do seu material?
— Não, creio que não. Embora eu tenha todo um baú de velharias num guarda-móveis. Tudo é possível. Podia dar uma olhada se você quisesse.
— Apreciaria muito. Talvez pudesse ver se encontrava algumas destas cartas iradas também.
— Claro.

Um carro voando baixo passou zunindo, com o som a mil, e Brimley se sacudiu no ritmo, ainda sentado mas ligado à música.
— Já esteve no Brasil? Vou viajar até lá um dia destes só para ouvir salsa, beber cerveja e pescar. Gosta de dançar, Helen?
— Deve estar bem ruim da porra da sua cabeça.
Brimley riu.
— Agora você está entrando no clima.
Katz riu também.
Brimley observou-a terminar a última das batatas fritas.
— Quer fazer alguma coisa?
Katz enxugou a boca com um guardanapo mais cuidadosamente do que de costume.
— O quê, por exemplo?

— Não sei. Dançar está fora de cogitação.

— Podíamos ir a um cinema — aquilo pipocou antes que Katz pudesse se conter.

— Eu pareço um historiador de lojas de roscas a você, amigo?

— Você é o gerente — disse Jimmy. — Achei que podia ter uma pista.

Os cabelos úmidos do homem saíam por baixo do seu chapéu de papel, o avental manchado.

— Ser o gerente significa que ganho cinqüenta centavos extras por hora e uma chave para fechar à noite. Oh, sim, esqueci, também tenho de responder perguntas estúpidas.

Jimmy ficou na dele.

— Existe alguém a quem poderia perguntar?

— Quer que eu ligue para a Spiritual Hotline de Madame Lashonda?

— Que tal ligar para o proprietário? O proprietário deveria saber quando foi que a loja abriu, certo?

— O proprietário está de férias. Volte dentro de duas semanas.

Jimmy olhou ao seu redor. As poucas pessoas na loja estavam sentadas nas mesas, tomando café e se enchendo de roscas. Caminhou até a caixa registradora e inclinou-se.

— Ei, não pode fazer isto!

Jimmy descolou a nota de cinco dólares grudada no vidro.

— Relaxe — disse, enquanto o gerente tentava agarrar o dinheiro. Leu a inscrição na nota e então a colocou sobre o balcão. A nota de cinco dólares era a primeira venda da loja, assinada e datada pelo proprietário. A loja fora aberta seis meses depois de Heather Grimm ter sido assassinada. Sugar Brimley mentira a ele sobre o que fazia nas vizinhanças de Walsh na noite em que a queixa de perturbação da ordem fora feita. Jimmy se perguntava sobre o que mais ele teria mentido. Assim que Jimmy acabasse de investigar na sala de projeção de Danziger, ele e Sugar precisariam ter uma conversa.

Capítulo 47

A Mercedes cinza de Danziger rolou pela estrada de cascalho logo depois do crepúsculo, os faróis fazendo gafanhotos saltarem através dos fachos de luz, batendo contra a grade do carro. Jimmy pensou de novo no professor e em seu projeto de pesquisa no tanque de *koi*, imaginando um artigo científico que começava assim: "A partir de um porco de trinta quilos recém-morto." Estacionado bem afastado da estrada, escondido por árvores e arbustos, Jimmy viu o sedã passar. Michael Danziger estava de *smoking* e Brooke num vestido de cetim, os cabelos penteados para o alto. Esperou até que as luzes traseiras vermelhas da Mercedes desaparecessem depois de uma saliência na estrada, antes de dar a partida em seu carro.

— Onde está você? — disse Sugar.

O telefone estalou.

— Estou a caminho da pré-estréia — disse Danziger, música clássica ao fundo, aquela estação NPR que todos os magnatas ouviam para que todo mundo achasse que tinham bom gosto.

Sugar estava numa cabina telefônica em Malibu Drive.

— Sabe de algum motivo por que nosso garoto está parado a um quilômetro de sua casa?

— Como assim?

— Nosso garoto está vigiando sua casa. Você ficaria tão chateado com isso quanto eu?

Danziger ligou o CD na sua Mercedes.

— Talvez — talvez tenha a ver com a pré-estréia — disse, falando baixinho no fone. — Ele disse que podia estar interessado numa entrevista.

— Está lá há uma hora. Parti no meu carro assim que percebi onde ele estava.

— Como soube que ele estava lá?

— Isto não é importante — Sugar podia ver o dispositivo de rastreamento no assento dianteiro do seu carro, a luz vermelha piscando agora, se deslocando através da retícula do mapa. — Merda. Começou a rodar. Está a caminho de sua casa.

— Você disse que tinha cuidado das coisas.

— Achei que tinha.

— Você me *garantiu*.

— Problemas? — falou Brooke Danziger.

— Apenas os costumeiros detalhes de última hora — disse Danziger para ela.

— Lamento pela noite passada — disse Brooke. — Não sei o que deu em mim.

— Estamos todos um pouco tensos — disse Danziger. — Os ataques de nervos na véspera de uma estréia.

— O que acha que nosso garoto está procurando na *casa del Danziger*? — disse Sugar.

— Eu realmente não posso saber.

— Tem certeza? — disse Sugar. — Bem, pela minha experiência, quando uma pessoa diz que *realmente* não sabe uma coisa, significa que ela *realmente* sabe.

— Existe algum problema com o teatro? — disse Brooke. — Ou é o sujeito do bufê? Não gostei dele e de seu sotaque forçado e da idéia de insistir em ser pago adiantadamente.

— Seus instintos são impecáveis como sempre — disse Danziger. — Marcel só preparou *quatro* dúzias de camarões-tigre, em vez de oito, por isso vai ter de dobrar a dose do *sashimi*.

Uma buzina tocou à distância.

— Simplesmente relaxe, querida, tenho tudo sob controle.

— Pode convencê-la, mas não a mim — disse Sugar. — Se nosso garoto vai entrar em sua casa é porque existe algo lá que ele quer.

— Não tenho nenhuma idéia do que poderia ser — murmurou Danziger.

Aposto que não tem, pensou Sugar. Não estava preocupado.

— Estou a cerca de meia hora de Malibu. Você guarda uma chave escondida do lado de fora em algum lugar, para o caso de perder a sua?

— Não acho isto uma boa idéia — disse Danziger.

— Não é, mas é a única idéia que tenho — disse Sugar.

Capítulo 48

Jimmy digitou o código de acesso que Brooke Danziger lhe dera e as portas do elevador se abriram. Subiu até o andar superior da casa de Malibu, o estômago dando cambalhotas, por causa dos nervos e também da velocidade da subida. As portas se abriram e ele atravessou o deque rapidamente. A piscina de ondas hidráulicas estava coberta agora, bolhas visíveis debaixo das frestas das tábuas, o cheiro de cloro subindo no ar frio da noite.

Hesitou na porta da frente, sentindo a usual coceira nervosa na ponta dos dedos. Era sempre assim quando ia entrar em algum lugar onde não deveria estar. Acostumara-se a arrombar e invadir casas desde a adolescência; mesmo depois de crescido ainda gostava de passar por porteiros e guardas de segurança como o homem invisível. A fechadura da porta da frente foi fácil, um volteador de alavanca Schlage. Jimmy puxou o arsenal de gazuas da sua jaqueta de couro preta, um dispositivo movido a mola com vários tipos de gazuas e chaves falsas. Levou menos de oito segundos para abrir a porta da frente. Não deixou um arranhão na fechadura, mas oito segundos — estava ficando sem prática.

Fizera sua primeira gazua ainda no colégio, usando um manual de serralheiro, um cabide e um pegador de roupa. Era grande e desajeitada, mas funcionou o suficiente para abrir o Observatório Griffith e dar à sua turma de ciência uma turnê de fim de noite. A que ele tinha agora era um modelo que fora usado pelo FBI — ele a comprara legalmente pela internet. Entrou, dirigiu-se ao painel do alarme na parede e digitou os cinco números. O ambiente ecoou com a música-de-elevador destinada a dar a impressão a ladrões potenciais de que havia alguém em casa.

Brooke dissera que a sala de projeção ficava no andar inferior, descendo o primeiro lance de escadas e seguindo à direita, mas ele deu um breve passeio pela casa. Tinha tempo — entre a pré-estréia de *Minha garota encrenca* e a festa que se seguiria, os Danzigers ficariam fora de casa cinco ou seis horas pelo menos.

A cozinha tinha instalações industriais de cromo escovado, panelas e frigideiras de cobre polido e um cepo de açougueiro francês de duzentos anos de idade. Seis diferentes marcas de água mineral se enfileiravam na porta da geladeira e as cestas de alimentos transbordavam de frutas exóticas e legumes anões. Os quartos de hóspede cheiravam a mofo, mas a suíte principal tinha uma gigantesca cama de dossel, uma sauna embutida e uma Jacuzzi de mármore cor-de-rosa com vista para o oceano. Fotos de Michael e Brooke com estrelas do primeiro time e poderosos de Hollywood cobriam as paredes. Brooke parecia entediada.

Jimmy desceu até a sala de projeção, tateou pelas paredes e acendeu as luzes do teto. Era uma sala grande com um pé-direito alto, um sistema de som THX e trinta e seis assentos tipo cadeira de balanço com almofadas de veludo de braços largos: quatro fileiras de assentos separados, nove em cada fileira, cada um oferecendo uma visão perfeita da tela iluminada a quartzo. Nos fundos da sala, atrás de uma divisória acústica de vidro, uma sala menor abrigava dois projetores de 35 milímetros.

Começou pela unidade de filmes, um arquivo de aço de um metro e oitenta de altura, provavelmente a prova de fogo e de terremotos. Puxou uma pequena lanterna e verificou a fechadura. Que merda. Lingüetas circulares, de altíssima qualidade. Fez um pequeno ajuste na gazua, inseriu-a gentilmente na fechadura e girou. Cinco minutos depois, estava empapado de suor e a fechadura ainda se achava fria. Parou, escutando. A música na casa parecia mais alta. Abriu a porta da sala de projeção. Nada. Deixou a porta bem aberta e voltou ao arquivo e ajustou a gazua de novo. O truque era fazer o mínimo contato com as lingüetas conjugadas dentro da fechadura para acionar o mecanismo sem desfazer a combinação. Levou quase vinte minutos para abrir.

Danziger tinha uma cópia em 35 milímetros de cada filme que produzira ou cuja produção aprovara, mais DVDs dos cem maiores filmes de todos os tempos. Jimmy checou cada DVD, abriu cada lata de alumínio com rolos de filmes, abriu cada gaveta e compartimento; gastou quase meia hora. Nada. Nenhum videotape de vigilância, CD, DVD ou Polaroid. Nenhum microfilme, holograma ou imagem de satélite infravermelha de Brooke e Walsh trepando como doninhas no cio. Nada. Jimmy fechou o arquivo, trancou-o de novo e começou uma busca pela sala, procurando algo fora do lugar.

Ontem Brooke lhe dissera que ultimamente Danziger ficava acordado até tarde toda noite, ouvindo as fitas de amor na sala de projeção, enquanto Brooke estava supostamente em sono profundo, entupida de soníferos. Jimmy lhe dissera para esperar até que ele estivesse pelo menos há uma hora lá e então batesse na porta, histérica, cheia de pesadelos e de desespero. Devia agarrar-se a ele e insistir que a levasse de volta à cama e ficasse com ela. Um homem como Danziger devia ter uma rotina, uma listagem mental para guardar seu material — a interrupção de Brooke poderia induzi-lo a um descuido.

Jimmy caminhou pelos corredores, puxou até o carpete, procurando uma área de arquivo escondida. Deu atenção particular ao assento no meio da primeira fila, obviamente o centro de comando de Danziger, com um aparelho de CD-DVD ao alcance da mão. No braço direito do assento havia um painel de controle que lhe permitia ajustar o volume, rodar, parar, ir à frente e voltar atrás. Do lado esquerdo havia um console contendo duas garrafas de um litro de água mineral. Ergueu uma garrafa, verificou dentro dela e a repôs. Que pena. Partiu para a sala de projeção e então parou. Com *certeza* ouvira alguma coisa no andar de cima.

Subiu dois degraus de cada vez, agarrou uma faca grande na cozinha e percorreu cada quarto. Não havia ninguém lá. Ninguém no deque também. Seu carro estava sozinho na entrada. Voltou à cozinha, recolocou a faca no lugar e então ouviu o ruído de novo. Tinha deixado a porta da geladeira entreaberta — o motor vibrava de tempos em tempos, tentando manter a temperatura. Envergonhado, fechou a porta. Então a abriu de novo e olhou para as garrafas de água mineral. Havia garrafas com bolhas e sem bolhas, águas da Polônia, da França, de Nova York e da Finlândia. Água glacial, água da fonte, água de gêiser — cada garrafa terrivelmente gelada.

Jimmy desceu de novo à sala de projeção. Abriu o console do lado do assento de Danziger e sentiu as garrafas de água mineral. Temperatura ambiente. Seu coração batendo mais forte agora, removeu as garrafas e levantou a folha de metal da base do console. Havia uma conexão elétrica nesta base com uma unidade de refrigeração, mas fora desligada. Danziger *teve* pressa na noite passada. Jimmy enfiou a mão no receptáculo, até um compartimento secreto, e puxou uma pequena caixa. A caixa estava cheia de DVDs rotulados por data e colocados em ordem cronológica. O último estava datado de 24 de setembro, o dia em que Heather Grimm fora assassinada. A mão tremendo, enfiou o DVD no aparelho à frente da sua cadeira.

Do assento, apagou as luzes do teto. Não havia prólogo, nem título, nem créditos. Apenas a sala de estar vazia do bangalô de Walsh, então Walsh caminhando através do retângulo, fechando as cortinas da janela da frente. A qualidade da imagem era precária, uma tomada de grande angular ligeiramente distorcida, mas o som era esperto — Jimmy pôde ouvir claramente o estalido do isqueiro de butano de Walsh enquanto acendia um baseado. Ele entrou de novo na moldura e depois sumiu na cozinha. Jimmy podia perceber detalhes da sala agora: uma trouxinha de maconha e um roteiro sobre a mesinha de café, uma cama desarrumada à esquerda e ali, reluzindo sobre a estante da lareira, os dois Oscars de Walsh.

Jimmy ouviu a porta de trás do bangalô se abrir, ouviu o ranger das dobradiças. O vento do oceano sussurrava através da sala, ondulando as páginas superiores do roteiro. Ouviu vozes vindas da cozinha agora, Walsh lânguido e outra voz, de garota. Heather Grimm aparecendo no início do disco era uma indicação de que Danziger ou o editara, ou estava vigiando a casa e sabia quando começar a gravar. Durante cerca de cinco minutos Jimmy ouviu os dois em clima de brincadeira. Então Walsh voltou à sala, seguido de Heather Grimm.

Jimmy inclinou-se à frente no assento. Tinha visto fotos de Heather antes, retratos de jornal granulados e a cópia acetinada dela coroada como Miss Whittier Jovem, mas nunca a vira... viva. E ela *estava* viva. Vestia um biquíni lilás, seus cabelos encaracolando-se ao redor dos ombros. A marca do seu bronzeado aparecia nas bordas dos seios e no alto das coxas, ao sentar-se na cama balançando suavemente. Mesmo com a qualidade pobre da imagem, era tão bonita — coquete e inocente ao mesmo tempo, e esperta o bastante para usar esses dois atributos.

Walsh curvou-se do lado dela e tomou na mão o seu pé, examinando o Band-Aid que colocara no ferimento. Beijou seus dedos do pé enquanto ela dava risinhos. Ela se levantou subitamente e caminhou até a lareira e apanhou um dos Oscars.

Jimmy rodou o disco para a frente passando por cima do jogo de sedução e viu Walsh oferecer-lhe conhaque e maconha. Heather segurou o baseado delicadamente entre o polegar e o indicador. Suas roupas caíram algum tempo depois disso, não sabia exatamente quanto tempo depois, mas as sombras da tarde estavam mais profundas agora e Walsh preparava carreirinhas de cocaína sobre a mesa de café. Depois fizeram sexo na cama desarrumada, Heather montando nele como uma vaqueira, chamando-o de "cavalinho" e rindo enquanto ele bufava e zunia debaixo dela. Jimmy tocou para a frente, sentindo vergonha por ela, sentindo-se envergonhado por ter de assistir.

O DVD seguiu em frente: Walsh puxou as cortinas e acendeu a lareira; as chamas se refletiam em suas peles suarentas. Walsh cheirou coca na barriga de Heather, depois fumou heroína marrom de um quadrado amarrotado de papel laminado. Heather pediu para provar a heroína, mas Walsh recusou, como dissera a Jimmy no trailer.

Jimmy correu com o disco à frente. Walsh estava lerdo, vestindo um roupão púrpura, Heather de camiseta e calcinhas. Walsh fumou mais heroína, trêmulo agora; derramou droga em brasa em sua própria coxa nua e Heather riu quando ele deu um pulo, o roupão voando ao redor de seu corpo. Aquilo deixou Walsh zangado. Ele a agarrou pelos cabelos e a sacudiu e ela deu-lhe um tapa. Brigaram sobre a cama e rolaram no chão e Jimmy se perguntou se Walsh não iria arrebentar seus miolos com a estatueta a seguir. Depois de toda esta investigação, de tudo o que desenterrara, não se surpreenderia se Walsh a tivesse matado.

Walsh levantou-se cambaleante, o rosto sangrando onde Heather o arranhara. Partiu para cima dela, mas estava lento e atordoado. Caiu desacordado na cama depois de alguns momentos, de olhos fixos no teto. Heather olhou para ele, baba escorrendo por seu queixo, e então desapareceu da tela.

Jimmy acelerou à frente até que Heather reapareceu, os cabelos presos em marias-chiquinhas, sua camiseta rasgada agora. Ela parou diante do espelho. Jimmy levou alguns momentos para perceber que Heather estava contorcendo o rosto, tentando chorar. Uma batida na porta interrompeu seus esforços. Jimmy teve um sobressalto e Heather também. Ela olhou pelo espelho e deixou a tela de novo. Jimmy podia ouvi-la conversando com alguém, soluçando. Aumentou o volume e ouviu uma voz familiar identificando-se como oficial de polícia.

Heather reapareceu na tela com Sugar Brimley ao seu lado. Sugar não parecia muito diferente de hoje, vestindo um terno cinzento.

— Ali — *ali* está ele — falou, o lábio inferior tremendo enquanto apontava para Walsh na cama. — Foi ele que me est-est-tuprou.

Brimley pousou uma mão grandona sobre o ombro de Heather. Ela o repeliu, mas ele colocou a mão de novo sobre ela.

Jimmy rangeu os dentes.

— Cortei o pé num caco de vidro na areia. Ele disse que ia cuidar do ferimento — falou Heather. — Parecia tão bonzinho no começo.

— Não se recrimine. Não é culpa sua — disse Sugar.

— Minha mãe vai ficar *tão* zangada — disse Heather. — Eu não devia ter pegado o carro.

— Ela simplesmente vai ficar feliz ao ver que você está bem — a mão de Sugar deslizou para a sua nuca, entre as marias-chiquinhas. Deixou as madeixas louras flutuarem entre seus dedos.

O peito de Jimmy doía.

Sugar chutou o lado da cama.

— Acorde.

Chutou de novo, mais forte, sacudindo Walsh.

— Ei, você aí, está sob detenção.

Walsh continuou dormindo.

— Como estou indo? — Heather estava inclinada sobre a mesinha de café, a unha do mindinho cheia de cocaína, a meio caminho do nariz. Olhou de novo para ele. — Aquela cena do est-est-estupro não foi um pouco forçada?

— O quê?

Heather cheirou a cocaína e lambeu a unha.

— Eu devia chorar mais, ou preferir a interpretação da garota valente?

Mergulhou no montículo de cocaína sobre a mesa de novo e ficou de pé, seus olhos brilhantes como supernovas.

— Quero fazer a coisa direitinho para as câmeras. Acha que o pessoal da TV vai querer me entrevistar aqui ou no hospital?

Sugar se dirigiu até ela e colocou as mãos nos seus ombros.
— Ei, o que está fazendo?
Heather contorceu-se e esperou que ele a soltasse, um seio nu despontando através da camiseta rasgada.
— Deixa disso, tio. April me falou sobre você.
— April?
— Quer fazer de conta que não sabe, hein? — Heather olhou para a cama de novo. — Sou uma boa atriz, realmente, *realmente* boa, mas tiras me deixam nervosa. Eu estava apavorada esta manhã, quase quis desistir, mas April disse para não me preocupar, que ela havia cuidado de tudo. Nosso pequeno segredo, foi assim que o chamou. Como se fôssemos espiãs ou coisa parecida — ela deu uma olhada na cocaína, mas decidiu contra desta vez. — Eu devia me vestir?

Sugar levou algum tempo para responder.
— Não, ainda não.
As mãos de Jimmy doíam de tanto agarrar os braços da cadeira. Podia ter desligado a gravação, podia ter enfiado o DVD no bolso com a certeza total do que iria acontecer, mas deixou rolar.

Sugar caminhou até a lareira e pegou um dos Oscars.
— Isto é o que estou pensando?
— Não é *legal*? — Heather virou-se para Walsh que roncava na cama. — Ele é *tão* famoso. Você não imaginaria, vendo-o assim agora, mas ele tem esse... cheiro e quando beija...

Sugar bateu com o Oscar na cabeça dela — não com toda a força, mas forte o bastante para fazê-la desabar no chão.
— Sinto muito. Sinto muito mesmo — olhou para o homenzinho de ouro na sua mão como se tivesse uma mente própria.

Walsh mexeu-se nos lençóis amarrotados.

Sugar examinou seu terno para ver se havia sangue, verificou as calças e os sapatos também e então foi até a cama, levantou Walsh pelas axilas e o carregou até Heather.

Heather gemeu e ficou de pé, grogue. Esfregou a nuca, o sangue escorrendo pelas marias-chiquinhas e então olhou para Sugar.
— O que *aconteceu*?

Walsh resmungou algo enquanto Sugar colocava o Oscar na sua mão, enrolava sua própria manopla ao redor dele e batia com a estátua na cabeça de Heather de novo, golpeando tão forte quanto podia e acertando-a pouco acima da sobrancelha. O sangue espirrou em todo o rosto de Walsh, em seu roupão, nos pés descalços. O diretor estremeceu com aquela chuva quente. Heather deslizou para o chão, mas Sugar ajudou Walsh a lhe dar mais alguns golpes, de qualquer maneira. Ele precisava ter certeza.

— Ei... ei, me solte.

Os olhos de Walsh pestanejaram, acordado agora. Deixou cair o Oscar, a estatueta molhada e vermelha.

Sugar sacudiu-o com tanta força que a cabeça de Walsh saltou de um lado para o outro.

— Pô, cara, o que foi que você *fez*?

Jimmy parou o disco, Sugar e Walsh congelados na tela. Não agüentava mais. No súbito silêncio ouviu um som de respiração ofegante. Virou-se e viu Sugar no fundo da sala, lágrimas escorrendo pelo rosto.

Capítulo 49

Sugar olhava para a sua imagem congelada na tela, Heather Grimm caída numa poça de sangue atrás dele.
— Você me surpreendeu, Sugar — Jimmy colocou a mão na jaqueta e procurou o telefone. — Não o ouvi entrar.
Sugar apontou uma arma para ele, um .38 de cano curto.
— Eu não ia fazer isso — aproximou-se, observando a tela, incapaz de desviar os olhos. — Deus, que noite foi aquela. Quase partiu meu coração — Sugar fuzilou Jimmy com o olhar. — O que aconteceu com Heather não foi culpa minha. Quer atirar pedras, atire-as sobre April. Foi ela que falou a Heather sobre mim — ele verificou a tela. — Esperar que uma garota daquelas guardasse um segredo.
Jimmy deslizou a mão para o telefone de novo.
Sugar golpeou-o com o .38 e a mira anterior cortou a testa de Jimmy.
— Eu pedi para manter as mãos onde eu possa vê-las.
Seu nariz bulboso estava descascando e os cabelos louros arruivados cortados rentes se eriçavam no escalpo queimado de sol — era um menino comedor de roscas, assado demais e agora endurecido e raivoso.
— Este é o seu problema, Jimmy. Você nunca sabe a hora de parar. Sangue escorreu nos olhos de Jimmy. Sentou-se antes que caísse.
— Esvazie seus bolsos. Deixe-me ver o que o preocupa tanto.
Sugar apanhou o telefone de Jimmy, apanhou as chaves do seu carro e sua gazua também, assobiou para a gazua, e então enfiou tudo no seu casaco esporte marrom de veludo cotelê. Puxou para cima as calças largas de algodão sarjado.
— O que é que vou fazer com você? Fico tentando fechar o livro,

mas é como se você estivesse firmemente decidido a me obrigar a fazer algo que não quero fazer.

Jimmy enxugou o sangue com a mão, uma pintura-de-guerra espalhada em seu rosto enquanto observava Sugar.

Sugar olhou para a tela e sua pele corada se tornou mais sombria.

— Era para ser um simples flagrante, com acusação de estupro, era tudo o que Danziger queria. Era aquilo por que pagara, também. Vinte mil dólares, o suficiente para eu comprar um equipamento de pesca novo, talvez pagar uma viagem até o Golfo do México. Devia ter sido um cachê fácil. Heather conseguiria um papel em algum filme, Danziger se livraria de Walsh e eu, eu compraria uma vara e um molinete Shimano e talvez mandasse reformar o meu motor. Todos nós íamos ser felizes.

— Exceto Walsh.

— Você se mete com a mulher de outro cara, tem de estar preparado para conseqüências — Sugar sentou-se atrás de Jimmy e apontou com a cabeça para a tela. — Agora eu entendo por que Danziger soube o momento exato para fazer aquela chamada nove-um-um. Ela só deveria ficar lá uma hora, duas no máximo. Eu ligava para ele, perguntando por que estava demorando tanto. Ele dizia apenas para eu esperar. "Fique frio, Sugar, fique frio." Achei que ele tinha mandado vigiar a casa, mas ele mesmo a estava vigiando o tempo todo, assistindo a tudo.

Jimmy percebeu que Sugar nunca vira o replay antes, que não tinha idéia de que o assassinato fora gravado.

— Danziger deve ter rido muito nestes últimos oito anos sabendo que tinha o seu peru no bolso. Aposto que se sente um completo idiota.

Sugar mostrou os dentes grandes e irregulares.

— Um pouco — inclinou-se para Jimmy. — Só cheguei cinco minutos atrás. Comece de novo do começo, desde quando Heather entra na casa.

Jimmy reiniciou o DVD e viu Walsh caminhar para fora da tela em direção da cozinha.

— Você não tem de rebobinar?

— É um DVD. Digital. Você pode ir aonde quiser.

— Simples assim — Sugar abafou uma risada. — Aonde você quiser, é só ir direto.

Sugar manteve a arma contra a nuca de Jimmy. No momento em que Heather apareceu, Sugar recostou-se na cadeira e suspirou, e Jimmy relaxou um pouco. Só um pouco. Ficaram sentados vendo Heather passear pelo bangalô, pegando coisas e colocando coisas de volta no lugar. Jimmy ouviu Sugar cantarolando baixinho atrás de si, mas não se virou.

— Pode parar agora — Sugar colocou a mão no ombro de Jimmy. Heather foi congelada no meio de uma risada, loura, viva e bonita. Walsh não a tinha tocado ainda. — É o bastante. Me passe esse DVD e vamos dar um passeio ao luar.

Jimmy entregou o disco e Sugar o colocou cuidadosamente no bolso interno do paletó, perto do seu coração.

— Eu lhe agradeço por isto. Não sabe o quanto significa para mim.

— Se quer mostrar sua gratidão, afaste a porra dessa arma. Você tem quase trinta quilos de vantagem sobre mim. Para que precisa disso?

— Você viu filmes demais — Sugar apontou o polegar para a porta e eles subiram as escadas, atravessaram a cozinha e saíram para o deque. Sugar estava bem atrás dele o tempo todo, perto o bastante para impedir Jimmy de fugir, mas longe do alcance para que Jimmy tentasse qualquer brincadeira que não daria certo, de qualquer maneira. — Para lá — Sugar indicou a balaustrada.

— Vai querer ver se sou capaz de voar? — Jimmy espiou pela borda. Era uma queda livre, uns duzentos metros sobre as rochas. — Não vou pular tão fácil quanto April.

— O que o faz pensar que April foi fácil? — Sugar rosnou, o .38 minúsculo em sua mão grande e sardenta. — *Nada* é fácil.

Jimmy apoiou as costas contra a balaustrada e olhou para as estrelas no alto, esperando que Sugar fizesse o seu lance. Pensou em Jane. Tão próximo da morte, devia se arrepender de não ter casado com ela, devia pensar nos filhos que nunca tiveram, na vida que nunca conseguiram compartilhar. Mas a única coisa que Jimmy lamentava era que não tinha nada que pudesse usar como arma — uma espingarda de caçar elefantes seria ótima, mas se contentava com um pé-de-cabra.

Sorte cruel; não havia nada no deque além dele e de Sugar. Uma nuvem passou através da lua e ele imaginou Jane em casa, sentada na sacada bebericando seu segundo drinque, observando as mesmas estrelas que ele. *Faça um pedido, Jane.* Os dois amarrados num único pedido. Quase tão bom como um beijo. Não importa o que Sugar lhe fizesse, não importa que seu corpo nunca fosse encontrado, Jane ia descobrir a verdade.

Mesmo que Walsh e Brooke Danziger não tomassem nenhuma iniciativa, nada iria impedi-la.

— O que é tão engraçado? — disse Sugar.

— Você vai descobrir.

— Eu vou descobrir? — Sugar riu. — Você é mesmo atrevido.

Jimmy tocou no sangue que secava em sua testa.

— É o segredo do meu sucesso.

— Tudo o que conseguiu foi fazer com que mais pessoas morressem — Sugar deslocou o peso do corpo, puxou as calças para cima de novo, e havia fealdade em sua boca agora. Jimmy se perguntou se deixara de perceber isso antes ou se era uma coisa nova.

— Não me incomodei de dar cabo do Gato Félix... a pior parte foi tê-lo choramingando em meu barco enquanto eu seguia para águas profundas, um homenzinho sebento enroscado na popa com um bloco de concreto amarrado em cada tornozelo — seus olhos cintilaram. — Ele tentou nadar. Preciso dar-lhe crédito, ele tentou.

Bateu com o .38 contra a perna, observando Jimmy, seus olhos injetados de sangue.

— Stephanie foi diferente. Aquilo me chateou.

As pernas de Jimmy amoleceram.

— Era uma boa mulher, Jimmy. O que você me obrigou a fazer a ela... — acho que me deve uma desculpa. Vou ter pesadelos em relação a isso durante anos.

Jimmy deu um passo em direção a ele e parou, o .38 centrado no seu peito agora. Se olhasse mais para a arma iria cair dentro do cano. Jimmy sorriu em vez disso. O sorriso confundiu Sugar por um momento e naquele momento Jimmy saltou sobre ele.

Sugar tinha tempo para atirar, mas preferiu enfiar a arma no bolso, relaxado, como se tivesse tomado uma decisão. Jimmy golpeou-o duas, três vezes, golpeou-o duro, com toda a força. Sugar absorveu os golpes, grunhindo com o impacto, mas acolchoado demais para ser derrubado. Agarraram-se sobre o deque e Sugar pareceu acolher bem o contato, batendo cabeças, jogando joelhos e cotovelos um no outro, rodopiando no deque, os dois buscando tomar fôlego.

Sem ar agora, Sugar enroscou os braços ao redor de Jimmy, dividiu seu suor e sua colônia com ele.

— Dói, não dói? — falou ofegante, prendendo o outro enquanto Jimmy chutava e se debatia. — Você matou Stephanie tanto quanto eu e ela não merecia isso. Nós dois temos de conviver com isso.

Jogou Jimmy contra a balaustrada de metal e Jimmy quase despencou, suas costas arqueadas no espaço.

— Esta foi boa — disse Sugar, um olho começando a inchar. — Eu precisava disso.

Jimmy levantou-se. Sua testa se abrira de novo. Pensou em Stephanie em casa no deserto, a casa com as cortinas artesanais e a campainha que tocava o tema de *Zorba, o grego* e desejou que ela nunca tivesse atendido o seu toque, desejou que tivesse se mudado há muito tempo sem deixar o novo endereço. Tudo doía.

— O que vou fazer com você? — disse Sugar, andando, o deque rangendo com o seu peso. — Ontem me encontrei com a detetive Katz. Ela veio com todo tipo de perguntas, graças a você.

— Que fez com ela?

— Levei-a a um cinema. Comprei pipoca amanteigada e uma Coca gigante. Oh, cheguei perto — cheguei *bem* perto — mas foi tudo o que fiz. É uma colega oficial. Me dá dor de estômago pensar no que podia ter acontecido. Viu o que você aprontou?

Jimmy não respondeu. Estava esperando.

— Justamente quando você pensa que tudo está resolvido e esquecido, vem alguém como você e começa tudo de novo.

Sugar continuou andando.

— Me responda uma coisa. *Por que* fez isso? Quero dizer, o que ia ganhar com isso? Ninguém se importava. Estava tudo acabado.

— Talvez eu simplesmente não goste de ver os vilões saírem caminhando no crepúsculo, assobiando uma canção feliz. Isso me deixa puto da vida.

— Eu também me sentia assim, mas superei isso.

Houve um bip no bolso de Sugar.

— Se incomoda se eu responder?

— Foda-se.

Sugar puxou o seu celular.

— Sim? — piscou para Jimmy. — Ele está bem aqui... não acredito que se sinta feliz com isso. Eu também não estou muito feliz... Temos umas coisas para conversar, você e eu — fez uma careta. — De onde está telefonando?... Quantas vezes lhe disse para usar uma cabina quando ligar para o meu celular? Quando é que vai aprender? — Rolou seus olhos para Jimmy. — Já ouvi esta antes. Não tenha pressa em voltar para cá depois da estréia. Vou ter que desovar o carro do nosso garoto... Eu não vou... eu *disse* que não vou deixar uma bagunça na sua casa — desligou e encolheu os ombros. — Esta é a parte que eu detesto.

— Seja bonzinho para si mesmo então. Entre no elevador e vá embora.

— Não posso fazer isso, Jimmy. Vire-se.

— Não, obrigado.

— Não seja assim. Já decidimos quem vai ganhar a discussão. Vamos, faça apenas o que lhe peço — Sugar tirou o cinto, deu um nó em volta da fivela e fez um laço. — Vire-se e admire a vista, os ricos pagam caro por ela. É uma noite clara. Talvez veja uma baleia ou coisa assim.

Aproximou-se, o laço pendendo de uma mão.

— Você tem uma namorada. Vou tornar as coisas fáceis para ela, vou malocar o seu corpo onde ninguém nunca irá encontrá-lo. Ela vai achar que você simplesmente partiu em busca de pastos mais verdejantes. Vai superar isso tão rápido quanto em um caso de coração partido. Vou fazer isso para você, Jimmy. É só se virar.

Jimmy mostrou o DVD que havia tirado do bolso de Sugar quando se atracaram.

— O que eu deveria fazer com isto? — e gesticulou como se fosse jogá-lo para longe do deque. — Daria um excelente *frisbee*.

Sugar bateu com a mão no paletó para confirmar e então estendeu a mão.

— Gostaria de ter isso de volta.

Aproximou-se.

— Eu fui bom para você, Jimmy. Dei-lhe tempo aqui debaixo das estrelas, tempo para se preparar. Podia ter tratado você muito pior.

— Acho que sou um ingrato.

— Não dá para poupá-lo, de jeito algum, você deve saber disso. Andei tomando informações sobre aquela viagem para pescar no Brasil de que falamos. A água mais azul do mundo, como você disse, e peixes que brigam com você até dentro do barco. Parece uma boa, mas eu estaria olhando por cima do ombro o tempo todo se o deixasse viver. Me dê a minha propriedade. Prometo que não vai sentir nada.

— Gosto de sentir coisas. Dor, prazer, amor... arrependimento. Tudo isso. Caso contrário, qual é o sentido de estar vivo?

— Papo corajoso — Sugar aproximou-se mais, caminhando de lado. Jimmy estava ao alcance de um braço, agora, segurando o disco além da borda, pronto para jogá-lo na escuridão.

— Devolva, Jimmy, ou você não vai querer sentir o que tenho reservado para você. É uma promessa.

Jimmy agarrou o disco com mais força enquanto observava os olhos de Sugar. Quando Sugar arremeteu sobre ele, Jimmy partiu o disco ao meio na balaustrada e cortou a garganta de Sugar com a parte pontuda, abrindo um talho enorme.

Sugar cambaleou para trás, os olhos arregalados, sem saber ao certo o que havia acontecido. Apertou uma mão em torno do pescoço, o sangue escorrendo por entre os dedos. Havia um ritmo no vazamento, um fluxo e refluxo, e Jimmy sabia que tinha cortado a artéria carótida de Sugar, sabia que nada mais havia a ser feito.

Jimmy e Sugar olharam um para o outro. Tudo acontecera tão rápido. A mão livre de Sugar correu para o .38 em seu bolso, mas ele se deteve e deixou a mão cair. Jimmy ficou sem saber se era outra decisão ou se Sugar não conseguia se concentrar em duas coisas ao mesmo tempo neste momento.

Sugar apertou mais o pescoço, o sangue correndo sobre suas juntas.

— Você... você acredita em amor à primeira vista?

— Ãh... sim, acredito.

— Fico feliz em saber. Não existem mais muitos românticos como nós — a mão de Sugar tremeu, sangue escorrendo pela lapela do seu paletó marrom de veludo cotelê. — Foi assim que aconteceu com você e aquela sua namorada? Como se chama... Jane, certo?

— Levou algum tempo para que Jane e eu engrenássemos. Não acho que gostássemos muito um do outro no começo.

— Bem, talvez assim seja melhor.

Ainda de pé, Sugar olhou para algo além de Jimmy.

— Eu não dei uma boa olhada em Heather até aquele dia na praia. Ela colocara uma toalha sobre a areia e lia uma revista. Eu estava só verificando... me assegurando de que estava sozinha. Observei da rua através de um par de binóculos. Me fez sentir que estava bem ali ao lado dela, perto o bastante para cheirar o seu óleo bronzeador.

Exalou lentamente, como se estivesse desinflando. Uma mão ainda no pescoço, sentou-se pesadamente no deque.

— Estou cansado.

Jimmy sentou-se de frente para Sugar. Já passara há muito o tempo de sentir pena de Sugar, mas isso não impedia Jimmy de lhe fazer companhia.

— Heather usava estes... óculos escuros idiotas no formato de coração. O tipo de coisa que uma garota usa pensando que aquilo a fazia parecer adulta. Coisas estranhas que nos tocam... que mudam nossas vidas.

Sua cabeça caiu, mas ele resistiu.

— Você me perguntou antes... você disse que eu podia ter cancelado a coisa com Heather. Pô, Jimmy, eu quase *fiz* isso. Lá na praia, queria correr até ela e dizer que não fosse em frente com o plano. Queria dizer que ela não precisava se sujar. Dizer que fosse para casa e crescesse.

A mão havia afrouxado, o sangue rolando através dos dedos agora.

Jimmy inclinou-se mais para perto dele, roçando os joelhos nos dele.

— Mas era tarde demais — grasnou. — Ela já estava a caminho, direto para ele. Sua grande chance. *Viva Hollywood*, foi o que eu disse a mim mesmo. Não guardei ressentimento contra ela. Nós dois tínhamos um trabalho a fazer. Então eu voltei ao meu carro, rodei a serviço da polícia e esperei que Danziger ligasse. Esperei que avisasse que ela dera o sinal. Mas demorou tanto tempo... Então finalmente entrei e Heather me conta que sabe de tudo...

— Não precisava matá-la. Podia ter dito que o plano fora cancelado. Podia ter ligado para a delegacia e dito que era um alarme falso.

— Uma garota jovem como ela... ela *teria* fatalmente que contar a alguém — os olhos de Sugar se fecharam e então se abriram de repente e ele se esforçou para erguer a cabeça. — Ela só devia ter ficado com Walsh uma hora ou pouco mais. Aquilo teria sido tempo mais do que suficiente. Bastante. Ele só foi chamar o 911 seis horas depois. Eu estava de folga àquela altura. Tive que mexer os pauzinhos para entrar no caso.

Tremeu, seu rosto mais pálido que a lua.

— Seis horas. O que ela podia estar fazendo lá com ele durante *seis* horas? Eu nunca mais poderia confiar nela depois daquilo. Estava arruinada.

Jimmy ouviu os dentes de Sugar batendo.

Sugar subitamente apertou os olhos para Jimmy.

— A primeira vez que vi você... um marmanjo o estava massacrando até a morte com uma bola de basquete. Uma *bola de basquete*. A coisa mais incrível que já vi — tentou rir, mas o que saiu foi uma tosse molhada, uma bolha de sangue brotando em seus lábios. — Me pergunto onde eu estaria agora se não tivesse interrompido o grandalhão. Muitas pessoas teriam simplesmente passado, sem parar.

— Uma vez tira, sempre tira.

— Está certo. Uma vez tira... — a mão de Sugar caiu do pescoço e pendeu inerte no colo ao lado da outra, o sangue jorrando sobre o paletó. Seus olhos estavam se apagando, mas ele continuava. — Devíamos ir pescar juntos, você e eu. Eu o levaria aonde eles mordem de verdade. Eu conheço... eu conheço os melhores lugares...

Olhou para Jimmy e a noite quente fechou-se em torno deles.

— Acho que você me matou, Jimmy.

Jimmy pegou na sua mão fria e a apertou.

— Acho que sim, Sugar.

Epílogo

Jimmy observou através do vidro fumê da sua limusine as outras limusines amontoadas diante do cinema de Hollywood, equipes de TV e fotógrafos brigando por uma posição enquanto as estrelas desciam dos carros, sorrisos a postos para os fãs aglomerados atrás das cordas de veludo. Refletores dançavam no céu. *QUEDA DE BRAÇO*, proclamava a marquise do teatro.
— Não posso fazer isso.
Holt acariciou sua bochecha.
— Você é o convidado de honra.
— Não diga isso.
— Devo entrar na fila, senhor? — o chofer da limusine observava Jimmy e Holt pelo espelho retrovisor, nervoso depois que Jimmy o mandara estacionar do outro lado da rua. — O estúdio queria que o senhor estivesse na calçada diante do teatro cinco minutos atrás.
— Fique onde está — disse Jimmy.
A multidão gritou e começou a cantar "Walsh! Walsh! Walsh!" quando uma limusine dourada se aproximou da calçada. Garrett Walsh ficou de pé dentro do carro, seu torso emergindo pelo teto solar, acenando para os fãs como se fosse o papa ou coisa parecida. Um par de *Wayfarers* estava empoleirado na sua testa, a volta do seu estilo noturno.
— *Dourada?* — Holt sacudiu a cabeça. Estava mais bonita do que de costume esta noite, num vestido verde-espuma-do-mar, um modelo original de estilista, e com as pérolas de sua avó, os cabelos penteados bem para o alto, colocando em destaque seu pescoço longo.
A multidão deu vivas ainda mais vibrantes quando Walsh saiu da limusine, lembrando-se de ajudar Brooke a descer quase num gesto

mecânico. Luzes estroboscópicas espoucavam dos *flashes* dos fotógrafos enfileirados ao longo da corda e Walsh fez várias poses para os *paparazzi*, dando a eles o que queriam. Cada revista e jornal do mundo teria uma foto diferente para escolher. Olhou ao seu redor, deleitando-se com o momento. *Queda de braço*, em nova montagem de Walsh, tinha sua estréia mundial esta noite, entrando em grande circuito na semana seguinte. Os críticos já falavam de um terceiro Oscar para a sua estante. Walsh estimulou a multidão, acenando com as mãos. Sim, o garoto de ouro estava de volta.

Era uma boa história, Jimmy tinha de admitir — o homem inocente triunfante, o artista redimido. Nos quatro meses desde que Jimmy matara Sugar Brimley, Michael Danziger fora indiciado por conspiração para cometer assassinato, parcialmente com base numa série de telefonemas para Sugar do seu telefone celular. Danziger estava no momento recolhido à cadeia municipal de Los Angeles, sob uma fiança de dois milhões de dólares. Com base em imagens reconstituídas do DVD danificado, sabia-se agora que Sugar matara Heather Grimm, era suspeito dos "suicídios" de April McCoy e de Stephanie Keys e do desaparecimento do Gato Félix. O número da *Slap* com a reportagem de capa de Jimmy sobre Walsh esgotara três edições completas. Até a detetive Katz tinha algo para comemorar — foi elogiada por reabrir a investigação sobre o afogamento de "Walsh", embora tarde demais para ter determinado as verdadeiras circunstâncias; e foi caracterizada como "uma tira durona" pelo *Orange County Register*. Sim, todo mundo foi um vencedor.

— Olhe, lá está Rollo — disse Jane. — E Nino.

Rollo e Napitano interromperam sua entrevista para *Entertainment Tonight* e cumprimentaram Walsh aos abraços. O documentário curta-metragem de Rollo sobre a suposta morte de Garrett Walsh estava programado para preceder *Queda de braço* esta noite. As gêmeas Monelli ladeavam Rollo, mandando beijos pelo ar para Walsh. Brooke Danziger estava um passo atrás, pouco à vontade.

— A sra. Danziger não parece muito feliz — disse Holt.

— Ela é esperta — disse Jimmy. — Sabe o que virá a seguir.

— Rollo me telefonou esta manhã — disse Holt. — Ele me falou...

— Rollo telefonou para *você*?

— Disse que o seu documentário havia sido aceito em Cannes e que tinha mais reuniões marcadas do que era capaz de administrar. Estou citando aqui: "Não vou ter de pagar a porra do almoço durante meses, neste ritmo, Jane."

Holt riu.

— Ele é realmente muito encantador.

— Muito.

Holt deu-lhe um soquinho no braço.

— Tem certeza de que não quer ir à estréia? Está tão elegante no seu *smoking*.

Jimmy observou as luzes estroboscópicas pipocando do outro lado da rua.

— Pouco antes de partir para me matar, Sugar me perguntou por que eu fizera aquilo. Estava realmente chateado. Tinha uma vida muito boa, morando no seu próprio barco. Nada deslumbrante, mas era a vida que queria. Então eu apareci. Ele queria saber por que eu dera tanta importância a algo que já estava praticamente resolvido. Sabe o que eu lhe disse? Disse que não agüentava ver os vilões partirem no crepúsculo assobiando uma canção feliz. Olhe do outro lado da rua, Jane. Olhe só quem *está* partindo no crepúsculo. E viajando de primeira classe, também.

— Você levou um assassino à Justiça. Limpou o nome de um homem que cumpriu sete anos por um crime que não cometeu. Não se queixe.

— Às vezes eu penso que deveria ter deixado tudo como estava. Eu não trouxe de volta Heather Grimm. Só consegui fazer com que Stephanie fosse morta. E o Gato Félix, embora não fosse nenhuma perda. Jesus, me ouça — foi justamente o que Sugar disse. Eu deveria tê-lo deixado ir pescar.

— Você não matou aquelas pessoas. Foi Sugar quem as matou.

Jimmy não respondeu.

— Fez a coisa certa mas não saiu do modo como queria — disse Holt, seus olhos brilhando no interior sombrio da limusine. — Não existe um tira no mundo que não tenha se sentido da mesma maneira. Prendemos uma mulher por matar o marido, um marido que abusava da filha ou do filho, e *ela* vai para a prisão por vinte anos. Um homem queima sua casa para receber o dinheiro do seguro e nós o prendemos. E então descobrimos no julgamento que ele precisava do dinheiro para pagar o transplante do filho, uma operação pela qual sua companhia de seguro não queria pagar. A lei não se importa. O homem vai para a cadeia, a companhia de seguros não paga, e o garoto não recebe o transplante. Passemos ao caso seguinte. Se não gosta disso, Jimmy, desça do seu cavalo branco e volte a escrever resenhas de filmes.

— Pô, cara, obrigado pelo discurso encorajador.

— Vamos ou não vamos?

Jimmy podia ver Walsh sob a marquise, sorrindo para as câmeras, assinando autógrafos. Mas olhava para os lados, tentando não deixar transparecer a sua irritação.

— Por favor, chofer? Quanto tempo desta coisa temos à nossa disposição?

— O estúdio alugou o veículo pela noite toda, senhor.

— Muito bem. Vamos sair daqui.

Jimmy beijou Jane e apertou o botão de privacidade. Uma tela opaca bloqueou a visão do motorista para o compartimento dos passageiros.

— Para onde, senhor?

— Nós o avisaremos — falou Jimmy, enquanto a limusine se afastava do meio-fio. — Não é, Jane?

Este livro foi impresso nas oficinas da
DISTRIBUIDORA RECORD DE SERVIÇOS DE IMPRENSA S.A.
Rua Argentina, 171 – Rio de Janeiro, RJ
para a
EDITORA JOSÉ OLYMPIO LTDA.
em maio de 2005

*

73º aniversário desta Casa de livros, fundada em 29.11.1931